PEQUENO IRMÃO

CORY DOCTOROW

PEQUENO IRMÃO

Tradução de
ANDRÉ GORDIRRO

GALERA RECORD
RIO DE JANEIRO • SÃO PAULO
2011

CIP-BRASIL. CATALOGAÇÃO-NA-FONTE
SINDICATO NACIONAL DOS EDITORES DE LIVROS, RJ

D666p Doctorow, Cory
   Pequeno Irmão / Cory Doctorow; tradução André Gordirro.
 – Rio de Janeiro: Galera Record, 2011.

   Tradução de: Little brother
   ISBN 978-85-01-08721-8

   1. Terrorismo – Literatura. 2. História de suspense.
 3. Ficção americana. I. Gordirro, André. II. Título.

              CDD: 813
11-1160   CDU: 821.111(73)-3

Título original
Little Brother

LITTLE BROTHER © 2008 BY Cory Doctorow

Publicado mediante acordo com autor, c/o BAROR INTERNATIONAL,
INC., Amonk, New York, U.S.A.

Texto revisado segundo o novo Acordo Ortográfico da Língua Portuguesa.

Todos os direitos reservados. Proibida a reprodução, no todo ou em
parte, através de quaisquer meios. Os direitos morais do autor foram
assegurados.

Direitos exclusivos de publicação em língua portuguesa somente para o
Brasil adquiridos pela
EDITORA RECORD LTDA.
Rua Argentina, 171 – Rio de Janeiro, RJ – 20921-380 – Tel.: 2585-2000,
que se reserva a propriedade literária desta tradução.

Impresso no Brasil

ISBN 978-85-01-08721-8

Seja um leitor preferencial Record.
Cadastre-se e receba informações sobre nossos **EDITORA AFILIADA**
lançamentos e nossas promoções.

Atendimento e venda direta ao leitor:
mdireto@record.com.br ou (21) 2585-2002.

Para Alice, que me completa

Capítulo 1

Sou aluno do último ano do Colégio Cesar Chavez de São Francisco, localizado no ensolarado bairro de Mission, o que me torna uma das pessoas mais vigiadas do mundo. Meu nome é Marcus Yallow, porém, quando esta história começou, eu me chamava w1n5t0n. Se pronuncia "Winston".

Não se pronuncia "dáblio-um-ene-cinco-tê-zero-ene", a não ser que a pessoa seja um inspetor sem noção, daquele tipo que está tão por fora que ainda chama a internet de "a supervia da informação".

Conheço uma pessoa sem noção assim. Seu nome é Fred Benson, um dos três vice-diretores do Cesar Chavez. Ele é um pé no saco. Mas se é para ter um carcereiro, é melhor um que seja sem noção do que um sujeito que sabe das coisas.

— Marcos Yallow — chamou ele pelo sistema de som numa manhã de sexta-feira. O alto-falante já não é lá muito bom e, combinado com o resmungo característico de Benson, o resultado mais parecia o som de alguém sofrendo para digerir um burrito do que um chamado da direção de um colégio. Mas os seres humanos são bons em perceber seus nomes em meio a sons confusos: trata-se de instinto de sobrevivência.

Peguei a mochila e deixei a tampa do laptop um pouco aberta para não parar meus downloads. Preparei-me para o inevitável.

— Apresente-se à diretoria imediatamente.

A professora de estudos sociais, Srta. Galvez, revirou os olhos para mim e fiz o mesmo para ela. O sistema estava sempre na minha cola só porque passo pelos *firewalls* do colégio como faca na manteiga, engano o programa de reconhecimento de porte e detono os chips que a direção usa para nos localizar. Porém, Galvez é gente boa e não fica brava comigo por causa disso (especialmente quando eu a ajudo com o webmail para entrar em contato com o irmão, que está no Iraque).

Meu amigo Darryl deu um tapinha na minha bunda quando passei por ele. Eu o conheço desde o tempo em que a gente usava fraldas e fugia da creche. Estou sempre livrando e colocando Darryl em enrascadas. Levantei os braços como se fosse um pugilista e saí da aula de estudos sociais para ser tratado como um bandido na diretoria.

O celular tocou quando eu estava no meio do caminho. Esse era outro comportamento errado, pois celulares são *muy* proibidos no Colégio Chavez. Mas por que isso seria um empecilho para mim? Entrei no banheiro e me tranquei na cabine do meio (a última é sempre a mais nojenta, porque a maioria das pessoas vai direto nela para escapar do fedor e do nojo — a escolha certa e a boa higiene estão bem na cabine do meio). Olhei o telefone — o computador de casa mandou um e-mail dizendo que havia uma novidade em Harajuku Fun Madness, que, por acaso, é o melhor jogo jamais inventado.

Sorri. Passar a sexta-feira no colégio era um porre e fiquei contente de arrumar uma desculpa para escapar.

Arrastei-me até o gabinete de Benson e acenei ao entrar.

— Ora, se não é o dáblio-um-ene-cinco-tê-zero-ene — disse ele. Fredrick Benson, número de seguro social 545-03-2343, nascido em 15 de agosto de 1962, sobrenome de solteira da mãe: Di Bona, natural de Petaluma, é um homem bem mais alto do que eu. Sou um baixinho de 1,72m, enquanto ele tem 2m de altura. Sua época de basquete no colegial ficou para trás; o peitoral se transformou em peitinhos caídos que marcam as camisas polo vagabundas que ele usa. Benson sempre parece que vai dar uma enterrada na pessoa e adora aumentar o tom de voz para criar um efeito dramático. Tudo isso perde a graça depois de muito uso.

— Foi mal, mas não conheço esse parente do R2-D2 que você mencionou.

— W1n5t0n — disse ele, soletrando de novo. Olhou desconfiado e esperou que eu fraquejasse. Claro que esse era o meu nick há anos. Era a identidade que eu usava quando entrava nos fóruns sobre práticas de pesquisa de segurança. Sabe como é, tipo fugir da escola e desligar o localizador do meu celular. Mas ele não sabia que esse era o meu nick. Apenas um pequeno número de pessoas sabia e eu confiava integralmente nelas.

— Hum, isso não me diz nada. — Eu fiz muita coisa maneira no colégio usando esse nick. Fiquei muito orgulhoso com meu trabalho de criar neutralizadores de chips de localização. Se ele fizesse uma conexão entre as duas identidades, eu estaria frito. Ninguém no colégio me chamava de W1n5t0n ou mesmo de Winston. Nem meus amigos. Era Marcus ou nada.

Benson sentou-se atrás da mesa e bateu com o anel nervosamente no mata-borrão. Ele sempre fazia isso quando a situação ficava feia. Jogadores de pôquer chamam isso de "pista"

— tiques que revelam o que se passa na cabeça do outro cara. Eu conhecia as pistas de Benson de trás para frente.

— Marcus, espero que entenda como a situação é séria.

— Vou entender assim que o senhor me explicar o que houve. — Eu sempre chamo as autoridades de "senhor" quando estou sacaneando. É a minha própria pista. Ele balançou a cabeça e baixou o olhar. Outra deixa. A qualquer instante, começaria a gritar comigo.

— Ouça, moleque! Já é hora de encarar o fato de que sabemos o que você anda fazendo e não seremos mais tolerantes. Você vai ter muita sorte se não for expulso antes do fim desta reunião. Você quer se formar?

— Sr. Benson, o senhor ainda não explicou qual é o problema...

Ele bateu com a mão sobre a mesa e apontou para mim.

— O *problema*, Sr. Yallow, é que você se envolveu em uma conspiração criminosa para subverter o sistema de segurança deste colégio e forneceu meios de burlar a segurança aos seus colegas. Você sabe que nós expulsamos Graciella Uriarte na semana passada por uso de um de seus equipamentos.

Uriarte queimou o próprio filme. Ela comprou um bloqueador de rádio em uma loja alternativa perto da estação de metrô da 16th Street e o aparelho acionou a segurança do corredor da escola. A culpa não foi minha, mas fiquei com pena dela.

— E o senhor acha que estou envolvido nisso?

— Temos informações seguras de que você é w1n5t0n. — Benson soletrou novamente e comecei a me perguntar se ele não tinha sacado que 1 era um i e o 5 era um S. — Sabemos que esse tal w1n5t0n é o responsável pelo roubo das provas do ano passado. — Por acaso eu não tive a ver com isso, mas foi um belo trabalho e considerei um elogio que o furto tivesse sido atribuído a mim. — E, portanto, é passível de ser condenado a vários anos de prisão, a não ser que você colabore comigo.

— O senhor tem provas seguras? Eu gostaria de vê-las.

Ele me encarou com ódio.

— Esse comportamento não vai levar a nada.

— Se existem provas, acho que o senhor deveria chamar a polícia e entregá-las a eles. Parece que a situação é muito séria e eu não gostaria de atrapalhar uma investigação de verdade feita pelas autoridades de direito.

— Você quer que eu chame a polícia.

— E acho que meus pais também. Seria o melhor a fazer.

Nós ficamos nos encarando por cima da mesa. Ele, com certeza, tinha esperado que eu cedesse assim que jogou a bomba na minha mão. Eu não cedo. Tenho um truque para encarar gente como Benson. Olho um pouquinho para a esquerda da cabeça e penso nas letras de antigas canções folclóricas irlandesas, aquelas com trezentos versos. Fico com uma aparência perfeitamente controlada e despreocupada.

E a asa estava no pássaro e o pássaro estava no ovo e o ovo estava no ninho e o ninho estava na folha e a folha estava no graveto e o graveto estava no galho e o galho estava no caule e o caule estava na árvore e a árvore estava no brejo... o brejo do vale-e-ô! Ia-iô, o brejo ao vento, o brejo do vale-e-ô...

— Você pode voltar para a aula agora — disse ele. — Eu o chamarei assim que a polícia quiser falar com você.

— O senhor vai chamar a polícia agora?

— Isso é complicado. Eu esperava que fosse possível resolver a situação rapidamente, mas como você insiste...

— Posso esperar enquanto o senhor chama a polícia — falei. — Não me importo.

Benson bateu com o anel novamente e eu me preparei para o ataque.

— *Vai embora!* Saia da minha sala, seu miserável...

Fui embora mantendo uma expressão neutra. Ele não ia chamar os tiras. Se tivesse provas suficientes para mostrar à polícia, já teria chamado há muito tempo. Benson me odiava. Imaginei que ele tinha ouvido uma fofoca qualquer e então assustar o suficiente para confessar.

Andei alegremente pelo corredor, mantendo minha aparência sob controle para as câmeras de reconhecimento. Elas foram instaladas havia apenas um ano e eu adorava como eram totalmente idiotas. Antigamente, havia câmeras de reconhecimento facial em cada canto do colégio, mas a justiça decretou sua inconstitucionalidade. Então Benson e um bando de outros administradores paranoicos gastaram a nossa verba de educação nessas câmeras idiotas que seriam capazes de captar o jeito de uma pessoa andar. É, tá bom então.

Retornei para a sala de aula e me sentei enquanto srta. Galvez sorria para mim. Tirei da mochila o notebook padrão da escola e me concentrei na aula. O CompuEscola tinha a tecnologia mais espiã de todas. Ele memorizava cada tecla pressionada, verificava todo o tráfego de rede atrás de palavras suspeitas, contava cada clique e registrava cada ideia que a pessoa inseria na rede. Recebemos no primeiro ano e bastaram apenas alguns meses para os notebooks perderem a graça. Assim que as pessoas descobriram que esses laptops "gratuitos" trabalhavam para o sistema, e ainda por cima mostravam uma série de propagandas insuportáveis, passaram a parecer pesados e incômodos demais.

Crackear meu CompuEscola foi fácil. O crack já estava on-line um mês depois de a máquina ser lançada e era simples — bastava baixar o DVD, gravá-lo, inserir no CompuEscola e religar o notebook apertando algumas teclas ao mesmo tempo. O DVD fez o resto e instalou um bando de programas invisíveis no laptop que permaneceriam escondidos mesmo quando o Conselho de Educação realizava sua inspeção diária nas máquinas. De vez em quando, eu tinha de buscar uma atualização do programa para driblar os testes mais recentes do Conselho, mas era um pequeno sacrifício que valia a pena para ter um pouco de controle sobre a máquina.

Liguei o MSNoia, um comunicador instantâneo secreto que eu usava quando queria manter uma conversa sigilosa em plena aula. Darryl já estava conectado.

> O jogo tá de pé! Tem alguma coisa importante rolando no Harajuku Fun Madness, cara. Tá dentro?

> Nem pensar. Se me pegarem matando aula pela terceira vez, sou expulso. Cara, você sabe disso. Vamos depois do colégio.

> Você tem almoço e depois grupo de estudo, né? São 14 horas. Tempo suficiente para ver essa pista e voltar antes que alguém sinta a nossa falta. Vou chamar a galera toda!

Harajuku Fun Madness é o melhor jogo que já inventaram. Sei que já falei isso antes, mas vale a pena repetir. É um ARG, um jogo de realidade alternativa, e conta a história de uma gangue de adolescentes japoneses que descobriram uma pedra preciosa mágica capaz de curar em um templo em Harajuku. Esse é basicamente o local onde os adolescentes japoneses inventaram todas as maiores subculturas dos últimos dez anos. Eles são caçados por monges do mal, pela Yakuza (a máfia japonesa), por alienígenas, cobradores de impostos, pais e uma inteligência artificial rebelde. Os personagens enviam mensagens em código para os jogadores, que têm que decodificá-las e usá-las para descobrir mais pistas, o que leva a mais mensagens em código e mais pistas.

Imagine a melhor tarde que alguém pode passar andando à espreita pelas ruas da cidade, observando gente esquisita, panfletos engraçados, os malucos religiosos na esquina e as lojas da moda. Agora, misture uma caça ao tesouro que obriga o jogador a pesquisar filmes antigos, canções e cultura adolescente do mundo inteiro através do tempo e do espaço. É uma competição. A equipe de quatro pessoas que vencer ganha uma viagem de dez dias para Tóquio. Dá para curtir a ponte de Harajuku, deixar rolar a nerdice em Akihabara e levar para casa toda a tralha de Astro Boy que couber na mala. Que, por sinal, se chama "Atom Boy" no Japão.

Isso é Harajuku Fun Madness e, assim que a pessoa resolve um mistério ou dois, jamais volta atrás.

> Não, cara. NÃO. Nem pergunta.

> Preciso de você, D. Você é o melhor. Juro que a gente vai e volta sem ninguém saber. Sabe que eu consigo fazer isso, né?

> Sei.

> Então tá dentro?

> Não, que saco.

> Vamos, Darryl. Quando você morrer, não vai desejar ter passado mais tempo no colégio.

> Nem vou morrer desejando ter jogado mais ARGs.

> É, mas não acha que vai morrer pensando que poderia ter passado mais tempo com a Vanessa Pak?

Van fazia parte do meu time. Ela frequentava uma escola particular para meninas em East Bay, mas eu sabia que mataria aula para participar da missão comigo. Darryl era a fim dela há anos — antes mesmo das dádivas da puberdade. Ele tinha se apaixonado pela mente de Vanessa. Coisa triste.

> Você é um escroto.

> Você vem?

Darryl olhou para mim e balançou a cabeça. Então concordou. Eu pisquei para ele e comecei a chamar o resto da equipe.

Nunca fui muito de jogar ARG. Tenho um segredo vergonhoso: eu costumava jogar Larp. Larp é RPG ao vivo e é exatamente o que parece: andar por aí fantasiado, falar com um sotaque esquisito e fingir ser um superespião, um vampiro ou um cavaleiro medieval. É como jogar uma partida de pique-bandeira vestido de monstro, com uma pitada de teatrinho da escola. Os melhores jogos ocorrem em acampamentos de escoteiros fora da cidade em Sonoma ou na Península. Aqueles épicos três dias de duração podiam ser bem complicados. Havia caminhadas que duravam o dia inteiro, batalhas épicas com espadas de espuma e bambu, lançamento de feitiços atirando saquinhos de feijão e gritando "bola de fogo!" e por aí vai. Diversão das boas, mesmo que levemente ridícula. Não era tão nerd quanto falar o que seu elfo pretendia fazer em uma mesa coberta de copos de Coca miniaturas pintadas e Diet, e menos sedentário do que entrar em coma jogando um MMORPG em casa.

O que arrumou confusão para o meu lado foram os joguinhos nos hotéis. Sempre que rolava uma convenção de ficção científica, algum jogador de Larp convencia a organização a nos deixar jogar por umas seis horinhas no evento, pegando carona no aluguel do espaço. A convenção ganhava um colorido diferente, com um bando de garotos fantasiados correndo de um lado para o outro, e nós nos divertíamos cercados de pessoas ainda mais estranhas do que a gente.

O problema com hotéis é que eles também recebem muitas pessoas que não jogam — e não apenas os fãs de ficção científica. Pessoas normais. De comportamentos conservadores. Nos feriados.

E às vezes essas pessoas interpretam mal o espírito de um jogo.

Não se fala mais no assunto, OK?

A aula acabava em dez minutos, o que não deixava muito tempo para me preparar. O primeiro passo era cuidar daquelas câmeras pentelhas de reconhecimento de porte. Como eu disse, elas começaram com reconhecimento facial, mas foram consideradas inconstitucionais. Até onde eu sei, nenhum tribunal determinou ainda se esses modelos de reconhecimento de porte são legais, mas, até lá, temos de aturá-las.

"Porte" é uma palavra esnobe para o jeito de andar. As pessoas são boas em identificar o jeito de andar das outras — da próxima vez que você for acampar, verifique o balanço da luz da lanterna de um amigo que se aproxima. Com certeza, será possível identificá-lo apenas pelo movimento da luz. O modo característico como ela balança indica para nossos cérebros de primata que é uma pessoa se aproximando.

Os programas de reconhecimento de porte tiram fotos da pessoa em movimento, isolam a silhueta e comparam com uma base de dados para verificar se sabem quem é. Funcionam como identificadores biométricos tipo leitores de impressões digitais ou retinas, mas geram mais "colisões" do que esses modelos. Uma "colisão" biométrica é quando uma leitura confunde a pessoa com outras. A impressão digital é individual, mas alguém pode ter o mesmo jeito de andar de outras pessoas.

Não exatamente, é claro. O jeito de andar de cada um, centímetro por centímetro, é completamente individual. O problema é que o porte individual muda de acordo com o cansaço, o material do piso, se alguém deu um mau jeito no tornozelo ao jogar basquete ou se trocou de sapatos recentemente. Então, o sistema se confunde um pouco com os perfis e procura pessoas que andam de modo parecido.

Existe muita gente com andar similar. Para piorar a situação, é fácil andar como outra pessoa — basta tirar um sapato. Claro que, eventualmente, as câmeras vão sacar que alguém tirou o sapato porque o jeito de andar é o mesmo, só que com apenas um pé calçado. Por isso, prefiro um tipo de ataque mais aleatório ao reconhecimento de porte: eu coloco um pouco de brita dentro de cada tênis. É barato e eficiente. Nenhum passo sai igual ao outro. Além disso, dá para ganhar uma bela massagem nos pés segundo os preceitos da reflexologia. (É brincadeira. A reflexologia é uma ciência tão útil quanto o reconhecimento de porte.)

As câmeras costumavam disparar uma espécie de alarme toda vez que um desconhecido colocava os pés no campus. Isso definitivamente não funcionava.

O alarme disparava a cada dez minutos. Quando o carteiro passava. Quando um responsável vinha visitar. Quando os zeladores entravam para consertar a quadra de basquete. Quando um aluno estreava tênis novos.

Então, agora o sistema apenas registra onde e quando os alunos estão. Se alguém sai pelo portão durante a aula, as câmeras verificam o porte e, se reconhecerem, soam o alarme!

O Colégio Chavez é cercado por alamedas de brita. Eu mantenho um punhado de cascalhos na mochila só para garantir. Passei silenciosamente dez ou 15 pedrinhas para Darryl e as colocamos nos tênis.

A aula estava prestes a terminar — e eu me dei conta de que ainda não visitara o site do Harajuku Fun Madness para saber onde estava a próxima pista! Fiquei ligado demais na fuga e não me toquei que devia saber para *onde* a gente iria fugir.

Liguei o CompuEscola e comecei a teclar. A gente usava o navegador que vinha com a máquina. Era uma versão cheia de softwares espiões do Internet Explorer, aquela merda da Microsoft que só fazia travar e que ninguém com menos de 40 anos usava por vontade própria.

Eu tinha uma cópia do Firefox no drive de USB escondido no relógio, mas não era o suficiente: o CompuEscola rodava o Windows VistaEscola, um antigo sistema operacional feito para dar aos diretores a ilusão de que eles controlavam os programas que os alunos deveriam usar.

Mas o VistaEscola era o seu próprio inimigo. Há vários programas que ele não deixa desligar — softwares de censura e registro de teclado — e que rodam de maneira invisível para o sistema. Não dá para desligá-los porque não dá para ver que eles estão lá.

Qualquer programa cujo nome comece com SYS é invisível para o sistema operacional. Ele não é listado dentro do disco rígido, nem pelo gerenciador de tarefas. Então a minha cópia do Firefox era chamada de SYSFirefox. Assim que eu abri, o navegador ficou invisível para o Windows e para os softwares espiões da rede.

Agora que eu possuía um navegador alternativo rodando, era preciso arrumar uma conexão alternativa. A rede do colégio registrava cada entrada e saída do sistema, o que era uma péssima notícia se alguém queria navegar pelo site do Harajuku Fun Madness e ter alguma diversão extracurricular.

A resposta para essa situação é uma coisa engenhosa chamada TOR — sigla para The Onion Router, o roteador cebola. É um site que recebe solicitações de páginas na internet e repassa para uma série de outros roteadores do tipo cebolas, até que um deles finalmente aceita a solicitação e devolve pelas camadas da cebola até o site chegar ao usuário. O tráfego pelos roteadores do tipo cebola é criptografado, o que significa que o colégio não consegue ver o que está sendo acessado, e as camadas da cebola não sabem para quem estão trabalhando. Há milhões de nós na internet — o programa foi desenvolvido pelo Gabinete de Pesquisa da Marinha dos

EUA para driblar o software de censura em países como Síria e China, o que quer dizer que é perfeito para operar dentro dos limites de um típico colégio americano.

O TOR funciona porque a escola tem uma lista negra limitada de endereços proibidos, enquanto os endereços dos pontos de conexão mudam o tempo todo — não há como a direção manter um registro de todos eles. Juntos, o Firefox e o TOR me tornavam um homem invisível, imune à espionagem do Conselho de Educação, livre para acessar o site do Harajuku FM e ver o que estava rolando.

Lá estava ela, a nova pista. Como todas as pistas de Harajuku Fun Madness, essa tinha um componente físico, on-line e mental. O on-line era um quebra-cabeça cuja solução dependia de pesquisar respostas para um bando de perguntas obscuras. Essas aqui envolviam as tramas dos *dōjinshi* — gibis desenhados por fãs de mangás. Eles podem ser tão ambiciosos quanto os quadrinhos oficiais, porém são mais estranhos, com tramas que misturam outros gibis e algumas canções e cenas de ação muito bobas. Muitas histórias de amor, é claro. Todo mundo adora ver romance entre seus personagens favoritos.

Vou ter resolver essas charadas mais tarde, quando chegar em casa. Eram mais fáceis de solucionar com a equipe inteira baixando vários arquivos de *dōjinshi* e procurando pelas respostas.

O sinal tocou quando acabei de recolher todas as pistas e nós demos início à fuga. Coloquei discretamente a brita dentro das minhas botas australianas da Blundstone. Elas são ótimas para correr e escalar, e sendo um modelo sem cadarço é fácil de colocar e tirar, além de ser muito conveniente com tantos detectores de metal que estão em todos os lugares hoje em dia.

Claro que a gente tinha que escapar da segurança física também, mas isso ficava cada vez mais fácil sempre que a escola implementava uma nova barreira de espionagem — toda essa parafernália dava uma falsa sensação de segurança aos professores. Passamos pela galera nos corredores e fomos em direção à minha saída lateral favorita. Estávamos no meio do caminho quando Darryl resmungou:

— Droga! Esqueci que estou com um livro da biblioteca na mochila.

— Tá de brincadeira comigo — falei e puxei Darryl para o primeiro banheiro que passamos. Os livros da biblioteca são uma encrenca. Todos têm um transponder, um selo de identificação por radiofrequência preso na lombada que os bibliotecários passam sobre um leitor para registrar os livros. O transponder informa quais títulos estão fora do lugar nas prateleiras.

Mas o aparelho também permite que a escola saiba onde o aluno está a qualquer momento. Era mais uma daquela brecha na lei: o tribunal não permitia que o colégio seguisse nossos passos, mas ele podia localizar os *livros da biblioteca* e usar os registros para saber quem estava com cada um dos títulos.

Eu tinha uma carteira blindada na mochila, feita com uma trama de fios de cobre que bloqueavam sinais de rádio e silenciavam transponders. Mas ela era feita para neutralizar carteiras de identidade e transponders convencionais, não livros como...

— *Introdução à Física?* — Soltei um gemido. O livro era do tamanho de um dicionário.

Capítulo 2

— **Acho que vou** me formar em física quando entrar na Berkeley — disse Darryl. O pai dele dava aula na Universidade da Califórnia em Berkeley, o que garantiria uma bolsa de estudos quando entrasse na faculdade. E nunca houve dúvida na casa de Darryl sobre onde ele iria estudar.

— Beleza, mas você não podia ter pesquisado esse livro on-line?

— Meu pai falou que eu deveria ler. Além disso, eu não planejava cometer crimes hoje.

— Matar aula não é crime. É uma infração. São coisas totalmente diferentes.

— O que nós vamos fazer, Marcus?

— Bem, não dá para esconder o transponder, então temos que detoná-lo. — Destruir um transponder é magia negra. Nenhuma loja quer que clientes mal-intencionados estraguem as mercadorias ao destruir os códigos de barra, então os fabricantes criaram um sinal que desliga o transponder. Eles podem ser reprogramados com o aparelho adequado, mas eu odeio fazer isso com livros da biblioteca. Não é a mesma coisa que arrancar as páginas, mas, ainda assim, é ruim, porque

21

um livro com um transponder reprogramado não pode ser arquivado, nem achado. Vira uma agulha em um palheiro. Sobrou uma única opção: detonar o transponder. Literalmente. Trinta segundos em um forno de micro-ondas dariam jeito em praticamente todos os transponders do mercado. E, como ele não responderia quando D devolvesse o livro, a biblioteca apenas emitiria um novo transponder e o reprogramaria com a informação do catálogo. O livro voltaria bonitinho para a prateleira.

A gente só precisava de um micro-ondas.

— Espera mais uns dois minutos que a sala dos professores vai ficar vazia — falei.

Darryl pegou o livro e rumou para a porta.

— Esquece, nem pensar. Vou para a aula.

Eu o peguei pelo cotovelo e puxei de volta.

— Ora, vamos, D, calma. Vai dar certo.

— A *sala dos professores*? Acho que você não escutou, Marcus. Se me pegarem *mais uma vez*, eu vou ser *expulso*. Ouviu? *Expulso*.

— Ninguém vai pegar você. Vamos entrar pelos fundos.

— A sala dos professores fica vazia depois deste período. Ela tinha uma pequena quitinete em um canto com uma portinha para os professores que apenas queriam pegar uma xícara de café. O micro-ondas, que fedia a pipoca e sopa entornada, ficava bem ali, em cima de um frigobar.

Darryl resmungou. Eu pensei rapidamente.

— Olha, o sinal *já tocou*. Se você for para o grupo de estudos agora, vai levar uma advertência de atraso. A essa altura, é melhor nem ir. Eu posso entrar e sair de qualquer sala nesse *campus*, D. Você já me viu fazer isso. Vou proteger você, mano.

Ele resmungou de novo. Era uma das pistas de Darryl: assim que começava a resmungar, estava prestes a ceder.

— Vamos nessa — falei e fomos embora.

Foi perfeito. Passamos longe das salas de aula, descemos a escadaria dos fundos para o porão e subimos pela escada da frente, saindo bem na cara da sala dos professores. Não ouvimos nenhum barulho atrás da porta. Virei a maçaneta devagar e arrastei Darryl para dentro silenciosamente antes de fechar a porta.

O livro mal coube dentro do micro-ondas, que ainda estava mais sujo do que da última vez que passei aqui para usá-lo. Embrulhei o livro em papel-toalha antes de colocá-lo lá dentro.

— Cara, esses professores são uns *porcos* — resmunguei. Darryl, com a cara pálida de tensão, não falou nada.

O transponder morreu em meio a uma chuva de fagulhas, o que foi uma cena bonita (mas não tão bonita quanto o efeito de colocar uma uva congelada em um micro-ondas. Só vendo para acreditar).

Agora bastava fugir do *campus* em completo anonimato.

Darryl abriu a porta e começou a sair, seguido de perto por mim. Um segundo depois, ele pisou nos meus pés e meteu os cotovelos no meu peito, enquanto tentava voltar de costas para a quitinete, de onde havíamos acabado de sair.

— Volta — sussurrou em tom de emergência. — Rápido... é o Charles!

Charles Walker e eu não nos damos bem. Estamos na mesma série e nos conhecemos há tanto tempo quanto eu conheço Darryl, mas as semelhanças acabam por aí. Charles sempre foi grande para a idade que tem, e agora que está jogando futebol e tomando bomba, está ainda maior. O cara tem problemas em controlar a agressividade... perdi um dente de leite por causa dele na terceira série. Charles não se mete em encrencas pela violência porque se tornou o maior dedo-duro da escola.

É uma péssima combinação, um valentão que também dedura os outros e curte contar para os professores qualquer infração que descubra. Benson *adorava* Charles. Ele gostava de dizer que tinha um problema obscuro na bexiga, só para ter a desculpa necessária para zanzar pelos corredores de Chavez procurando gente para dedurar.

Da última vez que Charles descobriu um podre meu, acabei parando de jogar Larp. Eu não estava nem um pouco disposto a ser descoberto outra vez.

— O que ele está fazendo?

— Está vindo para cá, ora — disse Darryl. Ele estava tremendo.

— OK, é hora de tomar medidas de emergência — falei e peguei meu celular. Eu havia planejado tudo muito bem com antecedência. Charles jamais me pegaria outra vez. Mandei um e-mail para o servidor de casa, que entrou em ação.

Alguns segundos depois, o celular de Charles começou a tocar espetacularmente. Enviei dezenas de milhares de chamadas aleatórias e mensagens de texto para o aparelho, que dispararam todos os sons e toques sem parar. O ataque foi executado por meio de um botnet. Eu me senti meio mal por conta disso, mas era por uma boa causa.

Botnet é o lugar para onde os computadores infectados vão depois de morrer. Quando uma pessoa pega um vírus de computador, o PC manda uma mensagem para um canal de chat no IRC — um protocolo de conversa via internet. A mensagem avisa ao sujeito que mandou o vírus que os computadores estão prontos para obedecê-lo. As botnets são extremamente poderosas, pois incorporam milhares, às vezes centenas de milhares de computadores espalhados por toda a internet, conectados a redes de banda larga e rodando em velozes PCs caseiros. Essas máquinas normalmente funcionam a mando de seus donos, mas, quando o operador da botnet envia um chamado, os PCs se levantam como zumbis prontos para obedecê-lo.

Há tantos PCs infectados na internet que o preço de alugar uma hora ou duas em uma botnet despencou. A maioria trabalha como uma solução barata para distribuir spam, enchendo a caixa postal das pessoas com propagandas de pílulas para ereção ou novos vírus que vão recrutar o computador para a botnet.

Eu acabei de alugar dez segundos em uma botnet formada por três mil PCs para que cada um mandasse uma mensagem de texto ou uma chamada VOIP para o celular de Charles. Eu peguei o número dele em um lembrete na mesa de Benson durante uma visita à diretoria.

Não era preciso dizer que o celular de Charles não estava preparado para isso. Para começar, as mensagens de texto entupiram a memória do telefone, o que emperrou as operações que controlavam o alarme e o registro dos números das chamadas (sabia que é *muito fácil* gerar um número falso para o identificador de chamadas? Tem umas cinquenta maneiras de fazer isso... procure no Google por "falso número de identificador de chamadas").

Charles olhou estupefato para o celular e não parava de pressionar o dedo nas teclas. As sobrancelhas se contorciam enquanto ele lutava com os demônios que haviam possuído seu aparelho tão particular. Até agora o plano estava funcionando, mas ele não fez o que deveria fazer em seguida — Charles deveria encontrar um lugar para sentar e descobrir como fazer o celular voltar ao normal.

Darryl sacudiu o meu ombro e eu afastei o olhar da fresta da porta.

— O que ele está fazendo? — sussurrou Darryl.

— Eu detonei o celular, mas ele está apenas encarando o aparelho, em vez de seguir em frente. — Não seria fácil restaurar o telefone. Assim que a memória estivesse cheia, o sistema teria dificuldade em rodar o programa necessário para apagar as mensagens. E, como não havia uma maneira de selecionar e deletar todas ao mesmo tempo, Charles teria de apagar manualmente as milhares de mensagens.

Darryl me empurrou e espiou pela porta. Um momento depois, os ombros começaram a tremer. Fiquei com medo ao pensar que ele estava entrando em pânico, mas, quando Darryl recuou, notei que estava rindo tanto a ponto de chorar.

— A Galvez acabou de dar uma dura nele por estar no corredor durante a aula *e* com o celular na mão. Você devia ter visto a bronca. Ela estava curtindo pra valer.

Apertamos as mãos solenemente e voltamos de mansinho para o corredor, descemos as escadas, demos a volta, saímos pela porta e passamos pela grade até a gloriosa luz do sol da tarde em Mission. Valencia Street nunca pareceu tão bonita assim. Olhei o relógio e gritei.

— Vamos nessa! O resto da galera vai se encontrar com a gente nos bondes em vinte minutos!

Van nos viu primeiro. Ela estava misturada a um grupo de turistas coreanos, que era seu jeito favorito de se esconder ao matar aula. Desde que lançaram um site sobre alunos gazeteiros, nosso mundo ficou cheio de lojistas enxeridos e moralistas que batiam fotos da gente e postavam na rede para serem examinadas pela direção das escolas.

Van saiu da multidão e veio em nossa direção. Darryl sempre foi a fim dela, e Van é tão simpática a ponto de fingir que não sabe disso. Ela me abraçou e depois foi dar um beijo fraternal no rosto de Darryl, que ficou todo vermelho. Os dois faziam um par engraçado: Darryl é um pouco gordinho, mas não fica mal assim, e tem uma pele rosada que deixa o rosto vermelho sempre que corre ou fica empolgado. Ele começou a ter barba na época em que tínhamos14 anos, mas ainda bem que tirou depois de um breve período usando uma barba ao estilo Abraão Lincoln. E Darryl é alto. Muito, muito alto. Alto como um jogador de basquete.

Enquanto isso, Van é magricela e bate no meu nariz. Ela usa o cabelão negro liso em umas tranças malucas e complicadas que pesquisa na internet. Tem olhos escuros e uma pele bonita em tom acobreado. Adora usar enormes anéis de vidro do tamanho de rabanetes que batem enquanto ela dança.

— Cadê o Jolu? — ela perguntou.

— Tudo bem, Van? — Darryl perguntou com a voz embargada. Ele sempre ficava para trás na conversa quando Van estava presente.

— Tudo bem, D. E com você, tudo certinho? — Ah, ela era má, muito má. Darryl quase desmaiou.

Jolu salvou Darryl desse vexame ao surgir naquele exato momento. Ele usava um modelo grande demais de casaco de couro de beisebol, tênis transados e um boné com a imagem do nosso lutador favorito de luta livre mexicana, El Santo Junior. Jolu é Jose Luis Torrez, o integrante que faltava de nosso quarteto. Ele frequenta uma escola católica super rígida no bairro de Outer Richmond, o que dificultava escapar das aulas. Mas ele sempre conseguia: ninguém fugia como o nosso Jolu. Ele adorava esse casaco porque ia até embaixo — como era moda em certas partes da cidade — e também porque cobria todo o uniforme da escola católica, que atraía os enxeridos que usavam o celular para delatar quem matava aula.

— Todo mundo pronto para ir? — perguntei assim que todos se cumprimentaram. Peguei meu celular e mostrei para eles o mapa do metrô que baixei. — Até onde eu entendi, nós temos que ir para o hotel Nikko, depois seguir mais um quarteirão até a O'Farrell e então virar a esquerda para Van Ness. A gente vai encontrar o sinal de internet sem fio em algum lugar dali.

Van fez uma careta.

— Essa é uma vizinhança barra-pesada. — Era impossível negar. Aquela parte de São Francisco é esquisita. O trecho em frente ao Nikko é indicado aos turistas, com os bondes passando e restaurantes para toda a família. Ao sair do outro lado, chega-se a Tenderloin, o bairro que concentra todos os travestis, cafetões, traficantes e mendigos viciados em crack da cidade. A gente não era velho o bastante para o que eles vendiam e compravam (embora muitas prostitutas dali fossem da nossa idade.)

— Olhe pelo lado bom — falei. — Só dá para ir a Tenderloin em plena luz do dia. Os outros jogadores só vão conseguir passar lá o mais tardar amanhã. É isso que chamamos nas partidas de ARG de uma *tremenda vantagem.*

Jolu sorriu para mim.

— Do jeito que você fala, até parece uma coisa boa.

— Melhor do que comer ouriço do mar — falei.

— A gente veio aqui para conversar ou ganhar? — disse Van. Depois de mim, ela era a jogadora mais dedicada do grupo. Van levava a vitória muito, muito a sério.

Partimos, quatro bons amigos, para desvendar uma pista, ganhar o jogo — e perder tudo o que era importante para sempre.

O **componente físico** da pista de hoje era um conjunto de coordenadas de GPS onde iríamos encontrar um sinal de acesso a uma rede WiFi. Havia coordenadas para todas as cidades grandes onde se jogava Harajuku Fun Madness. O sinal sofria interferência proposital de outro ponto de WiFi próximo, que permanecia escondido, para não ser localizado por quem quisesse usar gratuitamente o acesso aberto à internet.

Teríamos de achar a localização do ponto "escondido" ao medir a potência do sinal "visível" e encontrar o lugar em que ele era mais fraco. Lá, encontraríamos outra pista. Da última vez, foi no prato do dia do Anzu, um restaurante japonês metido a besta do hotel Nikko em Tenderloin. O Nikko era da Japan Airlines, um dos patrocinadores do Harajuku Fun Madness, e os funcionários fizeram uma festa quando finalmente achamos a pista. Ganhamos tigelas de sopa de missô e tivemos de provar sushi de ouriço do mar. Ele tinha a consistência de queijo pastoso e cheiro de cocô de cachorro mais pastoso ainda, porém o gosto era bom *demais*. Pelo menos foi o que Darryl me disse. Eu não ia comer aquilo.

Encontrei o sinal de WiFi com o localizador do celular a uns três quarteirões depois da O'Farrell, logo antes da Hyde Street, em frente a um "salão de massagem asiática" suspeito, com um sinal de FECHADO piscando na janela. Como o nome da rede era HarajukuFM, soubemos que havíamos encontrado o ponto certo.

— Se for lá dentro, eu não vou entrar — disse Darryl.

— Todo mundo está com seus localizadores de WiFi? — perguntei.

Darryl e Van tinham celulares com localizadores embutidos, enquanto Jolu, que não admitia ter um aparelho maior do que o próprio mindinho, possuía um pequeno localizador externo.

— OK, vamos nos espalhar para ver o que descobrimos. A gente está procurando por uma queda brusca no sinal que fica pior quanto mais nos afastamos.

Dei um passo para trás e acabei pisando no pé de alguém. Uma voz feminina disse "ai" e eu me virei, preocupado com a possibilidade de que alguma piranha doida de crack fosse me esfaquear por ter quebrado seu salto alto.

Em vez disso, eu me vi cara a cara com uma garota da minha idade. Ela tinha os cabelos rosa-choque e uma cara de fuinha com óculos de sol imensos, que pareciam aqueles modelos de proteção usados por pilotos. Estava vestida com uma roupa colante de listras debaixo de um vestidão escuro com vários broches japoneses — personagens de anime, antigos líderes mundiais, logomarcas de refrigerantes estrangeiros.

Ela levantou uma câmera e tirou uma foto minha e da minha equipe.

— Sorriam — disse ela. — Vocês estão na câmera indiscreta...

— Não vem com essa — falei. — Você não faria...

— Farei sim. Vou mandar essa foto para a patrulha antigazeteiros em trinta segundos se vocês quatro não abandonarem essa pista e me deixarem, junto com minhas amigas, cuidar dela. Vocês podem voltar em uma hora que a pista será toda de vocês. Acho que é mais do que justo.

Eu olhei atrás dela e notei três garotas vestidas com as mesmas roupas — uma com cabelo azul, outra com verde e a terceira com cabelo roxo.

— Quem são vocês, o Esquadrão Sorvete?

— Nós somos a equipe que vai dar um sacode na sua em Harajuku Fun Madness. E eu sou aquela que está prestes a enviar sua foto *neste instante* e meter você em uma *tremenda encrenca*...

Senti Van avançando atrás de mim. Seu colégio feminino é famoso pelas brigas e eu tinha certeza de que ela iria acabar com a raça dessa garota.

Então, o mundo mudou para sempre.

Sentimos primeiro aquela tremida perturbadora do cimento debaixo dos pés que todo californiano conhece por instinto — *terremoto*. Minha primeira reação, como sempre, foi fugir: "N*a dúvida ou se ferrando, saia correndo em círculos, berrando.*" Porém, a verdade é que já estávamos no lugar mais seguro possível: fora de um prédio que poderia desabar em cima da gente e distante de onde pedaços de alvenaria poderiam quebrar nossas cabeças.

Os terremotos sempre começam silenciosos, mas esse foi diferente. Ele produziu um rugido incrível, mais alto do que qualquer coisa que eu já ouvira, tão avassalador que fiquei de joelhos, assim como os demais. Darryl sacudiu meu braço e apontou para cima dos prédios. Foi então que vimos uma imensa nuvem negra vindo da direção da baía.

Houve outro rugido e a nuvem de fumaça se espalhou, uma forma negra como aquelas que crescemos vendo no cinema. Alguém acabara de explodir alguma coisa pra valer.

Ouvimos mais rugidos e tremores. Cabeças surgiram nas janelas e pelas ruas. Todos nós olhamos para a nuvem em formato de cogumelo, em silêncio.

Então as sirenes começaram a tocar.

Eu já tinha ouvido sirenes assim antes — eles testam os alertas da defesa civil toda terça-feira ao meio-dia. Mas só havia escutado fora desse horário em velhos filmes de guerra e videogames, do tipo em que alguém está jogando bombas em outra pessoa. Sirenes de bombardeio aéreo. O som de uóóóóóóón deixou a situação ainda mais surreal.

— Dirijam-se aos abrigos imediatamente. — Parecia a voz de Deus vindo de todos os lugares ao mesmo tempo. Havia alto-falantes em alguns dos postes de luz, algo que eu nunca havia notado, e todos foram ligados ao mesmo tempo.

— Dirijam-se aos abrigos imediatamente. — Abrigos? Nós nos entreolhamos, confusos. Que abrigos? A nuvem estava subindo e se espalhando sem parar. Era nuclear? Será que esses eram os nossos últimos suspiros?

A garota com cabelo cor-de-rosa pegou as amigas e elas desceram a ladeira correndo, em direção à estação do metrô no pé do morro.

— DIRIJAM-SE AOS ABRIGOS IMEDIATAMENTE.

— Começaram os gritos e a correria. Os turistas se espalharam para todas as direções. Dava para ver que eram turistas porque são aqueles que pensam CALIFÓRNIA = CALOR e passam o fim de ano em São Francisco congelando em shorts e camisetas.

— É melhor a gente ir! — Darryl gritou no meu ouvido, quase inaudível contra o som estridente das sirenes, que agora ganharam o reforço das tradicionais sirenes da polícia. Várias viaturas passaram berrando por nós.

— Dirijam-se aos abrigos imediatamente.

— Vamos para a estação do metrô — gritei. Meus amigos concordaram com a cabeça. Ficamos próximos uns dos outros e começamos a descer correndo a ladeira.

Capítulo 3

Passamos por um monte de gente na rua a caminho da estação da Powell Street. As pessoas estavam correndo ou caminhando, com rostos pálidos, caladas ou gritando em pânico. Os mendigos se encolheram nas portarias e ficaram observando tudo aquilo, enquanto um travesti alto e negro gritava com dois jovens de bigode sobre alguma coisa.

Quanto mais nos aproximamos da estação, mais os corpos começaram a se espremer. Quando chegamos à escadaria, o cenário era de tumulto, de uma multidão brigando para conseguir descer pelos degraus estreitos. Meu rosto foi amassado contra as costas de alguém e outra pessoa foi espremida contra as minhas costas.

Darryl continuava ao meu lado — era grande demais para ser empurrado e Jolu estava bem atrás dele, meio que agarrado à cintura. Notei que Vanessa estava alguns metros atrás, presa entre mais pessoas.

— Vai se catar! — Ouvi Van gritar atrás de mim. — Tarado! Tira a mão de mim!

Lutei para me virar e vi Van olhando com nojo para um tiozão de terno que estava dando um risinho para ela. Van meteu a mão na bolsa e eu sabia o que ela estava procurando.

— Não use o spray de pimenta! — Gritei mais alto que a balbúrdia. — Vai nos acertar também.

Ao falar em spray de pimenta, o sujeito ficou assustado e meio que recuou, embora continuasse sendo empurrado para frente pela multidão. Mais adiante, vi uma senhora de vestido riponga tropeçar e cair aos gritos. Notei que ela se debatera para se levantar, mas não conseguia, pois a pressão da muvuca era muito forte. Quando cheguei perto, abaixei-me para ajudar e quase fui derrubado em cima da mulher. Acabei pisando em seu estômago ao ser empurrado para longe, mas, a essa altura, acho que ela não estava sentindo mais nada.

Nunca fiquei tão assustado assim na vida. A gritaria tomou conta de tudo, havia mais corpos pelo chão e a pressão de trás era tão implacável quanto a de um trator. Eu mal conseguia ficar de pé.

Chegamos ao terminal onde ficavam as roletas. A situação não estava melhor aqui — o espaço confinado tornou o eco das vozes um rugido que fez minha cabeça doer, o cheiro e a sensação de todas aquelas pessoas provocaram uma claustrofobia inédita em mim.

Ainda havia gente descendo a escadaria e mais pessoas se espremiam pelas roletas e nas escadas rolantes para chegar às plataformas de embarque, mas ficou claro para mim que essa situação não teria um final feliz.

— Quer arriscar a sorte lá em cima? — perguntei para Darryl.

— Sim, diabos — ele respondeu. — Aqui está sinistro.

Olhei para Vanessa — não havia chance de ela me escutar. Consegui pegar o celular e enviei uma mensagem para ela.

> Estamos indo embora daqui.

Notei que Vanessa sentiu o telefone vibrando. Ela olhou para o aparelho, virou para mim e concordou enfaticamente com a cabeça. Enquanto isso, Darryl contou a ideia para Jolu.

— *Qual é o plano?* — Darryl gritou em meu ouvido.

— Temos que voltar! — berrei de volta, apontando para a multidão implacável.

— É impossível!

— Quanto mais a gente esperar, mais impossível vai ficar! Ele deu de ombros. Van conseguiu chegar até mim e agarrou meu pulso. Peguei a mão de Darryl, ele pegou a de Jolu e forçamos a saída.

Não foi fácil. No início, avançamos dez centímetros por minuto, então a coisa ficou ainda mais lenta quando chegamos à escadaria. As pessoas que empurramos para sair também não ficaram nada contentes. Alguns nos xingaram e teve um cara que parecia que ia me socar se conseguisse soltar os braços. Passamos por mais três pessoas pisoteadas, mas não havia como ajudá-las. Naquele momento, eu nem estava pensando em ajudar ninguém. Só pensava em encontrar um espaço à frente para avançar, na pressão da mão de Darryl, na pegada firme em Vanessa atrás de mim.

Uma eternidade depois, saímos como rolhas de champanhe, piscando os olhos diante da luz cinzenta esfumaçada. O alerta de bombardeio aéreo continuava berrando e o som das sirenes dos veículos de emergência que corriam pela Market Street era ainda mais alto. Não havia quase mais ninguém na rua — apenas as pessoas que tentavam inutilmente descer pelo metrô. Muitas estavam chorando. Vi um conjunto de bancos vazios, que geralmente eram ocupados por bêbados fedorentos, e apontei na direção deles.

Fomos até os bancos, os corpos abaixados e os ombros encolhidos por causa das sirenes e da fumaceira. Quando chegamos, Darryl caiu para frente.

Todos nós gritamos, Vanessa agarrou Darryl e virou seu corpo para cima. A lateral da camisa estava manchada de vermelho e a mancha crescia. Ela levantou a camisa dele e revelou um corte comprido e profundo na banha.

— Alguém *esfaqueou* Darryl na multidão, cacete — disse Jolu cerrando os punhos. — Jesus, isso é maldade!

Darryl gemeu e olhou para nós, então desmoronou de lado, voltou a gemer e a cabeça pendeu novamente.

Vanessa tirou a jaqueta jeans e depois o casaco de algodão que usava por baixo. Fez um bolo e pressionou na lateral do corpo de Darryl.

— Pegue a cabeça dele — falou para mim. — Mantenha elevada. — Virou para Jolu e disse: — Levante os pés dele. Enrole o seu casaco ou algo assim. — Jolu andou rapidamente. A mãe de Vanessa é enfermeira e ela recebeu treinamento de primeiros socorros em todas as colônias de férias. Adorava debochar das pessoas recebendo primeiros socorros de forma errada nos filmes. Fiquei muito contente de ela estar conosco.

Ficamos sentados lá por um bom tempo, pressionando o casaco contra o corpo de Darryl. Ele continuava insistindo que estava bem e que deveríamos deixar que se levantasse, enquanto Van continuava mandando que calasse a boca e ficasse deitado e imóvel antes que levasse uma surra dela.

— A gente não devia ligar para a polícia? — disse Jolu.

Eu me senti um idiota. Peguei o celular e liguei para a polícia. Não cheguei sequer a ouvir sinal de ocupado — o barulho era mais parecido com um gemido de dor da linha telefônica. Ninguém ouve um ruído assim a não ser que três milhões de pessoas estejam ligando para o mesmo número simultaneamente. Quem precisa de botnets quando existem terroristas?

— E quanto à Wikipedia? — sugeriu Jolu.

— Sem telefone, não temos acesso — respondi.

— E quanto a eles? — Darryl falou e apontou para a rua. Olhei para onde ele estava indicando, pensando que ia ver um policial ou um paramédico, mas não havia ninguém lá.

— Tudo bem, amigão, descanse aí — falei.

— Não, seu idiota, e quanto a eles, os policiais nos carros? Lá!

Darryl estava certo. A cada cinco segundos, um carro da polícia, dos bombeiros ou uma ambulância passavam voando. Eles poderiam nos ajudar. Eu era tão idiota...

— Vamos nessa então — falei. — Vamos levar você para onde eles possam ver e chamar um dos carros.

Vanessa não gostou da ideia, mas imaginei que um policial não iria parar para um moleque acenando com o boné em um dia como aquele. Porém, a polícia poderia parar ao ver Darryl sangrando. Discuti rapidamente com ela e Darryl resolveu a questão ao ficar de pé com dificuldade e se arrastar até a Market Street.

O primeiro veículo a passar berrando foi uma ambulância que nem reduziu a velocidade, tampouco o carro de polícia que veio a seguir ou o caminhão dos bombeiros, muito menos as três próximas viaturas. A aparência de Darryl não era muito boa — o rosto estava pálido e ele ofegava. O suéter de Van estava encharcado de sangue.

Fiquei cansado de ver os carros passando direto por mim. Assim que o próximo veículo surgiu na Market Street, pulei na rua e sacudi os braços acima da cabeça gritando "*PARE*". O carro derrapou até parar e somente então notei que não era uma ambulância, nem uma viatura da polícia ou dos bombeiros.

Era um Jeep com aparência militar como um Hummer blindado, só que não tinha insígnia alguma. O carro parou bem na minha frente e eu pulei para trás, perdi o equilíbrio e acabei caindo na rua. Ouvi as portas abrindo por perto e vi uma confusão de coturnos se aproximando. Levantei os olhos e vi sujeitos com aparência militar vestindo macacões, segurando rifles enormes e usando máscaras de gás com lentes escuras.

Mal tive tempo de perceber que aqueles rifles estavam apontados para mim. Eu nunca tinha olhado pelo cano de uma arma antes, mas tudo o que é dito sobre essa experiência é verdade. A pessoa congela onde está, o tempo para e o coração dispara, ecoando nos ouvidos. Abri a boca, então fechei e, bem lentamente, levantei as mãos.

O homem armado e sem rosto acima de mim manteve o rifle firme. Eu nem sequer respirava. Van estava gritando alguma coisa, Jolu berrava e, quando olhei para eles, alguém colocou um saco áspero sobre a minha cabeça e amarrou firme na traqueia, tão rápido e com tanta força que mal deu tempo de tomar fôlego antes de ele ficar preso sobre a cabeça. Fui empurrado contra meu próprio estômago e alguma coisa deu duas voltas pelos pulsos — parecia arame bem apertado que rasgara a carne. Gritei e a minha própria voz foi abafada pelo capuz.

Então fiquei em um breu completo e me esforcei para escutar o que estava acontecendo com meus amigos. Ouvi gritos abafados através do saco de aniagem e fui levantado pelos pulsos sem a menor cerimônia, com os braços dobrados atrás das costas, os ombros doendo.

Tropecei um pouco até que uma mão abaixou minha cabeça e eu entrei no Hummer. Mais corpos foram empurrados com violência ao meu lado.

— Galera? — gritei e levei um forte golpe na cabeça pelo que fiz. Ouvi Jolu responder e o golpe que ele também levou. Minha cabeça latejava como um gongo.

— Ei — falei para os soldados. — Ei, olha! Nós somos apenas estudantes! Eu queria chamar a atenção de vocês porque meu amigo está sangrando. Ele foi esfaqueado por alguém. — Eu não tinha ideia se estavam ouvindo alguma coisa através do saco. Continuei falando. — Olha só... isso é um mal-entendido. Temos que levar nosso amigo a um hospital...

Algo bateu na minha cabeça outra vez. Parecia um cassetete ou algo assim — foi o golpe mais forte que já levei na cabeça. Os olhos rodaram e se encheram d'água. Fiquei literalmente sem fôlego com a dor. Um instante depois, consegui respirar, mas não falei nada. Havia aprendido a lição.

Quem eram estes palhaços? Eles não estavam usando insígnia alguma. Talvez fossem terroristas! Nunca tinha acreditado em terroristas antes — tipo, eu sabia, de uma forma abstrata, que eles existiam em algum lugar do planeta, mas não representavam nenhum risco para mim, na verdade. Havia milhares de maneiras de o mundo me matar — começando por ser atropelado por um motorista bêbado correndo pela Valencia — que seriam infinitamente mais prováveis e diretas do que terroristas. Eles matavam menos gente do que quedas em banheiro e choques elétricos acidentais. Ficar preocupado com terroristas para mim parecia tão inútil quanto se preocupar em ser atingido por um raio.

Sentado no banco de trás daquele Hummer, com a cabeça em um saco, as mãos amarradas nas costas, balançando de um lado para o outro enquanto a cabeça inchava, de repente o terrorismo passou a parecer bem mais perigoso.

O carro sacudiu e começou a subir a ladeira. Imaginei que estávamos a caminho de Nob Hill e, pelo ângulo que estávamos, parecia que pegamos o trajeto mais íngreme — imaginei que fosse a Powell Street.

Agora estávamos descendendo por uma ladeira tão inclinada quanto a subida. Se meu mapa mental estivesse correto, estávamos a caminho do Fisherman's Wharf. Ali era possível pegar um barco e fugir. Isso faz sentido segundo a teoria do terrorismo. Por que diabos terroristas sequestrariam um bando de estudantes?

Paramos na ladeira. O motor foi desligado e as portas se abriram. Alguém me puxou pelos braços e me empurrou aos trancos e barrancos por uma rua de paralelepípedos. Poucos segundos depois, tropecei em uma escada de metal, batendo com as canelas. As mãos nas minhas costas me empurraram de novo. Subi os degraus com cuidado, sem poder usar as mãos. Procurei pelo quarto degrau depois do terceiro, mas ele não estava lá. Quase caí de novo, mas outras mãos me pegaram pela frente e me arrastaram por um piso de metal. Fui colocado de joelhos e minhas mãos foram presas a alguma coisa.

Senti mais movimentos, corpos sendo acorrentados ao meu lado. Sons de gemidos abafados. Risos. Então, uma longa e interminável eternidade na escuridão abafada, inalando e exalando o mesmo ar, ouvindo a própria respiração.

Na verdade, consegui dormir de certa forma ali, ajoelhado com a circulação presa nas pernas, a cabeça na escuridão do saco de aniagem. Meu corpo consumiu um ano de adrenalina em 30 minutos e, apesar de ela permitir que uma pessoa levante um carro para salvar alguém que ama e pular mais alto que um arranha-céu, as consequências são sempre difíceis.

Acordei quando alguém arrancou o saco da cabeça. Não foram grosseiros nem cuidadosos; apenas... indiferentes. Como alguém preparando hambúrguers no McDonald's.

A luz no aposento era tão intensa que tive de fechar bem os olhos, depois abri aos pouquinhos até conseguir olhar ao redor.

Estávamos dentro de um enorme caminhão. Consegui notar as cavidades das rodas ao longo da caçamba, que fora transformada em uma espécie de posto de comando/prisão móvel. Havia mesas de aço nas paredes com vários monitores presos em braços articulados que podiam dar a volta pelos operadores. Cada mesa tinha uma cadeira de escritório sensacional com vários ajustes do assento e também de altura, inclinação e giro.

Então percebi a parte da prisão que ficava na frente do caminhão, longe das portas, com barras de aço presas às laterais do veículo, onde estavam algemados os prisioneiros. Eu vi Van e Jolu imediatamente. Darryl devia estar entre as outras 12 pessoas acorrentadas ali, mas era difícil dizer — muitos estavam caídos e bloqueavam minha visão. O fundo do caminhão fedia a suor e medo.

Vanessa olhou para mim e mordeu o lábio. Estava com medo. Eu também. Jolu também, seus olhos não paravam de rodar, expondo a parte branca. O pior é que eu estava com uma vontade *louca* de mijar.

Procurei por nossos captores. Evitei olhar para eles até agora, da mesma forma que uma pessoa não olha dentro de um armário escuro onde imagina existir um bicho-papão. Ninguém quer descobrir que está certo.

Mas eu precisava descobrir quem eram esses babacas que nos haviam seqüestrado. Queria saber se eram terroristas. Eu não sabia como um terrorista se parecia, embora os seriados de tevê tivessem se esforçado em me convencer de que eles eram árabes de pele escura com barbas enormes, chapéus de pano e túnicas soltas de algodão que iam até os tornozelos.

Nossos captores não eram assim. Podiam ser animadores de torcida do intervalo do Super Bowl. Pareciam *americanos* de um jeito que eu não conseguia definir. Maxilares definidos, cabelo arrumado e cortado rente em um penteado que não era exatamente militar. Eram brancos e negros, homens e mulheres, e sorriam abertamente entre eles, sentados na outra extremidade do caminhão, brincando e bebendo café em copos para viagem. Não eram árabes do Afeganistão: pareciam turistas de Nebraska.

Olhei para um deles, uma jovem com cabelo castanho que mal parecia ser mais velha do que eu, meio gatinha no estilo executiva poderosa que mete medo. Basta olhar para alguém por muito tempo que logo a pessoa devolve o olhar. Foi o que ela fez e o rosto mudou para uma configuração totalmente diferente, insensível, até mesmo robótica. O sorriso sumiu instantaneamente de seu rosto.

— Ei — falei. — Olha, eu não sei o que está acontecendo aqui, mas realmente preciso mijar, sabe?

Ela olhou como se não me visse e também como se não tivesse me escutado.

— Estou falando sério: eu não for ao banheiro logo, vai acontecer um acidente. Vai ficar bem fedido aqui atrás, sabe?

Ela virou-se para um grupinho de três colegas e todos cochicharam algo que não deu para ouvir por causa das ventoinhas dos computadores.

A mulher voltou a olhar para mim.

— Segure por mais dez minutos, então cada um de vocês poderá ir ao banheiro.

— Não acho que vai dar para esperar mais dez minutos — falei com um pouco mais de urgência do que eu sentia. — Sério, moça, é agora ou nunca.

Ela balançou a cabeça e olhou para mim como se eu fosse um mané digno de pena. A mulher confabulou mais um pouco com os amigos e um deles veio na minha direção. Ele era mais velho, tinha uns 30 e poucos anos e ombros largos, como se malhasse. Parecia chinês ou coreano — até mesmo Van não consegue dizer a diferença algumas vezes —, mas tinha um jeito *americano* que eu não sabia identificar.

O sujeito afastou o casaco esportivo para mostrar as armas nos coldres: reconheci uma pistola, um taser e uma lata de spray de pimenta ou gás lacrimogêneo antes que a roupa se fechasse de novo.

— Sem criar confusão — disse.

— Nenhuma confusão — concordei.

Ele tocou alguma coisa no cinto e as algemas atrás de mim abriram e soltaram meus braços. Era como se o cara estivesse com o cinto de utilidades do Batman — controle remoto sem fio para as algemas! Contudo, fazia sentido: ninguém gostaria de se debruçar sobre um prisioneiro armado daquele jeito — o cara podia arrancar a pistola com os dentes e puxar o gatilho com a língua, algo assim.

Minhas mãos continuavam presas com a algema de plástico, e agora que havia perdido o apoio das algemas, descobri que as pernas viraram gelatina por terem ficado presas em uma mesma posição. Para encurtar a história, eu basicamente caí de cara no chão e tentei mexer as pernas dormentes para ficar de pé.

O cara me levantou e fui trocando as pernas para o fundo do caminhão até um banheiro portátil. Tentei localizar Darryl ao voltar, mas ele podia ser qualquer uma das cinco ou seis pessoas caídas. Ou nenhuma delas.

— Entra aí — falou o cara.

Mexi os pulsos.

— Pode me soltar, por favor? — Meus dedos pareciam salsichas roxas depois de horas presos pelas algemas de plástico. O sujeito nem se mexeu.

— Olha — eu disse tentando não parecer sarcástico ou furioso (não era fácil). — Você pode soltar meus pulsos ou mirar para mim. Não dá para ir ao banheiro sem usar as mãos. — Alguém no caminhão conteve um riso. O homem não gostava de mim, dava para ver pelo maxilar retesado. Cara, esse pessoal era travado!

Ele tirou do cinto um belo conjunto de multiferramentas e abriu uma faca de aparência cruel para cortar as algemas de plástico. Recuperei o uso das mãos.

— Obrigado — falei.

Ele me empurrou para o banheiro. Minhas mãos eram inúteis, pareciam feitas de argila. Ao mexer os dedos, eles formigaram, então o formigamento se tornou uma sensação de queimação que quase me fez gritar. Abaixei o assento, desci as calças e sentei. Não quis arriscar ficar de pé.

A bexiga cedeu, assim como meus olhos. Chorei em silêncio, balançando para frente e para trás enquanto as lágrimas desciam pelo rosto. Mal consegui conter os soluços — cobri a boca com a mão para prender o barulho. Não queria dar esse gostinho para eles.

Finalmente terminei de mijar e chorar, enquanto o cara batia à porta. Limpei o rosto da melhor maneira possível com um bolo de papel higiênico, joguei tudo na privada e puxei a descarga. Procurei pela pia, mas só encontrei uma saboneteira de parede com letrinhas miúdas indicando os agentes infecciosos que o gel erradicava. Esfreguei um pouco nas mãos e saí do banheiro.

— O que você estava fazendo lá dentro? — perguntou o sujeito.

— Usando o banheiro — falei. O cara me virou, pegou minhas mãos e eu senti um novo par de algemas de plástico em volta delas.

Meus pulsos incharam desde que foram soltos e as novas algemas cortaram a pele delicada, mas eu me recusei a dar o gostinho de reclamar.

Ele me algemou de volta ao meu lugar e pegou a pessoa do lado que, então, notei, era Jolu. Seu rosto estava inchado com um hematoma feio na bochecha.

— Você está bem? — perguntei para Jolu, e meu amigo com o cinto de utilidades meteu a mão na minha testa e empurrou com força, batendo a cabeça contra a parede de metal do caminhão, como um relógio badalando. — Sem conversa — ele disse enquanto eu lutava para enxergar direito.

Eu não gostava desta gente. Naquele momento, resolvi que eles iriam pagar caro por tudo isso.

Um a um, todos os prisioneiros foram e voltaram do banheiro. Quando terminaram, meu guarda retornou para seus amigos e tomou outro copo de café — notei que estavam bebendo de uma grande embalagem para viagem do Starbucks — e tiveram uma conversa qualquer que envolvia muita risada.

Então a porta de trás do caminhão abriu e entrou ar fresco, sem a fumaça de antes, mas com um cheiro de ozônio. No que consegui vislumbrar antes que a porta fosse fechada, notei que estava escuro e chovendo, uma daquelas garoas de São Francisco que era metade névoa.

O homem que entrou vestia uniforme militar. Um uniforme das Forças Armadas americanas. Ele bateu continência para as pessoas que estavam dentro do caminhão e elas retribuíram. Foi aí que descobri que eu não era um prisioneiro de um bando de terroristas — eu era um prisioneiro dos Estados Unidos da América.

Eles armaram um pequeno biombo no fim do caminhão e foram libertando os prisioneiros um por um, soltando as algemas e nos levando para o fundo do veículo. Pelo que consegui calcular — contando os segundos na minha cabeça, um carneirinho, dois carneirinhos —, as entrevistas duraram uns sete minutos cada. Minha cabeça latejava pela desidratação e por falta de cafeína.

Eu fui o terceiro, levado pela mulher de cabelo bem curto. De perto, ela parecia cansada, com olheiras e rugas de preocupação nos cantos da boca.

— Obrigado — falei automaticamente ao ser solto via controle remoto e levantado por ela. Eu odiava esta minha educação automática, mas era algo que fui adestrado a fazer.

A mulher não mexeu um músculo sequer. Andei à frente dela até os fundos do caminhão e fui para trás do biombo. Havia uma única cadeira dobrável e me sentei. Dois deles — a mulher de cabelo curto e o homem do cinto de utilidades — olhavam para mim, sentados em suas supercadeiras ergonômicas.

Havia uma mesinha entre eles com o conteúdo da minha carteira e mochila espalhado em cima.

— Olá, Marcus — falou a mulher de cabelo curto. — Temos algumas perguntas a fazer para você.

— Eu estou preso? — perguntei. Não era uma pergunta à toa. Se a pessoa não está presa, há limites para o que a polícia pode ou não pode fazer. Para começar, eles não podem deter ninguém sem dar voz de prisão, ou o direito a dar um telefonema e falar com um advogado. E ah, moleque, como eu tinha coisa para falar com um advogado.

— Para que serve isso? — disse ela ao levantar meu celular. A tela mostrava uma mensagem de erro que aparece quando a pessoa tenta mexer no banco de dados sem colocar a senha correta. Era uma mensagem um pouco grosseira — a animação de uma mão fazendo um gesto conhecido universalmente —, porque eu gostava de personalizar meus equipamentos.

— Eu estou preso? — repeti. Eles não podem obrigar ninguém a responder se não estiver preso, e se a pessoa pergunta se está presa, eles têm que responder. São as regras.

— Você está detido pelo *Departamento de Segurança Nacional* — disparou a mulher.

— Estou preso?

— Você vai começar a cooperar agora, Marcus. — Ela não falou "ou então", mas ficou implícito.

— Eu gostaria de falar com um advogado. Gostaria de saber do que estou sendo acusado. Gostaria de ver alguma espécie de identificação de vocês dois.

Os dois agentes se entreolharam.

— Acho que você realmente deveria repensar a forma como está encarando esta situação — falou a mulher de cabelo curto. — Acho que deveria fazer isso imediatamente. Nós encontramos uma boa quantidade de aparelhos suspeitos com você. Encontramos você e seus companheiros perto do local do pior ataque terrorista que este país já viu. Basta juntar os dois fatos e a situação não está nada boa para você, Marcus. Você pode cooperar ou se arrepender muito, muito mesmo. Agora, para que serve isso?

— Você acha que eu sou um terrorista? Eu tenho 17 anos!

— A idade perfeita. A al Qaeda adora recrutar jovens idealistas e impressionáveis. Nós pesquisamos sobre você no Google, sabe? Você andou postando coisas muito feias na internet.

— Eu gostaria de falar com um advogado.

A moça então me olhou como se eu fosse um inseto.

— Você está equivocado ao pensar que foi detido pela polícia por cometer um crime. Precisa tirar isso da cabeça. Você foi detido como um soldado inimigo em potencial pelo governo dos Estados Unidos. Se eu fosse você, estaria pensando muito em como nos convencer de que não é um soldado inimigo. Pensando muito. Porque existem certos buracos escuros onde os soldados inimigos somem, buracos muito escuros e fundos onde as pessoas simplesmente desaparecem. Para sempre. Está me escutando, mocinho? Quero que você desbloqueie esse celular e decodifique os arquivos da memória. Quero que explique: por que estava na rua? O que sabe sobre o ataque a esta cidade?

— Eu não vou desbloquear meu telefone para você — falei indignado. A memória tinha um monte de coisa pessoais: fotos, e-mails, pequenas modificações e programas ilegais instalados. — Isso é pessoal.

— O que você tem a esconder?

— Eu tenho direito à minha privacidade. E quero falar com um advogado.

— Esta é a sua única chance, moleque. Pessoas honestas não têm o que esconder.

— Eu quero falar com um advogado. — Meus pais pagariam pelos honorários. Todas as "questões frequentes" sobre ser preso eram bem claras quanto a isso. Basta continuar pedindo para falar com um advogado, não importa o que eles digam ou façam. Encarar os tiras sem a presença de um advogado não costuma acabar bem. Esses dois disseram que não eram da polícia, mas, se eu não estava sendo preso, o que era isso então?

Agora, pensando melhor, talvez eu devesse ter desbloqueado o telefone para eles.

Capítulo 4

Recolocaram as algemas e o capuz em mim e fui deixado de lado. Muito tempo depois, o caminhão começou a descer a ladeira e me levantaram. Imediatamente, desmoronei. As pernas estavam tão dormentes que pareciam blocos de gelo, à exceção dos joelhos, que ficaram inchados e irritados por passar tantas horas ajoelhado.

Fui levantado pelos ombros e pés como um saco de batatas. Havia vozes indefinidas ao redor. Alguém chorando. Alguém xingando.

Fui carregado por uma distância curta, colocado no chão e algemado de novo em outra grade. Os joelhos não aguentavam mais me sustentar e eu caí para frente. Acabei contorcido no chão como um pretzel, fazendo peso contra as correntes que prendiam os pulsos.

Então começamos a andar novamente, mas dessa vez não era um caminhão. O chão tremia gentilmente e vibrava ao som de enormes motores a diesel. Percebi que estava em um navio! Senti um frio na barriga. Eu estava sendo retirado de solo americano para *outro* lugar, e quem diabos sabia onde era isso? Já me assustei antes na vida, mas fiquei *aterrori-*

zado, paralisado e sem palavras diante dessa ideia. Percebi que talvez nunca mais voltasse a ver meus pais e senti um gosto de vômito queimando ao subir pela garganta. O saco na cabeça começou a me sufocar, eu mal conseguia respirar, algo que foi agravado pela posição esquisita em que eu estava contorcido.

Mas ainda bem que não ficávamos na água por muito tempo. Deu a impressão de ter sido uma hora, porém agora sei que foram menos de 15 minutos. Percebi que atracamos, ouvi passos no convés e senti outros prisioneiros sendo soltos e levados ou carregados para fora. Quando vieram me buscar, eu tentei ficar de pé novamente, mas não consegui, e fui carregado outra vez, de maneira fria e grosseira.

Quando retiraram o saco, eu estava em uma cela.

A cela era velha, decadente e cheirava a maresia. Havia uma janela no alto com grades enferrujadas. Ainda estava escuro lá fora. Havia um cobertor no chão e uma pequena privada sem assento presa à parede. O guarda que retirou o saco da minha cabeça sorriu para mim e fechou a porta de puro aço atrás dele.

Massageei delicadamente as pernas, gemendo ao sentir o sangue voltando a circular por elas e pelas mãos. Finalmente consegui ficar de pé e, então, andar. Ouvi outras pessoas conversando, chorando, gritando. Eu gritei também: Jolu! Darryl! Vanessa! Outras vozes começaram a gritar por nomes e berrar xingamentos. As mais próximas pareciam de bêbados perdendo a linha em uma esquina. Talvez a minha também parecesse assim.

Guardas gritaram para que ficássemos calados, o que apenas fez com que todo mundo berrasse mais alto. Finalmente estávamos uivando, gritando a plenos pulmões, até as gargantas doerem. Por que não? O que tínhamos a perder?

Da próxima vez que eles vieram me interrogar, eu estava imundo e cansado, faminto e com sede. A mulher de cabelo curto estava presente no novo grupo de interrogadores, assim como três sujeitos grandes que me levaram como um pedaço de carne. Um era negro e os outros dois eram brancos, se bem que um deles podia ser latino. Todos estavam armados. Parecia uma mistura de anúncio da Benneton com uma partida de Counter-Strike.

Eles me retiraram da cela e acorrentaram meus pulsos e tornozelos juntos. Prestei atenção ao ambiente à minha volta enquanto andávamos. Ouvi água do lado de fora e pensei que talvez estivéssemos em Alcatraz — o local era uma prisão afinal de contas, mesmo que tenha virado uma atração turística há gerações, aonde as pessoas iam ver o lugar em que Al Capone e seus colegas gângsteres cumpriram pena. Mas eu tinha visitado Alcatraz durante uma excursão da escola. Era velha e enferrujada, medieval. Este lugar dava a impressão de ser da época da Segunda Guerra Mundial, e não da era colonial.

Havia números e adesivos com códigos de barra impressos a laser nas portas de cada cela, mas, tirando isso, não havia como dizer o que ou quem poderia estar atrás delas.

A sala de interrogatório era moderna, com uma enorme mesa de reuniões, luzes fluorescentes e cadeiras ergonômicas — não para mim, porém, que ganhei uma cadeira de plástico dobrável de jardim. Havia um espelho na parede como nos seriados policiais e imaginei que alguém deveria estar observando atrás dele. A mulher de cabelo curto e seus amigos se serviram de café de um bule em uma mesinha lateral (eu teria rasgado a garganta dela com meus dentes e pegado o café ali mesmo) e colocaram um copo de isopor com água na minha frente — mas não soltaram meus pulsos presos às costas para que eu não pegasse o copo. Muito engraçado.

— Olá, Marcus — falou a mulher de cabelo curto. — Como vai hoje?

Eu não respondi.

— A situação pode ficar pior sabe? Melhor do que isso não vai ficar. Mesmo que nos diga o que queremos saber, mesmo que isso nos convença de que você apenas estava no lugar errado na hora errada, você é um sujeito marcado agora. Vamos observar tudo o que faz, onde quer que esteja. Você agiu como se tivesse algo a esconder e não gostamos disso.

É ridículo, mas meu cérebro só conseguia pensar naquela frase: "Convença-nos de que você apenas estava no lugar errado na hora errada." Isso foi a pior coisa que havia acontecido na minha vida. Nunca, jamais eu havia me sentido tão mal ou assustado assim. Aquelas palavras, "lugar errado na hora errada", aquelas cinco palavras pareciam uma boia à minha frente enquanto eu lutava para não afundar.

— Oi, Marcus? — A mulher estalou os dedos na minha cara. — Aqui, Marcus. — Havia um sorrisinho em seu rosto e eu me odiei por ter deixado que ela notasse meu medo. — Marcus, a situação pode ficar bem pior. Aqui não é nem de longe o pior lugar em que podemos colocar você. — Ela pegou uma pasta debaixo da mesa e abriu. Retirou de dentro meu celular, o clonador de transponders, o localizador de rede WiFi e pen drives. Pousou os objetos sobre a mesa, tudo enfileirado.

— Nós queremos que você desbloqueie o celular hoje. Se fizer isso, terá direito a tomar banho e andar lá fora no pátio. Amanhã, traremos você de novo para decodificar os dados nos pen drives. Se fizer isso, vai comer no refeitório. No dia seguinte, vamos querer as senhas do seu e-mail e isso lhe dará o direito de ir à biblioteca.

A palavra "não" estava na ponta da língua, como um arroto se aproximando, mas não saiu.

— Por quê? — foi o que eu disse, em vez disso.

— Queremos ter certeza de que você é o que aparenta ser. A questão envolve a sua segurança, Marcus. Digamos que você seja inocente. Pode ser que seja, embora eu não consiga imaginar por que um homem inocente agiria como se tivesse tanta coisa a esconder. Mas digamos que seja: poderia ter sido você naquela ponte quando ela explodiu. Ou seus pais. Seus amigos. Você não quer que capturemos as pessoas que atacaram seu lar?

É engraçado, mas, quando ela falou sobre eu ter "direitos", fiquei intimidado. Tive a sensação de que fizera algo para acabar neste lugar, como se eu talvez tivesse um pouco de culpa, como se pudesse fazer alguma coisa para mudar a situação.

Mas, assim que a mulher começou a falar aquela baboseira sobre "segurança", voltei a ter coragem.

— Moça, você falou sobre atacar o meu lar, mas, até onde sei, quem me atacou recentemente foi você. Pensei que eu vivesse em um país com uma constituição. Pensei que vivesse em um país no qual eu tivesse *direitos*. Você está falando sobre defender minha liberdade enquanto rasga a Declaração de Direitos.

O rosto da mulher demonstrou uma breve irritação, mas voltou ao normal.

— Que melodramático, Marcus! Ninguém o atacou. Você foi detido pelo governo de seu país enquanto procuramos por informações sobre o pior ataque terrorista jamais cometido em solo americano. Você tem o poder de nos ajudar a lutar nesta guerra contra os inimigos de nossa nação. Quer preservar a Declaração de Direitos? Ajude-nos a impedir que gente má exploda a sua cidade. Bem, você tem exatamente trinta segundos para desbloquear esse celular antes que eu o mande de volta para a sua cela. Temos um monte de pessoas para entrevistar hoje.

Ela olhou para o relógio. Eu sacudi os pulsos, sacudi as correntes que me impediam de pegar e desbloquear o celular. Sim, eu ia fazer. A mulher dissera qual era o caminho para a liberdade — para o mundo, para os meus pais — e isso me encheu de esperança. Agora que ela ameaçou me mandar embora e me retirar daquele caminho, minha esperança desmoronou e tudo o que eu pensava era como voltar para ele.

Então, sacudi os pulsos, esperando para pegar o celular e desbloqueá-lo para ela, mas a mulher apenas me olhou friamente e verificou o relógio.

— A senha — falei, após finalmente entender o que ela desejava de mim. A mulher queria que eu dissesse a senha em voz alta, aqui, onde ela poderia gravá-la, onde os companheiros pudessem ouvir. Não queria apenas que eu desbloqueasse o telefone. Queria que eu me submetesse a ela. Que eu ficasse sob o seu comando. Que eu entregasse cada segredo, toda a minha privacidade. — A senha — repeti e, então, falei a senha. Deus me perdoe, mas eu me submeti à vontade dela.

A mulher deu um sorrisinho, o que deveria ser o seu equivalente gélido à comemoração de um gol, e os guardas me levaram embora. Enquanto a porta se fechava, eu a vi se debruçar sobre o telefone e digitar a senha.

Eu gostaria de poder dizer que havia me preparado para esta possibilidade e criado uma senha falsa que abrisse uma partição completamente inócua do celular, mas eu não era tão paranoico/esperto assim.

A esta altura, você deve estar se perguntando quais segredos obscuros eu guardava no telefone, pen drives e e-mail. Sou apenas um moleque, afinal de contas.

A verdade é que eu tinha tudo a esconder, e nada. Através do celular e dos pen drives, era possível ter uma boa noção de quem eram meus amigos, o que eu pensava deles, todas as bobagens que fizemos. Era possível ler as transcrições das discussões e reconciliações eletrônicas que tivemos. Veja bem, eu não deleto nada. Por que deveria? Memória é barata e nunca se sabe quando será necessário rever determinado material. Especialmente as bobagens. Sabe aquela sensação que bate quando se está no metrô sem ninguém para conversar e a pessoa de repente se lembra de uma briga feia, de uma coisa horrível que disse? Bem, geralmente nunca é assim tão ruim quanto lembramos. Ser capaz de rever a discussão é uma ótima maneira de perceber que ninguém é tão ruim quanto pensa que é. Darryl e eu já superamos mais brigas dessa forma do que somos capazes de contar.

E, mesmo assim, a questão não era essa. Eu sei que meu celular é algo pessoal. Eu sei que meus pen drives são pessoais. Isso é por causa da criptografia — mensagens codificadas. A matemática por trás da criptografia é boa e eficiente, e todo mundo tem acesso à mesma tecnologia que os bancos e a Agência de Segurança Nacional usam. Só existe um tipo de criptografia que todas as pessoas usam: a criptografia pública, aberta e que qualquer um pode utilizar. É por isso que se sabe que funciona.

É algo muito libertador ter uma parte da vida que é *sua*, a qual ninguém mais tem acesso além de você. É um pouco como nudez ou fazer cocô. Todo mundo fica nu de vez em quando. Todo mundo tem que sentar na privada. Não há nada de vergonhoso, anormal ou esquisito sobre as duas coisas. Mas e se eu decretasse que, a partir de agora, toda vez que alguém fosse soltar um barro, tivesse que fazer isso pelado em um banheiro de vidro no meio da Times Square?

Mesmo que a pessoa não visse nada de errado no seu corpo — e quantos de nós podem dizer isso? —, teria que ser muito esquisita para gostar dessa ideia. A maioria fugiria gritando. A maioria teria segurado a vontade de cagar até explodir. A questão não é fazer algo vergonhoso. É fazer algo *pessoal*. É a sua vida pertencer a você.

Eles estavam tirando isso de mim, pedaço por pedaço. Ao retornar à minha cela, voltei a ter a sensação de que eu merecia aquilo. Eu havia quebrado várias regras na minha vida e geralmente tinha me dado bem. Talvez fosse justiça. Talvez fosse o meu passado voltando para ajustar contas. Afinal, eu estava naquele lugar porque matei aula.

Tomei um banho. Dei uma volta no pátio. Era possível ver um trecho de céu acima e o cheiro era o mesmo da baía de São Francisco, mas, tirando isso, eu não tinha a menor ideia de onde estava preso. Não havia nenhum outro prisioneiro durante o horário do meu exercício e fiquei muito entediado de andar em círculos. Apurei os ouvidos para detectar algum som que me ajudasse a saber que lugar era esse, mas tudo o que ouvira era um veículo passando ocasionalmente, uma conversa distante, um avião pousando nas proximidades.

Eles me trouxeram de volta para a cela e deram para comer meia pizza de pepperoni do Goat Hill Pizza, um lugar que eu conhecia bem em Potrero Hill. A caixa de papelão com a logomarca familiar e o telefone com prefixo 415 impresso me fizeram lembrar que, há apenas um dia, eu era um homem livre em um país livre, e agora era um prisioneiro. Eu não parava de me preocupar com Darryl e estava aflito pelos meus outros amigos. Talvez eles tivessem cooperado mais e foram soltos. Talvez tivessem informado a meus pais e eles estariam ligando para todo mundo sem parar.

Talvez não.

A cela era impressionantemente vazia, desolada como a minha alma. Fantasiei que a parede do outro lado do catre era uma tela que eu poderia hackear agora para abrir a porta. Imaginei minha mesa de trabalho e os projetos que haviam ficado em cima dela — as velhas latas que eu estava transformando em caixas de som típicas de um baile da periferia, a câmera sendo montada em uma pipa, meu laptop de fabricação caseira.

Eu queria sair dali. Queria ir para casa e ter de volta meus amigos, minha escola, meus pais e minha vida. Queria poder ir para onde quisesse, e não ficar preso andando em círculos sem parar.

A seguir, eles pegaram as senhas dos pen drives. Na memória, havia algumas mensagens interessantes que baixei de grupos de discussão aqui e ali, transcrições de conversas, informações que algumas pessoas me passaram para que ·eu fizesse as coisas que fazia. Não havia nada que não fosse possível encontrar no Google, é claro, mas não acho que isso contaria a meu favor.

Eu pude me exercitar novamente naquela tarde, e desta vez havia outros prisioneiros no pátio quando cheguei lá, quatro outros caras e duas mulheres de várias faixas etárias e etnias. Acho que muitas pessoas estavam fazendo coisas para ter acesso a seus "direitos".

Eles me deram meia hora e eu tentei puxar conversa com o prisioneiro que parecia mais normal, um rapaz negro da minha idade com um penteado afro curto. Mas, quando eu me apresentei e ofereci a mão, ele virou os olhos para as câmeras ameaçadoras instaladas nos cantos do pátio e continuou andando sem sequer mudar a expressão do rosto.

Porém, um pouco antes de eu ser chamado e levado para o interior do prédio, a porta se abriu e deu passagem para... Vanessa! Nunca tinha ficado tão contente em ver um rosto amigo. Ela parecia cansada e aborrecida, mas não machucada. Quando Vanessa me viu, gritou meu nome e correu até mim. Demos um abraço forte e eu percebi que estava tremendo. Então, eu me dei conta de que ela também tremia.

— Você está bem? — ela perguntou ao me afastar com os braços.

— Estou bem. Eles me disseram que me soltariam se eu informasse minhas senhas.

— Eles não param de fazer perguntas sobre você e o Darryl.

Uma voz surgiu berrando pelo alto-falante, gritando para que parássemos de falar e andássemos, mas nós a ignoramos.

— Responda — falei imediatamente. — Responda tudo o que perguntarem se isso for libertar você.

— Como estão Darryl e Jolu?

— Eu não vi os dois.

A porta abriu com um estrondo e quatro grandalhões saíram por ela. Dois me pegaram e dois pegaram Vanessa. Fui deitado à força no chão e viraram meu rosto para longe de Vanessa, mas consegui ouvir que ela estava recebendo o mesmo tratamento. Passaram algemas de plástico pelos meus pulsos e fui tirado do chão para ser levado de volta à cela.

Não serviram jantar naquela noite. Nem café da manhã no dia seguinte. Ninguém veio para me levar à sala de interrogatório a fim de extrair mais segredos. As algemas de plástico não foram tirados e os ombros ardiam, depois doeram, ficaram dormentes e voltaram a arder. Parei de sentir as mãos.

Eu precisava mijar. Não conseguira abrir a calça. Eu realmente precisava muito mijar.

Mijei em mim mesmo.

Eles vieram depois disso, assim que o mijo quente esfriou e ficou pegajoso, deixando grudento meu jeans imundo. Fui conduzido por eles pelo longo corredor cheio de portas, cada uma com um código de barras, cada código de barras um prisioneiro como eu. Fui levado até a sala de interrogatório, que parecia um planeta diferente quando entrei, um mundo no qual as coisas eram normais, onde nada fedia a urina. Eu me senti bem sujo e envergonhado, e voltei a ter aquela sensação de que merecia tudo aquilo.

A mulher de cabelo curto já estava sentada. Ela era perfeita: cabelo bem cortado e apenas um pouquinho de maquiagem. Senti o cheiro dos produtos de cabelo. Ela torceu o nariz para mim. Fiquei com mais vergonha.

— Ora, você tem se comportado mal, não é? Está todo sujo?

Vergonha. Eu abaixei o olhar para a mesa. Não conseguia olhar para cima. Eu queria dizer a senha do meu e-mail e ir embora.

— Sobre o que você e sua amiga estavam falando no pátio?

Eu ri para a mesa.

— Eu falei para ela responder às suas perguntas. Falei para cooperar.

— Então é você que dá as ordens?

Senti o sangue pulsando nas orelhas.

— Ah, qualé! Nós jogamos um *jogo* juntos, chamado Harajuku Fun Madness. Eu sou o *capitão do time*. Nós não somos terroristas, somos estudantes colegiais. Eu não dou ordens para ela. Eu disse que tínhamos que ser *honestos* com você para acabar com qualquer suspeita e sair daqui.

Ela não falou nada por um momento.

— Como está Darryl? — perguntei.

— Quem?

— Darryl. Você nos pegou juntos. Meu amigo. Alguém tinha esfaqueado Darryl na estação de metrô da Powell Street. É por isso que a gente estava na rua. Para arrumar ajuda para ele.

— Tenho certeza de que ele está bem, então — disse ela.

Meu estômago deu um nó e eu quase vomitei.

— Você não sabe? Ele não está aqui?

— Quem está aqui ou deixa de estar é algo que jamais vamos discutir com você. Não é algo que você vai saber. Marcus, você já viu o que acontece se não cooperar conosco. Viu o que acontece quando desobedece nossas ordens. Você colaborou um pouco e isso quase lhe deixou perto de ser solto. Se quiser tornar essa possibilidade uma realidade, limite-se a responder às minhas perguntas.

Eu não falei nada.

— Você está aprendendo, isso é bom. Agora, a senha do seu e-mail, por favor.

Eu estava pronto para isso. Dei tudo para eles: endereço do servidor, login, senha. Isso não importava. Eu não mantenho nenhum e-mail no meu servidor. Eu baixava tudo e mantinha no laptop em casa, que baixa e deleta as mensagens do servidor a cada sessenta segundos. Eles não iam conseguir nada no e-mail.

Voltei para a cela, mas eles soltaram as minhas mãos e me deram um banho e um par de calças de prisão de cor laranja. Eram grandes demais e ficaram caídas nos quadris, como os trombadinhas mexicanos usavam em Mission. É daí que vem o visual calça-caída-mostrando-a-bunda, sabe? Da prisão. Confesso que é menos divertido quando não é uma opção de estilo.

Eles levaram minhas calças jeans embora e eu passei outro dia na cela. As paredes eram de cimento áspero sobre uma malha de aço. Dava para perceber porque a maresia enferrujava o aço e a malha reluzia em tom ocre pela pintura verde da parede. Meus pais estavam em algum lugar lá fora daquela janela.

Eles vieram me buscar no dia seguinte.

— Nós passamos um dia inteiro lendo seus e-mails. Mudamos a senha para que seu computador de casa não o baixasse.

Ora, claro que mudaram. Eu teria feito a mesma coisa, pensando melhor agora.

— Nós temos o suficiente para prender você por muito tempo, Marcus. Só por possuir essas coisas — ela gesticulou para meus aparelhos — e pelos dados que recuperamos do celular e pen drives, assim como o material subversivo que com certeza encontraríamos se invadíssemos sua casa para apreender seu computador. É o suficiente para encarcerar você até ficar velho. Entendeu?

Não acreditei nisso sequer por um instante. Não havia como um juiz decidir que todas essas coisas constituíam algum tipo de crime. Era liberdade de expressão, era exploração dos limites da tecnologia. Não era um crime.

Mas quem disse que essa gente iria me colocar diante de um juiz algum dia?

— Nós sabemos onde você vive e quem são seus amigos. Sabemos como você age e pensa.

Foi aí que me toquei. Eles estavam prestes a me soltar. A sala pareceu ficar mais clara. Ouvi a minha própria respiração ansiosa.

— Só queremos saber uma coisa: como funcionou a colocação das bombas na ponte?

Então, prendi a respiração. A sala voltou a escurecer.

— O quê?

— Havia dez bombas por toda a extensão da ponte. Elas não estavam em porta-malas, foram colocadas lá. Quem as colocou e como chegaram lá?

— O quê? — repeti.

— Esta é a sua última chance, Marcus. — Ela parecia triste. — Você estava indo tão bem até agora... Conte isso para nós e você poderá ir para casa. Há atenuantes indiscutíveis que você pode usar para explicar suas ações. Basta contar isso e você está livre.

— Eu não sei do que você está falando! — Eu estava chorando, soluçando, debulhando-me em lágrimas, mas nem liguei. — Não tenho *ideia do que você está falando*!

A mulher balançou a cabeça.

— Marcus, por favor. Deixe-nos ajudar você. Já deve saber que sempre conseguimos o que queremos.

Um barulho indefinido surgiu na minha mente. Eles eram *malucos*. Esforcei-me para parar de chorar e me controlei.

— Olha só, moça, isso é doideira. Você mexeu nas minhas coisas, viu tudo. Eu sou um estudante de 17 anos, não um terrorista! Você não acha seriamente que...

— Marcus, você ainda não percebeu que, para nós, a situação é séria? — Ela balançou a cabeça. — Você tem notas muito boas. Achei que fosse mais esperto. — A mulher gesticulou e os guardas me levantaram pelos sovacos.

De volta à cela, pensei em uma centena de pequenos discursos. Os franceses chamam isso de *esprit d'escalier* — o espírito da escadaria, as respostas criativas que a pessoa só pensa quando sai do aposento e está descendo as escadas. Na minha imaginação, fiquei de pé e discursei, falei que eu era um cidadão que amava minha liberdade, o que me tornava um patriota e fazia dela uma traidora. Na minha imaginação, falei que era uma vergonha que ela tivesse transformado o meu país em um quartel. Na minha imaginação, fui eloquente, brilhante e a fiz chorar.

Porém, sabe do que mais? Não me lembrei de nenhum desses belos discursos quando me tiraram da cela no dia seguinte. Só consegui pensar na liberdade. Nos meus pais.

— Olá, Marcus — disse ela. — Como está se sentindo?

Abaixei o olhar para a mesa. Havia uma pilha de documentos arrumadinhos diante dela, ao lado do onipresente copo para viagem do Starbucks. Achei animador vê-lo, era uma prova da existência de um mundo real em algum lugar além dessas paredes.

— Terminamos de investigar você por agora. — A mulher deixou essa declaração no ar. Talvez significasse que iria me libertar. Talvez significasse que iria me jogar em um poço fundo e esquecer que eu existia.

— E? — finalmente perguntei.

— E quero deixar bem claro que levamos essa situação muito a sério. Sofremos o pior ataque jamais ocorrido em solo americano. Quantos 11 de setembro serão necessários até que você colabore? Os detalhes de nossa investigação são secretos. Nada vai nos deter até levarmos à justiça os autores destes crimes hediondos. Você entendeu bem?

— Sim — balbuciei.

— Nós vamos mandá-lo de volta para casa hoje, mas você está marcado. Não lhe consideramos acima de qualquer suspeita, você está sendo solto apenas porque terminamos nosso interrogatório, por enquanto. Mas, de agora em diante, você nos *pertence*. Estamos de olho em você. Esperando que cometa um erro. Você entende que podemos vigiá-lo bem de perto a todo instante?

— Sim — balbuciei.

— Ótimo. Você nunca, jamais falará o que aconteceu aqui com alguém. É uma questão de segurança nacional. Você está ciente de que a pena de morte ainda é aplicada em caso de traição em tempos de guerra?

— Sim — balbuciei.

— Bom garoto — ela falou em tom meloso. — Temos uma papelada aqui para você assinar. — Empurrou a pilha pela mesa até mim. Havia pequenos adesivos ASSINE AQUI colados nos papéis. Um guarda soltou minhas algemas.

Eu folheei os documentos, os olhos ficaram cheios d'água e a cabeça começou a girar. Não consegui entendê-los. Tentei decifrar os termos legais. Parecia que eu ia assinar uma declaração de que fora detido voluntariamente e prestei depoimentos de minha própria vontade.

— O que acontece se eu não assinar isso?

Ela puxou os papéis e gesticulou novamente. Os guardas me tiraram da cadeira.

— Espera aí! — gritei. — Por favor! Eu assino! — Eles me arrastaram até a porta. Só conseguia vê-la e imaginar se fechando atrás de mim.

Perdi o controle. Chorei. Implorei para que me deixassem assinar os documentos. Ficar tão perto da liberdade e vê-la ser arrancada mais uma vez de mim me deixou disposto a fazer qualquer coisa. Ouvi em incontáveis ocasiões alguém dizer "ah, prefiro morrer a fazer isso ou aquilo" — eu mesmo já falara isso de vez em quando. Mas foi a primeira vez que entendi o verdadeiro significado da expressão. Eu preferia ter morrido a voltar para a cela.

Implorei enquanto era levado pelo corredor. Falei que assinaria qualquer coisa.

A mulher chamou os guardas e eles pararam. Fui trazido de volta e sentado na cadeira. Um deles colocou uma caneta na minha mão. Obviamente, assinei, assinei e assinei.

Minha camiseta e jeans estavam na cela, lavados e dobrados, cheirando a sabão em pó. Então eu os vesti, lavei o rosto, sentei no catre e fiquei olhando para a parede. Eles tiraram tudo de mim. Primeiro a minha privacidade, depois a dignidade. Estive prestes a assinar qualquer coisa. Teria assinado a confissão de que matara Abraão Lincoln.

Tentei chorar, mas era como se os olhos estivessem secos, sem lágrimas. Fui levantado de novo. Um guarda aproximou-se com um capuz, tipo o saco que colocaram em mim quando nos capturaram, seja lá quando aquilo aconteceu, dias atrás, semanas atrás.

O capuz cobriu a cabeça e foi apertado com força no pescoço. Fiquei na mais completa escuridão e o ar era abafado, viciado. Fui forçado a ficar de pé e conduzido por corredores, escadas e caminhos de brita. Passei por uma prancha. Andei pelo convés de aço de um navio. Minhas mãos foram acorrentadas a um corrimão. Ajoelhei no convés e ouvi o ruído constante dos motores a diesel.

O navio andou. Senti um pouco de maresia pelo capuz. Caía uma garoa fina e as roupas ficaram pesadas com a água. Eu estava do lado de fora, mesmo que a cabeça estivesse em um saco. Eu me estava do lado de fora, no mundo, a poucos momentos da liberdade.

Eles me pegaram e fui levado para fora do barco, andando sobre um terreno irregular. Subi três lances de escada de metal. As algemas dos punhos foram soltas. O capuz foi retirado.

Voltei para o caminhão. A mulher de cabelo joãozinho estava lá, sentada à mesma mesinha de antes. Entregou para mim, sem nada dizer, um saquinho com meu celular e os outros aparelhinhos, a carteira e uns trocados.

Coloquei tudo nos bolsos. Parecia tão estranho ter as coisas de volta em seus lugares, usar as minhas roupas familiares. Do lado de fora da porta traseira do caminhão, ouvi os ruídos familiares da minha cidade.

Um guarda entregou a minha mochila. A mulher estendeu a mão para mim. Eu apenas olhei. Ela abaixou a mão e me deu um sorriso irônico. Então fez um gesto de bico calado e apontou para mim antes de abrir a porta.

Era um dia cinzento de garoa lá fora. Eu estava olhando através de um beco para os carros, caminhões e bicicletas que passavam voando pela rua. Fiquei parado no degrau do caminhão, fascinado, encarando a liberdade. Os joelhos tremeram. Agora eu soube que estavam brincando comigo outra vez. Em breve os guardas me pegariam e arrastariam para dentro, novamente com um saco na cabeça, e eu seria levado de volta ao barco e à prisão, para as perguntas intermináveis e sem respostas. Mal consegui evitar morder o próprio punho.

Então me obriguei a descer um degrau. Mais um. O último degrau. Os tênis esmagaram o lixo no chão do beco, um vidro quebrado, uma agulha, cascalho. Dei um passo. Mais um. Cheguei à boca do beco e pisei na calçada.

Ninguém me agarrou.

Eu estava livre.

Então, braços fortes me pegaram. E eu quase chorei.

Capítulo 5

Mas era Van e ela *estava* chorando e me abraçando com tanta força que eu não conseguia respirar. Não me importei. Abracei-a de volta com o rosto enfiado em seu cabelo.

— Você está bem! — ela falou.

— Eu estou bem — consegui dizer.

Van finalmente me soltou e mais dois braços deram a volta em mim. Era Jolu! Os dois estavam ali. Ele sussurrou "você está a salvo, mano" no meu ouvido e deu um abraço ainda mais apertado que Van.

Quando ele me soltou, olhei em volta:

— Cadê Darryl?

Os dois se entreolharam.

— Talvez ainda esteja no caminhão — falou Jolu.

Nós nos viramos e olhamos para o caminhão no fim do beco. Era um modelo branco de 18 rodas completamente comum. Alguém já recolhera a pequena escadinha desdobrável para dentro. As lanternas brilharam vermelhas e o caminhão deu marcha à ré em nossa direção, apitando.

— Esperem! — gritei enquanto o caminhão acelerava em nossa direção. — Esperem! E quanto a Darryl? — O veículo chegou mais perto. Continuei gritando. — E quanto a Darryl?

Jolu e Vanessa me pegaram por um braço cada um e me arrastaram dali. Gritei e me debati contra eles. O caminhão saiu de ré pela boca do túnel, manobrou e desceu ladeira abaixo. Tentei correr atrás dele, mas Van e Jolu não me soltaram. Sentei na calçada, abracei os joelhos e chorei. Chorei, chorei e chorei, soluçando alto de uma maneira que não fazia desde os tempos de criança. Os soluços não cessavam. Eu não conseguia parar de tremer.

Vanessa e Jolu me levantaram e subiram a rua comigo. Havia um banco de ponto de ônibus e eles me sentaram ali. Os dois também estavam chorando e ficamos todos abraçados por um tempo. A gente sabia que estava chorando por Darryl, que nenhum de nós jamais esperava ver novamente.

ESTÁVAMOS AO NORTE de Chinatown, na parte em que o bairro vira North Beach, uma vizinhança cheia de fachadas de néon das boates de strip-tease, onde fica a lendária livraria City Lights, um marco da contracultura onde o movimento dos poetas *beatniks* foi fundado nos anos 1950.

Eu conhecia bem essa parte da cidade. O restaurante italiano favorito dos meus pais ficava ali. Eles gostavam de me levar para comer pratos generosos de linguine, enormes montanhas de sorvete italiano com figos em calda e cafés espressos matadores depois.

Agora era um lugar diferente, um lugar onde eu estava saboreando a liberdade pela primeira vez após o que parecia ter sido uma eternidade.

Mexemos nos bolsos e encontramos dinheiro suficiente para podermos sentar em um dos restaurantes italianos, debaixo de um toldo na calçada. A garçonete bonita usou um acendedor de churrasqueira no aquecedor a gás, anotou nossos pedidos e entrou. A sensação de dar ordens, de controlar meu destino, foi a coisa mais sensacional que senti na vida.

— Quanto tempo a gente passou lá? — perguntei.

— Seis dias — disse Vanessa.

— Eu passei cinco — Jolu falou.

— Eu não contei.

— O que eles fizeram com você? — perguntou Vanessa. Eu não queria falar a respeito, mas ambos estavam me olhando. Assim que comecei, não consegui parar. Contei tudo, até mesmo quando fui forçado a mijar em mim mesmo, e eles ouviram em silêncio. Parei quando a garçonete serviu os refrigerantes e esperei até que ela estivesse fora do alcance da conversa para terminar de contar. Ao falar, a história foi sumindo. Quando cheguei ao fim, não sabia dizer se estava exagerando a verdade ou fazendo com que parecesse *menos* pior. As memórias nadavam como peixinhos que eu tentava pegar e às vezes escorregavam da mão.

Jolu balançou a cabeça.

— Eles pegaram pesado com você, cara. — Ele nos contou sobre sua passagem por lá. Na maioria das vezes, Jolu foi interrogado sobre mim e continuou dizendo a verdade para eles, limitando-se aos fatos daquele dia e sobre a nossa amizade. Fizeram com que ele repetisse a história sem parar, mas não brincaram com sua mente como fizeram comigo. Ele comeu no refeitório com um bando de outras pessoas e pôde ficar em uma sala com TV vendo os filmes de sucesso do ano em vídeo.

A história de Vanessa foi apenas um pouquinho diferente. Depois que ela os irritou por ter falado comigo, eles tiraram suas roupas e fizeram com que usasse um macacão laranja de prisão. Passara dias na cela sem contato com ninguém, mas fora alimentada regularmente. Porém, na maior parte do tempo, fora a mesma coisa que ocorrera com Jolu: as mesmas perguntas repetidas sem parar.

— Eles realmente odeiam você — falou Jolu. — Realmente tinham algo contra você. Por quê?

Eu não imaginava a razão. Então lembrei.

Você pode cooperar ou se arrepender muito, muito mesmo.

— Foi porque eu não desbloqueei meu celular para eles na primeira noite. Foi por isso que me escolheram. — Eu não conseguia acreditar nisso, mas não havia outra explicação. Foi pura vingança. Minha mente deu voltas com essa ideia. Eles fizeram tudo isso como um mero castigo por eu ter desafiado sua autoridade.

Eu estive com medo. Agora estava furioso.

— Aqueles desgraçados — falei baixinho. — Eles fizeram aquilo comigo como vingança por eu ter respondido mal.

Jolu praguejou e então Vanessa soltou o verbo em coreano, algo que ela fazia apenas quando estava com muita, muita raiva.

— Vou pegá-los — sussurrei olhando para o meu refrigerante. — Vou pegá-los.

Jolu balançou a cabeça.

— Não é possível, você sabe disso. Não dá para lutar contra aquilo.

Nenhum de nós queria falar sobre vingança naquele momento. Em vez disso, conversamos sobre o que faríamos a seguir. Precisávamos ir para casa. As baterias de nossos celulares estavam descarregadas e fazia anos que esse bairro não tinha mais telefones públicos. Só tínhamos que ir para casa. Até pensei em tomar um táxi, mas não havia dinheiro suficiente conosco para tornar isso possível.

Então nós andamos. Na esquina, compramos o *San Francisco Chronicle* e paramos para ler a matéria de capa.

As bombas explodiram há cinco dias, mas o assunto ainda era a manchete principal.

A mulher de cabelo curto falara sobre "a ponte" que havia explodido e eu imaginei que estivesse se referindo à ponte Golden Gate, mas estava errado. Os terroristas explodiram a *Bay Bridge*.

— Por que diabos eles explodiriam a Bay Bridge? — perguntei. — A Golden Gate é que aparece em todos os cartões-postais. — Mesmo que a pessoa nunca tenha visitado São Francisco, é bem provável que saiba como é a Golden Gate: uma enorme ponte suspensa de cor laranja que vai, de maneira impressionante, da velha base militar chamada de Presidio até Saulalito, onde ficam as charmosas cidades vinicultoras com galerias de arte e lojas de velas aromáticas. É pitoresco para cacete, praticamente o símbolo do estado da Califórnia. Quem for à Disneylândia da Califórnia verá uma réplica da ponte com um trenzinho passando por cima ao atravessar os portões.

Então, naturalmente imaginei que, se alguém fosse explodir uma ponte em São Francisco, escolheria essa.

— Os caras provavelmente se assustaram com as câmeras e tudo mais — falou Jolu. — A Guarda Nacional vive verificando os carros nas duas pontas e há várias grades contra suicidas pela extensão da ponte. — As pessoas vivem pulando da Golden Gate desde a inauguração em 1937; pararam de contar depois do milésimo suicídio em 1995.

— É — disse Vanessa. — Além do mais, a Bay Bridge realmente serve para alguma coisa. A ponte vai do centro de São Francisco até Oakland e dali para Berkeley, os distritos de East Bay onde moram muitas das pessoas que trabalham na cidade. É um dos únicos lugares na Bay Area onde uma pessoa normal pode bancar uma casa grande o suficiente para se espreguiçar, e também tem a universidade e muitas indústrias de pequeno porte ali. O metrô passa por baixo da baía e também liga as duas cidades, mas é a Bay Bridge que encara a maior parte do tráfego. A Golden Gate é uma ponte bacana se a pessoa é um turista ou um aposentado rico que mora na zona vinicultora, mas funciona mais como enfeite. A Bay Bridge é — era — a ponte pau-para-toda-obra de São Francisco.

Pensei sobre isso um minuto.

— Vocês estão certos. Mas não acho que seja só isso. A gente continua achando que os terroristas atacam marcos históricos porque é algo que eles odeiam. Os terroristas não odeiam marcos históricos, pontes ou aviões. Só querem detonar as coisas e deixar as pessoas assustadas. Aterrorizar. Então, é claro que foram atrás da Bay Bridge depois que instalaram todas aquelas câmeras na Golden Gate, depois que passaram a usar detectores de metal e raios X nos aviões. — Pensei um pouco mais, observando, distraído, os carros passando pela rua, as pessoas andando nas calçadas, a cidade ao redor. — Terroristas não odeiam aviões ou pontes. Eles adoram terror.

— Era tão óbvio que não acreditei que jamais tivesse pensado nisso antes. Acho que ter sido tratado como um terrorista por alguns dias foi o suficiente para esclarecer minhas ideias.

Os outros dois ficaram me encarando.

— Estou certo, não é? Toda essa porcaria de raios X e verificação de identidade, tudo é inútil, não?

Eles concordaram devagar.

— É pior do que inútil — falei alto, desafinando. — Porque eles acabaram levando a gente para a prisão e o Darryl... — Eu não tinha pensando em Darryl desde que nos sentamos e agora me lembrei do meu amigo desaparecido. Parei de falar e trinquei o maxilar.

— Temos que contar para os nossos pais — disse Jolu.

— A gente deve arrumar um advogado — falou Vanessa.

Pensei em contar a minha história. Contar para o mundo o que haviam feito comigo. Dos vídeos que com certeza iriam vazar, onde eu aparecia chorando, reduzido a um animal submisso.

— Não podemos contar nada para eles — falei sem pensar.

— O que você quer dizer com isso? — Vanessa disse.

— Não podemos contar nada para eles — repeti. — Você ouviu o que a mulher disse. Se falarmos, eles virão atrás da gente outra vez. Vão fazer conosco o que fizeram com o Darryl.

— Você está brincado — disse Jolu. — Você quer que a gente...

— Eu quero que a gente lute contra eles — falei. — Quero permanecer livre para conseguir fazer isso. Se sairmos por aí falando, eles vão dizer que somos apenas moleques inventando coisas. Nós nem sabemos onde ficamos detidos! Ninguém vai acreditar na gente. Então, um dia, eles virão atrás de nós.

"Vou contar para os meus pais que fiquei num daqueles campos de refugiados do outro lado da baía. Vim até aqui encontrar vocês e nós nos perdemos, só fomos soltos hoje. Os jornais disseram que ainda tem gente voltando para casa saindo dos campos."

— Eu não posso fazer isso — disse Vanessa. — Depois do que fizeram com você, como ainda pensa em fazer uma coisa dessas?

— Porque aconteceu *comigo*, essa é a questão. Isso é entre mim e eles agora. Vou vencê-los, vou resgatar Darryl. Não vou aceitar de cabeça baixa. Mas assim que nossos pais se envolverem, acabou o jogo. Ninguém vai acreditar na gente, nem se importar. Se fizermos da minha maneira, as pessoas vão se importar.

— Qual é a sua maneira? — perguntou Jolu. — Qual é o seu plano?

— Ainda não sei — admiti. — Esperem até amanhã de manhã, pelo menos. — Eu sabia que, uma vez que eles mantivessem o segredo por um dia, seria segredo para sempre.

Nossos pais ficariam mais desconfiados se de repente a gente se "lembrasse" que fomos detidos em uma prisão secreta em vez de termos ficado em um campo de refugiados.

Van e Jolu se entreolharam.

— Só estou pedindo uma chance — falei. — Vamos combinar certinho a história no caminho. Só preciso de um dia, apenas um dia. — Os dois concordaram de mau humor e nós descemos a ladeira em direção às nossas casas. Eu morava em Potrero Hill, Vanessa em North Mission e Jolu em Noe Valley — três vizinhanças radicalmente diferentes a apenas poucos minutos de caminhada.

Viramos na Market Street e paramos imediatamente. Cada esquina tinha uma barricada, as transversais foram reduzidas a uma única rua e havia caminhões de 18 rodas estacionados ao longo, modelos completamente comuns como aquele que nos levou encapuzados do navio até Chinatown.

Cada caminhão tinha três degraus de metal saindo da traseira. Estavam cheios de soldados, pessoas de terno e policiais saindo e entrando. Os caras de terno usavam pequenos crachás nas lapelas que os soldados escaneavam enquanto entravam e saíam — crachás de autorização sem fio. Ao passar por um deles, dei uma olhada e vi a logomarca familiar no crachá: Departamento de Segurança Nacional. O soldado notou que eu estava encarando e devolveu o olhar com raiva.

Eu entendi o recado e continuei andando. A galera se separou em Van Ness. Ficamos abraçados, choramos e prometemos ligar uns para os outros.

A volta para Potrero Hill podia ser feita por um caminho fácil ou um difícil que passa pelos morros mais íngremes da cidade, do tipo que aparecem em cenas de perseguição de carros em filmes de ação, com os veículos voando ladeira abaixo. Eu sempre tomo o caminho difícil para casa. São apenas ruas residenciais com antigas casas vitorianas chamadas de "damas maquiadas" por causa da pintura berrante e detalhada, e dos jardins com flores cheirosas e grama alta. Gatos observavam quem passava das cercas vivas e quase não havia mendigos. Era tão calmo que quase senti vontade de ter tomado o *outro* caminho por Mission, que é... *agitado* talvez seja a melhor palavra para descrever. Um lugar barulhento e vibrante. Um monte de bêbados berrando, viciados em crack, drogados desmaiados e também famílias com carrinhos de bebê, velhinhas fofocando nas varandas e carros rebaixados com alto-falantes no porta-malas bombando pelas ruas. Havia hippies, emos estudantes de arte e até mesmo alguns punks da velha guarda, uns coroas barrigudos com camisas dos Dead Kennedys. E também *drag queens*, trombadinhas, grafiteiros e investidores espantados, tentando não ser mortos enquanto seus imóveis se valorizam.

Subi Goat Hill e passei pela Goat Hill Pizza, o que me fez pensar na prisão onde fiquei e precisei sentar no banco do lado de fora até que a tremedeira passasse. Então notei o caminhão na ladeira, um modelo de 18 rodas completamente comum com três degraus de metal saindo da traseira. Fiquei de pé e comecei a andar. Senti os olhos me observando de todas as direções.

Corri pelo resto do caminho até chegar em casa. Não olhei para as damas maquiadas, nem para os jardins ou gatos. Mantive os olhos abaixados. Os carros dos meus pais estavam na entrada da garagem, embora fosse o meio da tarde. É claro. Papai trabalhava em East Bay, então permanecia preso em casa enquanto consertavam a ponte. Mamãe... bem, quem sabe por que minha mãe estava em casa?

Eles estavam em casa me esperando.

Mesmo antes de eu terminar de girar a chave, a porta fugiu da minha mão e foi escancarada. Lá estavam meus pais, parecendo velhos e cansados, encarando-me com olhos arregalados. Ficamos paralisados por um instante, então eles avançaram e me arrastaram para dentro da casa, quase me derrubando. Falaram tão alto e rápido que eu só conseguia ouvir um falatório ininteligível, os dois me abraçaram e choraram e eu chorei também. Ficamos ali na entrada, chorando e balbuciando até que perdemos o fôlego e fomos para a cozinha.

Fiz o que sempre faço quando chego em casa: pego um copo d'água do filtro na geladeira e uns biscoitos de um pote estilo vitoriano que a irmã da mamãe mandou da Inglaterra. A normalidade do ritual fez com que o coração parasse de disparar e entrasse em sintonia com o cérebro. Logo todos nós estávamos sentados à mesa.

— Onde você esteve? — Os dois perguntaram mais ou menos em uníssono.

Pensei muito sobre isso no caminho até em casa.

— Fiquei preso em Oakland. Eu estava lá com uns amigos fazendo um trabalho e todos ficamos sob quarentena.

— Por cinco dias?

— É, foi muito ruim. — Eu tinha lido sobre as quarentenas no *Chronicle* e copiei descaradamente as citações publicadas. — É, todo mundo que foi atingido pela nuvem. Eles acharam que havíamos sido atacados por algum supermicróbio e nos colocaram como sardinhas em contêineres na zona portuária. Foi muito quente e pegajoso. Não havia muita comida também.

— Jesus — disse papai, cerrando os punhos sobre a mesa. Ele dá aulas em Berkeley três vezes por semana, onde trabalha com alguns pós-graduandos no programa da biblioteca científica. No resto do tempo, ele presta consultoria para clientes na cidade e na Península, em novas empresas de informática que estão trabalhando com várias formas de arquivamento de dados. Ele é um pacato bibliotecário por profissão, mas foi um tremendo radical nos anos 1960 e praticou um pouco de luta livre no colégio. Já o vi furioso de vez em quando — eu até mesmo fui o culpado por isso de vez em quando — e ele podia perder o controle como o Hulk. Uma vez ele atirou um balanço pelo jardim do meu avô quando o treco desmoronou pela quinquagésima vez que tentava montar.

— Bárbaros — disse mamãe. Ela morava nos Estados Unidos desde a adolescência, mas ainda soa bem britânica quando fala com policiais, médicos, seguranças de aeroporto e mendigos. Então usa a palavra "bárbaros" com um sotaque muito forte. Fomos a Londres duas vezes para ver sua família e não posso dizer que tenha parecido mais civilizado do que São Francisco, apenas mais cheio de gente.

— Mas eles nos soltaram e trouxeram de barco hoje. — Eu estava improvisando neste momento.

— Você está machucado? — mamãe perguntou. — Com fome?

— Com sono?

— Sim, um pouco de tudo isso. E também Feliz, Dengoso e Zangado. — Era tradição familiar fazer piadas usando os Sete Anões. Os dois sorriram um pouco, mas os olhos continuaram úmidos. Eu realmente me senti mal por eles. Devem ter ficado loucos de preocupação. Fiquei contente pela chance de mudar de assunto. — Eu adoraria comer.

— Vou pedir uma pizza da Goat Hill — disse papai.

— Não, essa não — falei. Ambos me olharam como se antenas tivessem surgido em mim. Geralmente sou louco por pizza da Goat Hill. Normalmente eu como da mesma forma que um peixinho dourado come ração, engolindo tudo até acabar ou estourar. Tentei sorrir. — Só não estou a fim de pizza. — Era uma desculpa esfarrapada. — Vamos pedir comida indiana, OK? — Ainda bem que São Francisco é o reino do delivery.

Mamãe abriu a gaveta onde ficam os menus de delivery (mais normalidade, parecia um gole d'água em uma garganta seca) e ficou folheando. Perdemos alguns minutos vendo o cardápio de um restaurante paquistanês em Valencia. Acabei escolhendo um grelhado *tandoori* com creme de espinafre e queijo minas, musse salgada de manga (é mais gostoso do que parece) e pequenos folhados doces com cobertura de açúcar. Assim que a comida foi pedida, as perguntas recomeçaram. Eles tinham falado com as famílias de Van, Jolu e Darryl (é claro) e tentaram registrar o nosso desaparecimento. A polícia anotou os nomes, mas havia tantas "pessoas perdidas" que eles não começariam a investigar ninguém a não ser que elas continuassem desaparecidas depois de sete dias.

Enquanto isso, milhões de sites de pessoas desaparecidas surgiram na internet. Alguns eram velhos clones do MySpace que ficaram sem grana e ganharam uma segunda chance com toda a atenção. Afinal de contas, alguns investidores de capital de risco tinham familiares desaparecidos na Bay Area. Talvez se eles fossem encontrados, os sites atrairiam novos investimentos. Eu peguei o laptop do meu pai e comecei a navegar por eles. Estavam cheios de anúncios, é claro, e fotos de pessoas desaparecidas, a maioria tirada em formaturas, casamentos e coisas do gênero. Era muito mórbido.

Encontrei a minha foto e notei que havia um link para a de Jolu,Van e Darryl. Havia um pequeno formulário para marcar as pessoas que foram encontradas e outro espaço para escrever sobre outras pessoas desaparecidas. Marquei os campos referentes a mim, Jolu e Van e deixei em branco o de Darryl.

— Você esqueceu o Darryl — disse papai. Ele não gostava muito do meu amigo desde que descobriu que faltava um pouco de bebida em uma das garrafas do bar e eu pus a culpa em Darryl, para minha eterna vergonha. Na verdade, é claro que fôramos nós dois de zoação, experimentando vodca com Coca-Cola durante uma noitada de jogatina.

— Ele não estava conosco — falei. A mentira deixou um gosto amargo na boca.

— Ai, meu Deus — mamãe disse, esfregando as mãos. — A gente apenas supôs que vocês haviam voltado juntos para casa.

— Não. — A mentira aumentava. — Era para ele ter encontrado conosco, mas não rolou. Provavelmente o Darryl ainda não conseguiu sair de Berkeley. Ele iria tomar o metrô para voltar.

Mamãe soltou um gemidinho. Papai balançou a cabeça e fechou os olhos.

— Você não sabe do metrô? — perguntou.

Eu fiz que não com a cabeça. Deu para ver o rumo que a conversa ia tomar. Parecia que o chão ia me engolir.

— Eles explodiram o metrô — papai falou. — Os desgraçados explodiram ao mesmo tempo que a ponte.

Essa notícia não estava na capa do *Chronicle*, mas também a explosão do metrô debaixo d'água não era tão impactante quanto as imagens da ponte em ruínas, com pedaços flutuando na baía. O túnel do metrô saindo de Embarcadero em São Francisco para a estação de West Oakland era submerso.

Voltei a mexer no computador do meu pai e naveguei pelas manchetes. Ninguém tinha certeza, mas o número de mortos estava na casa dos milhares. Entre os carros que haviam despencado 57 metros no mar e as pessoas afogadas nos trens, os mortos só aumentavam. Um repórter afirmou ter entrevistado um "falsificador de identidades" que ajudara "dezenas" de pessoas a deixar suas vidas para trás. Elas simplesmente desapareceram depois dos ataques e adquiriram novas identidades para fugir de casamentos, dívidas e vidas ruins.

Meu pai tinha lágrimas nos olhos e mamãe estava chorando abertamente. Eles me abraçaram de novo, dando tapinhas nas costas, como se quisessem ter certeza de que eu realmente estava ali. Não paravam de dizer que me amavam. Eu disse que os amava também.

Tivemos um jantar piegas e meus pais beberam cada um duas taças de vinho, o que era muito para eles. Falei que estava ficando com sono, o que era verdade, e fui para o meu quarto arrastando os pés. Contudo, eu não ia para a cama. Precisava me conectar e descobrir o que estava acontecendo. Precisava falar com Jolu e Vanessa. Precisava encontrar Darryl.

Fui me arrastando até o quarto e abri a porta. Parecia que eu não via a minha velha cama há mil anos. Fiquei deitado sobre ela e meti a mão na mesinha para pegar o laptop. Eu não devia ter enfiado na tomada até o fim — o adaptador precisava de um jeitinho para ser plugado — e o notebook havia descarregado aos poucos enquanto estive fora. Eu pluguei de volta e dei um minuto ou dois para pegar carga antes de religá-lo outra vez. Aproveitei o tempo para me despir e jogar as roupas no lixo — nunca mais queria vê-las de novo — e vesti uma cueca samba-canção e uma camiseta limpa. As roupas lavadinhas, saídas da gaveta, pareciam tão familiares e confortáveis como ser abraçado pelos meus pais.

Liguei o laptop e soquei um monte de travesseiros contra a cabeceira da cama atrás de mim. Fiquei recostado, abri a tampa do computador e o coloquei sobre as coxas. Ainda estava iniciando e, cara, os ícones surgindo na tela pareciam *ótimos*. A máquina avisou que estava com pouca energia. Verifiquei o cabo novamente, mexi um pouco e o aviso sumiu. A tomada de força realmente estava dando pau.

Na verdade, a tomada estava tão ruim que eu não conseguia fazer nada. Toda vez que a mão soltava o cabo, ele perdia o contato e o computador começava a reclamar da bateria. Examinei mais de perto.

O chassi do laptop estava desalinhado, com o encaixe fora do lugar, um pouco separado na frente e bem aberto atrás.

Às vezes, a pessoa descobre algo do gênero ao olhar para um equipamento e se pergunta "Será que sempre foi assim?" Talvez nunca tivesse notado.

Mas isso não era possível com o meu laptop. Afinal, eu o montei. Depois que o Conselho de Educação deu Compu-Escolas para todos os alunos, meu pais não comprariam um notebook para mim de maneira alguma, embora tecnicamente o CompuEscola não fosse meu. Eu não deveria instalar nenhum programa nem modificá-lo.

Eu tinha um dinheirinho guardado de uns bicos, presentes de Natal e aniversário, algumas boas vendas em leilões na internet. Juntando tudo, eu tinha o suficiente para comprar uma máquina bem chinfrim de cinco anos atrás.

Então, em vez de comprar, eu e Darryl montamos um laptop. É possível adquirir chassis de notebook da mesma forma que se compra gabinetes para um desktop, embora eles sejam mais específicos do que um velho PC normal. Ao longo dos anos, eu montei alguns computadores com Darryl, garimpando peças na internet e bazares de quintal, encomendando através de lojas on-line da Tailândia bem baratas. Imaginei que montar um laptop seria a melhor forma de conseguir o poder que eu queria pelo preço que podia pagar.

Para montar o próprio notebook, é preciso primeiro encomendar um *"barebook"* — uma máquina com quase nenhum hardware e todas as entradas corretas. A boa notícia foi que, quando terminei de montar, fiquei com uma máquina que pesava meio quilo a menos do que o Dell que eu cobiçava, era mais rápida e custava um terço do preço daquele modelo. A má notícia era que montar um laptop é como montar um daqueles navios dentro de uma garrafa. É um trabalho meticuloso feito com pinças e lentes de aumento para tentar caber tudo naquele pequeno chassi. Ao contrário de um PC, que é quase todo vazio, cada milímetro cúbico de espaço em um laptop tem dono. Toda vez que eu achava que havia conseguido, era preciso abrir o troço e descobrir o que estava impedindo o fechamento completo do chassi, e aí eu tinha que refazer o projeto.

Então eu sabia *exatamente* como o encaixe do laptop tinha de ficar quando a máquina estava fechada e *não* devia ficar assim.

Continuei a mexer no adaptador, mas era inútil. Não havia como iniciar a máquina sem desmontá-la. Resmunguei e coloquei o laptop na mesinha de lado. Eu cuidaria disso pela manhã.

Isso na teoria, de qualquer forma. Duas horas depois, eu continuava olhando para o teto, revendo mentalmente o que eles tinham feito comigo, o que eu deveria ter feito, um monte de arrependimentos e *esprit d'escalier.*

Rolei para fora da cama. Já era meia-noite e eu tinha ouvido meus pais irem dormir às onze. Peguei o laptop e abri espaço na mesa. Prendi pequenos LEDs na lente de aumento e separei o conjunto de chaves de fenda de precisão. Um minuto depois, abri o chassi, removi o teclado e fiquei olhando para as entranhas do notebook. Peguei uma lata de ar comprido, soprei a poeira da ventoinha e dei uma olhada em tudo.

Algo não estava certo. Eu não conseguia identificar o que era, pois havia meses que não abria a máquina. Felizmente, na ocasião em que precisei abrir o notebook pela terceira vez e sofri para fechá-lo de novo, eu fiquei esperto: tirei uma foto do interior com tudo no lugar. Não fui totalmente esperto: em princípio, eu apenas deixei a foto no disco rígido e, naturalmente, não podia acessá-la com o laptop desmontado. Mas então imprimi a foto e enfiei na bagunça da gaveta, um cemitério de papéis onde eu guardava os certificados de garantia e diagramas de circuitos. Revirei a papelada, que parecia mais bagunçada do que eu lembrava, e peguei a foto. Coloquei ao lado do computador e tentei encontrar coisas que parecessem fora do lugar.

Então eu notei. O cabo que conectava o teclado à placa-mãe não estava preso direito. Era esquisito. Não havia pressão sobre ele, nada que o fizesse se soltar com o uso normal. Tentei pressioná-lo de volta e descobri que o plugue não estava apenas mal montado — havia alguma coisa entre ele e a placa. Tirei com a pinça e joguei luz sobre o plugue.

Havia algo de novo no teclado. Era uma pequena pecinha de hardware com 15 milímetros de espessura e sem nenhuma inscrição. O teclado estava plugado nela e ela estava plugada à placa-mãe. Em outras palavras, a peça estava perfeitamente localizada para registrar todos os toques quando eu digitasse à minha máquina.

Era um grampo.

O coração disparou. A casa estava às escuras e em silêncio, mas não era uma escuridão reconfortante. Havia olhos lá fora, olhos e ouvidos, e eles me observavam e vigiavam. A vigilância que eu enfrentava no colégio havia me seguido até em casa, mas, desta vez, não era apenas o Conselho de Educação que olhava sobre o meu ombro: o Departamento de Segurança Nacional juntou-se a eles.

Quase arranquei o grampo. Então saquei que quem colocou saberia que ele teria sido retirado. Deixei ali dentro. Senti repulsa ao fazer isso.

Procurei por mais interferências. Não encontrei nenhuma, mas isso não significava que não havia mais nada? Alguém havia invadido o meu quarto e grampeado esse aparelho — tinha desmontado e remontado o laptop. Havia muitas maneiras de grampear um computador. Eu jamais encontraria todas elas.

Remontei a máquina com dedos dormentes. Desta vez, o chassi não fechou direito, mas o cabo de força permaneceu conectado. Iniciei o laptop e coloquei os dedos sobre o teclado, pensando em rodar algum programa de diagnóstico e ver se estava tudo certo.

Mas eu não consegui.

Diabos, talvez houvesse uma escuta no quarto. Talvez uma câmera estivesse me espionando agora.

Eu já estava me sentindo paranoico quando cheguei em casa. Agora a sensação era praticamente de pânico. Parecia que eu havia retornado à prisão, de volta à sala de interrogatório, perseguido por pessoas que detinham poder absoluto sobre mim. Senti vontade de chorar.

Só havia uma coisa fazer.

Fui ao banheiro e troquei o rolo de papel higiênico por um novo. Ainda bem que o antigo estava quase vazio. Desenrolei o resto do papel e procurei na caixa de peças sobressalentes até encontrar um pequeno envelope de plástico cheio de LEDs brancos ultrarreluzentes que eu garimpei de um velho farol de bicicleta. Enfiei os condutores pelo tubo de papelão com cuidado, usando um alfinete para abrir os buracos, peguei um fio e conectei todos eles em série com pequenos clipes de metal. Liguei os fios com os condutores a uma bateria de nove volts. Agora eu tinha um tubo cheio de LEDs direcionais e ultrarreluzentes. Levei até o olho e olhei através dele.

Eu montei um aparelho desses no ano passado como um projeto de feira de ciências. Fui expulso do evento assim que revelei que havia câmeras escondidas em metade das salas de aula do colégio Chavez. Hoje em dia, câmeras de vídeo microscópicas custam menos que um jantar em um bom restaurante, então elas vivem aparecendo em tudo quanto é lugar. Lojistas tarados instalam câmeras em provadores ou salões de bronzeamento artificial para ficar de sacanagem com o material gravado às escondidas das clientes — às vezes, colocam os vídeos na internet. Saber transformar um rolo de papel higiênico e peças no valor de três dólares em um detector de câmeras é puro bom-senso.

Este é o método mais simples de detectar uma câmera espiã. Elas têm lentes microscópicas, mas refletem a luz como o diabo. O sistema funciona melhor em um quarto mal iluminado: basta olhar pelo tubo e varrer bem devagar as paredes e outros lugares onde eles possam ter colocado uma câmera até notar um pequeno reflexo. Se o reflexo permanecer enquanto a pessoa se move, é uma lente.

Não havia uma câmera no quarto — não uma que eu pudesse detectar, pelo menos. Podia haver escutas, é claro. Ou câmeras melhores. Ou nada. Dá para me culpar pela paranoia?

Eu adorava aquele laptop. Eu o chamava de Mistureba, por ter sido feito de uma mistura de peças sobressalentes.

Quando alguém dá nome a um notebook, sabe que tem uma profunda relação com a máquina. Contudo, agora deu vontade de jamais tocá-lo outra vez. Queria jogá-lo pela janela. Quem sabe o que haviam feito com ele? Quem sabe como fora grampeado?

Guardei o laptop em uma gaveta com a tampa fechada e olhei para o teto. Era tarde e eu deveria estar na cama. Porém, eu não conseguiria dormir agora. Eu fui grampeado! Todas as pessoas podiam estar grampeadas. O mundo mudou para sempre.

— Eu vou encontrar um jeito de pegá-los — falei. Era uma promessa, eu soube quando ouvi, embora jamais tivesse feito uma promessa antes.

Eu não podia dormir depois do que acontecera. E, além disso, tive uma ideia.

Em algum lugar do meu armário, havia um Xbox Universal novinho, ainda lacrado na caixa. Todo Xbox é vendido a um preço abaixo do custo, pois a Microsoft ganha a maior parte do dinheiro cobrando direitos das produtoras de jogos para lançar títulos para o console. Mas o Universal foi o primeiro modelo que a Microsoft decidiu dar inteiramente de graça.

No Natal passado, havia pobres coitados por todos os cantos vestidos de guerreiros da série Halo e entregando sacolas com esses consoles o mais rápido que conseguiam. Acho que o esquema deu certo — todo mundo diz que eles venderam um montão de jogos. Naturalmente, havia medidas de segurança para que a pessoa somente jogasse títulos de empresas que compraram licenças da Microsoft para lançar os jogos.

Os hackers passam por essas seguranças. O Xbox fora crackeado por um moleque do Instituto de Tecnologia de Massachusetts que escreveu um best-seller sobre o fato. Então a mesma coisa aconteceu com o Xbox 360 e o finado modelo portátil Xbox Portable (que todos nós chamávamos de "mala" — ele pesava quase 1,5 kg!). O Universal era tido como inviolável. Os moleques que quebraram o código eram usuários brasileiros de Linux, hackers que moravam em uma favela.

Jamais subestime a determinação de um moleque com muito tempo e pouca grana.

Assim que os brasileiros divulgaram o crack, a gente ficou maluco com isso. Em breve, havia dezenas de sistemas operacionais alternativos para o Xbox Universal. O meu favorito era o ParanoidXbox, uma variação do Paranoid Linux. O Paranoid Linux é um sistema que assume que o operador está sob ataque do governo (foi criado para ser usado por dissidentes chineses e sírios) e faz tudo para manter as comunicações e documentos do usuário em segredo. Ele ainda simula várias comunicações falsas para acobertar as ações secretas do operador. Então, enquanto a pessoa recebe uma mensagem política a um caracter por vez, o Paranoid Linux finge que o usuário está navegando na internet ou azarando em salas de bate-papo. Enquanto isso, um em cada quinhentos caracteres que a pessoa recebe é a mensagem real, uma agulha enterrada em um imenso palheiro.

Eu queimei um DVD com o sistema ParanoidXbox assim que ele surgiu, mas não parei para abrir o Xbox do meu armário, descolar uma televisão para ligá-lo e por aí vai. Meu quarto já tem coisas demais para deixar um equipamento vagabundo da Microsoft ocupar espaço valioso.

Na noite de hoje, eu faria esse sacrifício. Levei uns vinte minutos para instalar o Xbox e pôr para funcionar. Não ter uma TV foi a parte mais difícil, mas acabei lembrando que eu possuía um projetor LCD com entradas RCA de TV na traseira. Liguei o Xbox, projetei na porta do quarto e instalei o ParanoidLinux.

Agora estava tudo rodando e o ParanoidLinux procurava outros Xbox Universal para conversar. Todo modelo vem com conexão wireless para partidas multiplayer. É possível jogar com os vizinhos pela internet caso a pessoa tenha uma conexão sem fio à rede. Descobri três vizinhos dentro do alcance. Dois também estavam com seus Xbox Universal conectados. O ParanoidXbox adorava essa configuração: ele podia roubar um pouco da conexão dos meus vizinhos e usá-los para ficar on-line a partir da rede de jogos. Eles jamais sentiriam falta dos pacotes de dados: os vizinhos pagavam uma taxa fixa pela internet e, para falar a verdade, não estavam navegando muito às duas da manhã.

A melhor parte disso tudo foi como eu me *senti*: em controle. Minha tecnologia estava trabalhando por mim, servindo a mim e me protegendo. Não estava me espionando. É por isso que eu amo tecnologia: bem usada, ela confere poder e privacidade.

Minha mente disparou, estava a por hora. Havia muitas razões para rodar o ParanoidXbox — a melhor é que todo mundo podia lançar jogos para o sistema. Havia a versão de um emulador que permitia rodar qualquer jogo já criado desde os tempos do Pong — títulos do Apple][+, dos consoles Colecovision, NES, Dreamcast e por aí vai.

Melhor ainda eram os jogos multiplayer irados lançados especificamente para o ParanoidXbox — títulos gratuitos feitos como hobby que qualquer um podia rodar. Combinando tudo isso, ele era um console grátis com jogos grátis que acessava a internet de graça.

E a melhor parte, na minha opinião, é que o ParanoidXbox era *paranoico*. Todo dado enviado era codificado e reduzido microscopicamente. Alguém podia grampear à vontade que jamais descobriria quem estava falando, sobre quem e com quem era a conversa. Internet, e-mail e mensagens instantâneas anônimas. Era disso que eu precisava.

Tudo o que eu tinha que fazer agora era convencer todo mundo que eu sabiá usá-lo também.

Capítulo 6

Acredite ou não, meus pais me obrigaram a ir à escola no dia seguinte. Só fui dormir um sono agitado às três da manhã, mas às sete meu pai estava ao pé da cama ameaçando me arrastar pelos tornozelos. Consegui me levantar — algo havia morrido em minha boca após fechar meus olhos — e entrei no chuveiro.

Fui forçado a comer uma torrada e uma banana pela minha mãe, torcendo para que meus pais me deixassem beber café em casa. Eu levava um escondido para o colégio, mas era horrível vê-los beber o ouro negro enquanto eu arrastava os pés pela casa, vestindo-me e arrumando os livros na mochila.

Eu já fui a pé para a escola milhares de vezes, mas hoje foi diferente. Subi e atravessei as ladeiras para descer até Mission e havia caminhões por todas as partes. Vi os novos sensores e câmeras de controle do tráfego em vários sinais. Alguém tinha muito equipamento de segurança parado, esperando para ser instalado na primeira oportunidade. O ataque à Bay Bridge fora justamente o que eles queriam.

Tudo isso deixava a cidade mais contida, como alguém dentro de um elevador, envergonhado pela observação atenta dos vizinhos e das câmeras onipresentes.

Eu sempre me valia da cafeteria turca na 24th Street para pegar um copo para viagem. Basicamente, o café turco é uma lama que finge ser café. É tão espesso que dá para enfiar e prender uma colher e tem mais cafeína que Red Bull, que é coisa para criança. Acredite, eu li o verbete na Wikipedia: foi assim que se formou o Império Otomano, com cavaleiros ensandecidos cheios de café-lama nas ideias.

Tirei o cartão de débito para pagar e o turco fez uma careta.

— Sem débito.

— Hã? Por quê? — Eu pagava pelo vício de café com cartão há anos. O turco sempre implicava comigo, dizendo que eu era jovem demais para beber aquilo e ainda se recusava a me servir durante o horário escolar, convencido de que eu estava matando aula. Porém, ao longo dos anos, eu e o turco chegamos a um entendimento, mesmo que de má vontade.

Ele balançou a cabeça com tristeza.

— Você não entenderia. Vai para a escola, moleque.

Não existe um modo melhor de me fazer querer entender alguma coisa do que dizer que eu não entenderia. Exigi educadamente que me contasse. O turco me olhou como se fosse me expulsar, mas quando perguntei se achava que eu não era bom o suficiente para ser seu cliente, ele se abriu.

— A segurança — ele falou, olhando ao redor da lojinha com jarras de grãos de café e prateleiras de produtos turcos.

— O governo. Eles monitoram tudo agora, está nos jornais. O Congresso aprovou ontem o Ato Patriota II. Agora podem monitorar todas as vezes que você usa o cartão. Eu falei que não. Falei que a minha loja não ajudaria o governo a espionar meus clientes.

Fiquei de queixo caído.

— Você talvez não ache lá grande coisa, não é? Qual é o problema de o governo saber quando você compra café?

Porque essa é uma forma de saberem onde você está, onde esteve. Por que acha que eu saí da Turquia? Não é bom quando o governo vive espionando as pessoas. Vim para cá há vinte anos pela liberdade... não vou ajudar o governo a tirar a liberdade.

— Você vai perder tantas vendas — falei sem pensar. Queria dizer que ele era um herói e apertar sua mão, mas foi isso que saiu. — Todo mundo usa cartões de débito.

— Talvez não tantas vendas assim. Talvez meus clientes venham aqui porque sabem que eu amo a liberdade também. Vou fazer um cartaz para a vitrine. Talvez outras lojas façam o mesmo. Ouvi dizer que a *União* Americana pelas *Liberdades Civis* vai processar o governo por causa disso.

— Eu serei sempre seu cliente a partir de hoje — falei. Fui sincero. Meti a mão no bolso. — Hã, só que agora estou sem dinheiro.

Ele franziu os lábios e concordou com a cabeça.

— Muitas pessoas dizem a mesma coisa. Tudo bem. Dê o dinheiro de hoje para a UALC.

Em dois minutos, eu e o turco trocamos mais palavras do que todo o tempo em que frequentava sua loja. Não fazia ideia que ele tinha essas convicções. Só pensava que era o dono da cafeteria amigo da vizinhança. Então, apertei sua mão e, quando saí da loja, tive a sensação de que nós havíamos juntado a uma equipe. Uma equipe secreta.

Eu havia perdido dois dias de escola, mas parecia que não houvera muita aula. O colégio foi fechado no primeiro dia enquanto a cidade tentava se recuperar. O dia seguinte foi dedicado, ao que parece, a prestar homenagens aos desaparecidos e possíveis mortos. Os jornais publicaram biografias dos desaparecidos e tributos aos falecidos. A internet estava cheia de milhares de pequenos obituários.

Para a minha vergonha, eu era uma dessas pessoas. Entrei no pátio sem saber disso e, então, alguém gritou. Um momento depois havia uma centena de pessoas ao redor, batendo nas minhas costas, apertando minha mão. Algumas garotas que eu nem conhecia me beijaram, e foram mais do que beijos amigáveis. Me senti como um roqueiro.

Os professores foram só um pouco mais contidos. A srta. Galvez chorou tanto quanto a minha mãe e me abraçou três vezes antes de me soltar. Fui para a minha carteira e me sentei. Havia algo novo na frente da sala de aula. Uma câmera. A srta. Galvez notou que eu estava encarando a câmera e me entregou uma carta de permissão em um papel timbrado da escola.

O Conselho Distrital de Educação de São Francisco fizera uma sessão de emergência no fim de semana e votou, por unanimidade, que os pais de cada aluno na cidade deveriam ser consultados sobre a permissão de instalar câmeras de circuito fechado em cada sala de aula e corredor. A lei dizia que nós não poderíamos ser forçados a frequentar uma escola cheia de câmeras, mas não dizia nada sobre abrir mão de nossos direitos constitucionais *voluntariamente*. A carta falava que o Conselho tinha certeza de que contaria com o total apoio dos pais, mas eles tomariam medidas para ensinar em salas separadas e "desprotegidas" as crianças cujos pais fossem contra a resolução.

Por que tínhamos câmeras nas salas de aula agora? Terroristas. É claro. Porque, ao explodir uma ponte, os terroristas indicaram que as escolas seriam os próximos alvos. De alguma forma, essa foi a conclusão a que o Conselho chegou, pelo menos.

Eu li a carta três vezes e levantei a mão.

— Sim, Marcus?

— Srta. Galvez, sobre essa carta?

— Sim, Marcus.

— O objetivo do terrorismo não é nos assustar? É por isso que se chama *terror*ismo, certo?

— Creio que sim. — A turma estava me olhando. Eu não era o melhor aluno da escola, mas adorava um bom debate em sala de aula. Eles estavam esperando para ouvir o que eu diria a seguir.

— Então nós não estamos fazendo o que os terroristas querem? Não é uma vitória para eles se a gente ficar com medo e colocar câmeras nas salas de aula e tudo mais?

Algumas risadinhas nervosas. Um dos alunos levantou a mão. Era Charles. A srta. Galvez permitiu que falasse.

— Colocar câmeras deixa a gente seguro, o que diminui o medo.

— Seguro contra o quê? — falei, sem esperar pela permissão.

— Contra o terrorismo — disse Charles. Os demais estavam concordando com a cabeça.

— Como as câmeras fazem isso? Se um homem-bomba entrar aqui correndo e explodir com a gente...

— Srta. Galvez, o Marcus está violando o regulamento da escola. Não devemos fazer piadas sobre ataques terroristas...

— Quem está fazendo piadas?

— Obrigada a vocês dois — falou a srta. Galvez. Ela parecia triste de verdade. Fiquei mal por desviar a atenção de sua aula. — Acho que essa é uma discussão realmente interessante, mas vamos deixá-la para uma próxima vez. Creio que o assunto tenha uma carga emocional muito grande para ser discutido hoje. Agora, vamos voltar às sufragistas, sim?

Então, passamos o resto do tempo falando sobre as sufragistas e as novas estratégias que as lobistas desenvolveram para colocar quatro mulheres no escritório de cada parlamentar, a fim de deixar claro para ele o que aconteceria com seu futuro político se continuasse a negar o direito de voto às mulheres. Normalmente era o tipo de coisa que eu curtia de verdade — gente humilde forçando os grandes e poderosos a serem honestos. Mas hoje eu não conseguia me concentrar. Devia ser a ausência de Darryl. A gente gostava de estudos sociais e ficaria com os CompuEscolas abertos alguns segundos depois de sentar, conversando via MSN sobre a aula.

Eu havia queimado vinte discos com o sistema ParanoidXbox na noite anterior e estava com todos eles na mochila. Distribuí para pessoas que eu sabia serem muito, muito viciadas em jogos. Todos ganharam um ou dois Xbox Universal, mas a maioria havia parado de usá-los. Os jogos eram realmente caros e não tão divertidos. Abordei a galera entre as aulas, no almoço e no grupo de estudo e enchi de elogios os jogos do ParanoidXbox. Gratuitos e divertidos — jogos sociais viciantes, com muita gente maneira jogando pelo mundo inteiro.

Dar uma coisa de graça para vender outra é chamado de "negócio gilete" — empresas como a gilette dão aparelhos de barbear de graça, mas cobram uma fortuna pelas lâminas. Cartuchos de impressora são ainda piores — a champanhe mais cara do mundo é barata perto da tinta de uma impressora, que custa um centavo por galão de quatro litros para ser produzida industrialmente.

Esse modelo de negócio depende que o produto não seja vendido por mais ninguém. Afinal de contas, se a Gillette ganha nove dólares em uma lâmina sobressalente de dez dólares, por que não abrir uma concorrente que ganha apenas quatro dólares vendendo uma lâmina igual? Uma margem de lucro de oitenta por cento é o tipo de coisa que deixa o executivo padrão babando e de olhos arregalados.

Então, empresas que seguem o "modelo Gillette", como a Microsoft, se empenham muito em tornar difícil e/ou ilegal competir com elas no mercado das lâminas. No caso da Microsoft, cada Xbox tinha medidas de segurança para bloquear softwares lançados por pessoas que não pagaram dinheiro sujo a ela pelo direito de vender programas para o console.

A galera que encontrei não pensava muito sobre essas coisas. Eles ficaram animados quando falei que os jogos não eram monitorados. Hoje em dia, qualquer jogo on-line é cheio de gente desagradável. Primeiro vêm os pervertidos, que tentam atrair o jogador para um local ermo e dar uma de *O silêncio dos inocentes*. Depois são os policiais, que fingem ser moleques incautos para pegar os pervertidos. Os piores de todos, porém, são os monitores que passam o tempo todo espionando as discussões e dedurando os jogadores por violar os Termos de Serviço, que proíbem flertes, xingamentos e "linguagem clara ou velada que se refira de maneira insultante a qualquer aspecto de orientação sexual ou sexualidade".

Bem, não sou um cachorro que vive no cio, mas sou um rapaz de 17 anos. O sexo pinta nas conversas de vez em quando. Mas ai da pessoa que fale de sexo enquanto joga. Era realmente desanimador. Ninguém monitorava os jogos do ParanoidXbox porque não eram lançados por uma empresa; eram apenas títulos que hackers tinham criado de zoação.

Então, o pessoal que curtia jogos adorou a novidade. Eles pegaram os discos com ansiedade e prometeram queimar cópias para os amigos — afinal de contas, jogos são mais divertidos quando se joga com a galera.

Quando cheguei em casa, li que um grupo de pais estava processando a direção da escola por causa das câmeras de vigilância, mas já havia perdido o direito de encaminhar uma *injunção preliminar* contra eles.

Não sei quem bolou o nome Xnet, mas pegou. As pessoas estavam comentando nos bondes. Van me perguntou se eu já tinha ouvido falar da Xnet e quase engasguei assim que me toquei do que ela estava falando: os discos que eu comecei a distribuir na semana passada foram repassados e copiados até Oakland em duas semanas. Olhei para trás, como se tivesse quebrado uma regra, e agora o Departamento de Segurança Nacional fosse me capturar e prender para sempre.

Foram semanas difíceis. O metrô não aceitava mais dinheiro, apenas cartões com transponders que a pessoa sacudia na frente da roleta para passar. Eram maneiros e práticos, mas toda vez que eu usava um, pensava que estava sendo rastreado. Alguém na Xnet postou um link para um estudo da Electronic Frontier Foundation* sobre as maneiras como essas coisas podiam ser usadas para rastrear as pessoas, e o documento tinha pequenas histórias de grupos que protestaram nas estações do metrô.

Eu usava a Xnet para praticamente tudo agora. Criei um endereço falso de e-mail através do Partido Pirata, um partido político sueco que odiava a vigilância sobre a internet e prometia manter as contas em segredo, até mesmo da polícia. Eu acessava o e-mail apenas via Xnet, pulando

---

*ONG que defende os direitos e liberdades digitais. O autor Cory Doctorow é ex-diretor do braço europeu da EFF. (*N. do T.*)

da conexão de um vizinho para a de outro, torcendo para permanecer anônimo até chegar à Suécia. Eu não usava mais o nick w1n5t0n. Se Benson podia decifrá-lo, qualquer um conseguiria. Meu novo nick, que surgiu em um estalo, era M1k3y. Eu recebia muitos e-mails de pessoas que souberam nas salas de bate-papo e fóruns que eu poderia ajudá-las com problemas de configuração e conexão na Xnet.

Sentia falta de Harajuku Fun Madness. A empresa suspendera o jogo indefinidamente. Disseram que, por "razões de segurança", eles não achavam uma boa ideia esconder coisas e depois mandar pessoas a sua procura. E se alguém pensasse que era uma bomba? E se alguém colocasse uma bomba no mesmo lugar?

E se eu fosse atingido por um raio ao andar com um guarda-chuva? Proíbam os guarda-chuvas! Lutem contra a ameaça dos raios!

Eu continuei a usar o laptop, embora me deixasse arrepiado. Quem o grampeou poderia ficar intrigado por eu nunca usá-lo. Imaginei que deveria apenas navegar aleatoriamente, diminuindo um pouco a cada dia para que os espiões notassem uma alteração gradual nos meus hábitos em vez de uma mudança repentina. Na maioria das vezes, eu lia aquele obituário mórbido — todos aqueles milhares de amigos e vizinhos mortos nas profundezas da baía.

Para falar a verdade, eu estava fazendo cada vez menos trabalho de casa. Tinha compromissos em outros lugares. Eu queimava cinquenta ou sessenta novos discos com ParanoidXbox e distribuía pela cidade para pessoas que descobri que estavam dispostas a queimar outras sessenta cópias e passá-las aos seus amigos.

Eu não estava muito preocupado em ser pego fazendo isso porque contava com boa criptografia. A criptografia, ou "escrita secreta", existe desde os tempos de Roma (literalmente: César Augusto era um grande fã e adorava inventar os próprios códigos, alguns dos quais usamos até hoje para codificar piadas em e-mail).

Criptografia é matemática. Matemática pesada. Não vou tentar explicar em detalhes porque também não sei matemática a ponto de entender — pesquise na Wikipedia, se quiser.

Mas aqui vai a versão resumida: algumas funções matemáticas são muito fáceis de fazer em uma direção e muito difíceis na outra. É fácil multiplicar dois números primos grandes e criar um número imenso. É muito, muito difícil pegar um número imenso e descobrir quais números primos foram multiplicados para gerá-lo.

Isso significa que, se a pessoa descobrir um jeito de codificar alguma coisa baseado na multiplicação de grandes números primos, será difícil decodificar sem saber que números são esses. Bem difícil. Tipo, todos os computadores do mundo trabalhando 24 horas por dia em um trilhão de anos não seriam capazes de calcular.

Cada mensagem criptografada tem quatro partes: a mensagem original, chamada de "texto claro". A mensagem codificada, chamada de "texto cifrado". O sistema de codificação, chamado de "cifra". E, finalmente, a chave: o segredo que a pessoa adiciona à cifra juntamente com o texto claro para criar o texto cifrado.

Antigamente os especialistas em criptografia tentavam manter tudo isso em segredo. Cada agência e governo possuía as próprias cifras e as próprias chaves. Os nazistas e os aliados não queriam que os inimigos soubessem como eles codificavam as mensagens, muito menos quais chaves eram utilizadas para decodificar. Isso parecia uma boa ideia, não?

Errado.

A primeira vez que alguém me contou sobre essa fatoração em números primos, respondi imediatamente: "Nem pensar, é mentira. Tipo, claro que é difícil fazer esse lance de fatoração em números primos, seja lá o que for isso. Mas antigamente era impossível voar ou ir à Lua ou arrumar um disco rígido com mais de alguns kilobytes de memória. Alguém deve ter inventado um jeito de decodificar as mensagens." Eu imaginei uma base dentro de uma montanha cheia de matemáticos da Agência de Segurança Nacional lendo todos os e-mails do mundo e dando risinhos.

Na verdade, isso foi praticamente o que aconteceu durante a Segunda Guerra Mundial. Essa é a razão pela qual a vida não é como o Castelo Wolfenstein, onde passei muitos dias caçando nazistas.

A questão é que é difícil manter as cifras em segredo. Elas envolvem muita matemática e, caso sejam muito usadas, todo mundo que mexe com as cifras tem de mantê-las em segredo também. Então, se uma dessas pessoas troca de lado, é preciso criar uma nova cifra.

A cifra nazista chamava-se Enigma e eles usavam um pequeno computador mecânico chamado Máquina Enigma para codificar e decodificar as mensagens. Todos os submarinos, navios e bases precisavam ter uma máquina assim, então foi inevitável que os aliados eventualmente metessem as mãos em uma delas.

Quando isso aconteceu, eles crackearam a máquina. Esse trabalho foi liderado pelo meu maior herói, um cara chamado Alan Turing, que praticamente inventou os computadores como os conhecemos hoje. Infelizmente para ele, Turing era gay e, quando a guerra acabou, os idiotas do governo britânico o forçaram a se injetar com hormônios para "curar" sua homossexualidade, e ele se matou. Darryl me deu uma biografia de Turing quando fiz 14 anos — embrulhada em vinte camadas de papel e dentro de uma embalagem reciclada de um Batmóvel de brinquedo, era assim que ele dava presentes — e eu me tornei um fanático pelo cara desde então.

Agora os aliados possuíam a Máquina Enigma e podiam interceptar várias mensagens de rádio dos nazistas. Mas isso não devia ter sido tão importante assim, pois todo capitão tinha a própria chave secreta. Como os aliados não possuíam as chaves, simplesmente ter a máquina não deveria ter adiantado de nada.

É nesse ponto que o segredo prejudica a criptografia. Havia um erro na cifra Enigma. Assim que Turing estudou com atenção, descobriu que os criptógrafos nazistas cometeram um erro matemático. Ao colocar as mãos na Máquina Enigma, Turing descobriu como crackear qualquer mensagem nazista, não importa a chave utilizada.

Esse erro custou a guerra aos nazistas. Tipo, não me leve a mal. Essa é uma boa notícia. Palavra de um veterano do Castelo Wolfenstein. Ninguém quer os nazistas no poder do país.

Depois da guerra, os criptógrafos passaram muito tempo pensando na questão. O problema foi que Turing era mais esperto do que o cara que criou a cifra Enigma. Sempre que uma pessoa cria uma cifra, há o risco de alguém mais esperto descobrir um jeito de decifrá-la.

E, quanto mais eles pensaram a respeito, mais chegaram à conclusão de que qualquer pessoa pode criar um sistema de segurança que ela não consiga quebrar. Mas ninguém sabe o que outra pessoa mais esperta vai fazer.

É preciso divulgar uma cifra para saber se funciona. É preciso contar ao maior número de pessoas possível como a cifra funciona para que elas ataquem com tudo e testem a sua segurança. Quanto mais tempo se passar até que descubram uma falha, mais segura ela é.

É assim que é feito hoje em dia. Se a pessoa quer segurança, não deve usar uma criptografia criada por algum gênio na semana passada. Tem que se valer de algo que as pessoas estejam usando há tempos sem que ninguém tenha descoberto como decifrar. Seja um banco, um terrorista, um governo ou um adolescente, é preciso usar as mesmas cifras.

Se a pessoa tenta usar uma cifra própria, existe a chance de alguém ter descoberto um erro e dar uma de Turing ao decodificar as mensagens "secretas" e se divertir com suas fofocas, transações financeiras e segredos militares.

Então eu sabia que a criptografia iria me proteger dos espiões, mas não estava preparado para encarar os histogramas.

Saltei do metrô e sacudi o cartão sobre a roleta na direção da estação da 24th Street. Como sempre, havia um monte de gente esquisita de bobeira na estação, bêbados, crentes, mexicanos sérios olhando para o chão e alguns pivetes. Passei sem olhar para eles e subi correndo as escadas até a superfície. Depois de ter distribuído os discos com o ParanoidXbox, a mochila estava vazia, o que deixou meus ombros leves e a alma lavada ao chegar à rua. Os pregadores continuavam enaltecendo Jesus em espanhol e inglês.

Os camelôs que vendiam óculos piratas tinham ido embora, mas foram substituídos por caras vendendo cãezinhos robôs que latiam o hino nacional e levantavam as patas se vissem uma foto de Osama bin Laden. Ele deviam ter algo legal em seus pequenos cérebros. Guardei na mente que eu precisava pegar alguns dos cãezinhos para desmontar. A tecnologia de reconhecimento facial era uma novidade recente em brinquedos. Ela vinha sendo usada pelos militares, pela polícia e por cassinos para identificar trapaceiros.

Comecei a descer a 24th Street em direção a Potrero Hill e minha casa, alongando os ombros enquanto sentia o cheiro de burritos das lanchonetes e pensava no jantar.

Não sei por que acabei olhando para trás, mas olhei. Talvez fosse um pouco de sexto sentido, uma coisa meio subconsciente. Eu sabia que estava sendo seguido.

Havia dois brancos grandalhões com bigodinhos. Pensei que fossem policiais ou motoqueiros gays que viviam subindo e descendo pela Castro Street*, mas os gays costumam ter penteados melhores. Eles usavam casacos impermeáveis na cor cinza e jeans, com os cintos escondidos. Pensei em tudo o que um policial levaria na cintura e também no cinto de utilidades daquele sujeito do Departamento de Segurança Nacional no caminhão. Os dois estavam com fones Bluetooth.

Continuei andando com o coração aos saltos. Estava esperando algo assim desde o início. Esperava que o Departamento de Segurança Nacional descobrisse o que eu estava fazendo. Tomei todas as precauções, mas a mulher de cabelo curto dissera que ficaria de olho em mim, que eu era um homem marcado. Percebi que eu estava esperando ser capturado e levado de volta à prisão. Por que não? Por que Darryl deveria ficar preso e não eu? O que eu tinha a meu favor? Não tive sequer coragem de contar aos meus pais — ou aos dele — o que acontecera de verdade conosco.

Apressei o passo e pensei nas coisas que levava comigo. Não tinha nada que me incriminasse na mochila. Não muito, pelo menos. O CompuEscola estava crackeado para eu mandar mensagens instantâneas e tudo mais, porém metade

---

*Rua que é o centro do bairro gay de São Francisco. (N. do T.)

da galera na escola tinha isso. Eu havia mudado a criptografia dos dados no celular — agora eu possuía uma partição falsa que podia cancelar com uma senha, mas as coisas legais estavam escondidas e precisavam de outra senha para serem abertas. A seção falsa parecia com um arquivo qualquer — os dados se confundem com o resto das coisas na memória quando são criptografados — e eles jamais a descobririam. Não havia discos na mochila. O laptop estava livre de provas que me incriminassem. Claro que, se eles examinassem a fundo o meu Xbox, seria fim de jogo para mim. Literalmente.

Parei onde estava. Tinha feito o melhor possível para me garantir. Era hora de encarar o meu destino. Entrei na primeira lanchonete e pedi um burrito de carne de porco com molho extra. Se era para ser preso, melhor que fosse de estômago cheio. Também pedi um baldão de horchata, uma bebida gelada à base de arroz que parece um arroz-doce aguado e meio amargo (é melhor do que a descrição).

Sentei para comer e fui tomado por uma imensa calma. Eu estava prestes a ir para a prisão pelos meus "crimes" ou não. A liberdade desde que fui libertado fora como um feriado temporário. Meu país não era mais meu amigo: a gente estava em lados opostos e eu sabia que jamais poderia vencer.

Os dois sujeitos entraram no restaurante quando eu terminei o burrito e me levantei para pedir um churros de sobremesa. Acho que estavam esperando lá fora e ficaram cansados da minha enrolação.

Eles pararam atrás de mim no balcão, encurralando-me. Peguei o churro das mãos da velhinha simpática, paguei e dei umas mordidinhas antes de me virar. Eu queria comer um pouco da sobremesa, pelo menos. Essa podia ser a última por muito, muito tempo.

Então me virei. Eles estavam tão próximos que deu para notar a espinha na bochecha do sujeito da esquerda e a meleca no nariz do outro.

— Dá licença — falei ao tentar passar, me espremendo. O cara da meleca se mexeu para bloquear o caminho.

— O senhor pode vir conosco? — Ele apontou para a porta da lanchonete.

— Foi mal, estou comendo — falei e andei de novo. Desta vez ele colocou a mão no meu peito. A respiração do cara estava acelerada, o que balançava a meleca. Acho que eu estava respirando assim também, mas era difícil dizer com o coração disparado.

O outro abriu a frente do casaco para mostrar o distintivo.

— Polícia. Por favor, venha conosco.

— Só vou pegar as minhas coisas — eu disse.

— Nós cuidamos disso — falou o sujeito. O melequento deu um passo em minha direção, com os pés entre os meus. Era um golpe de artes marciais que permite perceber se o outro cara vai trocar de pé, se preparando para sair.

Porém, eu não iria fugir. Sabia‧que não era possível escapar do destino.

Capítulo 7

Eles me levaram para fora e deram a volta na esquina, onde havia um carro da polícia à paisana esperando. Contudo, era difícil que houvesse alguém naquela vizinhança incapaz de notar que aquele veículo era um carro da polícia. Somente os tiras dirigiam enormes Crown Victorias nesses tempos de gasolina cara. Além do mais, somente eles podiam parar em fila dupla no meio da Van Ness Street sem serem levados pelas hordas de reboques que não paravam de circular, prontos para fazer cumprir a incompreensível lei de estacionamento de São Francisco e arrancar uma fortuna por apreender o carro da pessoa.

Meleca assoou o nariz. Eu estava sentado no banco de trás ao lado dele. O parceiro estava na frente, usando um dedo apenas para digitar em um laptop blindado e antigo que parecia ter pertencido originalmente a Fred Flintstone.

Meleca olhou novamente com atenção para a minha carteira de motorista.

— Só queremos fazer algumas perguntas de rotina para você.

— Posso ver seus distintivos? — pedi. Esses caras eram obviamente policiais, mas não custava nada deixar claro que eu sabia meus direitos.

Meleca mostrou o distintivo um pouco rápido demais para eu ver direito, mas Espinha no banco da frente deixou que olhasse bem. Eu vi o número da divisão a que pertenciam e memorizei o número de quatro dígitos do distintivo. Foi fácil: 1337 também é a forma como hackers escrevem "elite."

Os dois foram muito educados e nenhum deles estava tentando me intimidar da forma como o Departamento de Segurança Nacional fez quando eu estive em sua custódia.

— Eu estou preso?

— Você está temporariamente detido para podermos garantir a sua segurança e a do público em geral — falou Meleca.

Ele passou a minha carteira de motorista para Espinha, que entrou os dados devagar no computador. Notei que ele digitou algo errado e quase o corrigi, mas imaginei que fosse melhor ficar calado.

— Tem alguma coisa que você quer me contar, Marcus? Eles te chamam de Marc?

— Marcus está ótimo — falei. Meleca deu a impressão de que devia ser um cara bacana. Tirando a parte de me sequestrar para o carro, é claro.

— Marcus. Tem alguma coisa que você queira me contar?

— Tipo o quê? Eu estou preso?

— Agora você não está preso — disse Meleca. — Você gostaria de ser preso?

— Não.

— Ótimo. Nós seguimos você desde que saiu do metrô. Seu bilhete mensal diz que você vem andando por muitos lugares estranhos, em muitos horários curiosos.

Senti um peso sair dos ombros. Então isso não tinha nada a ver com a Xnet, não mesmo. Eles estavam vigiando os meus itinerários do metrô e queriam saber por que eu saí tanto dos padrões ultimamente. Que tremenda estupidez!

— Então vocês seguem todo mundo que sai do metrô com um histórico curioso de viagens? Vocês devem estar ocupados.

— Nem todo mundo, Marcus. Nós somos alertados quando sai alguém com itinerários fora do comum e decidimos se é necessário investigar. No seu caso, viemos porque queremos saber o motivo de um moleque que parece ser tão esperto andar por itinerários tão curiosos.

Quando eu soube que não estava para ser preso, comecei a ficar puto. Esses caras não deviam me espionar — meu Deus, o metrô não devia ajudá-los a me espionar. Por que diabos o bilhete tinha que me dedurar por ter um "itinerário fora do padrão?".

— Acho que eu gostaria de ser preso agora — falei.

Meleca se recostou no assento e levantou uma sobrancelha.

— Sério? Sob que acusação?

— Ah, você quer dizer que andar fora dos padrões em um transporte público não é um crime?

Espinha fechou os olhos e os esfregou com os polegares. Meleca deu um suspiro cansado.

— Olha, Marcus, nós estamos do seu lado. Usamos esse sistema para pegar os bandidos. Para pegar terroristas e traficantes. Talvez você seja um traficante. Um bilhete mensal é uma bela maneira de circular pela cidade de forma anônima.

— O que há de errado em querer ser anônimo? Serviu para o Thomas Jefferson*. E, falando nisso, eu estou preso?

---

*Terceiro presidente dos EUA (1801-1809) e um dos líderes da revolução pela independência americana contra o Império Britânico. (*N. do T.*)

— Vamos levá-lo para casa — disse Espinha. — A gente fala com os pais dele.

— Acho que é uma ótima ideia — falei. — Com certeza, meus pais vão gostar de saber como estão sendo gastos os impostos...

Eu forcei a barra. Meleca fizera menção de abrir a porta, mas então se virou na minha direção com as veias latejando, transformando-se no Hulk.

— Por que não cala a boca enquanto pode? Depois de tudo que aconteceu nas duas últimas semanas, você bem que podia cooperar conosco. Sabe do que mais? Talvez seja melhor te prender mesmo. Pode passar um dia ou dois na prisão enquanto seu advogado procura por você. Muita coisa pode ocorrer nesse período. Muita coisa. Que tal?

Não falei nada. Eu estava furioso e sendo impulsivo. Agora morria de medo.

— Foi mal — consegui dizer e me odiei por isso.

Meleca foi para o banco da frente e Espinha colocou o carro em movimento, dirigindo pela 24th Street e subindo Potrero Hill. Eles tinham o meu endereço pela carteira de motorista.

Minha mãe abriu a porta assim que os policiais tocaram a campainha, sem tirar a corrente. Olhou pela fresta, me viu e disse:

— Marcus? Quem são esses homens?

— É a polícia — disse Meleca. Ele exibiu o distintivo, permitindo que minha mãe olhasse bem, em vez de mostrar de relance como fizera comigo. — Podemos entrar?

Minha mãe fechou a porta, tirou a corrente e deixou que entrassem. Os policiais me levaram para dentro e ela deu um de seus olhares para nós três.

— O que está acontecendo?

Meleca apontou para mim.

— Nós queríamos fazer umas perguntas de rotina sobre os lugares que seu filho andava, mas ele se recusou a responder. Achamos que era melhor trazê-lo aqui.

— Ele está preso? — O sotaque dela voltou com força. A boa e velha mamãe.

— A senhora é uma cidadã americana? — perguntou Espinha.

Minha mãe olhou para ele de um jeito que secaria uma planta.

— Certeza, sô — falou com sotaque caipira. — Eu estou presa?

Os dois policiais se entreolharam.

Espinha tomou a dianteira.

— Acho que começamos com o pé esquerdo. Nós identificamos o seu filho como alguém com um uso fora dos padrões do sistema de transporte público, de acordo com um novo programa proativo de segurança. Quando notamos pessoas com itinerários incomuns ou com um perfil suspeito, investigamos a fundo.

— Esperem aí — disse minha mãe. — Como vocês sabem que meu filho usa transporte público?

— O bilhete mensal registra as viagens.

— Entendi — disse, cruzando os braços. O gesto era um mau sinal. Já foi ruim não ter oferecido chá — no mundo da minha mãe, isso era o equivalente a conversar com a porta fechada na cara deles —, mas, assim que cruzou os braços, as coisas iam acabar mal para os dois. Naquele momento, eu queria sair e comprar um enorme buquê de flores para ela.

— Marcus se recusou a responder o motivo de seus itinerários serem assim.

— O senhor está dizendo que acha que meu filho é um terrorista pela maneira como anda de ônibus?

— Terroristas não são os únicos bandidos que pegamos desta forma — falou Espinha. — Traficantes, pivetes e até mesmo ladrões de lojas que são espertos e atuam em vizinhanças diferentes.

— O senhor acha que meu filho é um traficante?

— Não estamos dizendo isso... — começou Espinha.

Minha mãe bateu as palmas diante dele para calá-lo.

— Marcus, por favor, me passe a sua mochila.

Passei.

Minha mãe abriu e examinou o interior, primeiro virando de costas para nós.

— Guardas, eu posso afirmar que não há narcóticos, explosivos ou quinquilharias roubadas de lojas na mochila do meu filho. Acho que estamos conversados. Eu gostaria de saber o número de seus distintivos antes de irem, por favor.

Meleca fez uma cara de desdém para ela.

— Dona, a União Americana pelas Liberdades Civis está processando trezentos policiais de São Francisco. A senhora vai ter que entrar na fila.

Mamãe fez uma xícara de chá para mim e deu bronca por eu ter jantado quando sabia que ela estava preparando falafel. Papai chegou em casa enquanto ainda estávamos à mesa e eu e minha mãe nos revezamos para contar a história. Ele balançou a cabeça.

— Lillian, eles só estavam cumprindo seu dever. — Meu pai ainda vestia o blazer azul e calças cáqui que usava nos dias em que dava consultoria no Vale do Silício. — O mundo não é o mesmo lugar que era na semana passada.

Mamãe pousou a xícara de chá.

— Drew, você está sendo ridículo. Nosso filho não é um terrorista. A forma como ele usa o transporte público não é motivo de investigação policial.

Papai tirou o blazer.

— A gente faz isso o tempo todo no meu trabalho. É assim que os computadores encontram todo tipo de erro, anomalias e resultados. Nós pedimos ao computador para criar um perfil de um registro de uma base de dados e depois para que ache quais registros estão mais afastados desse primeiro dentro da base. Faz parte de algo chamado análise Bayesiana e existe há séculos. Sem ela, não conseguiríamos filtrar spam nos e-mails...

— Você está dizendo que acha que a polícia deveria ser tão ruim quanto o meu filtro de spam? — falei.

Papai jamais ficava com raiva por eu discutir com ele, mas hoje dava para ver que ele estava estressado. Ainda assim, não consegui resistir. Meu próprio pai estava do lado da polícia!

— Estou dizendo que é perfeitamente razoável que a polícia investigue a partir de análise de dados e depois vá a campo, onde um ser humano pode interferir para descobrir o motivo da existência da anomalia. Não acho que um computador deva dizer para a polícia quem precisa ser preso, apenas que ele deve ajudar a encontrar a agulha no palheiro.

— Ao pegarem todos esses dados do sistema de trânsito, eles estão criando o palheiro — falei. — É uma montanha gigante de dados e não há quase nada que valha a pena ser examinado ali, do ponto de vista da polícia. É uma completa perda de tempo.

— Eu sei que você não gosta porque o sistema causou alguma inconveniência, Marcus. Porém, você, mais do que todo mundo, deveria entender a gravidade da situação. E não aconteceu nada demais, não foi? Eles ainda te deram uma carona para casa.

Eles me ameaçaram mandar para a prisão, pensei, mas vi que não havia sentido em dizer.

— Além disso, você ainda não nos disse onde diabos esteve para criar um padrão de itinerários tão fora do comum.

Essa me pegou desprevenido.

— Eu pensei que você confiasse em mim a ponto de não querer me espionar. — Ele dizia isso frequentemente. — Quer realmente que eu dê satisfações de todo trajeto que fiz?

Conectei o Hbox assim que entrei no quarto. Eu tinha prendido o projetor no teto para usar a parede em cima da cama como tela (precisei tirar meu sensacional mural de filipetas de shows de punk rock que arranquei de postes e grudei em cartolina branca).

Liguei o console e esperei surgir a imagem na parede. Estava prestes a mandar um e-mail para Van e Jolu contando o problema com a polícia, mas parei novamente ao colocar os dedos sobre o teclado.

Uma sensação tomou conta de mim, não muito diferente daquela que tive ao perceber que eles transformaram o pobre e velho Mistureba em um traidor. Desta vez, a sensação foi de que minha querida Xnet poderia estar revelando a localização de todos os seus usuários para o Departamento de Segurança Nacional.

Foi o que meu pai disse: *A pessoa pede ao computador para criar um perfil sobre um registro de uma base de dados e depois para que ache quais registros estão mais afastados desse primeiro dentro da base.*

A Xnet era segura porque os usuários não estavam diretamente conectados à internet. Eles pulavam de Xbox para Xbox até encontrar um que estivesse conectado, então injetavam o seu material como dados criptografados e indecifráveis. Ninguém conseguia distinguir quais dos pacotes de dados eram da Xnet e quais eram pura movimentação bancária, compras e outras comunicações criptografadas pela internet. Não dava para descobrir quem formava a Xnet, muito menos quem estava usando.

Mas e quanto às "estatísticas Bayesianas" do meu pai? Eu já havia mexido com matemática Bayesiana antes. Uma vez, Darryl e eu tentamos programar nosso próprio filtro de spam. Quem filtra spam precisa de matemática Bayesiana. Thomas Bayes foi um matemático britânico do século XVIII que só ganhou notoriedade dois séculos depois de ter morrido, quando cientistas de computação perceberam que sua técnica para análise estatística de montanhas de dados seria muito útil no Himalaia de informações do mundo moderno.

A estatística Bayesiana trabalha mais ou menos assim. Digamos que haja um montão de spam. Pegue cada palavra no spam e conte quantas vezes ela aparece. Isso é chamado de "histograma de frequência de palavras" e informa qual a probabilidade de que qualquer grupo de palavras seja spam. Agora, pegue uma tonelada de e-mails que não seja spam e repita a operação.

Espere até um novo e-mail chegar e conte as palavras que aparecem nele. Então use o histograma de frequência de palavras para calcular a probabilidade de que a mensagem seja solicitada ou não. Se ela for spam, ajuste o histograma de "spam" de acordo. Há várias maneiras de apurar a técnica — procurar pares de palavras, ignorar velhos dados —, mas essa é a mecânica principal. É uma daquelas ideias simples e geniais que parecem óbvias quando se ouve pela primeira vez.

A técnica tem muitas aplicações. É possível pedir a um computador para contar as linhas de uma foto e ver se tem mais a ver com um histograma de frequência de linhas de um "cachorro" ou de um "gato". É possível detectar pornografia, fraude bancária e brigas em fóruns na internet. Coisas úteis.

E isso era ruim para a Xnet. Digamos que a internet esteja toda grampeada — como, é claro, o Departamento de Segurança Nacional grampeou. Não dá para saber quem está passando os pacotes de dados na Xnet ao olhar o conteúdo, graças à criptografia.

Mas é possível descobrir quem está enviando mais dados criptografados do que os outros. Uma pessoa que navega normalmente na internet envia 95% de texto claro e 5% de texto cifrado em uma sessão. Se alguém está enviando 95% de texto cifrado, talvez seja possível despachar os equivalentes micreiros de Meleca e Espinha para perguntar se a pessoa é um usuário terrorista e traficante da Xnet.

Isso acontece o tempo todo na China. Algum dissidente esperto decide driblar a Grande Firewall da China, que é usada para censurar a internet do país inteiro, valendo-se de uma conexão criptografada a um computador em outro país. Assim, o Partido não consegue saber o teor da navegação do dissidente: talvez seja pornografia, instruções para montar uma bomba, cartas sacanas da namorada nas Filipinas, material político ou boas novas sobre a Cientologia. Eles não precisam saber, só têm que perceber que esse cara recebe mais dados criptografados do que seus vizinhos. A essa altura, eles mandam o cara para um campo de trabalhos forçados só para dar um exemplo do que ocorre com os espertinhos.

Até então, eu ainda apostava que a Xnet passaria despercebida pelo Departamento de Segurança Nacional, mas isso não duraria para sempre. E, após a noite de hoje, não tinha certeza de que minha situação era melhor do que a de um dissidente chinês. Eu coloquei em perigo todo mundo que entrou na Xnet. A lei não se importava se a pessoa estava fazendo algo ruim de verdade; eles queriam examinar o cidadão apenas por ser estatisticamente anormal. E eu nem tinha como deter a Xnet — agora que estava funcionando, ela ganhara vida própria.

Eu tinha que dar um jeito na situação de outra maneira. Queria poder conversar com Jolu sobre isso. Ele trabalhava em um provedor de internet chamado Pigspleen Net que o contratara quando ele tinha 12 anos, e sabia bem mais de internet do que eu. Se alguém sabia como manter nossos pescoços fora da prisão, seria Jolu.

Felizmente, Van, Jolu e eu tínhamos planejado tomar um café na noite seguinte em nosso lugar favorito em Mission depois da escola. Oficialmente, era a reunião semanal do time de Harajuku Fun Madness, mas com o jogo cancelado e Darryl desaparecido, o encontro tinha virado praticamente uma choradeira semanal, seguida de uma troca de seis telefonemas e mensagens diárias falando "você está bem? Aquilo aconteceu mesmo?". Seria legal ter algo diferente para conversar.

— **Você enlouqueceu** — disse Vanessa. — Você realmente ficou doido de vez para valer?

Ela apareceu usando o uniforme do colégio feminino porque seria fora de mão tomar o longo caminho para casa, descer a ponte San Mateo e voltar para a cidade em um serviço de micro-ônibus que a escola oferecia. Van odiava ser vista em público com o uniforme, que era totalmente Sailor Moon — saia plissada com túnica e meia soquete. Ela estava de mau humor desde que entrou na cafeteria, cheia de emos estudantes de arte que abafaram os risinhos nos copos de café com leite quando Van apareceu.

— O que você quer que eu faça, Van? — perguntei. Eu mesmo estava ficando irritado. A escola tornou-se insuportável sem o jogo e com o sumiço de Darryl. Eu passava o dia inteiro nas aulas me consolando com a ideia de encontrar a equipe, o que sobrou dela. Agora a gente estava brigando.

— Quero que você pare de se arriscar, M1k3y. — Minha nuca ficou arrepiada. Claro que a gente sempre usava nossos nicks nas reuniões da equipe, mas agora que eu também usava o apelido na Xnet, fiquei assustado ao ouvi-lo em alto e bom som em um lugar público.

— Não fale mais esse nome em público — disparei.

Vanessa balançou a cabeça.

— É justamente isso que estou dizendo. Você pode acabar na cadeia, Marcus, não só você. Um monte de outras pessoas. Depois do que aconteceu com o Darryl...

— Eu estou fazendo isso pelo Darryl! — Os estudantes de arte viraram em nossa direção e eu abaixei o tom de vez. — Estou fazendo isso porque a alternativa é deixar que eles ajam impunemente.

— Você acha que vai detê-los? Está maluco. Eles são o governo.

— O país ainda é nosso — falei. — Ainda temos o direito de fazer isso.

Van deu a impressão de que iria chorar. Ela respirou fundo algumas vezes e se levantou.

— Eu não consigo, foi mal. Não posso ver você fazer isso. É como assistir a uma batida de carro em câmera lenta. Você vai se destruir e eu te adoro demais para ver isso acontecer.

Ela se debruçou, deu um abraço apertado e um beijo forte na bochecha que pegou o cantinho da boca.

— Se cuida, Marcus — disse Van. Minha boca ardeu onde seus lábios tocaram. Ela fez o mesmo com Jolu, mas o beijo foi bem na bochecha. Então Van saiu.

Jolu e eu nos encaramos depois que ela foi embora. Eu enfiei a cara nas mãos.

— Droga — falei, afinal.

Jolu deu um tapinha nas minhas costas e pediu mais um café com leite para mim.

— Vai dar certo — disse.

— Achei que Van, entre todas as pessoas no mundo, entenderia. — Metade da família de Van vivia na Coreia do Norte. Os pais jamais esquecerem que seu povo vivia sob um ditador maluco e era incapaz de fugir para os Estados Unidos como eles fizeram.

Jolu deu de ombros.

— Talvez seja por isso que ela está tão surtada. Porque sabe como a situação pode ficar perigosa.

Eu sabia do que Jolu estava falando. Dois tios de Van foram para a prisão e jamais reapareceram.

— É — eu disse.

— E por que você não estava na Xnet ontem à noite?

A distração veio a calhar. Eu expliquei tudo para Jolu, o lance Bayesiano e meu medo de que nós não pudéssemos usar a Xnet daquele jeito sem sermos detectados. Ele ouviu, pensativo.

— Entendo o que quer dizer. O problema é que, se a conexão de alguém for muito criptografada, vai chamar a atenção como algo fora do normal. Mas se a pessoa não criptografar, vai facilitar para os bandidos grampearem a conexão.

— Sim, eu estou tentando arrumar uma solução o dia inteiro. Talvez a gente possa diminuir a conexão, espalhar pelas contas de mais pessoas...

— Não vai dar certo — falou Jolu. — Para diminuir a ponto de desaparecer no ruído da conexão, seria preciso basicamente desligar a rede, o que não é uma opção.

— Você está certo. Mas o que mais a gente pode fazer?

— E se a gente mudasse a definição do que é normal?

E esse foi o motivo de Jolu ter sido contratado para trabalhar na Pigspleen quando tinha 12 anos. Ele pegava um problema com duas soluções ruins e criava uma terceira totalmente diferente, baseada em descartar todas as hipóteses anteriores. Eu concordei empolgado. — Vai lá, diga.

— E se o usuário padrão de São Francisco consumisse muito mais criptografia ao navegar na internet? Se a gente conseguisse alterar a divisão para meio a meio de texto claro e texto cifrado, então os usuários que formam a Xnet pareceriam normais.

— Mas como a gente faz isso? — perguntei. — As pessoas não se importam com sua privacidade a ponto de navegar na internet através de uma conexão criptografada. Elas não entendem por que é importante saber se tem gente bisbilhotando suas pesquisas no Google.

— Sim, mas os sites geram uma pequena quantidade de tráfego. Se a gente conseguir que as pessoas baixem alguns enormes arquivos criptografados todos os dias, isso criaria tanto texto cifrado quanto milhares de sites.

— Você está falando na indienet — eu disse.

— É isso aí.

A indienet — sempre em letras minúsculas — foi o que tornou a Pigspleen Net um dos provedores independentes mais bem-sucedidos do mundo. Na época em que as grandes gravadoras começaram a processar os fãs por baixarem música, um monte de selos e artistas independentes ficaram chocados. Como era possível ganhar dinheiro ao processar os próprios clientes?

A fundadora da Pigspleen tinha a resposta: ela propôs um acordo para qualquer banda que quisesse trabalhar com os fãs em vez de lutar contra eles. Bastava o artista licenciar a Pigspleen como distribuidora de sua música aos clientes do provedor e em troca receberia uma parte da taxa de assinatura baseada na popularidade da música. Para um artista independente, o maior problema não é a pirataria, é o anonimato: ninguém se importa com suas canções a ponto de roubá-las.

O esquema funcionou. Centenas de bandas independentes e selos assinaram com a Pigspleen e, quanto mais música disponível, mais fãs mudaram de provedor para a Pigspleen, e mais dinheiro havia para os artistas. Dentro de um ano, o provedor contava com cem mil novos clientes e agora possuía um milhão — mais da metade das conexões de banda larga da cidade.

— Uma mudança completa no código da indienet está nos meus planos há meses — disse Jolu. — Os programas originais foram feitos às pressas, nas coxas, e podem ser bem mais eficientes com o mínimo de trabalho. Mas eu não tenho tido tempo, simplesmente. Um dos itens em pauta é a criptografia das conexões, apenas porque Trudy gosta assim. — Trudy Doo era a fundadora da Pigspleen. Ela era uma lenda viva da cena punk de São Francisco, a vocalista/líder da banda anarcofeminina Speedwhores e era doida por privacidade. Eu acreditava sem sombra de dúvida que ela gostaria que seu servidor de música fosse criptografado, por uma questão de princípios.

— Vai ser difícil? Tipo, quanto tempo levaria?

— Bem, existem toneladas de código de criptografia de graça on-line, é claro — falou Jolu. Ele estava fazendo o que sempre fazia quando encarava um problema cabeludo de programação: matinha o olhar distante e batia as palmas na mesa, entornando o café no pires. Eu queria rir — não importa se a situação pudesse estar perdida, ser difícil ou assustadora, Jolu iria programar aquele código.

— Posso ajudar?

Ele olhou para mim.

— Você acha que não dou conta?

— O quê?

— Tipo assim, você fez esse lance todo da Xnet sem sequer me contar. Sem falar comigo. Eu meio que achei que você não precisava da minha ajuda para essas coisas.

Essa me pegou de surpresa.

— O quê? — repeti. Jolu parecia bem irritado agora. Era óbvio que ele ficou remoendo o sentimento por um bom tempo. — Jolu...

Ele olhou para mim e notei que estava furioso. Como não percebi isso? Jesus, às vezes eu era tão idiota.

— Olha, cara, isso não importa... — O que deixou bem claro que isso era realmente muito importante para Jolu. — O problema é que, sabe, você nem sequer pediu. Eu odeio o Departamento de Segurança Nacional. O Darryl era meu amigo também. Eu realmente podia ter ajudado.

Eu queria meter a cabeça entre os joelhos.

— Olha, Jolu, isso foi um tremendo vacilo da minha parte. Eu fiz o lance da Xnet tipo às duas da manhã. Na hora eu estava furioso. Eu... — Não consegui explicar. É, ele estava certo e esse era o problema. Tinha sido às duas da manhã, mas eu poderia ter falado com Jolu sobre o assunto no dia seguinte ou no outro. Não falei porque sabia o que ele teria dito — que foi um hack malfeito, que eu precisava pensar melhor a respeito. Jolu sempre descobria como transformar minhas ideias da madrugada em uma programação de verdade, mas as coisas que criava sempre eram um pouco diferentes do que eu havia imaginado. Eu queria que o projeto fosse só meu. Entrei de cabeça para me tornar M1k3y.

— Foi mal — finalmente falei. — Sinto muito, muito mesmo. Você tem toda razão. Eu surtei e vacilei. Realmente preciso da sua ajuda. Não consigo dar um jeito sem você.

— Está falando sério?

— Claro que estou — disse. — Você é o melhor programador que eu conheço. É um gênio, Jolu. Eu ficaria honrado se me ajudasse.

Ele tamborilou os dedos mais um pouco.

— É só que... você sabe. Você é o líder. Van é a inteligente. Darryl era... o seu segundo em comando, o cara que organizava tudo, que ficava de olho nos detalhes. Meu lance era ser o programador. Parecia que você estava dizendo que não precisava de mim.

— Ah, cara, eu sou um tremendo idiota. Jolu, você é a pessoa mais qualificada que conheço para fazer isso. Sinto muito, muito, muito...

— Beleza, tudo bem. Para. Tranquilo. Acredito em você. Está todo mundo bem ferrado agora. Então é óbvio que você pode ajudar. Provavelmente a gente pode até te pagar... eu tenho uma pequena verba para contratar programadores.

— Sério? Ninguém nunca me pagou para programar.

— Claro. Você provavelmente é bom o bastante para valer o dinheiro. — Ele sorriu e me deu um soquinho no ombro. Jolu realmente era um cara tranquilão na maioria das vezes, e foi por isso que me deixou tão bolado.

Eu paguei pelos cafés e fomos embora. Liguei para os meus pais e contei o que eu estava fazendo. A mãe de Jolu insistiu em fazer sanduíches para nós. Ficamos trancados no quarto dele com o computador, os códigos da indienet, e embarcamos em uma das maiores maratonas de programação de todos os tempos. Assim que a família de Jolu foi dormir, lá pelas onze e meia, foi possível raptar a cafeteira para o quarto e injetar café na veia.

Se você jamais programou um computador, deveria fazê-lo. Não existe nada igual no mundo. Quando se programa um computador, ele faz exatamente o que se quer. É como projetar uma máquina — qualquer máquina, como um carro, uma torneira, uma mola a gás para uma porta — usando matemática e instruções. É literalmente uma maravilha: a pessoa fica maravilhada.

Um computador é a máquina mais complicada que alguém vai usar na vida. É feita de bilhões de transistores microminiaturizados que podem ser configurados para rodar qualquer programa que se pode imaginar. Mas, quando a pessoa se senta ao teclado e programa uma linha de código, esses transistores vão fazer o que ela manda.

A maioria de nós jamais vai construir um carro. Praticamente ninguém jamais vai criar um sistema de aviação. Desenhar um prédio. Projetar uma cidade.

Essas coisas são máquinas complicadas e estão fora da capacidade de pessoas como eu ou você. Mas um computador é, tipo, dez vezes mais complicado, e dança conforme qualquer música que seja tocada. É possível aprender a fazer uma programação simples em uma tarde. Comece com uma linguagem como Python, que foi criada para facilitar a vida de quem não é programador a fazer a máquina dançar conforme a música. Mesmo que você apenas programe um dia, uma tarde, tem que fazer isso. Computadores podem controlar a vida ou facilitar o trabalho — se a pessoa quer controlar as máquinas, tem de aprender a programar.

A gente programou muito naquela noite.

Capítulo 8

Eu não fui o único que se ferrou com os histogramas. Havia um monte de gente com padrões anormais de uso do transporte. O anormal é tão comum que é praticamente normal. A Xnet estava cheia de histórias do gênero, assim como os jornais e noticiários da TV. Maridos foram descobertos chifrando as esposas; esposas foram descobertas chifrando os maridos, a garotada foi descoberta saindo escondida com namoradas ou namorados secretos. Um moleque que não contou para os pais que tinha Aids foi pego indo à clínica pegar medicamentos.

Essas eram as pessoas que tinham algo a esconder — não eram exatamente pessoas culpadas, mas tinham segredos. Houve ainda mais gente que não tinha nada a esconder, mas que não gostava de ser abordada e questionada. Imagine ser trancado no banco de trás de um carro de polícia e ter de provar que não era um terrorista.

E essa situação não ocorria apenas no transporte público. A maioria dos motoristas da Bay Area tinha um passe expresso preso ao para-sol. É uma "carteira" controlada por rádio que paga o pedágio quando o carro cruza as pontes, evitando o transtorno de esperar na fila por horas nas praças de pedágio. Eles triplicaram a tarifa para quem pagava em dinheiro (embora sempre distorcessem a verdade ao dizer que o passe expresso era mais barato, em vez de falar que o dinheiro anônimo era mais caro). Quem custou a aceitar mudou de ideia depois que o número de pistas para quem ia pagar com dinheiro foi reduzido a uma por ponte, o que tornou as filas ainda maiores.

Então, quem mora na cidade ou aluga um carro em uma agência local usa o passe expresso. Porém, as praças de pedágio não são os únicos lugares onde há leitores de passes expressos. O Departamento de Segurança Nacional espalhou aparelhos pela cidade inteira — quando alguém passa por eles, os leitores registram a hora e o número de identificação, gerando um quadro ainda mais perfeito dos lugares e horas que as pessoas circulam, dentro de uma base de dados que foi ampliada por "pardais" de avanço de sinal de trânsito e de velocidade, e aquelas câmeras que registram as placas dos veículos que estão por todos os lugares.

Ninguém deu muita bola para o passe expresso. Mas agora que as pessoas começaram a prestar atenção, todos estavam notando pequenas coisas, como o fato de o passe não possuir um botão para ser desligado.

Então, quem dirigia corria o risco de ser parado por um carro de polícia, que gostaria de saber por que o motorista ia tantas vezes à loja de material de construção e o motivo de ter ido a Sonoma à meia-noite na semana passada.

As pequenas manifestações espalhadas pela cidade no fim de semana começaram a crescer. Cinquenta mil pessoas fizeram uma passeata pela Market Street após uma semana deste monitoramento. Eu nem me importei. As pessoas que ocuparam a minha cidade não se importavam com o que os moradores queriam. Eles eram um exército de ocupação. Sabiam como nós nos sentíamos a respeito disso.

Em uma manhã dessas, eu desci para tomar café a tempo de ouvir meu pai falar com minha mãe que as duas maiores companhias de táxi dariam um "desconto" para as pessoas que usassem cartões especiais para pagar pelas corridas, o que supostamente aumentaria a segurança dos clientes ao reduzir o dinheiro que carregavam. Imaginei o que aconteceria com a informação sobre quem tomou o táxi para ir aonde.

Eu percebi como passei perto do perigo. O novo cliente da indienet foi distribuído como um update automático assim que a situação começou a ficar ruim, e Jolu me informou que oitenta por cento do tráfego da Pigspleen agora era criptografado. A Xnet podia ter sido salva em cima da hora.

Mas o papai estava me deixando maluco.

— Você está sendo paranoico, Marcus — ele me disse durante um café da manhã quando contei sobre os caras que vi levando uma dura dos policiais no metrô, no dia anterior.

— Pai, isso é ridículo. Eles não estão capturando nenhum terrorista, não é? Só estão assustando as pessoas.

— Eles podem não ter capturado nenhum terrorista ainda, mas com certeza estão retirando muitos bandidos das ruas. Olhe só para os traficantes... dizem que dezenas foram presos desde que toda essa situação começou. Lembra quando aqueles drogados te assaltaram? Se não prendermos quem fornece a droga para eles, a coisa só vai piorar. — Eu fui assaltado no ano passado. Os caras foram muito civilizados durante a ação. Um magrelo que fedia disse que estava armado, o outro exigiu a minha carteira. Eles até deixaram que eu ficasse com a minha identidade, embora tenham levado o cartão de débito e o bilhete mensal. Ainda assim, aquilo me deixou muito assustado e paranoico, então fiquei olhando para trás por semanas.

— Mas a maioria das pessoas que eles prendem não fez nada de errado, pai. — Isso estava me irritando. Meu próprio pai! — É loucura! Para cada culpado que eles pegam, milhares de inocentes são punidos. Isso não é nada bom.

— Inocentes? Caras traindo as esposas? Traficantes? Você está defendendo essa gente, mas e quanto às pessoas que morreram? Quem não tem nada a esconder...

— Então você não se importaria de levar uma dura? — Até agora, os histogramas do meu pai eram bem normais e deprimentes.

— Eu consideraria um dever — ele disse. — Ficaria orgulhoso. Me faria sentir mais seguro.

Era fácil para ele dizer.

Vanessa não gostava que eu falasse no assunto, mas ela sabia de muitas coisas e eu não consegui evitá-lo por bastante tempo. A gente se encontrava a toda hora, falava sobre o tempo, o colégio e tudo mais, e então, de alguma forma, eu voltava ao assunto. Vanessa ficava na dela quando isso acontecia, não bancava o Hulk para cima de mim, mas eu notava que a conversa a incomodava.

Mesmo assim, eu falava.

— Então meu pai diz "eu consideraria um dever." Dá para acreditar? Tipo assim, Jesus! Eu quase contei que fomos presos e perguntei se achava que era o nosso "dever"!

A gente estava sentado na grama do Dolores Park depois do colégio, vendo os cães correrem atrás de discos.

Van tinha passado em casa e colocado uma camiseta velha de um de seus grupos de funk favoritos do Brasil, o Carioca Proibidão. Ela comprou em um show quando a gente encarou a grande aventura de ir escondido ao Cow Palace há dois anos. Van cresceu quase uns cinco centímetros desde então e a camiseta ficou apertada e acima do umbigo, deixando à mostra a barriga sequinha.

Ela estava um tesão. Era como olhar para o quadro de um vaso e notar que tinha dois lados. Eu podia ver que Van era apenas Van, mas também que era bem bonita, algo que nunca havia notado.

Claro que Darryl sempre soube que ela era gata, e com certeza fiquei chateado de novo ao me dar conta disso.

— Você sabe que não pode contar para o seu pai — ela falou. — Isso colocaria a gente em perigo. — Os olhos estavam fechados e o peito subia e descia com a respiração, o que me distraiu de uma maneira bem embaraçosa.

— É — falei, triste. — Mas o problema é que eu sei que é papo furado. Se alguém desse uma dura no meu pai para provar que não era um terrorista, traficante e pedófilo, ele ficaria furioso. Perderia o controle. Ele odeia esperar na linha quando liga para o cartão de crédito. Teria um aneurisma se fosse preso no banco de trás de um carro e questionado por uma hora.

— A polícia só faz isso impunemente porque as pessoas normais se sentem superiores às anormais. Se todo mundo levasse uma dura, seria um desastre. Ninguém chegaria a lugar algum, todo mundo seria parado pelos tiras. Um engarrafamento total.

Uau!

— Van, você é um gênio — falei.

— E eu não sei? — disse Van. Ela deu um sorriso relaxado e olhou para mim com olhos entreabertos, quase românticos.

— É sério. Nós podemos fazer isso. Podemos bagunçar os perfis facilmente. É fácil fazer as pessoas serem paradas.

Van se sentou, afastou o cabelo do rosto e olhou para mim. Senti uma fisgada no estômago ao pensar que ela realmente ficou impressionada comigo.

— São os clonadores de transponders — falei. — São muito fáceis de fazer. Basta reprogramar um leitor/gravador de dez dólares comprado na Radio Shack e pronto. O que temos de fazer é andar por aí e trocar os transponders das pessoas aleatoriamente, reprogramando os bilhetes mensais e os passes expressos com códigos de outras pessoas. Todo mundo vai andar esquisito e parecer culpado. Então: engarrafamento total.

Van franziu os lábios e abaixou os óculos, e eu me dei conta de que ela estava com tanta raiva que não conseguia falar.

— Tchau, Marcus — ela disse e ficou de pé. Antes que eu percebesse, Van estava indo embora tão depressa que estava praticamente correndo.

— Van! — chamei, me levantei e fui atrás dela. — Van! Espera!

Ela apertou o passo e me fez correr para alcançá-la.

— Van, que diabos! — falei e peguei seu braço. Ela puxou com tanta força que eu soquei a minha própria cara.

— Você é doido, Marcus. Vai colocar a vida de todos os seus amiguinhos da Xnet em perigo e, ainda por cima, vai transformar todo mundo na cidade em suspeitos de terrorismo. Não dá para parar antes que você prejudique essas pessoas?

Eu abri e fechei a boca algumas vezes.

— Van, eu não sou o problema, eles é que são. Eu não prendo as pessoas, não faço com que desapareçam. O Departamento de Segurança Nacional é que está fazendo isso. Eu estou reagindo para fazer com que parem.

— De que forma? Piorando a situação?

— Talvez tenha que piorar para melhorar, Van. Não foi isso que você estava dizendo? Se todo mundo fosse parado...

— Não foi isso que eu quis dizer. Não é para você fazer todo mundo ser preso. Se quer protestar, entre para algum movimento. Faça algo positivo. Não aprendeu nada com Darryl? Nada?

— Aprendi sim, diabos — falei, perdendo a paciência. — Aprendi que não dá para confiar neles. Aprendi que quem não está lutando contra eles está colaborando com eles. Que vão transformar o país em uma prisão se a gente deixar. O que você aprendeu, Van? A ficar assustada o tempo todo, sentar quietinha e abaixar a cabeça, torcendo para não ser notada? Você acha que a situação vai melhorar? Se a gente não fizer nada, melhor que isso, impossível. Só vai ficar cada vez pior a partir de agora. Você quer ajudar Darryl? Me ajude a derrotar essa gente!

Lá estava ele de novo. Meu voto. Não era um voto de libertar Darryl, mas sim de derrotar todo o Departamento de Segurança Nacional. Era loucura, até eu tinha noção disso. Mas era o que eu planejei fazer. Sem sombra de dúvida.

Van me empurrou com força com as duas mãos. Ela era forte pela prática de todos aqueles esportes de colégios femininos — esgrima, lacrosse, hóquei — e eu acabei caindo de bunda na imunda calçada de São Francisco. Ela caiu fora e eu não a segui.

> O mais importante sobre sistemas de segurança não é como eles funcionam, é como falham.

Essa era a primeira frase do meu primeiro post no blog Revolta Aberta, meu site na Xnet. Eu estava escrevendo como M1k3y, pronto para ir para a guerra.

> Talvez toda essa vigilância automática tenha como objetivo capturar terroristas. Talvez pegue um terrorista mais cedo ou mais tarde. O problema é que ela nos pega também, apesar de não estarmos fazendo nada de errado.

> Quanto mais pessoas a vigilância pega, mais frágil ela fica. Se pegar gente demais, vai morrer.

> Sacaram?

Incluí meu tutorial de como construir um clonador de transponder e algumas dicas de como chegar perto o bastante das pessoas para ler e gravar os códigos de identificação. Coloquei o meu próprio clonador no bolso reforçado da minha jaqueta de couro de motocross e saí para a escola. Consegui clonar seis transponders entre minha casa e o colégio Chavez. Se eles queriam guerra, era guerra o que teriam.

Se um dia alguém decidir fazer algo tão idiota como construir um detector automático de terroristas, existe uma lição de matemática que precisa ser aprendida primeiro. É chamada de "o paradoxo do falso positivo" e é sensacional.

Imagine que exista uma nova doença chamada de Superaids. Apenas uma em um milhão de pessoas pega Superaids. É desenvolvido um teste para a doença que tem 99 por cento de precisão. Ou seja, o teste dá o resultado correto em 99 por cento das vezes — positivo se o paciente está infectado, negativo se estiver saudável. Um milhão de pessoas são testadas.

Uma em um milhão de pessoas tem Superaids. Uma em uma centena de pessoas testadas vai gerar um "falso positivo" — o teste dirá que ela tem Superaids, apesar de não ser verdade. É isso que "99 por cento de precisão" quer dizer: um por cento de erro.

Quanto é um por cento de um milhão?

1.000.000/100 = 10.000

Uma em um milhão de pessoas tem Superaids. Se um milhão de pessoas aleatórias forem testadas, provavelmente apenas um caso verdadeiro de Superaids vai ser detectado. Mas o teste não vai identificar uma pessoa como portadora de Superaids; vai identificar dez mil portadores.

O teste com 99 por cento de precisão vai funcionar com uma imprecisão de 99,99 por cento.

Esse é o paradoxo do falso positivo. Quando se quer achar algo raro, a precisão do teste tem que bater com a raridade daquilo que se está procurando. Se é preciso apontar um único pixel em uma tela, um lápis é um bom apontador: a ponta é bem menor (mais precisa) do que os pixels. Mas a ponta do lápis não serve para detectar um único átomo na tela. Para isso, é necessário um apontador — um teste — cuja ponta tenha a dimensão de um átomo.

Isso é o paradoxo do falso positivo e é dessa forma que é aplicado ao terrorismo:

Terroristas são muito raros. Em uma cidade com vinte milhões de habitantes como Nova York, talvez haja um ou dois terroristas. Talvez uns dez no máximo. 10/20.000.000 = 0,0000005 por cento. Um vigésimo milésimo de um por cento.

Isso é muito raro, com certeza. Agora, digamos que exista um programa que examine todos os registros de pedágio e de trânsito, todas as contas bancárias e ligações telefônicas e que pegue terroristas 99 por cento das vezes.

Em um grupo de vinte milhões de pessoas, um teste com 99 por cento de precisão vai identificar duzentas mil pessoas como terroristas. Mas apenas dez são terroristas. Para pegar dez bandidos, é preciso pegar e investigar duzentos mil inocentes.

Quer saber? Os testes de terrorismos não chegam nem perto de 99 por cento de precisão. Estão mais para 60 por cento. Até mesmo 40 por cento de precisão, às vezes.

O que isso tudo quer dizer é que o Departamento de Segurança Nacional arrumou um jeito de fracassar terrivelmente. Eles estão tentando detectar eventos incrivelmente raros — uma pessoa ser um terrorista — através de sistemas imprecisos.

É de espantar que a gente tenha conseguido armar uma confusão tão grande?

Saí de casa assobiando em uma manhã de terça-feira, quando a Operação Falso Positivo fez uma semana. Estava curtindo uma música nova que tinha baixado da Xnet na noite anterior — um monte de pessoas mandavam pequenos presentes digitais para M1k3y como agradecimento por dar esperança a elas.

Eu virei na 23rd Street e desci com cuidado pelos estreitos degraus abertos na pedra da colina. Enquanto descia, passei pelo Sr. Basse. Eu não sei o seu nome de verdade, mas o vejo quase todos os dias subindo com três bassês esbaforidos até o parquinho. Passar espremido por todos eles é praticamente impossível e sempre acabo me enrolando nas guias, derrubado sobre o jardim de alguém ou subindo no para-choque de um dos carros estacionados no meio-fio.

O Sr. Basse com certeza é Alguém Importante porque tem um relógio elegante e está sempre com um belo terno. Eu imaginava que ele trabalhava no centro financeiro.

Hoje, quando esbarrei no Sr. Basse novamente, acionei o clonador de transponder, que já estava carregado no bolso do meu casaco de couro. O aparelho sugou a numeração de seu cartão de crédito, chaves do carro, passaporte e das notas de cem dólares da carteira.

Enquanto fazia isso, o clonador mandou novas numerações adquiridas de outras pessoas em quem esbarrei. Era como trocar as placas de um bando de carros, só que de forma invisível e instantânea. Dei um sorriso de desculpas para o Sr. Basse e continuei descendo a escadaria. Parei ao lado de três carros pelo tempo suficiente de trocar os códigos dos passes expressos com os de outros carros que passei perto ontem.

Você pode achar que eu estava me arriscando um pouco, mas estava sendo cauteloso e moderado em comparação a um monte de Xnautas. Algumas meninas do curso de engenharia química de Berkeley descobriram como fazer uma substância inofensiva que disparava detectores de bombas a partir de produtos de cozinha. Elas se divertiam borrifando a substância nos casacos e pastas dos professores, depois se escondiam enquanto eles tentavam entrar nos auditórios e bibliotecas do campus e eram derrubados no chão pelos novos esquadrões de segurança que surgiram por todos os cantos.

Outras pessoas queriam descobrir como espalhar substâncias em envelopes que seriam identificadas como antraz, mas todos os demais acharam que era loucura. Felizmente, parecia que elas não conseguiram descobrir tal coisa.

Passei pelo Hospital Geral de São Francisco e fiquei contente ao ver as enormes filas na porta da frente. Eles também montaram um posto de controle da polícia ali e, claro, havia Xnautas trabalhando como residentes, gente da cantina e por aí vai, que trocavam os crachás de todo mundo. Eu tinha lido que o controle de segurança consumia uma hora da jornada de trabalho dos funcionários e que os sindicatos estavam ameaçando uma greve, a não ser que o hospital tomasse alguma providência.

Alguns quarteirões depois, vi uma fila ainda maior para o metrô. Os policiais andavam para cima e para baixo, apontando e chamando as pessoas para darem depoimentos e terem as roupas e as bolsas revistadas. Eles continuavam sendo processados por causa disso, mas não pareciam ser afetados.

Cheguei um pouco adiantado ao colégio e decidi descer a 22nd Street para tomar um café. Passei por uma blitz da polícia que estava parando carros para uma inspeção mais minuciosa.

O colégio não estava menos agitado — os seguranças dos detectores de metal também verificavam as carteirinhas e levavam os alunos com itinerários esquisitos para prestarem depoimentos. Não é preciso dizer que todos nós estávamos com itinerários esquisitos. Não é preciso dizer que as aulas estavam começando com uma hora ou mais de atraso.

As aulas eram uma loucura. Não acho que ninguém conseguia se concentrar. Eu ouvi dois professores conversando sobre como haviam demorado para chegar em casa do trabalho no dia anterior e que planejavam sair mais cedo naquele dia. Eu mal conseguia conter o riso. O paradoxo do falso positivo ataca de novo!

Como era de se esperar, eles nos dispensaram mais cedo e eu fui para casa pelo caminho mais longo, dando a volta em Mission para ver a zona. Longos engarrafamentos. Fila dando a volta nos quarteirões das estações do metrô. Pessoas xingando os caixas automáticos que não sacavam dinheiro porque as contas foram bloqueadas por atividades suspeitas (esse era o perigo de associar a conta aos bilhetes mensais e passes expressos!).

Eu cheguei em casa, fiz um sanduíche e me conectei à Xnet. O dia tinha sido bom. Pessoas de todos os cantos da cidade estavam comemorando seus sucessos. A gente conseguiu paralisar a cidade de São Francisco. Os noticiários confirmaram a situação, dizendo que o Departamento de Segurança Nacional perdeu o controle, culpando a "segurança" fajuta que deveria estar nos protegendo do terrorismo. A seção de negócios do San Francisco Chronicle dedicara sua matéria de capa ao custo estimado da segurança, contando com as horas de trabalho perdidas, reuniões e por aí vai. Segundo o economista do Chronicle, uma semana dessa porcaria custava à cidade mais do que a destruição da Bay Bridge.

Hahahaha.

A melhor parte: meu pai chegou tarde naquela noite. Muito tarde. Três horas mais tarde. Por quê? Porque levou uma dura, foi revistado e interrogado. Então aconteceu de novo. Duas vezes.

Duas vezes!

Capítulo 9

Meu pai estava tão furioso que achei que fosse estourar. Lembra quando eu disse que o via perder a calma apenas raramente? Naquela noite, ele perdeu a calma como nunca antes na vida.

— Você não iria acreditar. O policial devia ter uns 18 anos e não parava de dizer "mas por que o senhor esteve em Berkeley ontem se o seu cliente fica em Mountain View?". Eu continuei explicando que dou aula em Berkeley e, então, ele dizia "pensei que o senhor fosse um consultor" e a gente começava tudo de novo. Parecia uma sitcom onde os policiais foram atingidos por um raio de estupidez.

"O pior é que ele continuava insistindo que eu estive em Berkeley hoje também, e eu dizia que não, e ele falava que sim. Então o policial me mostrou o recibo do passe expresso, que dizia que eu havia passado pela ponte San Mateo três vezes naquele dia!"

"E isso não é tudo", ele falou e respirou fundo para mostrar que estava realmente nervoso. "Eles tinham informações sobre onde eu estive, lugares que nem tem uma praça de pedágio. Eles verificaram o sinal do meu passe na rua, alea-

135

toriamente. E estava errado! Diabos, quero dizer, eles estão espionando todos nós e não estão sendo sequer competentes!"

Eu fui à cozinha enquanto papai ficou ali reclamando e observei da porta. Minha mãe me encarou e ambos erguemos as sobrancelhas como que dizendo quem vai falar "eu te disse" para ele? Eu concordei com a cabeça. Ela poderia usar seus poderes de esposa para anular a raiva do meu pai de uma maneira que eu não conseguiria como mero filho.

— Drew — minha mãe falou e o pegou pelo braço para fazê-lo parar de andar de um lado para o outro na cozinha e balançar os braços, como se fosse um maluco pregando na esquina.

— O quê? — ele disparou.

— Acho que você deve desculpas ao Marcus. — Ela manteve a voz calma e controlada. Eu e papai somos os trapalhões da casa, enquanto mamãe é firme como uma rocha.

Ele olhou para mim. Franziu os olhos enquanto pensava por um minuto.

— Tudo bem — finalmente falou. — Você está certo. Eu estava falando sobre vigilância competente. Esses caras são completos amadores. Sinto muito, filho. Você estava certo. Aquilo foi ridículo. — Ele esticou a mão e me cumprimentou, então deu um abraço forte e inesperado.

— Meus Deus, o que estamos fazendo com esse país, Marcus? Sua geração merece herdar algo melhor do que isso. — Quando ele me soltou, eu notei as marcas profundas no rosto, rugas que nunca havia percebido.

Subi para o meu quarto e joguei na Xnet. Havia um jogo multiplayer legal de piratas onde a tripulação tinha que realizar missões a cada um ou dois dias para dar energia na tripulação inteira antes de poder sair para pilhar e saquear de novo. Era o tipo de jogo que eu odiava, mas não conseguia largar: muitas missões repetitivas que não eram satisfatórias, um pouco de combate entre jogadores (caindo na porrada para ver quem seria o capitão do navio) e poucos quebra-cabeças para desvendar. Na maioria das vezes, jogos desse tipo me davam saudade do Harajuku Fun Madness, que combinava as buscas no mundo real, desvendar quebra-cabeças on-line e bolar estratégias com o time.

Mas hoje era justamente o que eu precisava fazer. Entretenimento descerebrado.

Meu pobre pai!

Fui eu que fiz aquilo com ele. Papai estava feliz antes, confiante que seus impostos estavam sendo gastos para mantê-lo em segurança. Era uma falsa confiança, é claro, mas que lhe dava forças. Vê-lo agora assim, infeliz e cabisbaixo, me fez imaginar se era melhor ver as coisas como elas eram ou viver na ignorância. A vergonha — aquela que senti desde que tive que dar minhas senhas, desde que me derrotaram — voltou, deixando-me sem rumo e querendo apenas fugir de mim mesmo.

Meu personagem era um marujo do navio pirata Zombie Charger e ele ficou sem energia enquanto permaneci sem jogar. Eu mandei uma mensagem para todos os jogadores no navio até encontrar quem me passasse energia. Isso me manteve ocupado. Eu gostava, na verdade. Havia algo de mágico em receber um favor de um completo estranho. E como era a Xnet, eu sabia que todos os estranhos eram amigos, de certa forma.

> Onde você mora?

O personagem que me passou energia tinha o nome de Lizanator e era uma mulher, embora isso não significasse que o jogador fosse uma garota. Homens tinham uma atração esquisita por jogar com personagens femininas.

> São Francisco

Eu respondi.

> Não, idiota, onde você mora em São Francisco?

> Por quê? Você é um tarado?

Isso geralmente encerra esse tipo de conversa. Claro que todo ambiente de jogo era cheio de pedófilos e tarados, e policiais fingindo ser alvos de pedófilos e tarados (embora eu torcesse que não houvesse nenhum policial na Xnet!). Uma acusação desse tipo era suficiente para mudar o assunto em nove a cada dez vezes.

> Mission? Potrero Hill? Noe? East Bay?

> Apenas me passe energia, ok? Valeu

Ela parou de passar energia.

> Tá com medo?

> É por segurança. Por que você quer saber onde moro?

> Por curiosidade

Senti uma vibração ruim da parte dela. Com certeza era mais do que curiosidade. Chame de paranoia. Eu desconectei e desliguei o Xbox.

Na manhã seguinte, meu pai olhou para mim do outro lado da mesa e falou: — Parece que a situação vai melhorar, pelo menos. — Ele me passou o exemplar do *Chronicle* aberto na página três.

Um porta-voz do Departamento de Segurança Nacional confirmou que o escritório de São Francisco pediu um aumento de trezentos por cento de orçamento e pessoal para Washington.

O quê?

O general de divisão Graeme Sutherland, o comandante das operações do Departamento de Segurança Nacional do Norte da Califórnia, confirmou o pedido em uma coletiva de imprensa ontem, notando que o aumento de atividades suspeitas na Bay Area motivou a iniciativa.

— Detectamos um aumento de atividades e comunicações subversivas e acreditamos que sabotadores estão criando falsos alertas de segurança de propósito para comprometer nossos esforços.

Fiquei vesgo. Não era possível.

— Esses alarmes falsos agem como "estática" e têm a intenção de acobertar ataques de verdade. A única maneira efetiva de combatê-los é aumentar o número de funcionários e o nível dos analistas para que possamos investigar todas as pistas.

Sutherland afirmou que os atrasos sofridos por toda a cidade eram "lamentáveis" e se comprometeu a acabar com eles.

Eu tive uma visão da cidade com quatro ou cinco vezes mais agentes do Departamento de Segurança Nacional, trazidos para compensar as minhas próprias ideias estúpidas. Van estava certa. Quando mais eu lutava contra eles, pior ficava a situação.

Papai apontou para o jornal.

— Esses caras podem ser uns idiotas, mas são idiotas meticulosos. Eles simplesmente vão continuar metendo dinheiro no problema até resolvê-lo. É possível recolher todos os dados da cidade, seguir cada pista, sabe? Eles vão pegar os terroristas.

Eu perdi o controle.

— Pai! Você está ouvindo o que está dizendo? Eles estão falando em investigar praticamente todas as pessoas na cidade de São Francisco!

— Sim, isso mesmo. Eles vão pegar cada um que não paga pensão, cada traficante, bandido e terrorista. Espere só para ver. Essa pode ser a melhor coisa que jamais aconteceu com esse país.

— Diga que é brincadeira — falei. — Por favor. Você acha que essa era a intenção quando escreveram a constituição? E quanto à Declaração de Direitos?

— A Declaração de Direitos foi escrita antes do recolhimento e da análise de dados — disse meu pai, incrivelmente sereno, convencido de que estava certo. — O direito à livre associação é bacana, mas por que a polícia não deveria poder examinar sua rede social para saber se você está andando com estupradores e terroristas?

— Porque é uma invasão à minha privacidade! — falei.

— E qual é o problema? Você prefere ter privacidade ou terroristas?

Argh. Eu odiava discutir assim com meu pai. Precisava de um café.

— Ora essa, pai! Tirar a nossa privacidade não é pegar terroristas: é apenas criar um transtorno para as pessoas normais.

— Como você sabe que não é pegar terroristas?

— Onde estão os terroristas que eles pegaram?

— Tenho certeza que nós veremos prisões em breve. Espere só para ver.

— Papai, que diabos aconteceu com você desde ontem à noite? Você estava prestes a explodir para cima da polícia por ter levado uma dura...

— Não fale comigo nesse tom, Marcus. O que aconteceu desde ontem à noite é que eu tive a oportunidade de pensar melhor e ler isso. — Meu pai sacudiu o jornal. — Eles me pegaram porque os bandidos estão criando uma interferência. Eles precisam ajustar suas técnicas para superar a interferência, mas vão chegar lá. Enquanto isso, levar uma dura ocasionalmente é um pequeno preço a ser pago. Essa não é a hora de bancar o advogado da Declaração de Direitos. É hora de fazer sacrifícios pela segurança da nossa cidade. Não consegui terminar a minha torrada. Coloquei o prato no lava-louça e saí para a escola. Precisava cair fora dali.

Os Knautas não ficaram contentes com o aumento de vigilância policial, mas não aceitariam isso calados. Alguém ligou para um programa de rádio e disse que a polícia estava perdendo tempo, que a gente conseguiria dar um nó no sistema mais rápido do que eles seriam capazes de desatar. A gravação foi um dos itens mais baixados na Xnet naquela noite.

— Aqui é o Califórnia ao Vivo e estamos falando com um ouvinte anônimo diretamente de um telefone público de São Francisco. Ele tem informações sobre os atrasos que todos nós enfrentamos pela cidade nesta semana. Ouvinte, você está no ar.

— É, e aí, isso é só o começo, tá ligado? Sabe como é, a gente só está começando. Eles podem contratar um bando de milicos e colocar um posto em cada esquina. Vamos criar uma interferência geral. E, tipo assim, todo esse papo furado sobre terroristas? A gente não é terrorista! Dá um tempo, tipo, ora, vamos! Nós estamos bagunçando o sistema porque odiamos o Departamento de Segurança Nacional e porque amamos a nossa cidade. Terroristas? Eu nem sei soletrar jihad. Fui, na paz.

Ele soou como um idiota. Não apenas pelas palavras sem sentido, mas também pelo tom marrento. Parecia com um moleque que sentia um tremendo orgulho de si mesmo. Ele era um moleque que sentia um tremendo orgulho de si mesmo.

A discussão na Xnet pegou fogo com isso. Um monte de gente achou que ele foi idiota por ter ligado para a rádio, enquanto outros acharam que era um herói. Fiquei preocupado que houvesse, provavelmente, uma câmera apontada para o telefone público que ele usou. Ou um leitor de transponder que pudesse ter lido o seu bilhete mensal. Torci para que ele tivesse sido esperto e limpado as digitais da moeda, mantido o capuz do casaco abaixado e deixado todos os transponders em casa. Mas duvidei disso. Imaginei se alguém bateria em sua porta em breve.

A maneira com que eu sabia que tinha acontecido algo de importante na Xnet era através dos milhares de e-mails que chegavam de repente, enviados por pessoas que queriam que M1k3y soubesse das últimas. No momento em que eu estava lendo sobre o Sr. Não-Sei-Soletrar-Jihad, minha caixa de entrada enlouqueceu. Todo mundo tinha uma mensagem para mim, com um link da rede LiveJournal na Xnet, um dos muitos blogs anônimos que eram baseados no sistema de publicação da Freenet, que também era usado pelos chineses partidários da democracia.

```
> Passou perto.
> A gente estava criando interferência em Em-
barcadero hoje à noite, zoando por lá, distribuin-
do novas chaves de carros e casas, novos bilhetes
mensais e passes expressos para todo mundo, espa-
lhando pistas falsas. Havia policiais por todos os
cantos, mas a gente era mais esperto do que eles,
estava por lá praticamente todas as noites e nunca
tinha sido pego.
```

> Mas pegaram a gente. Foi uma besteira, nós vacilamos e fomos em cana. Foi um policial disfarçado que pegou meu amigo e depois o resto. Eles estavam vigiando a galera por um tempão, tinham um daqueles caminhões por perto e pegaram quatro de nós, mas o resto escapou.

> O caminhão estava LOTADO como uma lata de sardinhas com todo tipo de gente, velhos, jovens, pretos, brancos, ricos, pobres, todo mundo suspeito. Tinha dois tiras tentando fazer perguntas e os disfarçados trazendo mais de nós. A maioria das pessoas tentava ir para a frente da fila para acabar logo com o interrogatório, então a gente continuava indo para trás. Passamos horas lá dentro, estava muito quente e ficava cada vez mais lotado.

> Lá pelas 20h, eles trocaram de turno e dois novos policiais entraram e deram uma dura nos outros dois que estavam lá, do tipo: que porra é essa, não estão fazendo nada aqui? A briga rolou de verdade e então os dois tiras antigos e os novos se sentaram e sussurraram entre eles por um tempo.

> Então um policial se levantou e começou a gritar: TODO MUNDO PARA CASA. JESUS, A GENTE TEM COISA MELHOR PARA FAZER DO QUE INCOMODAR VOCÊS COM MAIS PERGUNTAS. SE ALGUÉM FEZ ALGO DE ERRADO, APENAS NÃO REPITA. E QUE ISSO SIRVA DE AVISO PARA TODOS VOCÊS.

> Um bando de engravatados ficou realmente puto, o que foi HILARIANTE porque dez minutos antes eles estavam reclamando por terem sido presos ali e agora ficaram realmente irritados por serem soltos. Se decide, ora!

> A gente se mandou e voltou para casa para escrever isso aqui. Tem policial disfarçado em todos os lugares, acreditem. Se você estiver criando interferência, fique de olho aberto e se prepare para

correr quando pintar sujeira. Se for pego, tente esperar, eles estão tão ocupados que se bobear podem te soltar.

> Fomos nós que deixamos os policiais ocupados assim! Todas aquelas pessoas estavam naquele caminhão porque a gente criou interferência. Então não parem!

Senti vontade de vomitar. Essas quatro pessoas — moleques que eu nunca encontrei na vida — quase foram levadas para sempre por causa de algo que eu comecei.

Por causa de uma coisa que eu mandei que fizessem. Eu não era diferente de um terrorista.

O orçamento pedido pelo Departamento de Segurança Nacional foi aprovado. O presidente apareceu na televisão com o governador para dizer que não havia preço alto demais para a segurança. Tivemos que assistir no dia seguinte no auditório da escola. Meu pai vibrou. Ele odiava o presidente desde o dia em que fora eleito, dizendo que ele não era melhor do que o último ocupante do cargo, que tinha sido um completo desastre, mas agora só conseguia falar como o novo presidente era um cara decidido e dinâmico.

— Você tem que pegar leve com seu pai — disse mamãe comigo certa noite quando voltei da escola. Ela passou a trabalhar de casa o quanto era possível. Minha mãe era uma especialista freelancer em alocação que ajudava imigrantes britânicos a se estabelecerem em São Francisco. A missão diplomática do Reino Unido pagava para que ela respondesse aos e-mails de perplexos cidadãos britânicos espalhados pelo país que ficavam confusos pelo nosso jeito esquisito de ser. Ela ganhava a vida explicando como são os americanos e disse que, nos dias de hoje, era melhor fazer isso de casa, onde não tem que ver nem falar com nenhum americano.

Eu não tenho nenhuma ilusão em relação a Grã-Bretanha. Os EUA podem estar dispostos a jogar fora a constituição sempre que um fanático islâmico olha feio para nós, porém, como aprendi ao fazer um projeto para a aula de estudos sociais do nono ano, os britânicos sequer têm uma constituição. As leis britânicas são de arrepiar: eles podem colocar uma pessoa na cadeia por um ano se tiverem certeza de que ela é um terrorista, mas não possuam provas suficientes. Agora, como podem ter certeza se não possuem provas suficientes? Como chegaram a essa certeza? Eles tiveram um sonho bem real que a pessoa estava cometendo atos terroristas?

E a vigilância na Grã-Bretanha deixa os EUA parecendo amadores. Um típico morador de Londres é fotografado quinhentas vezes em um dia, apenas ao andar pelas ruas. Todas as placas de automóveis são fotografadas em cada esquina do país. Todo mundo, dos funcionários dos bancos aos do transporte público, não hesita em investigar e dedurar alguém que considere minimamente suspeito.

Mas minha mãe não via dessa forma. Ela saiu da Grã-Bretanha na metade do ensino médio e jamais se sentiu em casa nos EUA, apesar de ter casado com um rapaz de Petaluma e criado um filho aqui. Para ela, aqui sempre seria uma terra de bárbaros e a Grã-Bretanha sempre seria seu lar.

— Mãe, ele está simplesmente errado. Você, mais do que qualquer um, devia saber disso. Tudo que torna esse país grande está sendo jogado na privada e ele está indo junto. Você notou que eles não pegaram nenhum terrorista? O papai só diz "nós precisamos de segurança", mas ele precisa saber que a maioria de nós não se sente seguro, e sim ameaçado o tempo todo.

— Eu sei disso tudo, Marcus. Acredite, não gosto do que está acontecendo com este país. Mas seu pai está... — Ela parou de falar. — Quando você não veio para casa depois dos ataques, ele pensou...

Minha mãe se levantou e preparou uma xícara de chá para ela, algo que sempre fazia quando se sentia incomodada ou desconcertada.

— Marcus, achamos que você estava morto. Você entende isso? Nós lamentamos a sua morte por dias. Imaginamos que você havia explodido em pedacinhos no fundo do oceano. Que estava morto porque algum desgraçado decidira matar centenas de estranhos para passar alguma mensagem.

Eu absorvi isso lentamente. Quer dizer, entendi que eles haviam ficado preocupados. Muita gente morreu nos atentados a bomba — a última estimativa era de quatro mil pessoas — e praticamente todo mundo conhecia alguém que não voltou para casa naquele dia. Havia duas pessoas no meu colégio que desapareceram.

— Seu pai estava pronto para matar alguém. Qualquer pessoa. Ele perdeu a cabeça. Você jamais o viu assim. Eu nunca tinha visto também. Ele perdeu a cabeça. Só ficava sentado à mesa e praguejava, praguejava e praguejava. Palavras terríveis que eu nunca tinha ouvido seu pai dizer antes. Um dia, o terceiro dia, alguém ligou e ele teve certeza de que era você, mas foi engano e ele atirou o telefone com tanta força que se desintegrou em milhares de pedacinhos. — Eu havia me perguntado sobre o novo telefone da cozinha.

— Alguma coisa se quebrou dentro de seu pai. Ele te ama. Nós dois te amamos. Você é a coisa mais importante da nossa vida. Acho que você não tem noção disso. Você se lembra quando tinha dez anos, quando eu fui para Londres por um tempão? Lembra?

Concordei com a cabeça, em silêncio.

— Nós íamos nos divorciar, Marcus. Ah, o motivo não importa mais. Foi apenas uma má fase, o tipo de coisa que acontece quando duas pessoas que se amam param de prestar atenção por alguns anos. Ele foi lá e me convenceu a voltar por sua causa. Nós não suportávamos a ideia de fazer aquilo com você. Nós nos apaixonamos de novo por sua causa. Estamos juntos hoje por sua causa. Fiquei com um nó na garganta. Jamais soube disso. Ninguém nunca tinha me contado.

— Então seu pai está passando por um momento difícil agora. Não está pensando direito. Vai levar um tempo até que volte para nós, antes de voltar a ser o homem que eu amo. Nós temos que ser compreensivos até então.

Ela me deu um abraço demorado e eu percebi como seus braços haviam ficado magros, como a pele do pescoço estava caída. Sempre pensei em minha mãe como uma jovem alegre e branquinha de bochechas rosadas, com um olhar penetrante por detrás dos óculos de armação de metal. Agora parecia com uma velha. Eu tinha feito isso com ela. Os terroristas fizeram isso com ela. O Departamento de Segurança Nacional tinha feito isso com ela. De uma estranha forma, nós todos estávamos do mesmo lado, enquanto mamãe, papai e todas aquelas pessoas que nós sacaneamos estavam do outro lado.

Eu não consegui dormir naquela noite. As palavras de minha mãe continuavam ecoando na cabeça. Papai ficou nervoso e calado no jantar e mal nos falamos, porque eu queria evitar dizer uma besteira e ele estava tenso com as últimas notícias de que a al Qaeda era realmente a culpada pelos atentados a bomba. Seis diferentes grupos terroristas assumiram a responsabilidade pelo ataque, mas apenas o vídeo da al Qaeda na internet continha informações que o Departamento de Segurança Nacional disse não ter revelado para ninguém.

Fiquei deitado ouvindo um programa de rádio que recebia telefonemas dos ouvintes. O tópico era problemas sexuais com um gay que eu normalmente adorava ouvir, ele dava conselhos curtos e grossos, mas bons conselhos, e o sujeito era realmente engraçado e afetado.

Hoje eu não conseguia rir. A maioria dos ouvintes queria saber como lidar com a dificuldade em transar com os parceiros desde o ataque. Mesmo em um programa de sexo, eu não conseguia fugir do assunto.

Desliguei o rádio e ouvi o barulho de motor ligado lá embaixo na rua.

Meu quarto fica no andar de cima de nossa casa. Ele tem teto inclinado e janelas dos dois lados — uma tem vista para Mission, a outra dá para a rua em frente. Geralmente passavam carros a noite inteira, mas havia algo diferente em relação a esse barulho de motor.

Fui para a janela que dá para a rua e levantei a persiana. Lá embaixo, havia um furgão branco e liso com o teto cheio de antenas de rádio, mais do que eu jamais tinha visto em um carro. Ele estava passando bem devagar pela rua, com uma pequena parabólica no teto girando sem parar.

Enquanto eu observava, o furgão parou e abriu uma das portas traseiras. Um cara com uniforme do Departamento de Segurança Nacional — eu conseguia identificar um desses a cem metros agora — saiu do veículo. Ele segurava uma espécie de aparelho de mão que iluminava seu rosto com um brilho azul. Andou de um lado para o outro, primeiro realizando uma varredura pelos meus vizinhos, depois tomou notas no aparelho e veio em minha direção. Havia algo familiar no jeito com que andava, olhando para baixo...

Ele estava usando um localizador de rede WiFi! O Departamento de Segurança Nacional estava procurando por sinais da Xnet. Eu larguei a persiana e pulei pelo quarto até o Xbox. Havia deixado ligado baixando algumas animações maneiras feitas por um cara da Xnet sobre o discurso do presidente, aquele sobre o preço da segurança. Arranquei o plugue da tomada, voltei correndo para a janela e abri uma frestinha da persiana.

O cara estava olhando para o localizador outra vez, andando de um lado para o outro em frente à nossa casa. Um momento depois, ele voltou para o furgão e foi embora. Peguei minha câmera e tirei o máximo de fotos que consegui do furgão e de suas antenas. Então abri um editor de imagens gratuito chamado GIMP e apaguei tudo das fotos à exceção do furgão, limpei a minha rua e qualquer coisa que pudesse me identificar.

Postei as fotos na Xnet e escrevi tudo o que foi possível sobre os furgões. Esses caras com certeza estavam procurando pela Xnet, deu para notar.

Agora mesmo que eu não conseguiria dormir.

Não tinha nada para fazer a não ser curtir o jogo dos piratas. Mesmo a essa hora, haveria muitos jogadores. O verdadeiro nome do jogo era Clockwork Plunder e era um projeto criado como hobby por adolescentes fãs de death metal da Finlândia. Era totalmente grátis e tão divertido quanto aqueles outros jogos que cobravam mensalidades de 15 dólares, como Ender's Universe, Middle Earth Quest e Discworld Dungeons*.

Voltei a me conectar e lá estava eu, ainda no convés do Zombie Charger, esperando que alguém me desse energia. Eu odiava essa parte do jogo.

> Ei você

---

*São todos jogos fictícios baseados em famosas séries de fantasia e ficção científica, no caso O jogo do exterminador (Ender's Game, de Orson Scott Card), O senhor dos anéis, de Tolkien, e Discworld de Terry Prachett. Pelo preço cobrado e pelo nome inventado para os jogos, eles seriam MMORPG, ao estilo de World of Warcraft. (N. do T.)

Digitei para um pirata que passou.

> Me passa energia?

Ele parou e olhou para mim.

> Por que eu deveria fazer isso?

> Estamos no mesmo time. Além disso, você ganha
pontos de experiência.

Que babaca.

> Onde você mora?

> São Francisco

Isso começou a parecer familiar.

> Onde em São Francisco?

Desconectei. Tinha alguma coisa estranha rolando com o
jogo. Eu pulei para o LiveJournal e fui de blog em blog. Passei
por meia dúzia até encontrar algo que gelou meu sangue.

Os usuários do LiveJournal adoram testes. Que tipo de
hobbit você é? Você é um grande amante? De que planeta
você viria? Que personagem de filme é você? Qual o seu tipo
emocional? Eles completam os testes, os amigos também e
todo mundo compara os resultados. Diversão inofensiva.

Mas o teste que tomou conta dos blogs na Xnet naquela
noite me assustou porque era tudo, menos inofensivo.

> _Qual é o seu sexo?

> _Em que ano você está?

> _Que escola você frequenta?

> _Em que lugar da cidade você mora?

O teste coloca os resultados em um mapa com alfinetes
coloridos representando as escolas e bairros e dá recomen-
dações toscas de lugares para pedir pizza e outras coisas.

Mas olhe essas questões. Pense nas minhas respostas.

> _Masculino

> _3° ano do ensino médio

> _ Colégio Chavez

> _ Potrero Hill

Só havia duas pessoas na minha escola que tinham esse perfil. A situação seria a mesma na maioria dos colégios. Quem quisesse descobrir os Xnautas podia usar esses testes para encontrá-los.

Isso já era ruim, mas pior ainda era o que significava: alguém do Departamento de Segurança Nacional estava usando a Xnet para chegar até nós. A Xnet deixou de ser segura.

Havia espiões entre nós.

Eu tinha passado os discos da Xnet para centenas de pessoas e elas fizeram a mesma coisa. Eu conhecia quem recebeu os meus DVDs. Algumas pessoas eu conhecia muito bem. Eu morava na mesma casa a vida inteira e fizera centenas e centenas de amigos ao longo dos anos, das pessoas que foram à creche comigo aos caras com quem joguei futebol, a galera do Larp, gente que conheci em festas e na escola. Minha equipe de ARG era composto pelos meus amigos mais próximos, mas havia muita gente que eu conhecia e confiava o suficiente para entregar um disco da Xnet.

Eu precisava que eles soubessem.

Acordei Jolu ao tocar para o celular dele e desligar logo após o primeiro toque, três vezes seguidas. Um minuto depois, ele estava na Xnet e conseguimos realizar um bate-papo seguro. Mostrei o post no meu blog sobre os furgões com antenas e ele voltou um minuto depois todo surtado.

> Tem certeza de que estão procurando por nós?

Em resposta, mostrei o link do teste.

> Jesus, estamos perdidos

> Não, não é tão ruim assim, só temos que descobrir em quem podemos confiar

> Como?

> Era o que eu queria perguntar para você. Em quantas pessoas você confiaria totalmente, tipo até o fim do mundo?

> Hmm umas 20 ou 30, por aí

> Quero juntar um bando de pessoas realmente confiáveis e trocar chaves num lance tipo teia de confiança

Teia de confiança é um lance bacana de criptografia que eu tinha lido em algum lugar, mas jamais experimentei. Era uma maneira praticamente infalível de poder conversar com alguém confiável sem que ninguém mais escutasse. O problema é que exigia encontrar fisicamente com as pessoas na teia pelo menos uma vez, para dar o pontapé inicial.

> Saquei. A ideia não é ruim. Mas como você vai reunir as pessoas para trocar as chaves?

> Era o que eu queria perguntar para você. Como a gente faz isso sem ser preso?

Jolu digitou algumas palavras e apagou, então digitou de novo e apagou.

> Darryl saberia como

Eu digitei.

> Meu Deus, ele era ótimo para esse tipo de coisa

Jolu não digitou nada. Então:

> Que tal uma festa?

Ele escreveu.

> Que tal se a gente se reunisse em algum lugar como adolescentes em uma festa? Assim nós teríamos uma desculpa pronta caso alguém aparecesse perguntando o que estamos fazendo ali

> Isso daria super certo! Você é um gênio, Jolu.

> Eu sei. E você vai adorar isso: eu também sei onde armar a festa

> Onde?

> Nos banhos Sutro!*

---

*Os Sutro Baths formam um complexo de piscinas públicas aberto em 1896 e destruído em 1966 por um incêndio. Hoje as ruínas estão abertas à visitação (N. do T.).

Capítulo 10

O que se faz quando um espião é descoberto? Basta denunciá-lo, colocá-lo contra a parede e acabar com ele. Mas então surgiria outro espião, que seria mais cuidadoso que o anterior e talvez não fosse tão fácil de pegar. Eis uma ideia melhor: comece a interceptar as comunicações do espião e forneça informações falsas para ele e seus superiores. Digamos que eles mandaram o espião descobrir os seus deslocamentos pela cidade. Deixe que ele o siga e faça as anotações que bem quiser, mas abra os envelopes que o espião mandar para o quartel-general e substitua o relatório com outro falso. Se quiser, crie a impressão de que o trabalho dele é irregular e duvidoso, para que seja dispensado pelos superiores. É possível manipular uma crise para que um lado ou outro revele as identidades de seus espiões. Em resumo, eles estão na sua mão.

Isso é chamado de ataque intermediário e, pensando bem, é muito assustador. Quem realiza um ataque intermediário às comunicações de uma pessoa pode enganá-la de diversas formas.

Claro que existe uma ótima maneira de driblar um ataque intermediário: usar criptografia. Com criptografia, não importa se o inimigo tem acesso às mensagens porque ele não consegue decifrá-las, alterá-las ou reenviá-las. Esse é um dos principais motivos de se usar criptografia.

Mas é bom lembrar: para que a criptografia funcione, é preciso possuir as chaves das pessoas com quem se quer falar. As duas partes têm de dividir um segredo ou dois, algumas chaves para codificar e decodificar as mensagens, para que não ocorra o ataque intermediário.

É aí que entra em cena o conceito de chaves públicas. A ideia é um pouco complicada, mas também inacreditavelmente elegante.

Na criptografia de chave pública, cada usuário recebe duas chaves. Elas são longas sequências de blá-blá-blá matemático com propriedades praticamente mágicas. O que a pessoa codifica com uma chave, a outra decodifica, e vice-versa. Além disso, elas são as únicas chaves capazes de realizar a tarefa — se um usuário decodificar uma mensagem com uma chave, ele sabe que foi codificada com a outra (e vice-versa).

Então, a pessoa escolhe uma das chaves (não importa qual) e simplesmente divulga. Ela deixa de ser um segredo. É preciso que todo mundo saiba o que é. Por motivos óbvios, ela é chamada de "chave pública."

A outra chave tem que ser escondida nos lugares mais profundos e escuros da mente. Tem que ser protegida com a própria vida. Jamais pode ser relevada para os outros. Ela é a "chave privada." (Dã.)

Agora imagine que um espião deseja falar com seus superiores. A chave pública deles é conhecida por todo mundo. A do espião é conhecida por todo mundo. Ninguém sabe a chave privada do espião a não ser ele. Ninguém sabe a chave privada dos superiores a não ser eles.

Vamos dizer que o espião queira mandar uma mensagem para os superiores. Em primeiro lugar, ele codifica a mensagem com a chave privada. O espião poderia então enviá-la e daria certo, uma vez que os superiores saberiam que a mensagem foi enviada por ele. Como? Porque se eles puderem decodificar com a chave pública do espião, a mensagem só pode ter sido codificada com a chave privada. Isso é o equivalente de colocar um selo ou assinatura no pé da mensagem, dizendo "eu escrevi isso e mais ninguém. Nenhuma pessoa poderia ter alterado essa mensagem."

Infelizmente, na verdade isso não manterá a mensagem em segredo. Isso porque a chave pública do espião é realmente muito conhecida (tem de ser assim ou ele ficará limitado a enviar mensagens para as poucas pessoas que possuam a chave pública). Qualquer um que interceptar a mensagem será capaz de lê-la. As pessoas não vão poder alterá-la e fingir que foi mandada pelo espião, mas ele não quer que elas tenham acesso ao conteúdo. É preciso uma solução melhor.

Então, em vez de apenas codificar a mensagem com a chave privada, o espião também codifica com a chave pública do chefe. Agora ela foi trancada duas vezes. A primeira tranca — a chave pública do chefe — só se abre quando combinada com a chave privada do chefe. A segunda tranca — a chave privada do espião — só se abre com a chave pública do espião. Quando os superiores receberem a mensagem, ela será aberta com ambas as chaves e eles terão certeza de que: a) o espião a escreveu e b) somente eles podem lê-la.

É muito maneiro. No dia em que descobri isso, Darryl e eu imediatamente trocamos chaves e passamos meses esfregando as mãos e gargalhando enquanto trocávamos mensagens secretíssimas sobre os encontros depois da escola e se Van iria notá-lo algum dia.

Porém, para entender sobre segurança, é preciso levar em conta as possibilidades mais paranoicas. Tipo, o que aconteceria se eu levasse o espião a pensar que a minha chave pública era a chave pública de seu chefe? Ele codificaria a mensagem com sua chave privada e a minha chave pública. Eu a decodificaria, leria, codificaria de novo com a verdadeira chave pública do chefe e a mandaria. Até onde o chefe sabe, ninguém além do espião poderia ter escrito a mensagem e ninguém além dele poderia tê-la lido.

E eu ficaria no meio do caminho, como uma aranha gorda sentada em uma teia, e todos os segredos do espião seriam meus.

A maneira mais fácil de resolver esse problema é divulgar intensamente a chave pública do espião. Se é realmente fácil saber qual é a chave verdadeira, fazer um ataque intermediário se torna cada vez mais difícil. Porém, sabe do que mais? Tornar algo bem conhecido é tão difícil quanto torná-lo um segredo. Pense bem — quantos bilhões de dólares são gastos em anúncios de xampu e de outras porcarias apenas para garantir que um número cada vez maior de pessoas saiba o que os anunciantes querem que elas saibam?

Há uma maneira mais barata de se proteger de ataques intermediários: a teia de confiança. Imagine que o espião, antes de sair do quartel-general, troque as chaves com os superiores durante um cafezinho. Chega de ataques intermediários! Ele terá absoluta certeza das chaves que possui porque foram entregues em mãos.

Até aí, tudo bem. Mas existe uma limitação natural para essa solução: com quantas pessoas alguém pode se encontrar para trocar as chaves? Quantas horas do dia alguém dedica a uma tarefa que é similar a escrever a própria lista de telefones? Quantas dessas pessoas estão dispostas a dedicar esse tempo a outra?

Pensar nisso como uma lista telefônica ajuda. Antigamente, o mundo estava cheio de listas telefônicas e, quando alguém precisava de um número, bastava consultar a lista. Porém, a pessoa geralmente sabia de cor vários números ou perguntaria para alguém. Mesmo hoje em dia, apesar de ter uma agenda no celular, pergunto para Jolu ou Darryl se eles sabem o número que preciso. É mais fácil e rápido do que pesquisar on-line e também mais confiável. Se Jolu sabe o número, eu confio nele e, assim, também confio no número. Isso é chamado de "confiança transitiva" — confiança que percorre a teia de relacionamentos de uma pessoa.

Uma teia de confiança é uma versão maior disso. Imagine que eu encontre Jolu e pegue a chave dele. Posso colocá-la no meu "chaveiro" — uma lista de chaves que eu tranquei com a minha chave privada. Isso quer dizer que alguém pode abri-la com a minha chave pública e ter certeza de que eu — ou uma pessoa com a minha chave, de qualquer forma — disse que "essa chave pertence a esse cara."

Então, assim que eu entrego o meu chaveiro para alguém que confia em mim a ponto de se encontrar comigo e verificar todas as chaves, essa pessoa pode inclui-las no próprio chaveiro. Agora, ela encontra outro cara e passa o chaveiro inteiro. O chaveiro cresce cada vez mais, e desde que cada um confie no sujeito seguinte na corrente, todos estão seguros.

O que me traz ao assunto das festas de assinatura de chaves. Elas são exatamente o que parecem: uma festa onde todo mundo se encontra e assina as chaves uns dos outros. Quando eu e Darryl trocamos chaves, foi tipo uma minifesta de assinatura com apenas dois tristes participantes nerds. Porém, com mais pessoas, nasce a semente da teia de confiança, que se expande a partir dali. Quanto mais gente se espalha e conhece outras pessoas, mais nomes são adicionados à teia. Não é preciso encontrar com os novos integrantes, apenas confiar que a chave assinada recebida das pessoas na teia é válida.

É por isso que teia de confiança e festa combinam como café e leite.

— **Só diga para eles** que é uma festa superprivada, que só entra quem tiver convite — falei. — Diga para não trazerem acompanhantes ou não vão poder entrar.

Jolu olhou por cima da xícara de café.

— Você está brincando, não é? Se disser isso, a galera vai trazer mais amigos.

— Argh. — Eu passava uma noite por semana na casa de Jolu atualmente, mantendo a programação da indienet atualizada. A Pigspleen estava me pagando uma quantia maior do que zero para fazer isso, o que era bem estranho. Nunca imaginei que seria pago para programar.

— Então o que faremos? Só queremos pessoas que realmente confiamos lá, mas a gente não vai dizer o motivo disso até ter as chaves de todo mundo e poder mandar mensagens para elas em segredo.

Jolu estava removendo os erros no código enquanto eu olhava sobre seu ombro. Isso costumava ser chamado de "programação extrema", o que era um pouco vergonhoso. Agora a gente apenas chama de "programação." Duas pessoas são melhores para descobrir erros do que uma. Como diz o clichê, "com muitos olhos, todos os erros serão visíveis".*

---

*Lei de Linus (Linus Torvalds, criador do sistema Linux), formulada por Eric S. Raymond — um famoso hacker e ícone no movimento do código aberto e do software livre (*N. do T.*)

Nós estávamos trabalhando em cima dos relatórios de erros, prontos para implementar a nova programação. A atualização ocorria automaticamente, sem que nossos usuários precisassem fazer nada. Eles apenas acordavam com um programa melhor uma vez por semana, mais ou menos. Era muito bizarro saber que uma programação que eu fiz seria usada por centenas de milhares de pessoas no futuro!

— O que faremos? Cara, eu não sei. Acho que simplesmente vamos ter que encarar a situação.

Lembrei de nossa época de Harajuku Fun Madness. Havia um monte de desafios sociais envolvendo grandes grupos de pessoas como parte do jogo.

— OK, você está certo. Mas vamos tentar ao menos manter isto em segredo. Diga para eles que dá para trazer mais uma pessoa, no máximo, e que tem que ser alguém que eles conheçam pessoalmente por um mínimo de cinco anos.

Jolu olhou por cima da tela.

— Ei, isso vai dar super certo. Dá para ver que vai funcionar. Tipo assim, se você me dissesse para não trazer ninguém, eu entraria numas de "quem diabos ele pensa que é?". Mas do jeito que você colocou, parece que é um lance sensacional, meio 007.

Encontrei um erro. Bebemos café. Fui para casa e joguei um pouco de Clockwork Plunder, tentando não pensar em jogadores bisbilhoteiros, e dormi como um bebê.

Os banhos Sutro são as autênticas ruínas romanas falsas de São Francisco. Quando foram inaugurados em 1896, eram a maior casa de banhos do mundo, um imenso solário vitoriano de vidro cheio de piscinas, banheiros e até mesmo um primitivo tobogã de água. Entrou em decadência nos anos 50 e os donos provocaram um incêndio por causa do seguro em 1966. Tudo o que sobrou foi um labirinto de pedra erodida contra o penhasco de Ocean Beach. Parece uma ruína romana, desmoronada e misteriosa, e logo após os banhos existe um conjunto de cavernas que leva para o mar. Na ressaca, as ondas invadem as cavernas e tomam as ruínas — elas às vezes arrastam e afogam algum turista.

Ocean Beach fica bem depois do Golden Gate Park, um penhasco íngreme cheio de casas caras e condenadas, que dá para uma praia estreita cheia de águas-vivas e bravos (insanos) surfistas. Há uma gigantesca pedra branca que sai da parte rasa chamada de Seal Rock, onde antigamente ficavam os leões-marinhos até serem levados para o Fisherman's Wharf, um local mais atraente para os turistas.

Depois que escurece, quase ninguém vai lá. Fica muito frio e a pessoa pode ficar ensopada com o espirro das ondas quebrando. As pedras são pontudas, há vidro quebrado e às vezes a agulha de algum viciado.

É um lugar sensacional para uma festa.

Trazer lonas e aquecedores químicos para mãos foi ideia minha. Jolu descobriu como descolar a cerveja — seu irmão mais velho, Javier, tinha um amigo que comandava um serviço de bebidas para menores de idade: bastava pagar que ele aparecia no local secreto da festa com isopores de gelo e quantas bebidas a pessoa quisesse. Torrei uma grana do meu dinheiro da programação da indienet e o sujeito apareceu pontualmente: 20h, uma hora depois do pôr do sol. Ele tirou seis isopores da caminhonete e levou até as ruínas dos banheiro.

— Juízo agora, molecada — ele falou, acenando com o chapéu de caubói. Ele era um samoano gordo com um enorme sorriso e uma assustadora camisetinha que deixava escapar os pelos do sovaco, barriga e ombros. Tirei umas notas de vinte de um bolo de grana e passei para ele — o ágio era de cento e cinquenta por cento. Não era um mau negócio.

Ele olhou para o bolo de dinheiro.

— Sabe, eu podia levar isso de você — disse, ainda sorrindo. — Sou um criminoso, afinal de contas.

Eu coloquei a grana no bolso e o encarei bem nos olhos. Fui idiota por mostrar o quanto tinha de dinheiro comigo, mas sabia que havia a hora em que a pessoa simplesmente não devia ceder.

— Só estou zoando com você — ele finalmente falou. — Mas tenha cuidado com essa grana. Não fique exibindo por aí.

— Valeu, mas o Departamento de Segurança Nacional me protege.

O sorriso dele aumentou ainda mais.

— Rá! Eles não são nem policiais de verdade. Aqueles caipiras não sabem de nada.

Eu olhei para a caminhonete. Havia um passe expresso bem à mostra no vidro dianteiro. Imaginei quanto tempo levaria até ele ser preso.

— Vai ter mulher na festa hoje à noite? É por isso que você pediu a cerveja?

Eu sorri e acenei como se ele estivesse retornando à caminhonete, que era o que deveria estar fazendo. O cara finalmente se tocou e foi embora. Sem jamais perder o sorriso.

Jolu me ajudou a esconder os isopores no entulho. Trabalhamos com pequenas lanternas de LED presas em testeiras. Assim que os isopores ficaram no lugar, jogamos pequenos chaveiros com LED em cada um, para que iluminassem na hora em que alguém abrisse as tampas e visse o que estava fazendo.

A noite estava nublada, sem luar, e as luzes distantes da rua mal nos iluminavam. Eu sabia que uma mira infravermelha nos veria como se fôssemos fogueiras, mas não havia jeito de reunir tanta gente sem sermos observados. Por mim, eles poderiam nos ignorar ao pensar que era apenas um pequeno lual de gente bêbada.

Eu realmente não bebo muito. Desde os 14 anos, frequento festas onde rolam cerveja, maconha e ecstasy, mas odiava fumar (embora curta um bolo mágico de vez em quando), a onda do ecstasy demora muito — quem tem um fim de semana inteiro para ficar doidão e voltar ao normal? — e cerveja, bem, é bacana, mas eu não entendo por que dão tanta importância. Minha bebida favorita são coquetéis enormes e elaborados, servidos em vulcões de cerâmica com seis camadas, em chamas e com um macaco de plástico na borda, mas era mais pela apresentação teatral do drinque como um todo.

Eu adorava ficar bêbado, na verdade. Só não curtia a ressaca e, cara, como eu fico de ressaca. Pensando bem, talvez isso tenha a ver com o tipo de bebida que é servida em um vulcão de cerâmica.

Mas é impossível dar uma festa sem colocar um engradado ou dois de cerveja no gelo. É o que todos esperam. Isso deixa todo mundo solto. As pessoas tomam atitudes estúpidas depois de muitas cervejas, mas meus amigos não são daqueles que têm carros. E as pessoas tomam atitudes estúpidas não importa o que consumam — cerveja, maconha ou qualquer outra coisa não têm a ver com isso.

Jolu e eu abrimos cervejas — Anchor Steam para ele, uma Budweiser Lite para mim — e brindamos com as garrafas, sentando em uma pedra.

— Você falou para eles que a festa era às nove?

— Sim — respondi.

— Eu também.

Bebemos em silêncio. A Bud Lite era a coisa menos alcoólica no isopor. Eu precisava estar com a mente sobre controle mais tarde.

— Você fica com medo? — finalmente perguntei.

Ele se virou para mim:

— Não, cara, eu não fico com medo. Estou sempre com medo. Estou com medo desde que as explosões aconteceram. Sinto tanto medo que, às vezes, não quero sair da cama.

— Então, por que está fazendo isso?

Ele sorriu.

— Falando nisso, talvez eu não continue fazendo por muito tempo. Tipo assim, é ótimo te ajudar. Ótimo. Realmente excelente. Eu não sei dizer quando fiz uma coisa tão importante. Mas, Marcus, meu camarada, tenho que dizer... — Ele parou de falar.

— O quê? — perguntei, embora soubesse o que viria a seguir.

— Não vou poder continuar fazendo para sempre — disse ele finalmente. — Talvez nem mais um mês. Acho que, para mim, acabou. É muito arriscado. Não dá para enfrentar esse Departamento de Segurança Nacional. É doideira. Doideira para valer, na real.

— Você parece com a Van falando — disse. Minha voz saiu muito mais amarga do que eu pretendia.

— Não estou te criticando, cara. Acho legal que você tenha a coragem de fazer isto o tempo todo. Mas eu não tenho. Não posso viver minha vida em eterno terror.

— O que você quer dizer?

— Quero dizer que estou fora. Vou ser uma daquelas pessoas que agem como se tudo estivesse OK, como se tudo fosse voltar ao normal algum dia. Vou usar a internet como sempre usei e somente a Xnet para jogar jogos. O que quero dizer é que vou pular fora. Não farei mais parte dos seus planos. Eu não falei nada.

— Eu sei que essa decisão significa abandonar você sozinho. Não quero isso, acredite. Eu preferia que você desistisse junto comigo. Não dá para declarar guerra ao governo dos EUA. Não é uma guerra que você vai vencer. Ver você tentar é como ver um pássaro voar contra uma janela sem parar.

Ele queria que eu dissesse alguma coisa. O que eu queria dizer era Jesus, Jolu, valeu por ter me abandonado! Você esqueceu como foi quando eles nos capturaram? Esqueceu como era o país antes de ser tomado por eles? Mas isso não era o que Jolu queria que eu dissesse. O que ele queria ouvir era: "Eu entendo, Jolu. Respeito a sua escolha."

Ele bebeu o resto da garrafa, tirou outra e girou a tampinha.

— E tem mais uma coisa — falou.

— O quê?

— Eu não ia falar, mas quero que entenda por que tenho que tomar essa atitude.

— Jesus, Jolu, o que é?

— Odeio dizer isso, mas você é branco. Eu não. Os brancos são pegos com cocaína e cumprem uma pena curta de reabilitação. Os latinos são pegos com crack e passam vinte anos na cadeia. Os brancos veem policiais na rua e se sentem seguros. Os latinos veem tiras na rua e imaginam que vão ser revistados. Sabe a forma como o Departamento de Segurança Nacional está tratando você? As leis deste país sempre foram assim conosco.

Isso era tão injusto. Eu não pedi para ser branco. Não achava que estava sendo mais corajoso apenas por ser branco. Mas entendi o que Jolu queria dizer. Se a polícia parasse alguém em Mission e pedisse para ver os documentos, provavelmente a pessoa não seria branca. Jolu corria mais riscos do que eu. O castigo seria maior para ele do que para mim.

— Eu não sei o que dizer — falei.

— Não precisa dizer nada. Só queria que soubesse para que entendesse.

Deu para ver pessoas descendo a trilha em nossa direção. Eles eram amigos de Jolu, dois mexicanos e uma garota que eu tinha visto por aí, baixinha e nerd, sempre usando uns óculos pretos à la Buddy Holly. Ela parecia uma estudante de arte deslocada em um filme adolescente que retorna depois como um grande sucesso.

Jolu me apresentou a eles e ofereceu cervejas. A garota não aceitou, mas em vez disso tirou da bolsa um cantil de metal com vodka e ofereceu um gole para mim. Eu bebi — ´é preciso costume para gostar de vodka quente — e elogiei o cantil, que tinha os personagens do jogo Parappa the Rapper gravados em relevo.

— É japonês — ela falou enquanto eu jogava a luz de outro chaveiro com LED sobre o cantil. — Eles têm uns ótimos acessórios para bebidas baseados em jogos infantis. É bem pervertido.

Eu me apresentei e ela se apresentou.

— Ange — a garota disse e nós nos cumprimentamos. A mão era quente, seca e tinha unhas pequenas. Jolu me apresentou para os seus amigos, que eu conhecia desde a colônia de férias de informática do quarto ano. Mais pessoas apareceram — cinco, então dez, e depois vinte. O grupo realmente ficara grande.

Tínhamos falado para as pessoas chegarem às 21:30 em ponto e esperamos até 21:45 para ver quem daria as caras. Uns três quartos eram amigos de Jolu. Eu havia convidado todas as pessoas em quem confiava. Ou eu era mais exigente que ele ou menos popular. Agora que Jolu disse que ia cair fora, comecei a achar que ele era menos exigente. Eu realmente estava puto com Jolu, mas tentei não demonstrar ao me concentrar em socializar com as outras pessoas. Mas ele não era bobo. Sabia que algo estava rolando. Eu percebi que Jolu realmente estava chateado. Ótimo.

— OK — falei ao subir em uma ruína. — OK, ei, alô?

— Umas poucas pessoas ao redor prestaram atenção, mas a galera do fundo continuou conversando. Levantei os braços como um árbitro, mas estava escuro demais. Finalmente tive a ideia de ligar meu chaveiro com LED e apontar para cada um que falava e depois para mim. Aos poucos, todos calaram a boca.

Eu dei boas-vindas e agradeci a presença de todos, então pedi que se aproximassem para explicar por que estavam aqui. Dava para perceber que eles entraram no clima de mistério, estavam intrigados e um pouco amaciados pela cerveja.

— Então, aí vai. Todos vocês usam a Xnet. Não foi coincidência que ela tenha sido criada logo depois de o Departamento de Segurança Nacional ter tomado conta da cidade. As pessoas que fizeram isso são de uma organização dedicada à liberdade individual, que criou uma rede para nos manter a salvo de espiões e agentes do governo. — Jolu e eu tínhamos combinado isso antecipadamente. Não iríamos assumir que estávamos por trás da Xnet para ninguém. Era arriscado demais. Em vez disso, nós diríamos que éramos meros tenentes do exército do "M1k3y", agindo para organizar a resistência local.

— A Xnet não é pura. Pode ser usada tanto pelo outro lado quanto por nós. Sabemos que existem espiões do governo usando a Xnet agora. Eles hackeiam as redes sociais para que a gente se revele e eles possam nos prender. Para a Xnet dar certo, é preciso descobrir como evitar que nos espionem. Precisamos de uma rede dentro da rede.

Fiz uma pausa para que a galera absorvesse o que falei. Jolu achou que a ideia poderia ser meio pesada — os caras iam descobrir que estavam prestes a entrar para um grupo revolucionário.

— Agora, eu não vou pedir para que participem ativamente. Não precisam sair por aí criando interferência ou nada assim. Vocês foram chamados aqui porque sabemos que são do bem, que são confiáveis. Eu quero que vocês contribuam com essa confiança. Alguns de vocês já devem conhecer a teia de confiança e festas de assinatura de chaves, porém, para os demais, eu vou explicar rapidinho — e foi o que fiz.

— Agora, o que eu quero de vocês nesta noite é que conheçam as pessoas aqui e descubram o quanto podem confiar nelas. Nós vamos ajudar a criar pares de chaves e dividir uns com os outros.

Essa parte era complicada. Pedir para as pessoas trazerem seus laptops não teria dado certo, mas a gente ainda precisava fazer algo que era muito complicado e que não seria possível apenas com papel e lápis.

Segurei no alto um laptop que eu e Jolu havíamos construído do zero na noite anterior. — Eu confio nessa máquina. Todos os componentes foram instalados pelas minhas próprias mãos. Está rodando uma versão novinha do ParanoidLinux a partir do DVD. Se existir apenas um computador digno de confiança, provavelmente é este aqui.

"Eu instalei um gerador de chaves. Vocês vem aqui e interagem com a máquina, teclando ou mexendo no mouse, e o laptop vai criar uma chave pública e privada na tela. Vocês podem tirar uma foto da chave privada com seu celular e apertar qualquer tecla para ela sumir. Não vai ficar gravada no HD. Então vai aparecer a chave pública. Nesse momento, vocês chamam até o laptop as pessoas em quem confiam e que confiam em vocês, e elas vão bater uma foto de vocês ao lado da tela para que saibam de quem é a chave.

"Quando vocês chegarem em casa, precisam converter as fotos em chaves. Isso vai ser bem trabalhoso, infelizmente, mas só será necessário fazer apenas uma vez. Você vão ter que tomar muito cuidado ao digitar as chaves — basta um errinho e estarão ferrados. Felizmente, criamos um jeito para que vocês saibam se fizeram certo: debaixo de cada chave existe um número bem menor chamado de impressão digital. Assim que vocês digitarem a chave, podem gerar uma impressão digital a partir dela e comparar com a outra. Se os números baterem, vocês acertaram."

Todos olharam chocados para mim. OK, tudo bem que eu pedi que fizessem algo bem estranho, é verdade, mas, ainda assim...

Capítulo 11

Jolu ficou de pé.

— Esse é o começo, pessoal. É assim que a gente sabe de que lado vocês estão. Vocês podem não querer ir para as ruas e ser presos pelo que acreditam, mas, se acreditam em alguma coisa, isso aqui deixará bem claro. Vamos criar a teia de confiança, que dirá quem está dentro e quem está fora. É uma coisa que precisamos fazer, se algum dia quisermos recuperar o nosso país. Precisamos fazer algo assim.

Alguém no meio do público — era Ange — levantou a mão, segurando uma garrafa de cerveja.

— Pode me chamar de idiota, mas eu não entendi nada. Por que você quer que a gente faça isso?

Jolu olhou para mim e eu devolvi o olhar. Tinha parecido tão óbvio quando a gente estava organizando a operação.

— A Xnet não é apenas uma maneira de jogar jogos gratuitos. É também a última rede de comunicações aberta no país. É a última forma de se comunicar sem ser espionado pelo Departamento de Segurança Nacional. Para que ela funcione, precisamos saber que a pessoa com quem conversamos não é um espião. Isso quer dizer que precisamos saber

169

que as pessoas para quem estamos mandando mensagens são mesmo as pessoas que achamos que são.

"É aí que vocês entram. Vocês todos estão aqui porque confiamos em vocês. Confiamos mesmo. Confiamos em vocês com nossa vida."

Algumas pessoas suspiraram. Isso pareceu melodramático e idiota.

Fiquei de novo em pé.

— Quando as bombas explodiram — falei, então senti o coração apertar de dor —, quatro de nós ficamos presos na Market Street. Por sabe-se lá que razão, o Departamento de Segurança Nacional achou que nós éramos suspeitos. Eles colocaram sacos em nossas cabeças, fomos levados de barco e interrogados por dias. Eles humilharam a gente. Mexeram com as nossas mentes. Então soltaram a gente.

"Todo mundo foi solto, exceto uma pessoa. Meu melhor amigo. Ele estava conosco quando nos pegaram. Ele havia sido ferido e precisava de atendimento médico. Ele jamais saiu. Eles dizem que nunca o viram, que, se um dia a gente contar para alguém, eles vão nos prender e fazer com que a gente desapareça."

"Para sempre."

Eu estava tremendo. A vergonha. A maldita vergonha. Jolu jogou luz sobre mim.

— Ai, Jesus! — Exclamei. — Vocês são as primeiras pessoas para quem eu contei. Se a história se espalhar, podem apostar que eles vão saber quem vazou. Podem apostar que eles vão bater à minha porta. — Respirei fundo mais algumas vezes. — Foi por isso que me tornei um voluntário na Xnet. Foi por isso que minha vida, a partir de agora, é dedicada a lutar contra o Departamento de Segurança Nacional. Com todas as forças. Todos os dias. Até ficarmos livres outra vez. Qualquer um de vocês pode me colocar na cadeia agora, se quiser.

Ange levantou a mão outra vez.

— A gente não vai dedurar você. Nem pensar. Eu conheço praticamente todo mundo aqui e posso te prometer isso. Eu não sei como saber em quem confiar, mas sei em quem não confiar: os coroas. Nossos pais. Adultos. Quando eles pensam em alguém sendo espionado, imaginam outra pessoa qualquer, um bandido. Quando eles pensam em alguém sendo preso, é sempre outra pessoa qualquer: algum latino, algum jovem, algum estrangeiro.

"Eles esquecem como é ter a nossa idade. Ser motivo de suspeita o tempo todo! Quantas vezes as pessoas olham para nós no ônibus como se gente tivesse mau hálito ou tivesse acabado de matar um bicho?"

"Pior ainda: eles estão virando adultos cada vez mais cedo por aí. Antigamente, diziam para nunca confiar em ninguém com mais de trinta anos. Pois eu digo para não confiar em nenhum desgraçado com mais de 25!"

Isso provocou risadas e ela riu também. Ange tinha uma beleza esquisita, com uma cara meio de cavalo, um rosto comprido e o queixo grande.

— Eu não estou brincando, sacou? Tipo assim, pensem bem. Quem elegeu esses manés? Quem deixou que invadissem nossa cidade? Quem votou pela instalação de câmeras nas salas de aula e chips de espionagem nos carros e bilhetes de metrô? Não foi alguém com 16 anos. Nós podemos ser burros, podemos ser jovens, mas não somos gentinha.

— Eu quero uma camiseta com isso escrito — falei.

— Ficaria bacana — ela disse. Nós sorrimos um para o outro. — Onde eu pego as minhas chaves? — Ange sacou o celular.

— Vamos fazer lá, em um lugar isolado nas cavernas. Vou levar vocês até lá e arrumar tudo, então basta gerar a chave e levar o laptop para seus amigos tirarem fotos de sua chave pública, para que possam assiná-la assim que chegarem em casa. Levantei a voz.

— Ah! Mais uma coisa! Jesus, não acredito que esqueci disso. Apaguem as fotos assim que vocês digitarem as chaves! A última coisa que a gente quer ver é um álbum de fotos no Flickr de todos nós conspirando juntos.

Surgiram algumas risadas nervosas, então Jolu apagou a luz e eu não consegui ver nada na escuridão repentina. Meus olhos foram se acostumando aos poucos e eu fui para a caverna. Havia alguém andando atrás de mim. Ange. Eu virei e sorri para ela, que devolveu o sorriso com os dentes brilhando no escuro.

— Valeu pelo apoio — falei. — Você mandou bem.

— Aquilo sobre o saco na cabeça e tudo mais foi verdade?

— Foi. Aquilo aconteceu. Eu nunca contei para ninguém, mas aconteceu. — Pensei um pouco. — Sabe, com todo o tempo que se passou, sem falar nada desde então, tudo começou a parecer com um pesadelo. Mas foi de verdade. — Eu parei e subi até a caverna. — Fiquei contente de finalmente contar para as pessoas. Mais um pouco e eu começaria a duvidar da minha própria sanidade.

Coloquei o laptop sobre uma pedra seca e reiniciei a partir do DVD enquanto ela observava.

— Vou reiniciar para cada pessoa. Esse é um disco padrão com ParanoidLinux, mas você vai ter de confiar em mim.

— Ora, o lance é confiança, certo? — ela disse.

— É, confiança.

Eu me afastei um pouco enquanto Ange rodava o programa, escutando o digitar e mexer no mouse para gerar a chave aleatória, ouvindo o mar quebrando e os sons da festa perto de onde estava a cerveja.

Ela saiu da caverna carregando o laptop. Na tela, em enormes letras luminosas, estavam a chave pública, a impressão digital e o e-mail. Ange segurou a tela ao lado do rosto e esperou enquanto eu pegava meu celular.

— Xis — disse ela. Eu bati a foto e coloquei o celular de novo no bolso. Ange foi até os colegas e deixou que tirassem fotos dela ao lado da tela. Era um momento festivo. Divertido. Ange realmente havia muito carisma — não dava vontade de rir dela, dava vontade de rir com ela. E, diabos, a situação era divertida! Nós estávamos declarando uma guerra secreta à polícia secreta. Quem diabos a gente achava que era?

E assim o esquema rolou por uma hora mais ou menos, todo mundo tirando fotos e gerando chaves. Acabei conhecendo todas as pessoas. Muitas eu já sabia quem eram — meus convidados — e outras pessoas eram conhecidos dos meus amigos ou amigos deles. Todos nós deveríamos ficar amigos. Foi o que aconteceu quando a noite chegou ao fim. Todo mundo era gente boa.

Assim que todos terminaram, Jolu foi fazer uma chave e deu um sorriso envergonhado. Porém, minha raiva tinha passado. Ele estava fazendo o que era preciso. Eu sabia que, não importa o que Jolu dissesse, ele sempre estaria ao meu lado. E nós encaramos juntos a prisão do Departamento de Segurança Nacional. Van também. Não importa o que acontecesse, aquilo nos uniu para sempre.

Eu gerei minha chave e andei pela galera, deixando que todo mundo tirasse uma foto. Então subi no ponto alto onde falara antes e chamei a atenção de todo mundo.

— Muitos de vocês notaram que existe uma falha importante neste esquema: e se esse laptop não for confiável? E se estiver gravando em segredo os nossos planos? E se estiver espionando a gente? E se vocês não puderem confiar em mim e no Jose Luis?

Mais risadas alegres. Um pouco mais amigáveis que antes, mais embriagadas.

— Estou falando sério — eu disse. — Se a gente estivesse do lado errado, isso poderia arrumar problemas para todos nós, para todos vocês. Daria cadeia, talvez.

As risadas ficaram mais nervosas.

— Então é por isso que vou fazer isso aqui. — Peguei um martelo que tirei da caixa de ferramentas do meu pai. Coloquei o laptop ao meu lado na pedra e levantei o martelo, enquanto Jolu iluminava o gesto com a luz do chaveiro. Cabum. Eu sempre sonhei em destruir um laptop com um martelo e aqui estava eu fazendo isso. A sensação foi pornograficamente boa. E ruim.

Cabum! A tampa caiu, feita em milhares de pedacinhos, e expôs o teclado. Eu continuei batendo até o teclado se soltar e revelar a placa-mãe e o disco rígido. Cabum! Mirei bem no disco rígido, batendo com toda a força. Precisei dar três golpes até o estojo rachar e expor a mídia frágil no interior. Continuei batendo até não sobrar nada maior do que um isqueiro e então joguei tudo em um saco de lixo. A galera estava vibrando loucamente — tão alto que até fiquei preocupado que alguém pudesse nos ouvir lá de cima, sobre o barulho do mar quebrando, e chamasse a polícia.

— Muito bem! — gritei. — Agora, se quiserem me acompanhar, vou levar isso aqui até o mar e meter debaixo da água salgada por dez minutos.

Ninguém se animou a princípio, mas então Ange foi à frente, pegou meu braço com sua mão quente e falou no meu ouvido:

— Isso foi lindo. — Nós andamos juntos até o mar.

Estava totalmente escuro perto do mar e era perigoso, mesmo com as lanterninhas nos chaveiros. Já teria sido bem difícil andar sobre as pedras pontudas e escorregadias sem ter de equilibrar quase três quilos de equipamento eletrônico esmagado em um saco plástico. Escorreguei uma vez e pensei que fosse me cortar todo, mas Ange me segurou com uma força surpreendente e me manteve de pé. Fui puxado para bem perto dela, próximo o bastante para sentir seu perfume, que tinha cheiro de carro novo. Adoro esse cheiro.

— Valeu! — Foi o que consegui dizer ao olhar para aqueles olhos grandes que os óculos masculinos de armação negra tornavam ainda maiores. Não consegui dizer de que cor eles eram naquela escuridão, mas imaginei que fossem escuros, baseado no cabelo preto e pele morena. Ela parecia mediterrânea, talvez grega, espanhola ou italiana.

Eu me abaixei e mergulhei o saco no mar, deixando que enchesse de água salgada. Acabei escorregando um pouco e encharquei o pé. Xinguei e ela riu. Nós praticamente não trocamos uma palavra desde que saímos para o oceano. Havia algo de mágico em nosso silêncio.

Até aquele momento, eu tinha beijado um total de três garotas na minha vida, não contando aquele momento quando voltei para a escola e fui recebido como um herói. Não é um número gigante, mas também não é minúsculo. Eu tenho um radar razoável para garotas e acho que poderia ter beijado Ange. Ela não era um tesão no sentido tradicional, mas havia algo na combinação garota, noite e praia. Além disso, Ange era inteligente, entusiasmada e engajada.

Mas eu não a beijei, nem peguei em sua mão. Em vez disso, compartilhamos um momento que só consigo descrever como espiritual. As ondas quebrando, a noite, o mar e as pedras, a nossa respiração. Aquela sensação durou algum tempo. Eu suspirei. Tem sido uma aventura e tanto. Eu tinha muita digitação para fazer nesta noite, precisava colocar todas aquelas chaves em meu chaveiro, assiná-las e divulgar as chaves assinadas. Tinha de começar a teia de confiança.

Ela suspirou também.

— Vamos nessa — falei.

— Sim — respondeu Ange.

Nós voltamos. Aquela noite foi boa.

Jolu esperou pelo amigo do irmão passar para pegar os isopores. Andei com todos os demais pela estrada até o ponto de ônibus mais próximo e embarquei. Claro que nenhum de nós estava usando um bilhete oficial. A essa altura, os Xnautas costumavam clonar os bilhetes de alguém três a quatro vezes ao dia, assumindo uma nova identidade a cada viagem.

Foi difícil ficar na boa dentro do ônibus. Todos nós estávamos meio bêbados e era hilariante olhar para a cara uns dos outros sob as intensas luzes do veículo. Nós fizemos uma zona e o motorista usou o interfone duas vezes para pedir que abaixássemos o volume, então mandou que nos calássemos de vez ou ele chamaria a polícia.

Isso provocou uma nova gargalhada e a gente desembarcou em massa antes que ele chamasse mesmo a polícia. Nós paramos em North Beach, onde havia um monte de ônibus, táxis, o metrô na Market Street, casas noturnas iluminadas por néon e cafeterias para dispersar o grupo, então todos foram embora.

Cheguei em casa, liguei o Xbox e comecei a digitar as chaves da tela do meu celular. Era um trabalho chato e hipnótico. Eu estava um pouco bêbado e aquilo me deixou meio dormindo.

Eu estava quase cochilando quando uma janela de mensagem surgiu na tela.

> Olá

Eu não reconheci o nick — spexgirl —, mas tinha uma ideia de quem poderia ser.

> Oi

Eu digitei, cauteloso.

> Sou eu, de hoje à noite

Então ela colou um monte de criptografia na mensagem. Eu já havia colocado a chave pública de Ange no meu chaveiro, então falei para o MSN usá-la para tentar decodificar o código.

> Sou eu, de hoje à noite

Era ela!

> Que legal te encontrar aqui

Digitei, codifiquei com a minha chave pública e enviei.

> Foi ótimo te conhecer

Digitei.

> Você também. Eu não conheço muitos caras inteligentes por aí que também são gatinhos e têm consciência social. Jesus, cara, você não dá muita chance para uma garota.

Meu coração disparou.

> Alô? Toc toc? O microfone está ligado? Eu não nasci no palco, pessoal, mas com certeza estou morrendo aqui. Não se esqueçam de dar gorjeta para as garçonetes, elas dão duro. Eu me apresento aqui a semana inteira

Eu ri alto.

> Estou aqui, estou aqui. Rindo alto demais para digitar, só isso

> Bem, pelo menos meu show virtual de comédia continua bom

Hum.

> Foi realmente ótimo te conhecer

> Sim, costuma ser. Aonde você vai me levar?

> Levar você?

> Na nossa próxima aventura?

> Eu realmente não planejei nada

> OK, então eu vou levar VOCÊ. Sexta-feira. Dolores Park. Concerto ilegal ao ar livre. Só não vai quem já morreu

> Peraí, o quê?

> Você nem acompanha a Xnet? Está em tudo que é lugar. Já ouviu falar das Speedwhores?

Eu quase engasguei. Essa era a banda de Trudy Doo — a mesma Trudy Doo que paga a mim e ao Jolu para atualizar a programação da indienet.

> É, já ouvi falar

> Elas chamaram umas cinquentas bandas e vão armar um show enorme nas quadras de tênis, cada grupo trazendo o próprio som para bombar a noite inteira

Senti como se estivesse morando na lua. Como eu perdi isso? Às vezes, a caminho do colégio, eu passava por uma livraria anarquista em Valencia que tinha um cartaz de uma velha revolucionária chamada Emma Goldman, com a legenda "se eu não puder dançar, não quero participar de sua revolução". Andei gastando toda a minha energia para descobrir uma maneira de usar a Xnet a fim de organizar guerrilheiros que pudessem interferir no trabalho do Departamento de Segurança Nacional, mas isso era bem mais bacana. Um grande show. Eu não tinha ideia de como organizar algo assim, mas fiquei contente que alguém tivesse feito isso.

E, pensando bem, fiquei muito orgulhoso por eles estarem usando a Xnet para organizar o show.

No dia seguinte, eu parecia um zumbi. Ange e eu conversamos — flertamos — até quatro da manhã. Para a minha sorte, era sábado e eu pude dormir até mais tarde, mas juntando a ressaca e o sono atrasado, eu não era capaz de pensar direito.

Pela hora do almoço, consegui me levantar e ir para a rua. Fui cambaleando até a cafeteria turca para tomar café — hoje em dia, se estivesse sozinho, eu vinha tomar meu café aqui, como se eu e o turco fizéssemos parte de um clube secreto. No caminho, passei por um monte de grafites novos. Sempre gostei dos desenhos de Mission. Na maioria das vezes, os grafites apareciam em belos murais enormes ou desenhos sarcásticos de estudantes de arte. Gostei de ver que os grafiteiros de Mission continuavam agindo debaixo do nariz do Departamento de Segurança Nacional. Era outro tipo de Xnet, imaginei — eles deviam ter várias maneiras de saber o que estava rolando, onde grafitar, que câmeras funcionavam. Algumas delas tinham sido cobertas de tinta, eu percebi.

Talvez eles usassem a Xnet!

Havia uma frase pintada com tinta fresca na lateral do muro de uma revenda de carros, em letras de três metros de altura: NÃO CONFIE EM NINGUÉM COM MAIS DE 25 ANOS.

Então, parei. Será que alguém saiu da minha "festa" ontem à noite e veio aqui com uma lata de spray? Um monte daquelas pessoas vivia na vizinhança.

Eu peguei meu café e dei uma volta pela cidade. Continuei pensando que deveria chamar alguém e ver se queriam ver um filme ou algo do gênero. Era assim que se passava de bobeira uma tarde de sábado como essa. Mas quem eu iria chamar? Van não falava mais comigo, eu não achava que estivesse pronto para falar com Jolu, e Darryl...

Bem, eu não podia ligar para Darryl.

Peguei meu café, voltei para casa e fiz uma pequena pesquisa pelos blogs anônimos da Xnet. Não era possível rastrear a identidade de seus autores, a não ser que eles fossem estúpidos o bastante a ponto de colocar seus nomes. Havia um grande número de blogs. A maioria era apolítica, mas muitos não eram. Eles falavam sobre as escolas e suas injustiças. Falavam da polícia e de grafite.

Descobri que havia planos para o show no parque há semanas. O projeto pulou de blog para blog e virou um movimento sem que eu tivesse notado. E o show era chamado "NÃO CONFIE EM NINGUÉM COM MAIS DE 25 ANOS".

Bem, isso explicava onde Ange arrumara aquela frase. Era um bom slogan.

Na segunda-feira de manhã, decidi que queria dar uma passada naquela livraria anarquista outra vez para comprar um dos cartazes de Emma Goldman. Precisava de algo que não me fizesse esquecer.

No caminho para o colégio, desci até a esquina da 16th com Mission, subi pela Valencia e atravessei a rua. A loja estava fechada, mas peguei o horário de funcionamento na porta e verifiquei se ainda tinham aquele pôster pendurado.

Ao descer pela Valencia, fiquei surpreso de ver um monte de mercadorias com o slogan NÃO CONFIE EM NINGUÉM COM MAIS DE 25 ANOS. Metade das lojas exibia produtos NÃO CONFIE nas vitrines: lancheiras, baby-dolls, camisetas, estojos, bonés. As lojas alternativas estão cada vez mais rápidas. Elas conseguem colocar à venda mercadorias baseadas em ideias que varrem a internet em um ou dois dias. Se alguém recebe um e-mail na segunda-feira com um vídeo do YouTube de um cara voando com uma mochila voadora feita de garrafas de refrigerante, na terça-feira é possível comprar camisetas com imagens tiradas do vídeo.

Mas foi fantástico ver algo sair da Xnet para as lojas alternativas. Jeans de grife envelhecidos com o slogan escrito com caneta esferográfica no estilo colegial. Emblemas bordados. As boas-novas correm. A frase estava escrita no quadro-negro quando entrei na aula de estudos sociais da srta. Galvez. Todos nós nos sentamos sorrindo. O slogan pareceu sorrir de volta. Havia algo de profundamente animador na ideia de que nós podíamos confiar em nós mesmos, de que o inimigo podia ser identificado. Eu sabia que não era totalmente verdade, mas também não era totalmente mentira.

A srta. Galvez entrou, ajeitou o cabelo, colocou o Compu-Escola sobre a mesa e o ligou. Ela pegou o giz e se virou para o quadro. Todos nós rimos. Foi sem maldade, mas rimos.

Ela se virou e riu também.

— A inflação atingiu os redatores de slogans do país, ao que parece. Quantos de vocês sabem de onde vem essa frase?

Nós nos entreolhamos.

— Foram os hippies? — disse alguém e nós rimos. São Francisco está cheia de hippies, tanto os velhos maconheiros de barbas imundas e camisetas floridas como os novos tipos, que preferem brincar de se fantasiar e fazer embaixadinhas na rua a protestar contra alguma coisa.

— Bem, sim, foram os hippies. Porém, quando pensamos neles hoje em dia, apenas imaginamos as roupas e a música. Tudo isso foi secundário em relação ao que tornou aquela época, os anos 1960, tão importante.

"Vocês já ouviram falar do movimento pelos direitos civis para acabar com a segregação racial, jovens brancos e negros como vocês pegando ônibus para irem ao sul do país a fim de congregar os eleitores negros e protestar contra o racismo oficial do governo. A Califórnia foi um dos principais lugares de onde surgiram os líderes do movimento. Nós sempre fomos um pouco mais politizados do que o resto da nação, e aqui também era uma parte do país onde os negros conseguiam obter os mesmos empregos que os brancos nas fábricas, então eles estavam em uma situação um pouco melhor do que seus primos do sul.

"Os estudantes de Berkeley mandaram um contingente de cavaleiros da liberdade* para o sul, que foram recrutados em mesas de informações no campus, na esquina da Bancroft com Telegraph Avenue. Vocês provavelmente já viram que essas mesas ainda existem até hoje.

"Bem, o campus tentou acabar com as mesas. O diretor da universidade baniu a organização política no campus, mas os jovens militantes não pararam. A polícia tentou prender um cara que estava distribuindo panfletos em uma dessas mesas. Ele foi colocado em um furgão, mas três mil estudantes cercaram o veículo e não deixaram que andasse. Não deixaram que o rapaz fosse levado para a cadeia. Eles subiram no furgão e fizeram discursos sobre a Primeira Emenda Constitucional** e a liberdade de expressão.

"Esse ato deu vida ao movimento de liberdade de expressão. Foi o começo dos hippies, mas também deu origem a movimentos estudantis mais radicais. Surgiram grupos negros como os Panteras Negras e, mais tarde, ativistas pelos direitos dos gays como os Panteras Cor-de-Rosa. Grupos feministas radicais, até mesmo "separatistas lésbicas" que queriam abolir os homens completamente! E tem os yippies. Alguém já ouviu falar dos yippies?"

---

*Como ficaram conhecidos os freedom riders, os ativistas de direitos civis que pegaram ônibus até o sul dos EUA para congregar os eleitores negros. (N. do T.)
**A Primeira Emenda feita à Constituição dos EUA proíbe que seja criada qualquer lei que impeça a liberdade de imprensa e de expressão, e o direito de livre culto e livre associação. (N. do T.)

— Eles não levitaram o Pentágono? — perguntei. Eu tinha visto um documentário a esse respeito certa vez.

A srta. Galvez riu.

— Eu esqueci dessa parte, mas, sim, foram eles! Yippies eram hippies muito politizados, mas não eram sérios da maneira como encaramos a política hoje em dia. Eles eram bem brincalhões. Pregavam peças. Atiraram dinheiro na Bolsa de Nova York. Cercaram o Pentágono com centenas de manifestantes e disseram um encantamento mágico que deveria fazer levitar o prédio. Inventaram um tipo fictício de LSD que poderia ser disparado por armas d'água e davam tiros uns nos outros, fingindo que estavam doidões. Eles eram engraçados e faziam grandes aparições na televisão. Um yippie, um palhaço chamado Wavy Gravy, fazia com que centenas de manifestantes se vestissem de Papai Noel para que as câmeras mostrassem a polícia prendendo o bom velhinho no noticiário. Eles mobilizaram muita gente.

"O grande momento dos yippies foi a convenção nacional dos Democratas em 1968, quando pediram que houvesse manifestações em protesto contra a guerra do Vietnã. Milhares de manifestantes invadiram Chicago, dormiram nos parques e fizeram piquetes todos os dias. Eles pregaram muitas peças naquele ano, como promover a candidatura à presidência de um porco chamado Pigasus. A polícia e os manifestantes brigaram nas ruas. Isso já havia acontecido muitas vezes antes, mas os tiras de Chicago não foram espertos, não deixaram os repórteres em paz. Eles bateram nos jornalistas, que retaliaram mostrando o que realmente ocorria nessas manifestações. O país inteiro viu seus filhos apanhando brutalmente da polícia de Chicago. A imprensa chamou de 'abuso policial'.

"Os yippies adoravam falar 'não confie em ninguém com mais de trinta anos'. Eles queriam dizer que as pessoas que nasceram antes de determinada época, quando os EUA lutaram com inimigos como os nazistas, jamais conseguiriam entender o que significava amar o seu país a ponto de se recusar a lutar contra os vietnamitas. Eles pensavam que, quando a pessoa chega aos trinta, não mudaria suas atitudes e jamais entenderia por que os jovens da época estavam indo para as ruas, abandonando as faculdades, pirando.

"São Francisco foi o marco zero desse movimento. Exércitos revolucionários foram fundados aqui. Alguns explodiram prédios ou roubaram bancos em nome de suas causas. Muitos desses jovens cresceram e se tornaram mais ou menos normais, enquanto outros acabaram na prisão. Alguns desse jovens que largaram a universidade fizeram coisas fantásticas, como, por exemplo, Steve Jobs e Steve Wozniak, que fundaram a Apple e inventaram o PC."

Eu realmente estava curtindo isso. Eu sabia um pouco dessa história, mas nunca havia escutado dessa forma. Ou talvez não tivesse sido tão importante quanto agora. De repente, aquelas manifestações de rua tão solenes, adultas e toscas não pareciam assim tão toscas, afinal de contas. Talvez houvesse espaço para esse tipo de ação no movimento da Xnet.

Eu levantei a mão.

— Eles venceram? Os yippies venceram?

A srta. Galvez passou um tempo olhando para mim, como se estivesse refletindo. Ninguém disse uma palavra sequer. Todos nós queríamos ouvir a resposta.

— Eles não perderam — ela disse. — Eles imploidiram um pouco. Alguns foram presos por drogas e outras coisas. Alguns mudaram de lado e viraram yuppies, passaram a dar palestras dizendo para todo mundo como foram idiotas, falando como a ganância era uma coisa boa e como foram burros. "Mas eles mudaram o mundo. A guerra do Vietnã acabou e aquele tipo de conformismo e obediência inquestionável que as pessoas chamavam de patriotismo saiu definitivamente de moda. Tivemos grandes avanços nos direitos dos negros, mulheres e gays. Os direitos dos latinos, dos deficientes, toda a tradição de liberdades civis foi criada ou fortalecida por essas pessoas. Os movimentos de protesto de hoje são descendentes diretos daquelas lutas."

— Não acredito que a senhora está falando sobre eles desse jeito — disse Charles. Ele estava tão debruçado na ponta da cadeira que quase estava de pé. O rosto magro e anguloso ficou vermelho. Ele tinha olhos e lábios grandes e, quando ficava empolgado, lembrava um peixe.

A srta. Galvez se empertigou um pouco e então disse:

— Continue, Charles.

— A senhora acaba de descrever terroristas. Terroristas de verdade. Eles explodiram prédios, a senhora falou. Tentaram destruir a bolsa de valores. Baterem na polícia e impediram que os tiras prendessem pessoas que estavam quebrando a lei. Eles atacaram a gente!

A srta. Galvez concordou devagar com a cabeça. Deu para ver que ela estava tentando descobrir como lidar com Charles, que realmente parecia que ia explodir.

— Charles levantou uma boa questão. Os yippies não eram agentes estrangeiros, eram cidadãos americanos. Quando você diz "eles atacaram a gente", você precisa entender quem são "eles" e quem é "a gente". Quando são seus compatriotas...

— Droga! — ele gritou. Então ficou de pé. — A gente estava em guerra naquela época. Aqueles caras estavam dando apoio e ajuda ao inimigo. É fácil saber quem eles são e quem somos nós: quem apoia os EUA somos nós. Quem ajuda as pessoas que estão atirando nos americanos são eles.

— Alguém quer comentar isso?

Várias mãos foram levantadas. A srta. Galvez chamou as pessoas. Algumas observaram que a razão de os vietnamitas atirarem nos americanos foi que os americanos voaram até o Vietnã e começaram a correr armados pela selva. Outros acharam que Charles tinha razão, que as pessoas não deveriam ter o direito de fazer coisas ilegais.

Todo mundo debateu, menos Charles, que apenas gritava com as pessoas e interrompia quando alguém tentava expressar sua opinião. A srta. Galvez tentou fazer com que ele esperasse pela sua própria vez, mas Charles não aceitava.

Eu pesquisei algo no CompuEscola, algo que sabia que já havia lido.

Encontrei. Fiquei de pé. A srta. Galvez olhou para mim com expectativa. Os outros acompanharam seu olhar e ficaram calados. Até mesmo Charles olhou para mim depois de algum tempo, com os olhos grandes ardendo de ódio.

— Eu quero ler uma coisa — falei. — É pequeno: "Governos são instituídos entre os homens, derivando seus justos poderes do consentimento dos governados; sempre que qualquer forma de governo se torne destrutiva de tais fins, cabe ao povo alterá-la ou aboli-la e instituir um novo governo, baseando-o em tais princípios e organizando-lhe os poderes pela forma que lhe pareça mais conveniente para realizar-lhe a segurança e a felicidade."*

---

*Trecho da declaração de independência dos EUA, segundo a tradução oficial da embaixada americana no Brasil (*N. do. T.*).

Capítulo 12

A srta. Galvez deu um largo sorriso.

— Alguém sabe de onde é esse texto?

Um monte de gente falou em coro: "A declaração de independência."

Eu concordei com a cabeça.

— Por que você leu isso para nós, Marcus?

— Porque me pareceu que os fundadores deste país disseram que os governos só devem existir enquanto acreditarmos que eles estão trabalhando para nós, e que se deixarmos de acreditar nos governos, devemos derrubá-los. É isso que o texto diz, certo?

Charles balançou a cabeça.

— Isso foi há centenas de anos! As coisas são diferentes agora!

— O que é diferente?

— Bem, para começar, a gente não tem mais um rei. Eles estavam falando de um governo que existia porque o velho tataravô de um idiota qualquer achava que Deus o havia colocado no poder e matado todo mundo que discordava dele. Nós temos um governo democraticamente eleito...

— Eu não votei neles — falei.

— Então isso te dá o direito de explodir um prédio?

— O quê? Quem falou em explodir um prédio? Os yippies, hippies e toda aquela gente acreditavam que o governo não os escutava mais... olhe para a maneira como as pessoas que tentaram congregar os eleitores no sul foram tratadas! Elas apanharam, foram presas...

— Algumas foram mortas — disse a srta. Galvez. Ela levantou a mão e esperou que eu e Charles nos sentássemos.

— Nosso tempo quase acabou, mas quero elogiar todos vocês por uma das aulas mais interessantes que já dei na vida. Essa discussão foi excelente e eu aprendi muito com todos vocês. Espero que tenham aprendido uns com os outros também. Obrigada por suas contribuições.

"Eu tenho um trabalho que vai dar créditos extras para aqueles que aceitarem um pequeno desafio. Gostaria que escrevessem uma redação comparando a resposta política aos protestos contra a guerra e pelos direitos civis na Bay Area à resposta dos dias de hoje aos direitos civis na Guerra ao Terror. Um mínimo de três páginas, mas escrevam o quanto quiserem. Estou interessada em ver o que vocês produzirão."

O sinal tocou e todo mundo saiu da sala. Eu fiquei para trás e esperei ser notado pela srta. Galvez.

— Sim, Marcus?

— Aquilo foi sensacional — falei. — Eu não sabia tudo aquilo sobre os anos 1960.

— E sobre os 1970 também. Aqui sempre foi um lugar empolgante para se viver em tempos politizados. Realmente gostei de sua referência à declaração de independência. Foi muito esperto.

— Obrigado. Aquilo apenas me veio à cabeça. Realmente, eu não havia compreendido o significado daquelas palavras até hoje.

— Bem, é isso que todo professor adora ouvir, Marcus — ela falou e apertou minha mão. — Mal posso esperar para ler a sua redação.

Eu comprei o pôster de Emma Goldman no caminho para casa e preguei em cima da mesa, sobre um antigo cartaz que brilha no escuro. Também comprei uma camiseta NÃO CONFIE que tinha uma foto de Vila Sésamo alterada no Photoshop, com Grover e Elmo chutando os dois adultos, Gordon e Susan. A imagem me fez rir. Mais tarde, eu descobri que já houve uns seis concursos de Photoshop para o slogan em sites como Fark, Worth1000 e B3ta, e tinha centenas de fotos prontas por aí para serem estampadas em qualquer tipo de mercadoria.

Minha mãe levantou uma sobrancelha ao ver a camiseta e meu pai balançou a cabeça e me deu um sermão sobre não procurar confusão. Eu me senti um pouco vingado pela reação dele.

Ange me encontrou on-line outra vez e ficamos flertando pela internet até a alta madrugada outra vez. O furgão branco com antenas passou de novo e eu desliguei o Xbox até que fosse embora. Todos nós nos acostumamos a fazer isso.

Ela estava realmente empolgada com essa festa. Parecia que ia bombar. Havia tantas bandas na programação que eles estavam falando em armar um palco B para os grupos menos conhecidos.

> Como eles conseguiram permissão para rolar som durante a noite inteira no parque? Está cheio de casas ao redor

> Per-missão? O que é "per-missão"? Fale mais de sua per-missão hu-mana

> Uau, a festa é ilegal?

> Ah, qualé? _ Você _ está preocupado em quebrar a lei?

> Faz sentido

> LOL

Eu senti uma pequena premonição de nervoso, porém. Tipo assim, eu chamei essa garota absolutamente sensacional para sair naquele fim de semana — bem, tecnicamente, ela me chamou — para uma rave ilegal no meio de uma vizinhança cheia.

No mínimo, seria interessante.

Interessante.

As pessoas começaram a chegar ao Dolores Park na tarde de sábado, aparecendo entre os jogadores de disco e quem passeava com seus cachorros. Algumas jogavam discos ou levavam cachorros para passear. Não ficou claro como o show iria funcionar, mas havia muitos policiais e agentes disfarçados andando por lá. Dava para ver quem eram os disfarçados porque, assim como Espinha e Meleca, eles eram corpulentos, tinham cabelos com corte curto e fartos bigodes. Eles circulavam pelo parque, andando meio sem jeito com shorts enormes e camisetas soltas que iam até embaixo, com certeza para encobrir todos os apetrechos pendurados nas cinturas.

Dolores Park é bonito e ensolarado, com palmeiras, quadras de tênis e vários morros e árvores para correr ao redor ou passar o tempo. Mendigos dormiam lá à noite, mas isso acontece em qualquer lugar em São Francisco.

Eu encontrei Ange na livraria anarquista. A sugestão foi minha. Em retrospecto, foi uma jogada óbvia para parecer bacana e moderno para essa garota, porém, na ocasião, eu poderia jurar que escolhi o lugar porque era conveniente para se encontrar. Ela estava lendo um livro chamado *Up Against the Wall, Motherfucker** quando cheguei lá.

— Bacana — falei. — É com essa boca que você beija a sua mãe?

— A sua não reclama — respondeu ela. — Na verdade, é a história de um grupo de pessoas como os yippies, só que de Nova York. Todos usavam aquela palavra como sobrenome, tipo "Ben Motherfucker". A ideia era criar um grupo que fosse notícia, mas que tivesse um nome totalmente impublicável. Só para sacanear a imprensa. É muito engraçado, na verdade. — Ange recolocou o livro na prateleira e agora eu me perguntei se deveria abraçá-la. As pessoas se abraçam para dar oi e tchau o tempo todo na Califórnia. Exceto quando não se abraçam. E, às vezes, elas trocam beijos nas bochechas. É tudo muito confuso.

Ela resolveu a questão ao me abraçar e puxar minha cabeça para dar um beijo estalado na face, então imitou um barulho de peido no meu pescoço. Eu ri e a afastei.

— Você quer um burrito? — perguntei.

— Isso é uma pergunta ou você está comentando o óbvio?

— Nem um, nem outro. É uma ordem.

Comprei uns adesivos engraçados que diziam ESTE TELEFONE ESTÁ GRAMPEADO e eram do tamanho exato do bocal dos telefones públicos que ainda existiam nas ruas de Mission, pois era o tipo de vizinhança em que as pessoas não necessariamente podiam bancar um celular.

Caminhamos noite afora. Contei para Ange sobre a cena no parque quando saí de lá.

---

*"Contra a parede, filho da puta". O livro de Osha Neumann conta a história do grupo anarquista Up Against the Wall Motherfuckers fundado em 1966, que influenciou os yippies. (*N. do T.*)

— Aposto que eles têm uma centena daqueles caminhões estacionados ao redor do quarteirão — disse ela. — Para prenderem melhor as pessoas.

— Hum. — Olhei ao redor. — Eu meio que esperava que você dissesse algo tipo "ah, não tem como eles fazerem alguma coisa."

— Eu não acho que essa seja a ideia. A ideia é reunir um monte de civis de um jeito que a polícia tenha que decidir se vai tratar essas pessoas comuns como terroristas. É como criar interferência, só que com música em vez de aparelhos. Você interfere, certo?

Às vezes esqueço que todos os meus amigos não sabem que Marcus e M1k3y são a mesma pessoa. — Sim, um pouco.

— Isso aqui é como criar interferência com um monte de bandas sensacionais.

— Entendi.

Os burritos em Mission são uma instituição. Eles são baratos, enormes e deliciosos. Imagine um tubo do tamanho de um rojão de bazuca, cheio de carne moída picante, guacamole, molho, tomates, feijão frito, arroz, cebolas e coentro. Tem tanto a ver com o Taco Bell quanto um Lamborghini tem a ver com um carrinho Hot Wheels.

Há mais ou menos duzentas biroscas que vendem burritos em Mission. São todas excepcionalmente feias, com assentos desconfortáveis, o mínimo de decoração — cartazes desbotados do ministério de turismo do México, hologramas de Jesus e Maria emoldurados — e música alta de mariachis. Na maioria das vezes, o que distingue as biroscas é o tipo de carne exótica do recheio. Os lugares realmente autênticos servem miolos e língua, que eu nunca peço, mas é legal saber que estão no cardápio.

O lugar em que nós fomos oferecia os dois, mas não pedimos. Eu peguei um burrito de carne assada, ela escolheu frango desfiado e cada um pegou um copão de horchata. Assim que nos sentamos, ela abriu o burrito e tirou um pequeno frasco da bolsa. Era uma pequena latinha de aerossol de aço escovado que parecia com um spray de pimenta para defesa pessoal. Ange mirou nas entranhas expostas do burrito e lançou um leve borrifo vermelho oleoso. Eu senti o cheiro e fiquei com a garganta fechada e os olhos cheios d'água.

— O que você está fazendo com esse pobre e indefeso burrito?

Ela deu um sorriso cruel. — Sou louca por comida apimentada. Isso aqui é óleo de capsaicina em um borrifador.

— Capsaicina...

— É, a substância no spray de pimenta. Isso é como se fosse spray de pimenta, porém um pouco mais diluído. E muito mais gostoso. Imagine como sendo um colírio picante para ficar mais fácil.

Meus olhos arderam só de pensar nisso.

— Você está brincando — falei. — Você não vai mesmo comer isso.

Ange levantou as sobrancelhas.

— Isso pareceu um desafio, filhão. Apenas observe.

Ela enrolou o burrito com o mesmo cuidado de um maconheiro preparando um baseado, apertou as pontas e então reembrulhou em papel alumínio. Ange abriu uma das pontas e levou à boca, parando bem em frente aos lábios.

Até o momento da mordida, não consegui acreditar que ela fosse comer. Tipo assim, Ange basicamente usou uma arma de defesa pessoal para temperar o jantar.

Ela mordeu. Mastigou. Engoliu. Deu a impressão de estar comendo uma deliciosa refeição.

— Quer uma mordida? — perguntou ela inocentemente.

— Sim. — Adoro comida apimentada. Sempre peço arroz ao curry com quatro pimentas chili em restaurantes paquistaneses.

Afastei mais um pedaço de papel laminado e dei um mordidão.

Grande erro!

Sabe aquela sensação de dar uma grande mordida em raiz-forte ou wasabi ou sei lá o que, em que o nariz e a garganta se fecham ao mesmo tempo, enchendo a cabeça com ar incandescente que tenta sair pelas narinas e os olhos lacrimejantes? A sensação de que vai sair vapor das orelhas como em um desenho animado?

Isso foi bem pior.

Era como colocar a mão em um forno quente, só que não é mão, é o interior da cabeça e o esôfago até o estômago. Eu comecei a suar pelo corpo inteiro e não parei de engasgar.

Sem falar nada, Ange passou a minha horchata. Consegui colocar o canudo na boca e chupei com força, tomando metade de um gole só.

— Existe uma escala, a escala de Scoville, que nós apreciadores de pimenta usamos para medir a sua ardência. Capsaicina pura tem por volta de 15 milhões de unidades de Scoville. Tabasco tem 2.500 unidades. Spray de pimenta tem uns bons três milhões. Isso aqui tem míseras cem mil unidades, tão quente quanto a pimenta Scotch Bonnet. Levou um ano maturando até chegar a esse ponto. Algumas das pimentas mais fortes podem chegar a meio milhão de unidades mais ou menos, duzentas vezes mais ardidas que Tabasco. Isso é ardido para cacete. Com um nível tão alto assim, o cérebro fica tomado por endorfinas. Deixa o corpo mais mole que haxixe. E faz bem para a saúde.

Meu nariz estava voltando ao normal agora e consegui respirar sem arfar.

— Claro que a pessoa se sente um vulcão quando vai ao banheiro — disse Ange, piscando para mim.

Ai.

— Você é louca — falei.

— Belo discurso para um homem que tem como hobby construir e destruir laptops.

— Touché — eu disse e toquei minha testa.

— Quer um pedaço? — Ela ofereceu o burrito.

— Eu passo — falei tão rápido que nós dois rimos.

Quando saímos do restaurante e fomos para o Dolores Park, Ange passou o braço pela minha cintura e eu descobri que ela era da altura perfeita para colocar o braço em seus ombros. Essa era uma novidade. Eu nunca fui um cara alto e todas as garotas com quem saí tinham a minha altura — as adolescentes crescem mais rápido que os rapazes, o que é uma peça cruel que a natureza prega. Era bacana. A sensação era boa.

Nós dobramos a esquina na 20th Street e descemos na direção do Dolores Park. Antes que déssemos um único passo, ouvimos o burburinho. Parecia um milhão de abelhas zumbindo. Havia um monte de gente caminhando em direção ao parque e, quando olhei para ele, vi que estava cem vezes mais cheio do que quando saí para encontrar Ange.

Isso deixou meu sangue fervendo. Era uma bela noite agradável e a gente estava prestes a festejar, festejar para valer, festejar como se não houvesse amanhã. "Comam, bebam e sejam felizes, porque amanhã morreremos."

Começamos a andar depressa, sem falar nada. Havia muitos policiais com expressões tensas, mas o que diabos eles fariam? Havia bastante gente no parque. Eu não sou bom em contar multidões. Segundo os jornais, os organizadores disseram que vinte mil pessoas compareceram; a polícia falou em cinco mil. Talvez houvesse 12.500 pessoas.

Tanto faz. Eu nunca estive cercado por tanta gente, fazendo parte de um evento não programado, não permitido e ilegal.

Chegamos ao meio da galera em um instante. Não dá para afirmar, mas não acho que houvesse alguém com mais de 25 anos naquela muvuca. Todo mundo estava sorrindo. Alguns moleques tinham dez ou 12 anos, o que me deixou mais tranquilo. Ninguém faria alguma estupidez com moleques tão pequenos na multidão. Ninguém queria ver crianças se machucando. Essa seria uma gloriosa noite de festa na primavera.

Eu imaginei que a gente deveria avançar até as quadras de tênis. Nós fomos costurando no meio da multidão e, para nos mantermos juntos, demos as mãos. Só que, para ficarmos juntos, não era preciso entrelaçar os dedos. Aquilo foi por puro prazer. Foi muito prazeroso.

Todas as bandas estavam dentro das quadras de tênis com suas guitarras, mixers, teclados e até uma bateria. Mais tarde, na Xnet, eu descobri um álbum de fotos no Flickr mostrando como trouxeram tudo aquilo escondido, peça por peça, em sacolas de ginástica e debaixo dos casacos. Juntamente com os instrumentos havia enormes alto-falantes, daqueles tipos encontrados em lojas automotivas e, entre eles, um monte de... baterias de carros. Eu ri. Genial! Era dali que viria a energia para o gerador. De onde eu estava, deu para notar que eram baterias de um carro híbrido, um Prius. Alguém tinha canibalizado um ecomóvel para fornecer a energia do evento. A fileira de baterias continuava para fora das quadras, empilhadas contra a cerca, ligadas ao gerador por cabos enrolados nos elos de metal da cerca. Eu contei duzentas baterias! Jesus! Cada uma pesava uma tonelada.

Não havia como eles terem organizado isso sem e-mails, wikis e listas de divulgação. Nem havia como pessoas espertas a esse ponto terem utilizado a internet pública. Eu poderia apostar que tudo acontecera na Xnet.

A gente meio que ficou zanzando pela multidão durante algum tempo enquanto as bandas afinavam os instrumentos e trocavam ideias entre elas. Eu vi Trudy Doo ao longe, nas quadras de tênis. Ela parecia que estava em uma jaula, como uma lutadora de luta livre. Tinha dreadlocks cor-de-rosa até a cintura e usava uma camiseta regada rasgada, calças camufladas e enormes coturnos com pontas de metal. Enquanto eu observava, Trudy pegou uma jaqueta de motoqueiro, gasta como uma luva de beisebol, e vestiu como se fosse uma armadura. Provavelmente era, eu me dei conta.

Tentei acenar para ela, creio que para impressionar Ange, mas Trudy não me viu e eu parei porque fiquei parecendo um idiota. A energia da galera era impressionante. Todo mundo ouve falar de "vibração" e "energia" em grandes aglomerações, mas até que a pessoa passe pela experiência, provavelmente acha que é apenas força de expressão.

Não é. São os sorrisos em cada rosto, contagiantes e grandes como melancias. Todo mundo se balançando um pouco em um ritmo distante, sacudindo os ombros, movendo o corpo de um lado para o outro ao andar. Piadas e risos. O tom de cada voz, urgente e empolgado como um rojão de fogos de artifício prestes a estourar. E é inevitável fazer parte. Porque a pessoa faz parte.

Na hora em que as bandas começaram o show, eu estava completamente chapado com a energia da galera. A banda de abertura foi uma espécie de grupo de turbo-folk da Sérvia, mas não consegui descobrir como se dançava aquilo. Eu sei dançar exatamente dois estilos de música: trance (mexa o corpo e deixe a música te levar) e punk (pule e pogue até se machucar ou se cansar, ou ambos). A atração seguinte foi um grupo de hip-hop de Oakland acompanhado por uma banda de trash metal, que é melhor do que parece. Depois veio um pop bem chiclete. Então as Speedwhores subiram ao palco e Trudy Doo foi até o microfone.

— Meu nome é Trudy Doo e vocês são idiotas se confiarem em mim. Eu tenho 32 anos e já é tarde demais. Sou um caso perdido. Estou presa à antiga filosofia de vida. Ainda subestimo a minha liberdade e permito que outras pessoas a tirem de mim. Vocês são a primeira geração a crescer em um país que virou um campo de concentração e sabem que sua liberdade vale cada último centavo, porra!

A multidão rugiu. Ela estava tocando uns acordes rápidos e nervosos na guitarra enquanto a baixista, uma gorda enorme com penteado de sapatão, botas gigantes e um sorriso capaz de abrir garrafas de cerveja, já estava mandando ver Eu queria pular. Pulei. Ange pulou comigo. A gente não parava de transpirar mesmo à noite, fedendo a suor e maconha. Corpos quentes nos espremiam por todos os lados. Eles pulavam também.

— Não confie em ninguém com mais de 25 anos! — ela gritou.

Nós rugimos. Éramos uma enorme garganta de um animal que rugia.

— Não confie em ninguém com mais de 25 anos!

— *Não confie em ninguém com mais de 25 anos!*

— Não confie em ninguém com mais de 25 anos!

— *Não confie em ninguém com mais de 25 anos!*

— Não confie em ninguém com mais de 25 anos!

— *Não confie em ninguém com mais de 25 anos!*

Trudy Doo tocou uns acordes mais pesados na guitarra e a outra guitarrista, uma menina miudinha com o rosto cheio de piercings, a acompanhou, dedilhando bem acima do décimo segundo traste.

— A cidade é nossa, porra! O país é nosso, porra! Nenhum terrorista pode tirar isso de nós enquanto formos livres. No momento em que não formos livres, os terroristas venceram! Tomem de volta! Tomem de volta! Vocês são jovens e tolos o suficiente para não saberem que é impossível vencer, então são os únicos que vão nos conduzir à vitória! Tomem de volta!

— TOMEM DE VOLTA! — rugimos. Ela tocou a guitarra loucamente. Nós gritamos de volta e então tudo ficou muito, muito ALTO.

Dancei até ficar tão cansado que não conseguia dar mais um passo. Ange dançou ao meu lado. Tecnicamente, roçamos nossos corpos suados um no outro por várias horas, mas, acredite ou não, eu não banquei o tarado. Estávamos dançando, perdidos na batida, nos pulos e nos gritos de TOMEM DE VOLTA! TOMEM DE VOLTA!

Quando não consegui mais dançar, peguei a mão de Ange e ela apertou como se eu a impedisse de cair de um prédio. Ange me arrastou para a borda da multidão, onde tinha menos gente e estava mais fresco. Lá fora, nos limites do Dolores Park, o ar estava frio e o nosso suor ficou instantaneamente gelado. Nós trememos e ela passou os braços pela minha cintura.

— Me aqueça — Ange ordenou. Eu não perdi a deixa e a abracei de volta. O coração de Ange era um eco das rápidas batidas do palco — agora estava tocando um drum'n'bass veloz e furioso, sem letras.

Ela cheirava a suor, um odor pungente que era ótimo. Eu sabia que cheirava a suor também. Meu nariz estava acima de sua cabeça e o rosto de Ange estava bem na minha clavícula. Ela levou as mãos ao meu pescoço e puxou.

— Abaixa aqui, eu não trouxe um banquinho — foi o que ela falou e eu tentei sorrir, mas isso é difícil durante um beijo.

Como eu disse, eu tinha beijado três garotas na minha vida. Duas delas nunca haviam beijado ninguém antes. Uma namorava desde os 12 anos. Tinha problemas.

Nenhuma delas beijava como Ange. Ela deixou a boca inteira macia, como o interior de uma fruta madura, e não enfiou a língua na minha boca, apenas deslizou para dentro e chupou meus lábios ao mesmo tempo, como se nossas bocas estivessem se fundindo. Ouvi meu próprio gemido e abracei Ange com mais força.

Devagar, delicadamente, nos deitamos na grama, lado a lado, se agarrando, beijando e beijando. O mundo desapareceu e só havia o beijo.

Minhas mãos encontraram a bunda e a cintura de Ange. A borda da camiseta. A barriga quente, o umbigo delicado. Eles se mexeram. Ela gemeu também.

— Aqui não — Ange falou. — Vamos para lá. — Ela apontou para a grande igreja branca do outro lado da rua que dá nome ao Mission Dolores Park e ao bairro. Andando rapidamente de mãos dadas, fomos para o prédio com grandes pilares na frente. Ange me colocou contra um dos pilares e eu abaixei o rosto na direção dela. Minhas mãos ousadas levantaram rapidamente a sua camiseta.

— O fecho fica atrás — ela sussurrou na minha boca. Eu estava com o pau tão duro que furaria uma parede. Passei as mãos por suas costas largas e fortes e encontrei o fecho com os dedos, que estavam tremendo. Fiquei todo atrapalhado por um tempo, pensando nas piadas sobre como os homens são péssimos em abrir um sutiã. Eu era péssimo. Então o fecho se soltou. Ela arfou na minha boca. Puxei minhas mãos para frente, sentindo as axilas úmidas — o que foi sexy, em vez de nojento, por alguma razão — e então rocei na lateral dos seios. Foi quando as sirenes começaram.

O barulho era mais alto do que qualquer coisa que eu já tinha escutado na vida. As sirenes passaram uma sensação física, como se a pessoa fosse arrancada do chão. O som era tão alto quanto a capacidade do ouvido, e ficou ainda mais alto.

— DISPERSEM-SE IMEDIATAMENTE — disse uma voz, como se Deus retumbasse no meu crânio.

— ESTA É UMA AGLOMERAÇÃO ILEGAL. DISPERSEM-SE IMEDIATAMENTE.

A banda parou de tocar. O barulho da multidão do outro lado da rua mudou. Ela ficou assustada. Com raiva.

Ouvi o estalo do sistema de som dos alto-falantes de carros e das baterias nas quadras de tênis sendo ligadas.

— TOMEM DE VOLTA!

Era um grito de desafio, como um berro dado diante das ondas ou de um penhasco.

— TOMEM DE VOLTA!

A multidão rosnava, um som que deixou minha nuca arrepiada.

— TOMEM DE VOLTA! — eles cantaram. — TOMEM DE VOLTA! TOMEM DE VOLTA! TOMEM DE VOLTA!

A polícia avançou em fileiras com escudos de plástico e elmos tipo Darth Vader cobrindo os rostos. Cada um tinha um cassetete preto e óculos infravermelhos. Pareciam soldados de algum filme futurista de guerra. Deram um passo em uníssono e todos bateram os cassetetes nos escudos, fazendo um estalo como o chão se abrindo. Mais um passo, mais um estalo. Eles estavam por todo o parque e fecharam o cerco.

— DISPERSEM-SE IMEDIATAMENTE — falou a voz de Deus outra vez. Havia helicópteros sobrevoando agora. Porém, sem holofotes, é claro, por causa dos óculos infravermelhos. Eles também tinham armas com miras infravermelhas. Puxei Ange contra a porta da igreja, escondendo-nos da polícia e dos helicópteros.

— TOMEM DE VOLTA! — rugiram os alto-falantes. Era o grito rebelde de Trudy Doo. Ouvi alguns acordes de sua guitarra, depois a baterista tocando e, então, aquele baixo pesadão.

— TOMEM DE VOLTA! — respondeu a multidão, que avançou pelo parque contra as fileiras policiais.

Eu nunca estive em uma guerra, mas agora imagino como é a sensação. Como deve ser quando jovens assustados avançam contra uma força adversária sabendo o que vai acontecer, mas correm assim mesmo, gritando, berrando.

— DISPERSEM-SE IMEDIATAMENTE — a voz de Deus falou. Ela vinha de caminhões estacionados ao redor do parque inteiro, que haviam chegado ali nos últimos segundos.

Foi aí que veio a nuvem, saindo dos helicópteros. Nós pegamos apenas a beirada. Parecia que o topo da minha cabeça ia explodir. Tive a sensação de que enfiaram picadores de gelo nos canais nasais. Os olhos ficaram inchados e lacrimejantes, a garganta se fechou.

Gás de pimenta. Não havia cem mil unidades de Scoville. Havia um milhão e meio. Eles jogaram na multidão.

Não enxerguei o que aconteceu depois, mas consegui ouvir, mais alto do que o som da minha respiração e a de Ange, quando estávamos abraçados. Primeiro veio o som de pessoas vomitando e sufocando. A guitarra, baixo e bateria parando de tocar. Depois tosses.

Então, gritos.

A gritaria durou um bom tempo. Quando recuperei a visão, os policiais estavam com os óculos infravermelhos nas testas e os holofotes dos helicópteros jogavam tanta luz sobre Dolores Park que parecia um dia de sol. Todo mundo estava olhando para o parque, o que foi bom, porque, quando as luzes se acenderam daquela forma, tornamo-nos completamente visíveis.

— O que faremos? — perguntou Ange com uma voz angustiada, assustada. Eu não consegui falar por um momento. Engoli em seco algumas vezes.

— A gente vai embora — falei. — É só o que podemos fazer. A gente vai embora como se apenas estivesse passando. Descemos a Dolores, viramos na esquina da 16th e subimos. Como se a gente apenas estivesse passando. Como se tudo isso não fosse da nossa conta.

— Isso nunca vai dar certo — ela disse.

— É a única ideia que tenho.

— Você não acha que deveríamos sair correndo?

— Não — falei. — Se corrermos, eles vão nos perseguir. Talvez se andarmos, eles vão achar que não fizemos nada e nos deixar em paz. Eles têm de prender muita gente, vão ficar ocupados por um bom tempo.

O parque estava cheio de gente rolando pelo chão, esfregando os rostos e arfando. Os policiais pegaram as pessoas pelas axilas, prenderam os pulsos com algemas de plástico e jogaram dentro dos caminhões como bonecas de pano.

— OK? — eu disse.

— OK.

E foi isso que fizemos. Andamos depressa, sérios e de mãos dadas, como duas pessoas que queriam evitar a confusão que outros estavam criando. O tipo de passo que alguém dá quando quer fingir que não viu um mendigo ou não se envolver em uma briga de rua.

Deu certo.

A gente chegou à esquina, virou e continuou em frente. Nenhum de nós teve coragem de falar por dois quarteirões. Então soltei um suspiro que não sabia que estava prendendo. Chegamos à 16th Street e viramos em direção à Mission Street. Normalmente, essa vizinhança é bem assustadora às duas da manhã de um sábado. Naquela noite, foi um alívio ver os velhos viciados, prostitutas, traficantes e bêbados de sempre. Sem policiais de cassetetes, sem gás.

— Hum, que tal um café? — propus assim que respiramos o ar noturno.

— Casa. Acho que minha casa é uma boa agora. Café, mais tarde.

— É — concordei. Ela morava em Hayes Valley. Eu vi um táxi passando e chamei. Foi um pequeno milagre, pois nunca se encontra um táxi quando é preciso em São Francisco.

— Você tem dinheiro para o táxi?

— Sim — respondeu Ange. O motorista nos olhou pela janela. Eu abri a porta de trás para que ele não fosse embora.

— Boa-noite — cumprimentei.

Ange colocou as mãos atrás da minha cabeça e puxou o rosto em direção ao dela. Deu um beijo forte na boca, sem conotação sexual, porém mais íntimo por causa disso, de certa forma.

— Boa-noite — ela sussurrou no meu ouvido e entrou no táxi.

Com a cabeça girando, os olhos chorando, tomado pela vergonha por ter deixado todos aqueles Xnautas à mercê do Departamento de Segurança Nacional e da polícia de São Francisco, eu fui para casa.

Na segunda-feira de manhã, Fred Benson estava sentado à mesa da srta. Galvez.

— A srta. Galvez não dará mais esta aula — ele falou assim que nos sentamos. Reconheci imediatamente o tom de satisfação. Tive a sensação de que devia olhar para Charles. Ele estava sorrindo como se fosse seu aniversário e tivesse ganhado o melhor presente do mundo.

Levantei a mão.

— Por que não?

— É norma do Conselho não discutir questões trabalhistas com ninguém a não ser o funcionário e o comitê disciplinar — ele respondeu sem sequer se dar ao trabalho de esconder como estava contente em dizer isso. — Vamos começar um novo capítulo hoje sobre segurança nacional. Os novos textos estão em seus CompuEscolas. Abram por favor na primeira tela.

A tela de abertura mostrou o símbolo do Departamento de Segurança Nacional e o título O QUE CADA AMERICANO DEVE SABER SOBRE SEGURANÇA NACIONAL.

Minha vontade era jogar o CompuEscola no chão.

Combinei de encontrar Ange em uma cafeteria da vizinhança dela depois do colégio. Entrei no metrô e me sentei entre dois caras de terno. Eles estavam lendo o San Francisco Chronicle, que publicou uma discussão de página inteira sobre a "rebelião juvenil" no Mission Dolores Park. Eles riram e deram muxoxos. Então um disse para o outro. — É como se eles tivessem passado por uma lavagem cerebral ou algo assim. Jesus, a gente foi um dia assim tão imbecil?

Eu me levantei e troquei de lugar.

Capítulo 13

— **É um bando de putas** — disse Ange, cuspindo a palavra.
— Na verdade, isso é um insulto às putas que dão tão duro na vida por aí. É... é um bando de aproveitadores.

Nós estávamos olhando uma pilha de jornais que compramos e trouxemos para a cafeteria. Todos continham "reportagens" sobre a festa no Dolores Park e, pela ótica deles, parecia que fora uma orgia de jovens drogados e bêbados que haviam atacado a polícia. O USA Today descreveu o custo do "tumulto" e incluiu a despesa com a limpeza dos resíduos do bombardeio de gás de pimenta, com a lotação das emergências dos hospitais da cidade causada por ataques de asma, e com o interrogatório dos oitocentos "agitadores" que foram presos.

Ninguém dava a nossa versão da história.

— Bem, pelo menos a Xnet contou a verdade — falei. Eu tinha gravado um monte de blogs, vídeos e fotos no celular e mostrei para ela. Eram relatos em primeira mão de pessoas que foram atacadas pelo gás de pimenta e apanharam. O vídeo mostrava a gente dançando e se divertindo, os discursos políticos pacíficos e o lema "tomem de volta", e Trudy

Doo falando sobre como éramos a única geração que podia acreditar na luta pelas nossas liberdades.

— Precisamos fazer com que as pessoas saibam disso — ela disse.

— Sim — falei com tristeza. — É uma boa teoria.

— Bem, por que você acha que a imprensa nunca divulga a nossa versão da história?

— Foi o que você disse, eles são um bando de putas.

— Sim, mas as putas transam por dinheiro. Eles venderiam mais jornais e publicidade se tivessem uma polêmica. Tudo o que a imprensa tem agora é um crime... uma polêmica é bem maior.

— OK, entendi. Então por que eles não fazem isso? Bem, os repórteres mal sabem pesquisar nos blogs normais, quanto mais dar conta da Xnet. Aquilo não é exatamente um lugar fácil de entender para os adultos.

— É — disse Ange. — Bem, a gente pode dar um jeito nisso, certo?

— Hã?

— Atualizar tudo. Reunir todas as informações em um só lugar, com todos os links. Um único site que a pessoa possa acessar, para que a imprensa encontre e entenda toda a questão. Com links para tutoriais de uso da Xnet. Usuários da internet podem acessar a Xnet, desde que não se importem com a possibilidade de que o Departamento de Segurança Nacional descubra por onde andaram navegando.

— Você acha que isso vai dar certo?

— Bem, mesmo que não dê, acho válido fazer.

— De qualquer maneira, por que eles dariam ouvidos para a gente?

— Quem não daria ouvidos ao M1k3y?

Eu pousei o café. Peguei o celular e o coloquei no bolso. Fiquei de pé, dei meia-volta e saí da cafeteria. Escolhi uma direção qualquer e continuei andando. Senti a expressão angustiada no rosto, o sangue dentro do estômago, que ficou embrulhado.

Eles sabem quem você é, pensei. Eles sabem quem é M1k3y. Era isso. Se Ange sacou, o Departamento de Segurança Nacional também conseguiu. Eu estava perdido. Eu sabia que, desde o dia em que saí do caminhão do Departamento de Segurança Nacional, um dia eles voltariam a me prender para sempre, no lugar em que Darryl fora parar, fosse lá onde fosse.

Tudo acabou.

Ange praticamente me derrubou no chão quando cheguei à Market Street. Ela estava sem fôlego e parecia furiosa.

— Que diabos você tem, rapaz?

Eu me livrei dela e continuei andando. Tudo acabou.

Ange me agarrou de novo.

— Para, Marcus, você está me assustando. Vamos, fala comigo.

Eu parei e olhei para ela. Vi uma imagem borrada de Ange. Eu não conseguia me concentrar em nada. Deu uma vontade louca de me atirar na frente do bondinho que passou pela gente, bem no meio da rua. Melhor morrer do que voltar a ser preso.

— Marcus! — Ela fez algo que só vi as pessoas fazerem no cinema. Ange deu um tapa forte na minha cara. — Fala comigo, diabos!

Eu olhei para ela e levei a mão ao rosto, que ardia pra valer.

— Não é para ninguém saber quem eu sou — falei. — Não dá para ser mais simples do que isso. Se você sabe, tudo acabou. Assim que outras pessoas souberem, tudo acabou.

— Ai, Deus, sinto muito. Olha, eu só sei porque, bem, porque chantageei o Jolu. Depois da festa, fucei um pouco da sua vida para tentar descobrir se você era mesmo o cara legal que parecia ser ou era um serial killer. Eu conheço o Jolu há um tempão e, quando perguntei sobre você, ele encheu sua bola como se você fosse o salvador da pátria ou algo assim, mas eu percebi que tinha algo que ele não estava contando. Eu conheço o Jolu há um tempão. Ele namorou com a minha irmã mais velha durante uma colônia de férias de informática quando era moleque. Eu sei de muitos podres dele. Falei que espalharia para todo mundo se ele não me contasse.

— Então ele contou.

— Não — disse Ange. — Ele me mandou para o inferno. Então contei algo sobre mim, algo que nunca contei para mais ninguém.

— O quê?

Ange olhou para mim. Olhou ao redor. Voltou a olhar para mim.

— OK, não vou pedir que você jure que vai manter em segredo porque não faz sentido. Ou dá para confiar em você ou não dá.

"No ano passado, eu...", ela se interrompeu. "No ano passado, eu roubei as provas federais e coloquei na internet. Foi só de zoação. Eu passei pela diretoria por acaso e vi as provas no cofre. A porta estava aberta. Entrei escondida e peguei uma das seis cópias, coloquei na mochila e saí. Quando cheguei em casa, escaneei e subi para um servidor pirata na Dinamarca.

— Aquilo foi você? — perguntei.

Ela ficou vermelha.

— Hã, sim.

— Puta merda! — falei. Aquilo foi notícia em todos os cantos. O Conselho de Educação falou que as provas do programa Nenhuma Criança Sem Assistência custaram dezenas de milhões de dólares para ser elaboradas e que agora eles teriam que gastar tudo de novo por causa do vazamento. Chamaram de "educoterrorismo." A imprensa não parou de especular sobre as motivações políticas de quem vazou o conteúdo da prova, indagando se foi o protesto de um professor, um estudante, um ladrão ou um funcionário descontente de uma firma terceirizada pelo governo.

— Aquilo foi VOCÊ?

— Aquilo fui eu — respondeu Ange.

— E você contou para o Jolu...

— Porque eu queria que ele tivesse certeza de que eu guardaria o segredo. Se o Jolu soubesse o meu, ele teria algo que poderia usar para me mandar para a prisão se eu abrisse a matraca. Uma mão lava a outra. *Quid pro quo*, como em *O silêncio dos inocentes*.

— E ele contou.

— Não — disse Ange. — Ele não contou.

— Mas...

— Então eu contei para o Jolu como eu estava a fim de você. Como eu planejava pagar mico e me atirar em cima de você. Aí ele me contou.

Eu não consegui pensar em nada para dizer. Olhei para os pés. Ange pegou minhas mãos e apertou.

— Desculpe por ter forçado Jolu a contar. A decisão era sua, se é que você iria me contar. Não era da minha conta...

— Não — falei. Agora que eu descobri como ela soube, comecei a ficar mais calmo. — Não, é legal que você saiba. Você.

— Eu — ela disse. — Euzinha.

— OK, é uma situação aceitável. Mas tem outra coisa.

— O quê?

— Não tem outra maneira de dizer isto sem parecer um babaca, então lá vai. Quem namora, ou seja lá o que for que esteja rolando entre a gente, se separa. E quando isso ocorre, as pessoas ficam putas umas com as outras. Às vezes até se odeiam. É muita frieza pensar que isso vai ocorrer entre nós, mas, sabe, é preciso pensar a respeito.

— Eu prometo solenemente que não há nada que você possa fazer comigo que causaria a revelação do seu segredo. Nada. Pode comer uma dúzia de animadoras de torcida na minha cama enquanto minha mãe assiste. Pode me fazer ouvir Britney Spears. Pode tirar o laptop das minhas mãos, quebrar com martelos e jogar no mar. Eu prometo. Nada. Nunca.

Então, suspirei fundo.

— Hum...

— Agora seria um bom momento para me beijar — disse Ange, erguendo o queixo.

O próximo grande projeto de M1k3y na Xnet era reunir todos os relatos sobre a festa NÃO CONFIE no Dolores Park. Eu fiz o maior e mais irado site que consegui, com seções mostrando a ação por localização, horário e categoria — violência policial, dança, consequências, canções. Coloquei todo o show no site.

Foi praticamente tudo o que fiz pelo resto da noite. E na noite seguinte. E também na próxima.

A caixa de mensagens estava cheia de sugestões das pessoas. Elas mandaram arquivos dos celulares e câmeras digitais. Eu recebi um e-mail de um nome que reconheci — Dr. Eeevil (com três "e"s), um dos principais desenvolvedores do ParanoidLinux.

```
> M1k3y
> Venho observando o projeto da Xnet com muito
interesse. Aqui na Alemanha, temos muita experiência
com o que acontece quando um governo foge ao controle.
```

> Uma coisa que você deve saber é que cada câmera tem uma "assinatura de ruído" particular que, mais tarde, pode ser usada para associar uma foto com uma câmera. Isso quer dizer que as fotos que você está reproduzindo em seu site podem ser usadas para identificar os fotógrafos, caso eles venham a ser detidos ou algo assim.

> Felizmente, não é difícil apagar as assinaturas, se você quiser. Existe um programa dentro da versão do ParanoidLinux que você está usando que faz isso — é chamado de fotoanônimo, e você o encontra em / usr/bin. Basta ler o manual. Mas é simples.

> Boa sorte com o que você está fazendo. Não seja descoberto. Continue livre. Continue paranoico.

> Dr. Eeevil

Limpei todas as fotos que postei e subi o material de novo, juntamente com uma nota explicando o que o Dr. Eeevil me contara e avisando que todo mundo deveria fazer o mesmo. Todos nós tínhamos a mesma versão básica do ParanoidXbox instalada, então era possível tornar todas as fotos anônimas. Não havia nada a fazer com as fotos que já haviam sido baixadas e armazenadas na memória dos navegadores, mas a partir de agora teríamos de ficar mais espertos.

Foi o máximo de atenção que dei para o problema naquela noite, até descer para o café da manhã no dia seguinte enquanto minha mãe ouvia o noticiário matinal no rádio.

— A agência árabe de notícias al Jazeera está divulgando fotos, vídeos e relatos de primeira mão sobre a rebelião juvenil no Mission Dolores Park, ocorrida no fim de semana passado — disse o apresentador enquanto eu bebia um copo de suco de laranja. Consegui não cuspir na cozinha, mas me engasguei um pouco.

— Os repórteres da al Jazeera alegam que esses relatos foram publicados em uma tal de 'Xnet', uma rede clandestina usada por estudantes e simpatizantes da al Qaeda na Bay Area. Há muito tempo existem rumores sobre a existência dessa rede, mas hoje ocorreu a primeira menção para o público em geral.

Minha mãe balançou a cabeça.

— Era só o que a gente precisava. Como se a polícia já não fosse ruim o bastante. Agora existem moleques correndo por aí, fingindo que são guerrilheiros e dando razões para eles apertarem o cerco pra valer.

— Os blogs da Xnet contêm centenas de relatos e arquivos de multimídia de jovens que foram ao tumulto e alegam que estavam reunidos pacificamente até eles serem atacados pela polícia. Aqui está um desses relatos.

"A gente só estava dançando. Eu trouxe o meu irmão caçula. As bandas tocavam e a gente conversava sobre liberdade e como ela estava sendo perdida para esses babacas que dizem que odeiam terroristas, mas que nos atacam, embora a gente não seja terrorista, somos americanos. Acho que eles odeiam a liberdade, e não a gente.

"A gente dançou, as bandas tocaram e tudo estava divertido e legal, até a polícia aparecer gritando para a gente se dispersar. A gente respondeu gritando tomem de volta! Quer dizer tomar os EUA de volta. A polícia jogou gás de pimenta na gente. Meu irmão caçula tem 12 anos. Ele perdeu três dias de aula. Os idiotas dos meus pais dizem que a culpa foi minha. E quanto à polícia? A gente paga a polícia e eles deveriam nos proteger, mas jogaram gás sem razão alguma, como se fôssemos soldados inimigos.

"Relatos similares, incluindo áudio e vídeo, podem ser encontrados no site da al Jazeera e na Xnet. Você encontra instruções para acessar essa tal de Xnet na página da National Public Radio."

Meu pai desceu.

— Você usa a Xnet? — ele perguntou me olhando intensamente no rosto. Senti um arrepio.

— É apenas para videogames — respondi. — É para isso que a maioria das pessoas usa. É apenas uma rede wireless. É o que todo mundo fez com aqueles consoles Xbox que foram distribuídos de graça no ano passado.

Ele me olhou com raiva.

— Videogames? Marcus, você não percebe, mas está dando cobertura para pessoas que planejam atacar e destruir este país. Eu não quero ver o senhor usando essa Xnet. Nunca mais. Fui claro?

Eu queria discutir. Diabos, eu queria sacudi-lo pelos ombros. Mas não fiz. Olhei para o lado. Falei:

— Claro, papai. Fui para o colégio.

A princípio, fiquei aliviado ao descobrir que o Sr. Benson não ficaria com a minha aula de estudos sociais. Mas a mulher que o substituiu era o meu pior pesadelo.

Ela era jovem, tinha apenas 28 ou 29 anos, e bonita em um estilo meio certinha. Era loura e falou com um pouco de sotaque sulista ao se apresentar como Sra. Andersen. Isso já acionou o alarme. Não conheço nenhuma mulher com menos de 60 anos que chame a si mesma de "senhora".

Mas fiquei disposto a relevar isso. Ela era jovem, bonita e parecia legal. Deveria ser gente boa.

Ela não era gente boa.

— Sob quais circunstâncias, o governo federal deve suspender a Declaração de Direitos? — ela perguntou e se virou para escrever uma série de números, de um a dez, no quadro-negro.

— Nenhuma — falei, sem esperar que fosse chamado. Essa era fácil. — Os direitos constitucionais são absolutos. — Esse não é um ponto de vista muito elaborado. — Ela olhou a lista de chamada. — Marcus. Por exemplo, digamos que um policial conduza uma busca inadequada, que vá além do que está estabelecido no mandado. Ele descobre provas cabais de que um bandido matou seu pai. É a única prova que existe. O bandido deve ficar livre?

Eu sabia a resposta, mas realmente não conseguia explicar.

— Sim — falei, finalmente. — Mas a polícia não deveria conduzir buscas inadequadas...

— Errado — ela disse. — A resposta adequada para desvio de conduta policial é uma ação disciplinar contra a polícia, e não a punição de toda a sociedade por causa do erro de um policial. — A professora escreveu "culpa criminal" ao lado do número um do quadro-negro.

— Em que outras situações a Declaração de Direitos perde o valor?

Charles levantou a mão.

— Anunciar um incêndio em um ambiente lotado?*

— Muito bem — ela consultou a lista de chamada. — Charles. Há muitas circunstâncias em que a Primeira Emenda Constitucional não é inquestionável. Vamos listar mais algumas.

Charles ergueu a mão mais uma vez.

— Colocar em risco um agente da lei.

— Sim, revelar a identidade de um policial ou agente secreto disfarçados. Muito bem. — Ela escreveu no quadro-negro.

— Outras?

---

*Citação ao caso jurídico em que a Primeira Emenda sobre a liberdade de expressão foi contestada por um sujeito que afirmou ter o direito de gritar "fogo" em uma casa de espetáculos lotada, mesmo que fosse mentira e que o anúncio provocasse grande tumulto e gerasse mortes. (*N. do T.*)

— Segurança nacional — falou Charles, novamente sem esperar que fosse chamado pela professora. — Calúnia. Ato obsceno. Corrupção de menores. Pornografia infantil. Receitas de fabricação de bombas.

A Sra. Andersen anotou tudo rapidamente, mas parou na pornografia infantil.

— Pornografia infantil é apenas um tipo de ato obsceno.

Eu estava me sentindo mal. Isso não era o que eu havia aprendido ou acreditava sobre o meu país. Levantei a mão.

— Sim, Marcus?

— Eu não entendi. A senhora parece dizer que a Declaração de Direitos é opcional. É a Constituição. A gente deveria segui-la de maneira inquestionável.

— Essa é uma simplificação exagerada muito comum — a professora falou, dando um sorriso falso. — Mas a questão é que os autores da Constituição tiveram a intenção de que ela fosse um documento vivo que seria revisado com o passar do tempo. Eles entenderam que a República não duraria para sempre se o governo da época não fosse capaz de governar de acordo com as necessidades da época. Eles jamais tiveram a intenção de que a constituição fosse encarada como uma doutrina religiosa. Afinal de contas, eles vieram para cá fugindo de uma doutrina religiosa.

Balancei a cabeça.

— O quê? Não, eles eram mercadores e artesãos leais ao rei até que ele instituiu políticas que eram contra seus interesses e usou de violência para que as normas fossem cumpridas. Os refugiados religiosos vieram bem antes.

— Alguns dos autores eram descendentes desses refugiados religiosos — disse ela.

— E a Declaração de Direitos não é algo que alguém possa escolher o que quer adotar. O que os autores da Constituição odiavam era a tirania. É isso que a Declaração de Direitos deve evitar. Eles eram um exército revolucionário e queriam um conjunto de princípios com que todos fossem capazes de concordar. Vida, liberdade e a busca pela felicidade. O direito de as pessoas derrubarem seus opressores.

— Sim, sim — a professora falou, gesticulando para mim.

— Eles acreditavam no direito do povo de se livrar de seus reis, mas... — Charles estava sorrindo e, quando ela disse isso, o sorriso se tornou ainda maior.

— ... eles criaram a Declaração de Direitos porque pensavam que ter direitos inquestionáveis era melhor do que o risco de alguém tirá-los. Assim como a Primeira Emenda Constitucional: ela deve proteger o povo ao impedir que o governo crie dois tipos de expressão, a permitida e a criminosa. Não queriam enfrentar o risco de que algum cretino decidisse que as coisas que ele não gostasse fossem ilegais.

Ela se virou e escreveu "vida, liberdade e a busca da felicidade" no quadro-negro.

— Nós estamos nos adiantando na lição, mas vocês parecem ser um grupo avançado. — Os demais deram risos nervosos ao ouvirem isso.

— O papel do governo é garantir os direitos dos cidadãos à vida, à liberdade e à busca da felicidade. Nesta ordem. É como um filtro. Se o governo quer fazer algo que nos deixe um pouco infelizes ou tire um pouco de nossa liberdade, tudo bem, desde que esteja fazendo isso para salvar nossa vida. É por isso que a polícia pode prender as pessoas se achar que são um perigo para si mesmas ou para os demais. Elas perdem a liberdade e a felicidade para proteger a vida. Se a pessoa tem direito à vida, pode conseguir liberdade e felicidade depois.

Alguns colegas levantaram as mãos.

— Isso não quer dizer que eles podem fazer o que bem entenderem, desde que digam que é para impedir alguém de nos prejudicar no futuro?

— Sim — outro aluno disse. — Parece que a senhora está dizendo que a segurança nacional é mais importante do que a Constituição.

Eu me senti bem orgulhoso dos meus colegas naquele momento.

— Como alguém pode proteger a liberdade ao suspender a Declaração de Direitos? — perguntei.

Ela balançou a cabeça, olhando para nós como se fôssemos muito idiotas.

— Os "revolucionários" fundadores da nação mataram traidores e espiões. Eles não acreditavam em liberdade inquestionável, não quando isso ameaçava a República. Agora, consideram essa gente da Xnet...

Eu me esforcei para não ficar tenso.

— ... que está criando essa tal de interferência e apareceu no noticiário hoje de manhã. Depois que esta cidade foi atacada por pessoas que declararam guerra a este país, eles decidiram sabotar as medidas de segurança implementadas para capturar os bandidos e impedir que ataquem de novo. Ao fazer isso, eles colocaram seus concidadãos em perigo e constrangimento...

— Eles fizeram isso para mostrar que estávamos perdendo nossos direitos em nome da proteção desses mesmos direitos! — falei. OK, gritei. Deus, ela me deixou tão irritado. — Eles fizeram isso porque o governo estava tratando todo mundo como suspeito de terrorismo.

— Então eles quiseram provar que não deveriam ser tratados como terroristas — Charles gritou de volta — e então agiram como terroristas? Então eles cometeram terrorismo?

Eu explodi.

— Ah, pelo amor de Deus! Cometeram terrorismo? Eles mostravam que vigilância universal é mais perigosa que terrorismo. Veja o que aconteceu no parque no último fim de semana. Aquelas pessoas estavam dançando e ouvindo música. Como aquilo pode ser terrorismo?

A professora atravessou a sala de aula e parou na minha frente, olhando para mim de cima até que eu me calasse.

— Marcus, parece que você pensa que nada mudou neste país. Você precisa entender que a explosão da Bay Bridge mudou tudo. Milhares de amigos e parentes nossos estão mortos no fundo da baía. Esse é o momento de uma união nacional diante do violento insulto que nosso país sofreu...

Então, fiquei de pé. Não aguentava mais essa babaquice de "tudo mudou".

— União nacional? A divergência é parte intrínseca do nosso país. Somos uma nação de dissidentes, guerreiros, gente que desistiu da faculdade e defensores da liberdade de expressão.

Pensei na última aula da Srta. Galvez e nos milhares de alunos de Berkeley que cercaram o furgão da polícia quando tentaram prender um sujeito por distribuir panfletos sobre direitos civis. Ninguém tentou parar aqueles caminhões que levaram as pessoas que estavam dançando no parque. Eu não tentei. Estava fugindo.

Talvez tudo tivesse mudado.

— Creio que você sabe onde fica o gabinete do Sr. Benson — ela falou para mim. — Você deve se apresentar a ele imediatamente. Não vou tolerar que minhas aulas sejam perturbadas por comportamento desrespeitoso. Para alguém que alega amar a liberdade de expressão, você com certeza está disposto a calar com gritos quem discorda de sua opinião.

Peguei o CompuEscola, a mochila e saí de rompante. Se não houvesse uma mola na porta, eu a teria batido, mas era impossível.

Fui depressa para o gabinete do Sr. Benson, sendo filmado pelas câmeras no caminho. Minha atitude foi registrada. O transponder na carteira de estudante revelou a minha identidade para os sensores no corredor. Era como estar na prisão.

— Feche a porta, Marcus — disse o Sr. Benson. Ele virou o monitor para que eu visse a transmissão da sala de estudos sociais. Ele estivera assistindo. — O que você tem a dizer em sua defesa?

— Aquilo não era aula, era propaganda. Ela disse para nós que a Constituição não era importante!

— Não, a professora disse que a Constituição não é uma doutrina religiosa. E você a atacou como uma espécie de fanático religioso, provando o que ela disse. Marcus, você, mais do que ninguém, deveria entender que tudo mudou desde que explodiram a ponte. Seu amigo Darryl...

— Não se atreva a dizer uma palavra sequer sobre ele, porra — falei, prestes a estourar de raiva. — Você não é digno de falar sobre ele. Sim, eu entendo que tudo está diferente agora. Nós costumávamos ser um país livre. Agora, não somos.

— Marcus, você sabe o que significa "tolerância zero"?

Eu recuei. Ele poderia me expulsar por "comportamento ameaçador". Era um argumento a ser usado contra alunos integrantes de gangues que tentassem intimidar os professores. Mas é claro que Benson não sentiria o menor remorso em usá-lo contra mim.

— Sim — falei. — Eu sei o que significa.

— Creio que você me deve desculpas — disse ele.

Eu olhei para Benson. Ele mal conseguia conter o sorriso sádico. Uma parte de mim queria se humilhar. Queria implorar seu perdão, com vergonha. Eu contive essa parte e decidi que preferia ser expulso a pedir desculpas.

— Governos são instituídos entre os homens, derivando seus justos poderes do consentimento dos governados; que, sempre que qualquer forma de governo se torne destrutiva de tais fins, cabe ao povo o direito de alterá-la ou aboli-la e instituir um novo governo, baseando-o em tais princípios e organizando-lhe os poderes pela forma que lhe pareça mais conveniente para realizar-lhe a segurança e a felicidade. — Eu lembrava palavra por palavra.

Benson balançou a cabeça.

— Lembrar de uma coisa não é a mesma coisa que entendê-la, rapaz. — Ele se virou para o computador e deu alguns cliques. A impressora fez barulho. Ele me entregou uma folha quente de papel timbrado do Conselho de Educação que dizia que eu fora suspenso por duas semanas.

— Vou mandar para os seus pais por e-mail agora. Se você ainda estiver no colégio em meia hora, vai ser preso por invasão de propriedade.

Eu olhei para ele.

— Você não vai querer declarar guerra a mim no meu colégio — disse Benson. — É uma guerra que você não pode vencer. SAIA!

E eu saí.

Capítulo 14

A Hnet não tinha muita graça no meio de um dia de escola, quando todos os usuários estavam em aula. Eu havia guardado a folha de papel dobrada no bolso traseiro do jeans e joguei sobre a mesa da cozinha quando cheguei em casa. Sentei na sala e liguei a TV. Eu nunca assistia, mas sabia que meus pais sim. Era através da TV, do rádio e dos jornais que eles tiravam todas as conclusões sobre o mundo.

As notícias eram horríveis. Havia tantas razões para ter medo. Soldados americanos estavam morrendo em todos os cantos do mundo. E não eram apenas os soldados. Homens da Guarda Nacional, que imaginaram ter se alistado para ajudar no resgate de vítimas de furacões, alojados no exterior durante anos de uma longa guerra sem fim.

Zapeei pelos canais de notícias 24 horas, um atrás do outro, e vi um desfile de autoridades falando por que nós deveríamos ter medo. Um desfile de bombas explodindo ao redor do mundo.

Continuei mudando os canais e me vi olhando para um rosto familiar. Era o cara que entrara no caminhão e falara com a mulher de cabelo curto enquanto eu estava acorrentado nos fundos. Ele usava um uniforme militar. A legenda o identificava como general de divisão Graeme Sutherland, o comandante regional do Departamento de Segurança Nacional.

— Eu tenho em mãos panfletos que foram distribuídos no tal show no Dolores Park, no último fim de semana. — Ele levantou uma pilha de panfletos. Teve muita gente distribuindo, eu lembrei. Sempre que havia um grupo de pessoas em São Francisco, havia panfletos.

"Quero que vocês observem esses panfletos por um momento. Vou ler os títulos. SEM O CONSENTIMENTO DOS GOVERNADOS: O GUIA DO CIDADÃO PARA DERRUBAR O GOVERNO. Aqui vai um: OS ATENTADOS DE 11 DE SETEMBRO REALMENTE OCORRERAM? E outro: COMO USAR A SEGURANÇA CONTRA ELES. Esse material revela o verdadeiro objetivo daquela aglomeração ilegal na noite de sábado. Não era apenas uma aglomeração arriscada de milhares de pessoas sem as devidas precauções ou até mesmo banheiros. Era um comício de recrutamento do inimigo. Era uma tentativa de corromper os jovens e convencê-los da ideia de que os Estados Unidos não deveriam se proteger.

"Vejam esse slogan NÃO CONFIE EM NINGUÉM COM MAIS DE 25 ANOS. Que maneira melhor de garantir que a sua mensagem pró-terrorismo não passe por uma discussão sensata, ponderada e adulta do que excluir os adultos e limitar seu alvo a um grupo de jovens impressionáveis?

"Quando a polícia chegou, eles encontraram um comício de recrutamento dos inimigos do país em ação. A aglomeração já havia perturbado a noite de centenas de moradores da área, que não foram consultados sobre o planejamento desta rave.

"Eles ordenaram que as pessoas se dispersassem. Isso fica claro em todos os registros em vídeo. Quando o público se voltou para atacar a polícia, instigado pelos músicos no palco, as pessoas foram subjugadas por técnicas não letais de controle de multidão.

"Os presos eram líderes e provocadores que atraíram milhares de jovens impressionáveis até lá para atacar a polícia. Foram detidos 827. Muitos já haviam cometido crimes. Mais de cem tinham mandados de prisão ainda não cumpridos. Eles continuam presos.

"Senhoras e senhores, a nação está lutando uma guerra em vários frontes, mas é aqui, dentro de casa, que ela corre mais perigo. Seja de ataque de terroristas ou de gente que simpatiza com eles."

Um repórter levantou a mão e perguntou: "General Sutherland, o senhor não está dizendo que esses jovens eram simpatizantes do terrorismo apenas por irem a uma festa em um parque, não é?

— Claro que não. Mas quando jovens são influenciados pelos inimigos de nosso país, é fácil perderam a cabeça. Os terroristas adorariam recrutar uma quinta coluna para lutar por eles em solo nacional. Se esse fossem os meus filhos, eu estaria seriamente preocupado.

Outro repórter falou:

— General, não é óbvio que esse era apenas um show a céu aberto? Ninguém esteve ali treinando tiro com rifles.

O general pegou uma pilha de fotos e começou a levantá-las.

— Essas são fotos que os policiais tiraram com câmeras infravermelhas antes de avançarem. — Ele segurou ao lado do rosto e mostrou uma por uma. As fotos tinham imagens de pessoas dançando com violência, algumas sendo esmagadas ou pisoteadas. Então mostraram sexo entre o arvoredo, uma garota com três caras, dois sujeitos se agarrando. — Havia crianças de dez anos de idade neste evento. Um coquetel perigoso de drogas, propaganda e música que resultou em dezenas de feridos. É surpreendente que não tenha havido nenhuma morte.

Eu desliguei a TV. Eles deram a impressão de que o show fora um tumulto. Se meus pais imaginassem que eu estive lá, eles me amarrariam na cama por um mês e eu só sairia com uma coleira de rastreamento. Falando nisso, eles ficariam putos quando soubessem que fui suspenso.

Eles não aceitaram bem a notícia. Papai queria me deixar de castigo, mas eu e minha mãe o convencemos do contrário.

— Você sabe que o vice-diretor persegue o Marcus há anos — disse minha mãe. — Da última vez que o encontramos, você ficou xingando o homem por uma hora depois. Acho que o termo "babaca" foi repetido várias vezes.

Meu pai balançou a cabeça.

— Interromper uma aula para usar argumentos contra o Departamento de Segurança Nacional...

— É uma aula de estudos sociais, pai — falei. Eu já não ligava mais, porém, como minha mãe estava me defendendo, achei que deveria ajudá-la. — A gente estava falando sobre o Departamento de Segurança Nacional. O debate não deveria ser saudável?

— Olha só, filho — ele falou. Meu pai estava me chamando muito de "filho". Dava a impressão de que ele parou de pensar em mim como uma pessoa, e sim passou a me ver como uma espécie de larva em formação que precisava de acompanhamento para sair da adolescência. Eu odiava isso. — Você precisa aprender a conviver com o fato de que vivemos em um mundo diferente hoje. Você tem todo o direito de dizer o que pensa, é claro, mas tem que estar preparado para as consequências de agir assim. Precisa encarar o fato de que há pessoas sofrendo e que não querem discutir as minúcias da constituição quando suas vidas correm perigo. Estamos em um bote salva-vidas agora e, quando se entra em um bote salva-vidas, ninguém quer saber que o capitão está sendo cruel. Mal evitei revirar os olhos.

— Eu recebi a tarefa de escrever uma redação para cada uma das minhas matérias, usando a cidade como cenário. Uma redação de história, estudos sociais, inglês e física. Duas semanas de estudo independente. É bem melhor do que ficar de bobeira em casa vendo televisão.

Meu pai deu um olhar sério para mim, como se suspeitasse que eu estava armando alguma coisa, e então concordou com a cabeça. Eu dei boa-noite para eles e subi para o quarto. Liguei o Xbox, abri o processador de texto e comecei a ter ideias para as redações. Por que não? Era realmente melhor do que ficar de bobeira em casa.

Acabei conversando muito com Ange pela Xnet naquela noite. Ela me deu apoio na situação toda e disse que me ajudaria com as redações se eu quisesse encontrá-la depois do colégio na noite seguinte. Eu sabia onde ficava a escola, era a mesma em que Van estudava, bem do outro lado de East Bay, ao onde eu não ia desde que as bombas explodiram.

Eu estava realmente empolgado pela perspectiva de vê-la outra vez. Todas as noites desde a festa, fui para a cama pensando em duas coisas: a visão da multidão avançando contra a polícia e a sensação do seio de Ange debaixo da camiseta quando nos encostamos contra o pilar. Ela era fantástica. Eu nunca estive com uma garota tão... agressiva quanto Ange antes. Sempre foi assim: eu azarava e as garotas me davam fora. Tive a impressão de que ela era tão tarada quanto eu. Era uma ideia tentadora.

Dormi bem naquela noite, com sonhos excitantes sobre mim e Ange e o que poderíamos fazer caso nos enfiássemos em algum lugar isolado.

No dia seguinte, comecei a trabalhar nas redações. São Francisco é um bom tema para se escrever. História? Claro, aqui tem, da Corrida do Ouro aos estaleiros da Segunda Guerra, os campos de concentração japoneses, a invenção do PC. Física? O Exploratorium tem as mostras mais maneiras de qualquer museu que eu tenha visitado. Eu tive o prazer mórbido de ver as mostras sobre liquefação do solo durante grandes terremotos. Inglês? Jack London, os poetas beatniks, escritores de ficção científica como Pat Murphy e Rudy Rucker. Estudos sociais? O movimento pela liberdade de expressão, Cesar Chavez, direitos dos gays, feminismo, movimento contra a guerra...

Eu sempre adorei aprender as coisas simplesmente por aprender. Apenas para saber mais do mundo ao redor. Era possível fazer isso apenas dando uma volta pela cidade. Decidi que faria uma redação de inglês sobre os poetas beatniks primeiro. A livraria City Lights tinha uma grande biblioteca no andar de cima, onde Alan Ginsberg e seus amigos criaram toda a sua poesia radical movida a drogas. O poema que li na aula de inglês era "O Uivo" e jamais esqueci das primeiras estrofes, que me davam arrepios na espinha:

Eu vi os luminares de minha geração destruídos
pela loucura, famintos, histéricos e nus,
arrastando-se pelas ruas do bairro negro
de madrugada em busca de uma dose nervosa,
hippies com cabeça de anjo desejando o antigo
contato celestial com o dínamo estrelado
do maquinário da noite...

Eu gostava do trecho "famintos, histéricos e nua". Eu sabia como era essa sensação. E o trecho "os luminares da minha geração" também me fazia pensar muito. Despertava a lembrança do parque, da polícia e do gás caindo. Eles prenderam Ginsberg por ato obsceno por causa de O Uivo — por conta de uma frase sobre sexo gay a qual hoje quase ninguém prestaria atenção. Fiquei de certa forma contente que tenha anos progredido um pouco. Que o cenário era mais restritivo antes do que agora.

Esqueci da vida na biblioteca, lendo aquelas belas edições antigas dos livros. Esqueci da vida lendo *Pé na Estrada* de Jack Kerouac, um romance que eu vinha querendo ler há um tempão. Um vendedor veio saber se eu precisava de algo, fez um gesto de aprovação e arrumou uma edição barata que comprei por seis pratas.

Entrei em Chinatown e comi pãezinhos chineses e macarrão com molho picante que eu antigamente considerava apimentado, mas que agora nunca mais pareceria picante, não depois te ter provado o tempero especial de Ange.

Com a tarde se aproximando, entrei no metrô e peguei um ônibus de integração na ponte San Mateo que me levaria para East Bay. Li meu exemplar de *Pé na Estrada* e curti o cenário passando disparado. É um romance semiautobiográfico sobre Jack Kerouac, um escritor beberrão e drogado que viaja de carona pelos Estados Unidos, trabalhando em bicos, uivando pelas ruas à noite, conhecendo gente e indo embora. Hippies, mendigos, vigaristas, assaltantes, cretinos e anjos. Não existe exatamente uma trama — Kerouac supostamente escreveu o livro em três semanas em um grande rolo de papel, doidaço —, apenas um monte de situações sensacionais, uma acontecendo atrás da outra. Ele faz amizade com pessoas autodestrutivas como Dean Moriarty, que o envolvem em esquemas esquisitos que nunca dão certo, mas que, ainda assim, funcionam, se você me entende.

Havia um ritmo sedutor nas palavras, era possível ouvir a leitura em voz alta na cabeça. Deu vontade de deitar na caçamba de uma caminhonete e acordar em uma cidadezinha poeirenta em algum ponto do vale central a caminho de Los Angeles, um desses lugares com um posto de gasolina e uma lanchonete, e apenas andar pelos campos, conhecer pessoas, ver e fazer coisas.

A viagem de ônibus era longa e eu devo ter cochilado um pouco — ficar no chat com Ange acabava com minhas horas de sono, pois minha mãe continuava esperando que eu descesse para tomar o café da manhã. Despertei, troquei de ônibus e, em pouco tempo, cheguei ao colégio de Ange.

Ela saiu aos pulinhos dos portões de uniforme — eu jamais tinha visto Ange vestida assim, era fofinho de um jeito esquisito, e me lembrei de Van de uniforme. Ela me deu um longo abraço e um beijo estalado na bochecha.

— Ei, você! — disse Ange.

— Oiê!

— O que você está lendo?

Eu estava esperando por isso e deixei uma passagem marcada com o dedo. — Ouça: "Eles dançavam pelas ruas como piões frenéticos, e eu me arrastava na mesma direção, como tenho feito toda a minha vida, sempre rastejando atrás de pessoas que me interessam, porque, para mim, as únicas pessoas mesmo são os loucos, os que estão loucos para viver, loucos para falar, loucos para serem salvos, que querem tudo ao mesmo tempo, aqueles que nunca bocejam e jamais dizem coisas comuns, mas queimam, queimam, queimam como fabulosos fogos de artifício, explodindo na forma de aranhas contra as estrelas e em cujo centro é possível ver o estouro de um brilho azul e intenso até que todos dizem 'aaaaaaah!'"

Ela pegou o livro e releu a passagem para si.

— Uau, piões frenéticos! Adorei! O livro é todo assim?

Contei sobre as partes que li, andando devagar pela calçada de volta ao ponto de ônibus. Assim que viramos a esquina, ela passou o braço pela minha cintura e eu coloquei o meu sobre seus ombros. Andando pela rua com uma garota — minha namorada? Claro, por que não? — e falando sobre um livro maneiro. Era o paraíso. Isso fez com que eu esquecesse dos problemas por algum tempo.

— Marcus?

Eu me virei. Era Van. No subconsciente, eu já esperava por isso. Sabia porque minha mente não ficou nem um pouco surpresa. A escola não era grande e todas as alunas saíam ao mesmo tempo. Eu não falava com Van há semanas, um tempo que parecia meses. A gente costumava se falar todos os dias.

— Ei, Van — respondi. Segurei a vontade de tirar o braço dos ombros de Ange. Van parecia surpresa, mas não irritada, estava mais para pálida, abalada. Ela olhou com atenção para nós dois.

— Angela?

— Ei, Vanessa — disse Ange.

— O que você está fazendo aqui?

— Eu vim buscar a Ange — falei, tentando manter um tom neutro. Fiquei subitamente envergonhado de ser visto com outra garota.

— Ah — Van disse. — Bem, que bom encontrar vocês!

— Você também, Vanessa — falou Ange, girando meu corpo e me guiando de volta para o ponto de ônibus. — Você a conhece?

— Sim, desde sempre.

— Ela era sua namorada?

— O quê? Não! Nem pensar! A gente era apenas amigos.

— Vocês eram amigos?

Eu tive a impressão de que Van estava andando bem atrás de nós, ouvindo, se bem que, pelo nosso ritmo, ela teria que correr para nos seguir. Resisti à tentação de olhar para trás o máximo que pude, então olhei. Havia um monte de garotas do colégio atrás de nós, mas nada de Van.

— Ela estava comigo, o José Luis e o Darryl quando fomos presos. A gente jogava ARG juntos. Nós quatro éramos tipo melhores amigos.

— E o que aconteceu?

Eu falei mais baixo.

— Ela não gostou da Xnet. Achou que a gente ia se meter em encrenca. Que eu colocaria outras pessoas em encrenca...

— E foi por isso que vocês deixaram de ser amigos?

— A gente apenas se afastou.

Demos alguns passos.

— Vocês não eram, tipo, amigos coloridos?

— Não! — falei. Meu rosto estava quente. Parecia que eu estava mentindo, embora falasse a verdade.

Ange fez a gente parar de andar e examinou meu rosto.

— Não mesmo?

— Não! Sério! Apenas amigos. Darryl e ela... bem, não exatamente, mas Darryl era a fim da Van. Não havia como...

— Mas se Darryl não fosse a fim dela, você seria, não é?

— Não, Ange, não. Por favor, apenas acredite em mim e esquece esse assunto. Vanessa era uma boa amiga, mas não é mais, e isso me deixa chateado, mas eu nunca fui a fim dela, certo?

Ela relaxou um pouco.

— OK, OK, foi mal. Eu realmente não me dou bem com ela, apenas isso. A gente nunca se deu bem em todos esses anos que se conhece.

A-ha, pensei. Então era por isso que Jolu conhecia Ange há tanto tempo e eu nunca havia encontrado com ela; Ange tinha algum problema com Van e Jolu não queria trazê-la para o grupo.

Ela me deu um longo abraço e nós nos beijamos. Um bando de garotas passou fazendo uuuuh, a gente se endireitou e foi para o ponto de ônibus. Van estava andando à nossa frente, ela devia ter passado enquanto a gente se beijava. Eu me senti um completo babaca.

Obviamente, ela ficou no ponto, entrou no ônibus e nós não trocamos uma palavra. Tentei puxar conversa com Ange no caminho, mas foi constrangedor.

O plano era parar para um café e ir para a casa de Ange ficar de bobeira e "estudar", isto é, navegar na Xnet pelo Xbox dela, um de cada vez. A mãe de Ange chegava tarde nas quintas-feiras, que era noite de aula de ioga e jantar com as amigas, e a irmã de Ange ia sair com o namorado, então a casa seria só nossa. Só pensei em sacanagem desde que a gente armou o plano.

Nós chegamos na casa de Ange, fomos direto para o quarto dela e trancamos a porta. O quarto parecia uma catástrofe, coberto de roupas, laptops e peças de computadores que espetavam os pés como estrepes. A mesa estava pior do que o chão, com pilhas de livros e quadrinhos, então acabamos sentando na cama, o que, para mim, não era problema algum.

O constrangimento por ter visto Van passou um pouco e nós ligamos o Xbox. Ele ficava em um ninho de fios, alguns conectados a uma antena wireless que ela tinha hackeado e colocado na janela para pegar o sinal WiFi dos vizinhos. Outros cabos estavam ligados a velhas telas de laptop que Ange havia transformado em monitores e equilibrado sobre bases, com as partes eletrônicas expostas. As telas estavam sobre as duas mesinhas de cabeceira, formando um esquema excelente para ver filmes ou conversar pela internet da cama — ela podia virar os monitores de lado e também se deitar de lado que eles sempre ficariam certos, não importava em que parte da cama Ange se deitasse.

Nós dois sabíamos por que realmente estávamos ali, sentados lado a lado, apoiados contra a mesinha de cabeceira. Eu tremia um pouco e sentia muito bem o calor da perna e ombro de Ange encostados em mim, mas precisava encarar a tarefa de conectar à Xnet, ver meus e-mails e por aí vai.

Havia um e-mail de um moleque que curtia mandar vídeos feitos no celular de ações malucas do Departamento de Segurança Nacional — o último mostrara os agentes desmontando um carrinho de bebê com chaves de fenda depois que um cão farejador de bombas demonstrou interesse nele, bem no meio da rua na Marina, enquanto os ricos passavam encarando, surpresos com a esquisitice da cena.

Eu fiz um link para o vídeo, que foi baixado loucamente. O moleque havia hospedado o vídeo no servidor egípcio do Internet Archive*, em Alexandria, que aceitava armazenar qualquer coisa de graça desde que fosse publicada sob a licença da Creative Commons**, que permitia que qualquer pessoa remixasse ou distribuísse o material. O servidor americano do Internet Archive — que ficava em Presidio, a poucos minutos de distância — fora forçado a tirar do ar todos aqueles vídeos em nome da Segurança Nacional, mas o

---

*A Internet Archive é uma biblioteca digital fundada em 1996, sem fins lucrativos, que oferece hospedagem e acesso permanentes para materiais digitais, incluindo sites inteiros, música, vídeos e livros. (*N. do T.*)

**Organização sem fins lucrativos que distribui licenças de direito autoral sem custo para os autores e mais flexíveis no que concerne aos direitos de troca à distribuição do material. (*N. do T.*)

servidor de Alexandria se tornara uma organização independente e hospedava qualquer coisa que envergonhasse os EUA.

Esse moleque — cujo nick era Kameraespião — me mandou um vídeo ainda melhor desta vez, que mostrava a portaria da prefeitura no Civic Center, um prédio em estilo bolo de noiva cheio de estátuas em pequenos nichos, detalhes folheados a ouro e enfeites. O Departamento de Segurança Nacional montara um perímetro de segurança ao redor do prédio e o vídeo de Kameraespião mostrou uma ótima tomada do posto de controle quando um sujeito de uniforme militar se aproximou, exibiu o crachá e colocou a pasta na esteira do raio X.

Tudo ia bem até que um agente do Departamento de Segurança Nacional viu algo que não gostou no raio X. Ele questionou o general, que revirou os olhos e disse algo inaudível (o vídeo fora feito do outro lado da rua, aparentemente com uma lente caseira de zoom, então o áudio só captou as pessoas passando e o ruído do tráfego).

O general e os agentes do Departamento de Segurança Nacional começaram a discutir e, quanto mais durava a discussão, mais agentes chegavam perto. Finalmente, o general balançou a cabeça com raiva, apontou o dedo para o peito do agente, pegou a pasta e começou a ir embora. O pessoal do Departamento de Segurança Nacional gritou na direção dele, mas o general não diminuiu o passo. Sua linguagem corporal dizia "estou completamente puto."

Então tudo aconteceu. Os agentes do Departamento de Segurança Nacional correram atrás do general. Kamereaspião diminuiu a velocidade do vídeo neste ponto para que a gente pudesse ver, em câmera lenta, o general meio que se virando, com uma cara de "vocês não vão me derrubar, nem pensar" que se tornou uma expressão de horror quando três guardas enormes se chocaram contra ele. O general caiu de lado e foi acertado na cintura, parecia uma falta daquelas que acabam com a carreira de um jogador de futebol. O general — de meia-idade, cabelos grisalhos, rosto imponente com rugas — caiu como um saco de batatas e quicou duas vezes. Ele bateu de cara na calçada, e sangue espirrou do nariz.

Os agentes amarraram o general pelos tornozelos e punhos. Ele passou a gritar agora, berrar para valer, o rosto ficou roxo debaixo do sangue que saía do nariz. Pernas passavam pela lente com o zoom fechado no general. Os pedestres olhavam para aquele sujeito de uniforme sendo amarrado e foi possível ver pelo seu rosto que aquela era a pior parte, a humilhação ritual, a retirada da dignidade. O vídeo acabou.

— Ah, meu querido Buda — falei enquanto olhava para a tela, que ficou preta para recomeçar o vídeo. Cutuquei Ange e mostrei o clipe. Ela assistiu, muda e de queixo caído.

— Posta isso — disse ela. — Posta isso posta isso posta isso posta isso!

Eu postei. Mal consegui digitar a descrição do vídeo e adicionei um recado para ver se alguém descobria quem era o militar, se alguém sabia algo sobre o fato.

Apertei o botão de publicar.

Nós assistimos ao vídeo. Assistimos de novo.

Eu recebi um e-mail.

> Eu reconheci o cara. A biografia dele está na Wikipedia. Ele é o general Claude Geist. Comandou a missão de paz da ONU no Haiti.

Verifiquei a biografia. Havia uma foto do general em uma coletiva de imprensa e um texto sobre seu papel na difícil missão no Haiti. Era claramente o mesmo sujeito.

Eu atualizei o post.

Teoricamente, essa era a nossa chance de dar uns pegas, mas não foi o que eu e Ange acabamos fazendo. Fuçamos os blogs da Xnet, em busca de mais relatos de buscas, agressões e invasões do Departamento de Segurança Nacional. Era uma tarefa conhecida, a mesma coisa que fiz com todo o material filmado e relatos sobre o tumulto no parque. Eu abri uma nova categoria no meu blog para isso, Abusos de Autoridade, e arquivei o que encontramos.

Ange continuou sugerindo novos termos para a busca e, quando sua mãe chegou em casa, minha nova categoria já tinha setenta posts, começando pelo ataque ao general Geist na prefeitura.

Trabalhei na redação sobre o movimento beatnik no dia seguinte, em casa, lendo o livro de Kerouac e navegando na Xnet. Estava planejando encontrar Ange no colégio, mas amarelei ao pensar em encontrar Van de novo, então mandei um SMS com a desculpa de que estava fazendo a redação.

Chegaram sugestões de todos os tipos para a categoria Abusos de Autoridade, centenas de pequenos e grandes casos, fotos e áudio. O movimento estava se espalhando.

Ele se espalhou. Na manhã seguinte havia muito mais sugestões. Alguém começou um novo blog chamado Abusos de Autoridade que reuniu centenas de outros relatos. A pilha cresceu. Nós competimos para encontrar os relatos mais sensacionais, as fotos mais loucas.

Ficou combinado com meus pais que eu tomaria café com eles todas as manhãs e falaria dos meus projetos. Eles gostaram de saber que eu estava lendo Kerouac. Era um dos livros favoritos dos dois e eu descobri que já havia um exemplar na estante do quarto deles. Meu pai desceu com o livro e eu o folheei. Havia passagens marcadas à caneta, páginas com pontas dobradas, anotações nas margens. Ele realmente adorava esse livro. Isso me fez lembrar de uma época boa, quando meu pai e eu conseguíamos conversar por cinco minutos sem gritar sobre terrorismo, e tivemos um ótimo café da manhã falando sobre a narrativa do livro e todas as loucas aventuras. Mas, no café da manhã seguinte, meus pais ficaram grudados no rádio.

— Abusos de Autoridade. É a nova mania na notória Xnet de São Francisco e está atraindo a atenção do mundo. Chamado de AdA, o movimento é composto por "Pequenos Irmãos" que acompanham as medidas antiterrorismo do Departamento de Segurança Nacional, documentando os fracassos e excessos. O grito de alerta é um popular vídeo viral de um tal general Claude Geist, um general de divisão da reserva, sendo derrubado por agentes do Departamento de Segurança Nacional na calçada em frente à prefeitura. Geist não deu nenhuma declaração sobre o incidente, mas os comentários dos jovens, preocupados com o próprio tratamento que recebem, são velozes e furiosos.

"Mais impressionante tem sido a atenção global que o movimento vem recebendo. Imagens do vídeo de Geist apareceram nas primeiras páginas de jornais na Coreia, Grã-Bretanha, Alemanha, Egito e Japão, e emissoras de todo o planeta exibiram o clipe nos noticiários de horário nobre. O assunto tornou-se inevitável na noite de ontem, quando o programa National News Evening da BBC inglesa fez uma matéria especial dizendo que nenhuma emissora ou agência de notícias dos Estados Unidos exibiu a reportagem. Comentários no site da BBC mencionaram que a versão do programa na BBC americana não mostrou a matéria."

Eles transmitiram algumas entrevistas: observadores da imprensa britânica, um moleque do Partido Pirata da Suécia que debochou da corrupção na imprensa americana, um

237

apresentador de telejornal americano aposentado que vive em Tóquio. Então, transmitiram um pequeno clipe da al Jazeera que comparava o histórico da imprensa americana com o da imprensa nacional da Síria.

Tive a impressão de que meus pais estavam me encarando, que sabiam o que eu andava fazendo. Mas quando levei minha louça suja embora, vi que eles estavam olhando um para o outro.

Papai segurava a caneca com tanta força que as mãos tremiam. Minha mãe olhava para ele.

— Eles estão tentando nos desacreditar — disse meu pai finalmente. — Estão tentando sabotar os esforços para manter a nossa segurança.

Eu abri a boca, mas minha mãe olhou para mim e balançou a cabeça. Em vez disso, subi para o quarto e trabalhei na redação sobre Kerouac. Assim que ouvi a porta bater duas vezes, liguei o Xbox e fiquei on-line.

> Oi, M1k3y. Aqui é Colin Brown. Sou produtor do noticiário The National da Canadian Broadcasting Corporation. Estamos fazendo uma reportagem sobre a Xnet e mandamos um repórter para São Francisco para cobrir daí. Você estaria interessado em dar uma entrevista sobre o seu grupo e suas ações?

Eu encarei o monitor. Jesus! Eles queriam me entrevistar sobre "meu grupo"?

> Hã, valeu, mas não. Eu sou louco por privacidade. E não é o "meu grupo." Mas valeu por fazer a reportagem!

Um minuto depois, outro e-mail.

> Podemos ocultar seu rosto e garantir seu anonimato. Você sabe que o Departamento de Segurança Nacional vai ficar contente em indicar o próprio porta-voz. Estou interessado em ouvir a sua versão.

238

Eu guardei o e-mail. Ele estava certo, mas eu seria louco de topar. Até onde eu sei, ele era do Departamento de Segurança Nacional.

Fui ler mais Kerouac. Chegou outro e-mail. Mesmo pedido, agência de notícias diferente: a rádio KQED queria me encontrar e gravar uma entrevista. Uma emissora do Brasil. A Australian Broadcasting Corporation. Deutsche Welle. O dia inteiro, chegaram pedidos da imprensa. O dia inteiro, eu recusei educadamente.

Não consegui ler muito Kerouac naquele dia.

— **Faça uma coletiva** de imprensa — foi o que Ange disse, quando nos sentamos na cafeteria perto da casa dela naquela noite. Eu não estava mais a fim de ir ao colégio dela e ficar preso em um ônibus com Van novamente.

— O quê? Você está maluca?

— Faça no Clockwork Plunder. Escolha um entreposto de troca que não permita PvP e marque uma hora. Você pode se logar daqui.

PvP é combate entre jogadores. Partes do Clockwork Plunder eram território neutro, o que significava que, em tese, a gente poderia trazer um bando de repórteres sem se preocupar que eles fossem mortos pelos jogadores no meio da coletiva de imprensa.

— Eu não entendo nada de coletivas de imprensa.

— Ah, pesquisa no Google. Tenho certeza de que alguém escreveu um artigo de como fazer uma coletiva bem-sucedida. Tipo assim, se o presidente consegue, com certeza você é capaz. Ele parece que mal consegue amarrar os sapatos sem ajuda.

Pedimos mais café.

Capítulo 15

Bloguei sobre a coletiva de imprensa antes mesmo de mandar os convites para os jornalistas. Deu para perceber que eles queriam me transformar em um líder, um general ou um comandante supremo de guerrilha, e imaginei que uma maneira de resolver isso era ter um bando de colegas da Xnet respondendo às perguntas também.

Então mandei e-mails para a imprensa. As respostas variaram das intrigadas às empolgadas — apenas a repórter da Fox ficou "ultrajada" pela minha audácia de chamá-la para participar de um jogo a fim de aparecer em seu programa de TV. O restante pareceu achar que daria uma reportagem maneira, embora muitos dos jornalistas queriam suporte técnico para acessar o jogo.

Marquei às 20h, depois do jantar. Minha mãe estava enchendo o saco por eu passar várias noites fora de casa até que finalmente contei sobre Ange, e nesse momento ela ficou toda emotiva, sem parar de olhar para mim, meu-menino-virou-um-rapazinho. Ela quis conhecer Ange e eu usei isso como moeda de troca. Prometi trazer Ange para casa amanhã se eu pudesse "ir ao cinema" com ela hoje à noite.

A mãe e a irmã de Ange saíram de novo — elas não faziam o estilo caseiras —, o que nos deixou sozinhos no quarto com nossos Xbox. Despluguei um dos monitores das mesinhas de cabeceira e liguei o meu console para que pudéssemos nos conectar ao mesmo tempo.

Ambos os consoles estavam inativos, conectados ao Clockwork Plunder. Eu andava de um lado para o outro.

— Vai dar certo — disse Ange. Ela olhou para o monitor. — O Mercadinho de Peter Tapa-Olho já tem seiscentos jogadores agora! — Nós escolhemos o Mercadinho de Peter Tapa-Olho porque era o entreposto mais perto da praça da vila onde os novos participantes entravam no jogo. Se os repórteres já não fossem jogadores de Clockwork Plunder — rá! — então esse era o lugar onde surgiriam. No blog, pedi para que as pessoas ficassem no meio do caminho entre o Mercadinho de Peter Tapa-Olho e o portão onde os jogadores surgiam, e indicassem o caminho para quem parecesse ser um repórter perdido.

— O que eu vou dizer para eles, diabos?

— Só responda às perguntas... e caso não goste de alguma, ignore. Alguém pode responder por você. Vai dar certo.

— Isso é loucura.

— Isso é perfeito, Marcus. Se você realmente quer foder com o Departamento de Segurança Nacional, você tem que envergonhá-los. Não vai ser possível vencer na violência. Sua única arma é a capacidade de fazer com que pareçam uns idiotas.

Eu desmoronei sobre a cama. Ange puxou minha cabeça para o colo e fez cafuné. Eu tive muitos penteados diferentes antes do atentado, pintava de várias cores divertidas, mas desde que saí da prisão eu nem liguei para o cabelo. Ele tinha ficado comprido, sem graça e descuidado, e eu passei a máquina, deixando bem curtinho, o que não dava trabalho para cuidar e me ajudava a ficar invisível quando saía para criar interferência e clonar transponders.

Eu abri os olhos e encarei os dela, grandes e castanhos atrás dos óculos. Eram olhos redondos, úmidos e expressivos. Ela conseguia arregalá-los para me fazer rir ou deixá-los delicados e tristes, ou preguiçosos e sonolentos de um jeito que me deixava derretido de tesão.

Era o que ela estava fazendo agora.

Eu me sentei devagar e a abracei. Ela me abraçou de volta. Nós nos beijamos. Ela dava um beijo fantástico. Eu sei que já falei isso, mas vale a pena repetir. A gente se beijava muito mas, por uma razão ou outra, nós sempre parávamos antes de a coisa pegar fogo.

Agora eu queria ir adiante. Procurei a barra da camiseta e puxei. Ange levantou as mãos sobre a cabeça e se afastou alguns centímetros. Eu sabia que ela faria isso. Sabia desde aquela noite no parque. Talvez tenha sido por isso que nós não fomos adiante — eu sabia que ela não daria para trás, o que me assustava um pouco.

Mas eu não estava assustado naquele momento. A coletiva iminente, as brigas com meus pais, a atenção internacional, a sensação de que havia um movimento correndo pela cidade como uma bolinha louca de fliperama — tudo isso deixava a pele arrepiada e o sangue fervendo.

E ela era linda e inteligente, esperta e engraçada, e eu estava me apaixonando por ela.

Ange arqueou as costas para me ajudar a tirar a camiseta pelos ombros. Ela colocou as mãos nas costas, fez alguma coisa e o sutiã caiu. Eu arregalei os olhos, fiquei imóvel e perdi o fôlego. Então, Ange pegou a minha camiseta, tirou pela cabeça, me agarrou e puxou meu peito nu contra o dela.

Rolamos na cama, nos tocamos, colamos os corpos e gememos. Ange beijou o meu peito inteiro e eu fiz o mesmo com ela. Eu não conseguia respirar, não conseguia pensar, só era capaz de me mover, beijar, lamber e tocar. Um desafiou o outro a ir mais longe. Eu abri o jeans dela. Ange abriu o meu. Eu abaixei o zíper dela, Ange abaixou o meu e tirou minhas calças. Eu tirei as dela. Um momento depois, nós dois estávamos nus, exceto pelas minhas meias, que eu arranquei com os dedos do pé.

Foi aí que vi o relógio da mesinha de cabeceira, que há muito tempo havia caído no chão e lá ficou, brilhando para nós.

— Droga! — gritei. — Vai começar em dois minutos! — Eu não podia acreditar que ia parar o que ia fazer, no momento em que ia fazer. Tipo assim, se me perguntassem "Marcus, você está prestes a transar pela primeiríssima vez NA VIDA, você pararia se uma bomba nuclear fosse explodir no mesmo quarto?", a resposta seria um sonoro e evidente NÃO.

No entanto, paramos por causa disso.

Ela me agarrou, puxou meu rosto contra o dela e me beijou até eu pensar que desmaiaria, então nós dois pegamos as roupas e nos vestimos mais ou menos, enquanto caminhamos para o Mercadinho de Peter Tapa-Olho via teclado e mouse.

Dava para perceber facilmente quem eram os jornalistas: eram os novatos que andavam com os personagens como se fossem bêbados, de um lado para o outro, para cima e para baixo, tentando pegar o jeito da coisa, ocasionalmente apertando a tecla errada e oferecendo para os estranhos tudo ou parte do inventário, ou dando abraços e chutes acidentais.

Os Xnautas também eram fáceis de identificar: todos nós jogávamos Clockwork Plunder sempre que tínhamos algum tempo livre (ou quando não estávamos a fim de fazer o dever de casa) e a gente tinha enchido os personagens com armas maneiras e colocado armadilhas nas chaves que saíam das costas, capazes de detonar quem tentasse roubá-las e nos deixar sem energia.

Quando eu apareci, surgiu a mensagem M1K3Y ENTROU NO MERCADINHO DO PETER TAPA-OLHO — BEM-VINDO, MARUJO. OFERECEMOS BONS NEGÓCIOS POR SEU ESPÓLIO. Todos os jogadores no monitor pararam e então se amontoaram a o meu redor. O chat bombou. Eu pensei em ligar a conversa via voz e pegar um headset, mas ao ver quantas pessoas estavam tentando falar ao mesmo tempo, percebi que seria muito confuso. O texto era mais fácil de seguir e eles não poderiam citar errado o que eu falei (ré ré).

Eu havia verificado o cenário antes com Ange — era legal jogar com ela, pois podíamos dar energia um para o outro. Havia um ponto alto em uma pilha de caixas de carne salgada onde eu podia subir e ser visto de qualquer ponto no mercadinho.

> Boa-noite e obrigado a todos pela presença. Meu nome é M1k3y e eu não sou o líder de nada. Todos que estão ao redor de vocês usam a Xnet e têm tanto a dizer quanto eu sobre o motivo de estarmos aqui. Eu uso a Xnet porque acredito na liberdade e na constituição dos Estados Unidos da América. Eu uso a Xnet porque o Departamento de Segurança Nacional transformou minha cidade em um estado policial onde todos nós somos suspeitos de terrorismo. Eu uso a Xnet porque acho que não é possível defender a liberdade ao rasgar a Declaração de Direitos. Eu aprendi sobre a constituição em uma escola da Califórnia e fui criado para amar meu país por sua liberdade. Se eu tenho uma filosofia, ela é a seguinte:

> Governos são instituídos entre os homens, derivando seus justos poderes do consentimento dos gover-

nados; que, sempre que qualquer forma de governo se torne destrutiva de tais fins, cabe ao povo o direito de alterá-la ou aboli-la e instituir novo governo, baseando-o em tais princípios e organizando-lhe os poderes pela forma que lhe pareça mais conveniente para realizar-lhe a segurança e a felicidade.

> Não fui eu que, escrevi essas palavras, mas acredito nelas. O Departamento de Segurança Nacional não governa com o meu consentimento.

> Obrigado.

Eu tinha escrito esse texto no dia anterior, trocando rascunhos com Ange. Só precisei de um segundo para colar as frases, mas todo mundo no jogo levou um momento para ler. Muitos dos Xnautas vibraram, gritando "urra" como piratas, com sabres erguidos e papagaios guinchando e voando sobre as cabeças.

Aos poucos, os jornalistas digeriram o texto também. O chat estava correndo rápido, tão depressa que mal dava para ler, os Xnautas diziam coisas como "é isso aí", "EUA, ame-os ou deixe-os", "Adeus, Departamento de Segurança Nacional", "EUA, saiam de São Francisco" — todos eram slogans que bombaram na blogosfera da Xnet.

> Ml k3y, aqui é Priya Rajneesh da BBC. Você disse que não é o líder de nenhum movimento, mas acredita que exista um movimento? Ele é chamado de Xnet?

Um monte de respostas. Algumas pessoas disseram que não havia um movimento, outras falaram que havia, e muita gente tinha ideias sobre como ele era chamado: Xnet, Pequenos Irmãos, Pequenas Irmãs e, a minha favorita, os Estados Unidos da América.

A galera estava realmente empolgada. Deixei todo mundo falar enquanto pensava no que podia dizer. Quando soube, digitei:

> Acho que isso meio que responde à sua pergunta, não é? Pode ser que haja um ou mais movimentos, que podem ou não ser chamados de Xnet.

> M1k3y, eu sou Doug Christensen do Washington Internet Daily. O que você acha que o Departamento de Segurança Nacional deveria fazer, para prevenir um novo ataque a São Francisco, se o que estão fazendo não está dando certo?

Mais falatório. Muitas pessoas disseram que os terroristas e o governo são a mesma coisa — ou literalmente ou querendo dizer que eles eram igualmente ruins. Alguns disseram que o governo sabia como pegar terroristas, mas preferia não fazer porque presidentes em tempo de guerra eram reeleitos.

> Eu não sei.

Finalmente digitei.

> Eu realmente não sei. Eu vivo me perguntando isso porque não quero explodir e não quero que a minha cidade exploda. Porém, cheguei à conclusão de uma coisa: se a missão do Departamento de Segurança Nacional é manter a nossa segurança, eles estão fracassando. Nada da porcaria que eles estão fazendo impediria uma nova explosão da ponte. Nos rastrear pela cidade? Tirar a nossa liberdade? Criar suspeitas entre a gente, jogando uns contra os outros? O objetivo do terrorismo é nos aterrorizar. O Departamento de Segurança Nacional me aterroriza.

> Não tenho influência sobre o que os terroristas fazem comigo, mas, se este é um país livre, então eu deveria pelo menos ter influência sobre o que a polícia faz comigo. Eu deveria ser capaz de impedir que eles me aterrorizassem.

> Eu sei que esta não é uma boa resposta. Foi mal.

> O que você quer dizer ao falar que o Departamento de Segurança Nacional não detém terroristas? Como você sabe?

> Quem é você?

> Eu trabalho no Sydney Morning Herald.

> Eu tenho 17 anos. Não sou um aluno CDF ou coisa do gênero. Mesmo assim, eu descobri como criar uma internet que eles não conseguem grampear. Descobri como interferir com a tecnologia que usam para rastrear as pessoas. Posso transformar inocentes em suspeitos e culpados em inocentes aos olhos deles. Eu consigo entrar com metal em um avião e furar uma lista de passageiros proibidos de voar. Eu descobri tudo isso pesquisando na internet e raciocinando a respeito. Se eu consigo, os terroristas conseguem. Eles disseram que retiraram a nossa liberdade para que a gente ficasse seguro. Você se sente seguro?

> Na Austrália? Sim, eu me sinto.

Todos os piratas riram.

Mais jornalistas fizeram perguntas. Alguns deram apoio, outros foram agressivos. Quando eu me cansei, passei o teclado para Ange e deixei que ela fosse M1k3y por um tempo. Eu não tinha mais a sensação de que eu e M1k3y éramos a mesma pessoa, de qualquer forma. M1k3y era o tipo de moleque que falava com jornalistas internacionais e inspirou um movimento. Marcus era suspenso da escola, brigava com o pai e se perguntava se era bom o suficiente para sua namorada sensacional.

Às 23h, eu me dei por satisfeito. Além disso, meus pais esperavam que eu chegasse em casa em breve. Desconectamos do jogo e ficamos deitados ali por um momento. Segurei a mão de Ange e ela apertou com força. Demos um abraço.

Ela beijou meu pescoço e sussurrou algo.

— O quê?

— Eu disse que te amo — falou ela. — O que foi? Você quer que eu mande um telegrama?

— Uau — exclamei.

— Você ficou surpreso assim, foi?

— Não. Hã. É que... eu ia dizer isso para você.

— Claro que ia — disse Ange e mordeu a ponta do meu nariz.

— É que eu nunca disse isso antes — falei. — Então estava me preparando.

— Você ainda não disse, sabe? Não pense que eu não notei. Nós, meninas, notamos essas coisas.

— Eu te amo, Ange Carvelli — disse.

— Eu também te amo, Marcus Yallow.

Nós nos beijamos, ficamos juntinhos, minha respiração acelerou e a dela também. Foi quando a mãe de Ange bateu à porta.

— Angela — chamou ela. — Acho que é hora de seu amigo ir para casa, você não concorda?

— Sim, mãe — respondeu Ange e imitou um golpe de machado. Enquanto eu colocava as meias e os tênis, ela murmurou: — Eles vão dizer "aquela Angela, ela era uma menina tão boazinha, quem imaginaria, todo aquele tempo que passava no quintal, ajudando a mãe a afiar aquela machadinha".

Eu ri.

— Você não sabe a moleza que tem. É impossível que meus pais nos deixassem sozinhos no meu quarto até às 23h.

— 23h45 — disse Ange ao ver o relógio.

— Droga! — gritei e amarrei os tênis.

— Vai logo, corra e seja livre! Olhe para os dois lados antes de atravessar a rua! Escreva se arrumar trabalho! Não pare nem mesmo para um abraço! Se não sair daqui até eu contar até dez, estará enrascado, mocinho. Um. Dois. Três.

Eu calei a boca de Ange ao pular na cama, cair em cima dela e beijá-la até que parasse de contar. Satisfeito com a minha vitória, desci correndo a escadaria com o Xbox debaixo do braço.

A mãe de Ange estava ao pé da escada. Nós só nos encontramos algumas vezes. Ela parecia uma versão mais velha e alta da filha — o pai era o baixinho, segundo Ange — e usava lentes de contato no lugar de óculos. Aparentemente, por enquanto, ela me considerava gente boa, o que eu agradecia.

— Boa-noite, Sra. Carvelli — falei.

— Boa-noite, Sr. Yallow — respondeu. Era um de nossos pequenos rituais, desde que eu a chamei pela primeira vez de Sra. Carvelli quando nos conhecemos.

Fiquei parado na porta, sem jeito.

— Sim? — perguntou ela

— Hã. Obrigado por me receber.

— Você é sempre bem-vindo em nossa casa, rapaz — disse ela.

— E obrigado por Ange — finalmente falei, odiando como pareceu ridículo. Mas ela abriu um sorrisão e me deu um rápido abraço.

— Você é muito bem-vindo — falou.

Na viagem de ônibus de volta para casa, pensei na coletiva de imprensa, em Ange nua se contorcendo comigo na cama, em sua mãe sorrindo e me acompanhando até a porta.

A minha mãe estava esperando por mim. Ela me perguntou sobre o filme e eu dei a resposta que havia preparado com antecedência, copiada da resenha publicada no Bay Guardian.

Quando comecei a pegar no sono, me lembrei da coletiva. Fiquei realmente orgulhoso. Tinha sido tão maneiro todos aqueles jornalistas importantes aparecerem no jogo, eles me ouvirem, escutarem todas as pessoas que acreditavam nas mesmas coisas que eu. Dormi com um sorriso nos lábios.

Eu já devia ter imaginado.

Líder da Xnet: Eu consigo entrar com metal em um avião. O Departamento de Segurança Nacional não governa com o meu consentimento
Jovens da Xnet: EUA, saiam de São Francisco

Essas eram as boas manchetes. Todo mundo me enviou artigos para colocar no blog, mas era a última coisa que eu queria fazer.

Estraguei tudo, de alguma forma. A imprensa compareceu à coletiva e concluiu que nós éramos terroristas ou manipulados por eles. O pior foi a repórter da Fox News, que aparentemente apareceu assim mesmo, e dedicou um comentário de dez minutos sobre nós, falando sobre nossa "traição criminosa". O trecho demolidor, repetido em todos os noticiários que encontrei, era:

"Eles dizem que não têm um nome. Pois eu tenho um para eles. Vamos chamar essas crianças mimadas de cal Qaeda*. Eles fazem o trabalho dos terroristas no fronte nacional. Quando — não é se, é quando — a Califórnia for atacada de novo, esses moleques terão tanta culpa quanto a Arábia Saudita."

Líderes do movimento antiguerra nos acusaram de sermos uma "ala radical." Um sujeito apareceu na televisão dizendo que acreditava que a gente foi criado pelo Departamento de Segurança Nacional para desacreditá-los.

O Departamento de Segurança Nacional armou a própria coletiva de imprensa e anunciou que iriam dobrar a segurança em São Francisco. Eles exibiram um clonador de transponder que encontraram por aí e fizeram uma demonstração de como

---

*"Cal" é usado como abreviação para Califórnia, daí o Cal Tech, o Instituto de Tecnologia da Califórnia. O autor aproveitou o termo para criar um trocadilho com al Qaeda; daí cal Qaeda. (*N. do T.*)

roubar um carro. Alertaram para todo mundo ficar de olho em jovens com comportamento suspeito, especialmente se estivessem escondendo as mãos.

Eles não estavam brincando. Eu terminei a redação sobre Kerouac e comecei o trabalho sobre o Verão do Amor, o verão de 1967, quando o movimento antiguerra e os hippies convergiram em São Francisco. Os velhos hippies que fundaram a sorveteria Ben and Jerry's abriram um museu hippie em Haight*, e havia outros museus e mostras pela cidade. Mas não estava fácil andar pela cidade. Quando a semana acabou, eu tinha levado uma média de quatro duras por dia. A polícia verificava a minha identidade e perguntava por que eu estava na rua, examinando com cuidado a carta da escola dizendo que eu estava suspenso.

Eu dei sorte. Ninguém me prendeu. Mas o resto da galera da Xnet não deu tanta sorte assim. Toda noite, o Departamento de Segurança Nacional anunciava mais prisões de "líderes" e "agentes" da Xnet, pessoas que eu não conhecia e sobre as quais nunca tinha ouvido falar, exibidas na televisão juntamente com clonadores de transponders e outros aparelhos encontrados em seus bolsos. Eles declararam que as pessoas estavam "denunciando", prejudicando a "rede Xnet" e que mais prisões ocorreriam em breve. O nome "M1k3y" era geralmente citado.

Meu pai adorou isso. Assistíamos juntos ao noticiário, ele curtindo a desgraça alheia, eu surtando em silêncio.

— Você devia ver as coisas que eles vão usar contra essa molecada — disse meu pai. — Eu já vi em ação. Vão pegar alguns desses garotos e verificar a lista de amigos no MSN e nos celulares, procurando por nomes que aparecem sempre,

---

*Famoso bairro hippie de São Francisco.

buscando padrões, prendendo mais gente. Eles vão desmanchar a quadrilha como um velho suéter.

Cancelei o jantar com Ange na minha casa e passei a ficar cada vez mais tempo na dela. A irmã caçula de Ange, Tina, começou a me chamar de "hóspede", tipo "o hóspede vai jantar comigo hoje à noite?". Eu gostava de Tina. Tudo o que ela queria era sair, ir para festas e conhecer rapazes, mas era divertida e completamente dedicada a Ange. Uma noite, quando estávamos lavando a louça, Tina secou a mão e, em tom de conversa, disse:

— Sabe, Marcus, você parece ser gente boa. Minha irmã é louca por você e eu também vou com a sua cara. Mas tenho que dizer uma coisa: se você magoar Ange, eu vou te perseguir e arrancar o seu escroto pela cabeça. Não vai ser uma cena bonita.

Eu garanti a ela que preferia arrancar meu próprio escroto pela cabeça a magoar Ange, e Tina assentiu.

— Desde que isso fique bem claro entre nós.

— Sua irmã é doida — falei enquanto estávamos deitados na cama de Ange outra vez, olhando os blogs da Xnet. Era praticamente tudo o que a gente fazia: ficar de sacanagem e ler a Xnet.

— Ela mandou o papo do escroto para você? Odeio quando a Tina faz isso. Ela simplesmente adora a palavra "escroto", sabe. Não é nada pessoal.

Eu dei um beijo nela. Nós lemos mais um pouco.

— Ouça isso — disse Ange. — A polícia projeta quatrocentas a seiscentas prisões no próximo fim de semana no que eles estão afirmando ser a maior operação coordenada contra os dissidentes da Xnet até então.

Senti vontade de vomitar.

— A gente tem que impedir isso — falei. — Sabe que tem gente que está criando mais interferência para demonstrar que não estão intimidados? Isso não é loucura?

— Eu acho que é coragem. Não podemos ficar com medo a ponto de virarmos submissos.

— O quê? Não, Ange, não. Não podemos deixar centenas de pessoas irem para a prisão. Você não esteve lá. Eu, sim. É pior do que você pensa. É pior do que possa imaginar.

— Eu tenho uma imaginação bem fértil — disse ela.

— Para com isso, OK? Fala sério por um instante. Eu não vou fazer isso. Não vou mandar essas pessoas para a prisão. Se eu fizer isso, vou me tornar o cara que a Van pensa que sou.

— Marcus, eu estou falando sério. Você acha que essas pessoas não sabem que podem ser presas? Elas acreditam na causa. Você também acredita. Dê um voto de confiança, elas sabem no que estão se metendo. Não é da sua conta decidir os riscos que as pessoas podem ou não correr.

— A responsabilidade é minha porque, se eu disser para as pessoas pararem, elas vão parar.

— Pensei que você não fosse o líder?

— Não sou, claro que não sou. Mas não consigo evitar se as pessoas olham para mim em busca de liderança. E, enquanto elas fizerem isso, eu tenho a responsabilidade de ajudá-las a se manterem em segurança. Você entende isso, certo?

— Tudo o que eu entendo é que você está prestes a abandonar o barco ao primeiro sinal de problema. Acho que tem medo de que eles descubram quem você é. Acho que está com medo por você.

— Isso não é justo — falei, fiquei sentado e afastei Ange.

— Sério? Quem é o cara que quase teve um ataque cardíaco quando pensou que sua identidade secreta tinha sido descoberta?

— Aquilo foi diferente — eu disse. — A situação agora não tem a ver comigo. Você sabe disso. Por que está falando assim?

— Por que você está falando assim? Por que você não quer ser o mesmo cara que teve a coragem de começar tudo isso?

— Isso não é coragem, é suicídio.

— Que melodrama adolescente barato, M1k3y.

— Não me chame assim!

— O que, de "M1k3y"? Por que não, M1k3y?

Eu calcei os tênis. Peguei a mochila. Fui para casa.

> Por que parei de criar interferência?

> Eu não vou dizer o que os outros devem fazer porque não sou o líder de ninguém, não importa o que pensa a Fox News.

> Mas vou dizer o que pretendo fazer. Se vocês acharem que é a atitude correta, talvez vocês façam também.

> Parei de criar interferência. Por essa semana. Talvez pela próxima. Não é porque eu esteja com medo. É porque sou esperto o bastante para saber que é melhor estar em liberdade do que na prisão. Eles descobriram como deter a nossa tática, então precisamos criar uma nova tática. Eu não me importo qual ela seja, mas quero que dê certo. É idiotice ser preso. A pessoa só consegue criar interferência se não for presa.

> Existe outra razão para parar. Se você for preso, eles podem te usar para pegar seus amigos, os amigos deles e assim por diante. Eles podem prender seus amigos mesmo que não usem a Xnet, porque o Departamento de Segurança Nacional é um touro enlouquecido e não liga muito se pegou a pessoa certa.

> Eu não estou dizendo o que vocês devem fazer.

> Mas o Departamento de Segurança Nacional é burro e nós somos inteligentes. A interferência prova que eles não conseguem lutar contra o terrorismo porque não conseguem sequer impedir um bando de moleques. Se você for preso, passa a impressão de que eles são mais inteligentes do que nós.

> Eles não são mais inteligentes do que nós! Nós somos mais inteligentes do que eles. Vamos ser inteligentes. Vamos descobrir como interferir com o trabalho deles, não importa quantos meganhas eles coloquem nas ruas da nossa cidade.

Postei e fui dormir.
Sentia falta de Ange.

Ange e eu não nos falamos pelos quatro dias seguintes, incluindo o fim de semana, e então chegou a hora de voltar para o colégio. Quase liguei para ela um milhão de vezes, escrevi mil e-mails e mensagens de texto que não mandei.

Agora eu voltei à aula de estudos sociais e a Sra. Andersen me recebeu com uma educação sarcástica, perguntando com doçura como tinham sido as minhas "férias". Eu me sentei e murmurei alguma coisa. Deu para ouvir Charles abafar o riso.

Ela deu uma aula sobre o Destino Manifesto, a ideia de que os americanos eram destinados a conquistar o mundo inteiro (ou pelo menos foi assim que a professora fez parecer), e parecia tentar me provocar a dizer algo para me expulsar da sala.

Senti os olhos da turma em mim e isso me fez lembrar de M1k3y e das pessoas que o admiram. Eu estava cansado de ser admirado. Sentia falta de Ange.

Passei o resto do dia sem que nada me afetasse. Acho que não falei oito palavras.

Finalmente as aulas acabaram e eu saí pela porta, em direção aos portões, para a porcaria de Mission e minha casa idiota.

Eu mal saí dos portões quando alguém me derrubou ao dar um encontrão. Era um jovem mendigo, talvez da minha idade, talvez um pouco mais velho. Ele usava um longo sobretudo sujo, um par de jeans baggy e tênis tão surrados que pareciam ter passado por um triturador de madeira. O cabelo comprido caía sobre o rosto e a barba desgrenhada descia pela garganta até a gola de um suéter de lã desbotado.

Percebi todos esses detalhes enquanto ficamos caídos lado a lado na calçada, com as pessoas passando e olhando estranhamente. Parecia que ele esbarrou em mim ao descer correndo a Valencia, dobrado sobre uma mochila rasgada que estava ao seu lado no chão, coberta por formas geométricas rabiscadas com marcador de texto.

O mendigo se ajoelhou e balançou de um lado para o outro, como se estivesse bêbado ou batido com a cabeça.

— Foi mal, parceiro — disse ele. — Não te vi. Machucou?

Eu sentei também. Nada parecia machucado.

— Hã. Não, tudo bem.

O mendigo ficou de pé e sorriu. Os dentes eram surpreendentemente brancos e perfeitos, como um anúncio de clínica de ortodontia. Ele esticou a mão para mim e o aperto era forte e firme.

— Foi mal mesmo. — A voz também era clara e inteligente. Eu esperava que ele soasse como os mendigos que perambulam por Mission à noite, falando para si mesmos, mas parecia um vendedor de livraria bem informado.

— Sem problema — falei.

Ele esticou a mão mais uma vez.

— Zeb — falou.

— Marcus.

— Prazer, Marcus. Espero esbarrar com você novamente! Gargalhando, ele pegou a mochila, deu meia-volta e saiu correndo.

Andei confuso pelo resto do caminho até chegar em casa. Minha mãe estava sentada à mesa da cozinha e batemos um papinho sobre nada, do jeito que costumávamos fazer antes de tudo mudar.

Subi as escadas e desmoronei na cadeira. Para variar, eu não queria me conectar à Xnet. Acessara de manhã, antes de ir para o colégio, e descobri que meu post havia criado uma controvérsia gigantesca entre as pessoas que concordavam comigo e aquelas que estavam furiosas, com razão, por eu ter dito que abandonassem seu esporte favorito.

Eu estava no meio de três mil projetos quando tudo começou. Estava construindo uma câmera pinhole* feita de peças de Lego e brincando com fotografia aérea em pipas, usando uma velha câmera digital com o disparador preso com massinha de modelar esticada, que acionaria o obturador aos poucos. Eu tinha um amplificador de tubo a vácuo sendo montado dentro de uma lata de azeite velha e enferrujada que parecia uma descoberta arqueológica — assim que estivesse terminado, eu planejava construir uma base para o meu celular e um conjunto de alto-falantes surround de 5.1 canais a partir de latas de sardinha.

Olhei para a minha mesa de trabalho e finalmente escolhi a câmera pinhole. Montar as peças de Lego metodicamente tinha mais a ver com meu ritmo.

---

*Também conhecida como "câmera estenopeica", é uma máquina fotográfica sem lente, feita em uma caixa na qual a luz não entra, a não ser por um pequeno furinho, como o de um alfinete (pinhole). (*N. do T.*)

Tirei o relógio e o anel enorme de dois dedos que mostrava um macaco e um ninja prontos para lutar, e os coloquei na caixinha que usava para toda a tralha que eu levava nos bolsos e pescoço antes de sair de casa todo dia: celular, carteira, chaves, localizador de rede WiFi, trocados, pilhas, cabos retráteis... Joguei tudo na caixa e percebi que estava segurando algo que não me lembrava de ter levado antes.

Era um pedaço de papel cinza e macio como flanela, desfiado nas bordas onde fora rasgado de uma folha maior. Estava coberto pela menor e mais caprichada letra que eu já tinha visto. Desdobrei e levantei. O texto ocupava todo o papel, indo do canto superior esquerdo de um lado até uma assinatura difícil de ler no canto inferior direito do outro.

A assinatura dizia simplesmente: ZEB.

Levantei o papel e comecei a ler.

Caro Marcus,

Você não me conhece, mas eu conheço você. Nos últimos três meses, desde que a Bay Bridge explodiu, estive preso na Ilha do Tesouro. Eu estava no pátio no dia em que você falou com a menina oriental e foi derrubado. Você foi corajoso. Mandou bem.

Eu tive um rompimento de apêndice no dia seguinte e fui parar na enfermaria. Na cama ao lado havia um cara chamado Darryl. Levamos um tempão para convalescer e, quando ficamos bons, viramos um problema muito grande para eles nos soltarem.

Então, eles decidiram que realmente deveríamos ser culpados. Fomos interrogados todos os dias. Você passou por isso, eu sei. Imagine por meses. Darryl e eu acabamos virando colegas de cela. Sabíamos que a cela estava grampeada, então só falávamos sobre amenidades. Mas, à noite, quando estávamos nos catres, nós batíamos delicadamente mensagens em código Morse um para o outro (eu sabia que meus dias de radioamador viriam a calhar algum dia).

De início, as perguntas eram a mesma porcaria de sempre, quem fez o atentado, como fizeram. Mas, depois de algum tempo, eles passaram a perguntar sobre a Xnet. É claro que nunca tínhamos ouvido falar nisso. O que não impediu que perguntassem.

Darryl me disse que eles mostraram clonadores de transponders, consoles Xbox, todo tipo de tecnologia e exigiram que ele contasse quem usava aqueles aparelhos e onde aprenderam a modificá-los. Darryl me contou sobre os seus jogos e as coisas que você aprendeu.

Especialmente: o Departamento de Segurança Nacional perguntou sobre nossos amigos. Quem nós conhecíamos? Como eles eram? Tinham ideologias políticas? Haviam se envolvido em encrencas no colégio? Com a lei?

Chamamos a prisão de Guantanamo da Baía. Faz uma semana que eu saí e não creio que ninguém saiba que seus filhos estão aprisionados em plena baía de São Francisco. À noite era possível ouvir as pessoas rindo e se divertindo em terra firme.

Saí na semana passada. Não vou contar como, caso isso aqui caia em mãos erradas. Talvez outros usem o meu caminho.

Darryl me disse como encontrá-lo e me fez prometer que eu contaria para você o que eu sabia quando voltasse. Agora que fiz isso, vou dar no pé. De um jeito ou de outro, vou sair deste país. Danem-se os EUA.

Mantenha-se firme. Eles estão com medo de você. Acabe com eles por mim. Não seja capturado.
Zeb.

Havia lágrimas nos meus olhos quando terminei de ler. Eu tinha um isqueiro em algum lugar da mesa, que usava às vezes para derreter o isolamento de fios. Encontrei e levei até o papel. Eu sabia que devia destrui-lo em nome de Zeb e ter certeza de que ninguém mais o leria, pois a mensagem podia levá-los a ele, onde quer que fosse.

Segurei a chama e o papel, mas não consegui queimá-lo. Darryl.

Com todos os problemas com a Xnet, Ange e o Departamento de Segurança Nacional, eu quase esqueci que ele existia. Darryl tinha virado um fantasma, como um velho amigo que se mudou ou viajou para um programa de intercâmbio. Durante esse tempo todo, eles o interrogaram, exigiram que me dedurasse, explicasse a Xnet, a interferência. Ele se encontrava na Ilha do Tesouro, a base militar abandonada que ficava bem no meio da distância coberta pela agora destruída Bay Bridge. Ele estava tão próximo que dava para nadar até ele.

Abaixei o isqueiro e reli a mensagem. Quando terminei, estava chorando, soluçando. Eu me lembrei de tudo, da mulher de cabelo curto, das perguntas feitas por ela, do fedor de mijo, do tecido das minhas calças, endurecido pela urina seca.

— Marcus?

A porta estava entreaberta e minha mãe se encontrava parada na passagem, olhando-me com uma expressão preocupada. Há quanto tempo ela estava ali?

Sequei as lágrimas do rosto com o braço e funguei.

— Mãe. Oi.

Ela entrou no quarto e me abraçou.

— O que foi? Você quer conversar?

O papel estava sobre a mesa.

— Isso é da sua namorada? Está tudo bem?

Ela me deu uma saída. Eu podia simplesmente culpar Ange e minha mãe sairia do quarto para me deixar sozinho. Eu abri a boca para dizer justamente isso, mas saiu outra coisa:

— Eu estive preso. Depois que a ponte explodiu. Estive preso durante aquele tempo todo.

Os soluços que saíram não pareciam minha voz. Pareciam o barulho de um animal, talvez de um jumento ou de algum gato miando alto na noite. Eu solucei a ponto de a garganta arder e doer, a ponto de o peito arfar.

Minha mãe me pegou em seus braços, como fazia quando eu era pequeno, fez um cafuné, sussurrou no meu ouvido, me ninou e, aos poucos, devagar, os soluços pararam.

Respirei fundo e minha mãe pegou um copo d'água para mim. Sentei na beira da cama, ela sentou na cadeira da mesa e eu contei tudo.

Tudo.

Bem, quase tudo.

Capítulo 16

A princípio, mamãe ficou chocada, depois indignada e, então, finalmente desistiu e permaneceu boquiaberta enquanto eu contava sobre o interrogatório, sobre ter me urinado, o saco na cabeça, Darryl. Mostrei o papel a ela.

— Por quê...?

Naquela simples expressão, toda a recriminação que eu sentia à noite, todos os momentos em que me faltou a coragem para contar ao mundo o motivo de tudo, por que eu estava realmente lutando, o que realmente havia inspirado a Xnet.

Respirei fundo.

— Eles me disseram que eu iria para a prisão se falasse a respeito. Não apenas por alguns dias. Para sempre. Eu fiquei... fiquei assustado.

Minha mãe permaneceu sentada comigo por um bom tempo sem dizer nada. Então, falou:

— E quanto ao pai do Darryl?

Daria no mesmo se ela tivesse enfiado uma agulha de tricô no meu peito. O pai de Darryl. Ele deve ter concluído que o filho estava morto há muito tempo.

E não estava? Depois que o Departamento de Segurança Nacional prende alguém ilegalmente por três meses, eles soltariam a pessoa algum dia? Mas Zeb escapou. Talvez Darryl escapasse. Talvez eu e a Xnet pudéssemos ajudar Darryl a escapar.

— Eu não contei a ele — falei.

Agora minha mãe estava chorando. Ela não chora facilmente. Era uma característica britânica, o que tornou o som baixinho dos soluços ainda mais difícil de ouvir.

— Você tem que contar para ele — ela conseguiu dizer.

— Você vai contar.

— Vou.

— Mas, primeiro, temos que contar para o seu pai.

Meu pai deixou de ter hora certa para chegar em casa. Com o serviço de consultoria — que aumentou muito, agora que o Departamento de Segurança Nacional estava contratando novas empresas de recolhimento e análise de dados — e o longo trajeto até Berkeley, ele podia chegar em casa a qualquer momento entre 18 horas e meia-noite.

Hoje minha mãe ligou e disse para ele vir para casa imediatamente. Meu pai falou alguma coisa e ela simplesmente repetiu: imediatamente.

Quando ele chegou, estávamos na sala de estar com o papel entre nós sobre a mesinha de centro.

Foi mais fácil contar pela segunda vez. O segredo ficou mais leve. Eu não enfrentei, não escondi nada. Lavei a alma.

Eu já tinha ouvido a expressão antes, mas nunca entendi o significado até lavar a alma. Prender o segredo a deixou suja. Fez com que eu sentisse medo e vergonha. E me tornou tudo aquilo que Ange disse que eu era.

Meu pai permaneceu sentado o tempo todo, duro como uma tábua, com uma expressão feita de pedra. Quando entreguei a mensagem, ele leu duas vezes e a pousou com cuidado. Ele balançou a cabeça, ficou de pé e foi para a porta de entrada.

— Aonde você vai? — perguntou minha mãe, assustada.

— Preciso dar uma volta — foi tudo o que ele conseguiu murmurar, com a voz falhando.

Olhamos sem jeito um para o outro, eu e mamãe, e esperamos que ele voltasse para casa. Tentei imaginar o que se passava em sua cabeça. Meu pai se tornou um homem bem diferente depois dos atentados. Ela me disse que o que provocou a mudança foram os dias pensando que eu estava morto. Ele passou a acreditar que os terroristas quase haviam notado seu filho e ficou maluco por conta disso.

Maluco o bastante para fazer qualquer coisa que o Departamento de Segurança Nacional pedisse, para andar em fila como um bom carneirinho, para se deixar controlar, ser guiado.

Agora meu pai sabia que foi o Departamento de Segurança Nacional que me prendeu, que foram eles que tomaram os filhos de São Francisco como reféns na Guantanamo da Baía. Tudo fazia sentido, agora que pensei melhor. É claro que eu havia sido preso na Ilha do Tesouro. Aonde mais daria para ir de barco saindo de São Francisco em dez minutos?

Quando meu pai voltou, ele parecia mais furioso do que jamais esteve na vida.

— Você deveria ter me contado! — rugiu.

Minha mãe se colocou entre mim e ele.

— Você está culpando a pessoa errada. Não foi o Marcus que sequestrou e intimidou.

Ele balançou a cabeça e bateu os pés.

— Eu não estou culpando o Marcus. Sei exatamente de quem é a culpa. Minha e do idiota do Departamento de Segurança Nacional. Calcem os sapatos, peguem os casacos.

— Aonde nós vamos?

— Visitar o pai do Darryl. Depois vamos à casa da Barbara Stratford.

Eu conhecia o nome Barbara Stratford de algum lugar, mas não me lembrava de onde. Achava que talvez fosse uma velha amiga dos meus pais, mas não sabia precisamente.

Enquanto isso, eu estava a caminho da casa do pai de Darryl. Nunca me senti muito à vontade na presença do velho, que tinha sido operador de rádio na marinha e controlava a casa com mão de ferro. Ele ensinou código Morse para Darryl quando criança, o que eu sempre achei maneiro. Era um dos motivos pelos quais eu sabia que podia confiar na mensagem de Zeb. Porém, para cada coisa maneira como código Morse, o pai de Darryl tinha alguma disciplina militar maluca sem propósito, como insistir na cama feita ao estilo da caserna e em se barbear duas vezes por dia. Darryl se sentia contra a parede.

A mãe de Darryl também não gostou muito disso e voltou a viver com a família em Minnesota quando o filho tinha dez anos — ele passava os verões e os Natais lá.

Eu fiquei sentado no banco traseiro do carro e podia ver a parte detrás da cabeça de meu pai enquanto ele dirigia. Os músculos do pescoço estavam tensos e se mexiam enquanto ele rangia os dentes.

Minha mãe mantinha a mão no braço dele, mas não havia ninguém a meu lado para dar apoio. Se ao menos eu pudesse ligar para Ange. Ou Jolu. Ou Van. Talvez fosse possível quando o dia acabasse.

— Ele deve ter imaginado que o filho morreu — disse meu pai, enquanto fazia correndo as curvas fechadas que subiam por Twin Peaks para o pequeno bangalô que Darryl e o pai dividiam. Havia um nevoeiro em Twin Peaks, como geralmente ocorria à noite em São Francisco, refletindo a luz dos faróis em nossa direção. A cada curva que fazíamos, eu via os vales da cidade abaixo de nós, tigelas de luzinhas piscando que se mexiam na bruma.

— É esta aqui?

— Sim — respondi. — É essa. — Eu não ia à casa de Darryl há meses, mas passara tempo suficiente aqui ao longo dos anos para reconhecê-la de cara.

Nós três ficamos um tempão dentro do carro, esperando para ver quem sairia e tocaria a campainha. Para a minha surpresa, fui eu.

Toquei a campainha e todos nós esperamos em silêncio por um minuto, com a respiração presa. Toquei de novo. O carro do pai de Darryl estava na entrada da garagem e a gente viu uma luz na sala de estar. Eu estava prestes a tocar pela terceira vez quando a porta abriu.

— Marcus? — O pai de Darryl não parecia em nada com o que eu lembrava dele. Barba por fazer, de robe, descalço com unhas enormes e olhos vermelhos. Ele engordou, uma papada tremia debaixo do rígido maxilar militar. O cabelo fino estava ralo e desgrenhado.

— Sr. Glover — falei. Meus pais ocuparam a porta atrás de mim.

— Oi, Ron — disse minha mãe.

— Ron — disse meu pai.

— Vocês também? O que está acontecendo?

— Podemos entrar?

A sala de estar parecia aquelas reportagens sobre crianças abandonadas que haviam passado um mês trancadas antes de serem resgatadas pelos vizinhos: caixas de refeições congeladas, latas vazias de cerveja e garrafas de suco, tigelas de cereal mofado e pilhas de jornais. Havia fedor de mijo de gato e grãos de areia sanitária estalavam sob os pés. Mesmo sem a urina de gato, o mau cheiro era incrível, como o de um banheiro de rodoviária.

O sofá estava coberto por um lençol sujo, com um par de travesseiros engordurados e almofadas que tinham marcas de quem dormiu muito em cima.

Todos ficamos parados ali por um longo momento de silêncio, enquanto a vergonha sobrepujava todas as outras emoções. O pai de Darryl dava a impressão de que queria morrer.

Aos poucos, ele afastou os lençóis do sofá e tirou as bandejas sujas e empilhadas de algumas cadeiras. Levou tudo para a cozinha e, pelo barulho, atirou as bandejas no chão.

Nós nos sentamos cuidadosamente nos lugares que ele arrumou e, a seguir, o pai de Darryl voltou e se sentou também.

— Sinto muito — disse ele vagamente. — Eu não tenho café para oferecer. Amanhã tem a entrega das compras, agora estou quase sem nada...

— Ron, ouça — falou meu pai. — Nós temos algo para dizer que não vai ser fácil de escutar.

Ele ficou sentado como uma estátua enquanto eu contava. Abaixou os olhos para o papel, leu sem parecer entender, e releu. Devolveu para mim.

O pai de Darryl estava tremendo.

— Ele...

— Darryl está vivo — falei. — Darryl está vivo e mantido prisioneiro na Ilha do Tesouro.

Ele enfiou o punho na mão e soltou um gemido horrível.

— Nós temos uma amiga — disse meu pai. — Ela escreve no Bay Guardian. É uma repórter investigativa.

Era de lá que eu conhecia o nome. O *Guardian* era um semanário gratuito que geralmente perdia repórteres para os jornais diários e a internet, mas Barbara Stratford sempre permaneceu lá. Eu tinha uma vaga memória de ter jantado com ela quando era pequeno.

— Nós vamos à casa dela agora — falou minha mãe. — Você vem conosco, Ron? Vai contar a história do Darryl para ela?

Ele enfiou o rosto nas mãos e respirou fundo. Papai tentou colocar a mão em seu ombro, mas o Sr. Glover o repeliu bruscamente.

— Preciso me arrumar — disse ele. — Me dê um minuto.

O Sr. Glover desceu a escada um novo homem. Tinha feito a barba, passado gel no cabelo e colocado um uniforme militar limpinho, cheio de condecorações de campanha no peito. Ele parou ao pé da escada e meio que gesticulou para a roupa.

— Não tenho muita roupa limpa que esteja apresentável no momento. E isso pareceu adequado. Se ela quiser tirar fotos, sabe.

Ele e meu pai foram na frente do carro e eu fiquei atrás do Sr. Glover. De perto, ele cheirava um pouco a cerveja, como se ela saísse dos poros.

Era meia-noite quando subimos a entrada da garagem de Barbara Stratford. Ela morava fora da cidade, em Mountain View. Ninguém falou uma palavra sequer enquanto corríamos pela Rota 101. Os prédios modernos na margem da autoestrada passaram voando por nós.

Essa era uma vizinhança diferente da Bay Area em que eu morava, parecia mais com os subúrbios que às vezes via na TV. Muitas autoestradas e subdivisões de casas idênticas, cidades onde não havia mendigos empurrando carrinhos de supermercado pelas calçadas — não havia nem calçadas! Minha mãe ligou para Barbara Stratford enquanto esperávamos Sr. Glover descesse as escada. A jornalista estava dormindo, mas minha mãe estava tão tensa que esqueceu a fleuma britânica e não ficou envergonhada por tê-la acordado. Em vez disso, ela apenas contou para a repórter, em tom de nervosismo, que tinha um assunto a tratar e que precisava ser pessoalmente.

Quando o carro chegou à casa de Barbara Stratford, minha impressão foi de que o lugar saiu da série A Família Sol-Lá-Si-Dó — uma casa de sítio baixa com um muro de tijolos na frente e um belo jardim quadrado e bem cuidado. Os tijolos faziam uma espécie de desenho abstrato e havia uma velha antena de TV UHF saindo detrás do muro. Demos uma volta pela entrada e notamos que já havia luzes acesas lá dentro.

Barbara Stratford abriu a porta antes de termos a chance de tocar a campainha. Ela era da mesma idade dos meus pais, uma mulher alta e magra com um nariz adunco e olhos penetrantes cheios de rugas. Estava usando calças jeans estilosas, dignas das butiques de Valencia Street, e uma blusa indiana de algodão, solta e que descia até as coxas. Ela tinha pequenos óculos redondos que refletiam a luz do corredor.

A jornalista deu um sorriso curto para nós.

— Você trouxe o clã inteiro, pelo visto — disse ela.

Minha mãe concordou com a cabeça.

— Você vai entender em um minuto.

O Sr. Glover surgiu detrás do meu pai.

— E você chamou a Marinha?

— Tudo a seu tempo.

Fomos apresentados, um de cada vez. Barbara tinha um aperto de mão firme e dedos longos.

A casa era decorada em estilo minimalista japonês, com apenas alguns móveis baixos, grandes potes de argila com bambus que tocavam o teto, e o que parecia com um enorme motor a diesel enferrujado em cima de uma base de mármore com acabamento escovado. Eu gostei da decoração. O chão era de madeira antiga, lixada e manchada, mas não preenchida, então dava para ver as ranhuras e depressões debaixo do verniz. Eu realmente gostei disso, especialmente ao andar de meias sobre a madeira.

— Eu fiz café — disse ela. — Quem vai querer?

Todos nós levantamos as mãos. Eu desafiei meus pais abertamente.

— Certo — falou Barbara.

Ela desapareceu dentro de outro aposento e voltou depois com uma bandeja rústica de bambu, uma garrafa térmica e seis xícaras de design meticuloso, mas com desenhos toscos e malfeitos. Gostei disso também.

— Bem, é muito bom ver você de novo, Marcus — disse assim que serviu o café. — Acho que, da última vez, você tivesse talvez uns sete anos. E, pelo que me lembro, estava muito empolgado com seu novo videogame, que mostrou para mim.

Eu não me lembrava de nada disso, mas parecia com o que eu curtia aos sete anos. Acho que era o meu Dreamcast da Sega.

Ela pegou um gravador, um bloco e uma caneta, que girou para abrir.

— Eu vou ouvir tudo o que vocês têm para dizer e prometo que manterei em segredo. Mas não posso prometer que farei algo com isso ou que sera publicado. — Pelo jeito que Barbara falou, percebi que ela fez um favorzão para minha mãe ao sair da cama, sendo amiga ou não. Deve ser um pé no saco ser uma repórter investigativa importante. Provavelmente havia um milhão de pessoas que gostariam que ela defendesse suas causas.

Minha mãe acenou com a cabeça para mim. Embora eu já tivesse contado a história três vezes naquela noite, eu me vi com a língua presa. Isso era diferente de contar para os meus pais. Diferente de contar para o pai de Darryl. Isso... isso daria início a uma nova jogada na partida.

Comecei devagar e observei Barbara tomando notas. Bebi uma xícara de café inteira apenas ao explicar o que era ARG e como fugi da escola para jogar. Meus pais e o Sr. Glover ouviram essa parte com atenção. Servi outra xícara para mim e bebi enquanto explicava como fomos detidos. Quando terminei a história toda, eu havia acabado com a garrafa térmica e estava doido para mijar.

O banheiro tinha uma decoração tão minimalista quanto a sala de estar. Havia um sabonete orgânico marrom que cheirava a lama. Voltei e notei que os adultos me observavam em silêncio.

O Sr. Glover contou sua história a seguir. Ele nada tinha a dizer sobre o que acontecera, mas explicou que era um veterano e seu filho era um bom rapaz. Falou sobre a sensação de acreditar que o filho havia morrido e como a ex-esposa teve um colapso ao descobrir e acabou hospitalizada. Ele chorou um pouco, sem sentir vergonha. As lágrimas desceram pelo rosto enrugado e escureceram a gola do uniforme de gala.

Quando tudo acabou, Barbara foi para outro aposento e voltou com uma garrafa de uísque irlandês. — É um Bushmills de 15 anos envelhecido em tonel de rum — ela falou ao pousar quatro copinhos. Nenhum para mim. — Essa edição não é vendida há dez anos. Acho que é o momento apropriado para abrirmos.

Ela serviu uma dose para cada um, levantou o seu copinho e bebeu metade do uísque. Os demais adultos fizeram o mesmo. Eles beberam de novo e terminaram. Barbara serviu novas doses.

— Tudo bem — disse ela. — Eis o que posso dizer agora. Eu acredito em vocês. Não apenas porque eu te conheço, Lillian. A história parece verdadeira e bate com outros rumores que eu ouvi. Mas não posso apenas aceitar as suas palavras. Tenho que investigar cada aspecto da situação e cada elemento de suas vidas e histórias. Preciso saber se existe alguma coisa que não estão me contando, qualquer coisa que possa ser usada para desacreditar vocês depois que isso venha à tona. Preciso de tudo. Pode levar semanas antes que eu esteja pronta para publicar.

"Vocês também precisam pensar na própria segurança e na do Darryl. Se ele realmente é uma 'não pessoa', então pressionar o Departamento de Segurança Nacional pode fazer com que eles o levem para um lugar ainda mais distante. Tipo a Síria. Eles também podem fazer algo bem pior." Barbara deixou a mensagem no ar. Eu sabia que ela tinha querido dizer que o departamento poderia matá-lo.

— Eu vou escanear essa carta agora. Quero fotos de vocês dois, agora e depois. Nós podemos mandar um fotógrafo, mas eu quero documentar tudo o máximo possível hoje à noite também.

Eu a acompanhei ao escritório para escanear. Esperava ver um computador estiloso e discreto que combinasse com a decoração, mas, em vez disso, o quarto extra/escritório estava lotado com PCs de primeira linha, enormes monitores de tela plana e um escaner grande o bastante para caber uma folha inteira de jornal. Ela também operava tudo rapidamente. Gostei de ver que ela usava o ParanoidLinux. Essa mulher levava o trabalho a sério.

As ventoinhas dos computadores criavam uma eficiente barreira sonora, mas, ainda assim, eu fechei a porta e me aproximei dela.

— Hum, Barbara?

— Sim?

— Quanto ao que você disse sobre o que pode ser usado para me desacreditar?

— Sim?

— Você não pode ser forçada a contar o que falei para mais ninguém, certo?

— Na teoria. Vou explicar de outra forma: eu já fui presa duas vezes por preferir não dedurar uma fonte.

— OK, OK. Beleza. Uau. Prisão. OK. — Respirei fundo.

— Você ouviu falar da Xnet? Ou do M1k3y?

— Sim?

— Eu sou o M1k3y.

— Ah. — Ela operou o escaner e inverteu o papel para escanear o outro lado. A capacidade de resolução era inacreditável, dez mil dpi ou mais, e na tela o papel parecia estar sob um microscópio de tunelamento de elétrons. — Bem, com isso a coisa muda de figura.

— É — falei. — Acho que sim.

— Seus pais não sabem.

— Não. E não sei se quero que saibam.

— Isso é algo que você vai ter que resolver. Eu preciso pensar um pouco a respeito. Você pode passar na redação? Eu gostaria de falar o que isso significa exatamente.

— Você tem um Xbox Universal? Eu posso levar um instalador.

— Sim, creio que posso arrumar um. Quando for à redação, diga à recepção que você é o Sr. Brown para me ver. Eles sabem o que isso significa. Não haverá registro em papel de

273

sua passagem e todas as imagens das câmeras de seguranças serão automaticamente apagadas e elas serão desligadas até você sair.

— Uau — falei. — Você pensa como eu.

Ela sorriu e me deu um soquinho no ombro.

— Garoto, eu jogo esse jogo há muito tempo. Até agora, consegui ficar mais tempo livre do que atrás das grades. A paranoia é minha amiga.

Eu parecia um zumbi no dia seguinte no colégio. Cravei umas três horas de sono e mesmo três xícaras daquela lama cafeinada do turco não conseguiram deixar o cérebro ligado. O problema da cafeína é que é muito fácil ficar acostumado, então a pessoa precisa tomar doses cada vez maiores para ficar acima do normal.

Eu passei a noite pensando no que tinha que fazer. Parecia um labirinto de passagens apertadas, todas iguais, cada uma levando para o mesmo beco sem saída. Quando eu fosse à redação de Barbara, estaria tudo acabado para mim. Esse era o resultado, não importa o quanto eu pensasse no assunto.

Quando a aula acabou, tudo o que eu queria era ir para casa e ficar na cama. Mas eu tinha um compromisso no Bay Guardian, no cais do porto. Passei cambaleando pelo portão, olhando para os pés e, quando virei na 24th Street, outro par de pés passou a andar ao lado dos meus. Reconheci os tênis e parei.

— Ange?

Ela parecia como eu me sentia — precisando dormir, com olheiras e rugas de tristeza nos cantos da boca.

— Olá — disse Ange. — Surpresa. Saí à francesa do colégio. Não conseguia me concentrar, de qualquer forma.

— Hum — falei.

— Cale a boca e me dá um abraço, seu idiota.

Eu dei. A sensação foi boa. Melhor do que boa. Parecia que eu havia amputado uma parte de mim e que ela fora reimplantada.

— Eu te amo, Marcus Yallow.

— Eu te amo, Angela Carvelli.

— OK — ela falou, interrompendo o abraço. — Eu gostei do seu post sobre por que você não está criando interferência. Respeito sua decisão. O que você fez para encontrar um jeito de interferir sem ser descoberto?

— Eu estou a caminho de encontrar uma jornalista investigativa que vai publicar uma reportagem sobre a minha prisão, como eu criei a Xnet e o fato de o Darryl estar sendo detido ilegalmente pelo Departamento de Segurança Nacional, em uma prisão secreta na Ilha do Tesouro.

— Ah. — Ela olhou ao redor por um momento. — Você não podia ter pensado em algo, tipo, ambicioso?

— Quer vir?

— Eu vou, sim. E gostaria que você explicasse em detalhes. se não se importa.

Depois de todas as vezes que contei a mesma história, essa aqui, enquanto a gente caminhava pela Potrero Avenue e descia a 15th Street, foi a mais fácil. Ange segurou a minha mão e apertou constantemente.

Subimos dois degraus de cada vez da escadaria para a redação do Bay Guardian. O coração estava disparado. Cheguei para a recepcionista entediada e falei — Eu vim ver Barbara Stratford. Meu nome é Sr. Green.

— O senhor não quer dizer Sr. Brown?

— Sim — falei e fiquei vermelho. — Sr. Brown.

Ela fez alguma coisa no computador e, então, disse — Sentem-se. A Barbara vem em um minuto. Querem alguma coisa?

— Café — dissemos em uníssono. Outra razão para amar Ange: o vício na mesma droga.

A recepcionista — uma latina bonita, apenas uns poucos anos mais velha do que nós, vestida com roupas da Gap tão velhas que eram praticamente retrô — concordou com a cabeça, saiu e voltou com duas canecas com a logomarca do jornal.

Bebemos em silêncio, vendo os visitantes e repórteres entrando e saindo. Finalmente, Barbara veio pegar a gente. Ela estava vestindo praticamente a mesma roupa da noite anterior. Combinava com ela. Barbara levantou uma sobrancelha quando viu que eu trouxera uma acompanhante.

— Oi — falei. — Hã, essa é...

— Sra. Brown — disse Ange, estendendo a mão. Ah, sim, claro, nossas identidades deveriam ficar em segredo. — Eu trabalho com o Sr. Green. — Ela me cutucou de leve.

— Vamos então — Barbara falou e nos levou para uma sala de reuniões com paredes compridas de vidro e persianas descidas. Ela pousou uma bandeja com biscoitos de chocolate orgânico, um gravador digital e outro bloco. — Você quer gravar a entrevista também?

Eu não havia pensado nisso. Porém, percebi que seria útil caso eu quisesse contestar o que Barbara publicasse. Ainda assim, se não pudesse confiar nela, eu estava perdido de qualquer forma.

— Não, tudo bem — falei.

— Certo, então vamos. Mocinha, meu nome é Barbara Stratford e sou uma repórter investigativa. Imagino que saiba por que estou aqui e eu estou curiosa para saber por que você está aqui.

— Eu trabalho com o Marcus na Xnet — disse Ange. — Você precisa saber o meu nome?

— Agora, não — Barbara falou. — Você pode permanecer anônima, se quiser. Marcus, pedi que você me contasse esta história porque preciso saber como ela bate com aquela que você me contou sobre o seu amigo Darryl e o papel que me mostrou. Acho que seria um bom adendo; posso vender a pauta como a origem da Xnet. "Eles criaram um inimigo do qual jamais esquecerão", algo assim. Mas, honestamente, prefiro não ter que fazer esta reportagem se não for necessário.

"Prefiro contar a bela história da prisão secreta bem no nosso quintal, sem ter que discutir se os prisioneiros são pessoas capazes de sair e fundar um movimento subversivo para desestabilizar o governo federal. Tenho certeza que entende o que digo."

Eu entendi. Se a Xnet fosse parte da reportagem, algumas pessoas diriam: viu só, eles precisam prender pessoas assim ou elas vão criar um tumulto.

— Quem manda é você — falei. — Acho que é preciso contar para o mundo sobre o Darryl. Quando você fizer isso, o Departamento de Segurança Nacional vai saber que contei a história e eles virão atrás de mim. Talvez percebam que eu estou envolvido com a Xnet. Talvez eles me associem ao M1k3y. O que quero dizer é que, assim que você publicar a história do Darryl, para mim estará tudo acabado, não importa o que aconteça. Estou tranquilo quanto a isso.

— Ladrão de tostão, ladrão de milhão — ela disse. — Certo. Bem, estamos combinados. Quero que vocês dois me contem tudo o que puderem sobre a fundação e o funcionamento da Xnet, e, depois, quero uma demonstração. Para que vocês usam? Quem mais usa? Como se espalhou? Quem programou? Tudo.

— Isso vai levar um tempo — falou Ange.

— Eu tenho tempo — disse Barbara. Ela bebeu café e comeu um biscoito. — Essa pode ser a reportagem mais importante da Guerra ao Terror. Essa pode ser a reportagem que derruba o governo. Quando alguém faz uma matéria dessas, tem que tomar muito cuidado.

Capítulo 17

Então contamos para ela. Achei muito divertido, na verdade. É sempre empolgante ensinar pessoas a usarem tecnologia. É tão maneiro observá-las descobrindo como a tecnologia ao redor pode tornar suas vidas melhores. Ange mandou bem, também — a gente fazia uma excelente dupla. Cada um explicou um pouco como tudo funcionava. Para início de conversa, Barbara levava muito jeito, é claro.

Ficamos sabendo que ela cobriu o período em que os grupos de liberdades civis como a Electronic Frontier Foundation lutaram pelo direito dos americanos ao uso de criptografia poderosa, no início dos anos 1990. Eu sabia muito pouco sobre aquela época, mas Barbara explicou de uma maneira que provocou arrepios.

Hoje em dia é inacreditável, mas houve um tempo em que o governo classificava a criptografia como munição e tornou ilegal a sua exportação ou uso, alegando ser questão de segurança nacional. Sacou? Costumávamos ter matemática ilegal em nosso país.

A Agência de Segurança Nacional era a verdadeira responsável pela proibição. Eles tinham um padrão de criptografia que diziam ser poderosa o bastante para os bancos e seus clientes usarem, mas não tanto que os mafiosos fossem capazes de manter sua contabilidade em segredo. O padrão, DES-56, era tido como praticamente inquebrável. Então, um dos cofundadores milionários da Electronic Frontier Foundation construiu um decifrador de US$ 250.000 capaz de quebrar o código em duas horas.

Ainda assim, a Agência de Segurança Nacional argumentou que deveria ser capaz de evitar que os cidadãos americanos mantivessem segredos que ela não pudesse bisbilhotar. Então a Electronic Frontier Foundation deu o golpe fatal. Em 1995, eles defenderam Dan Bernstein, um formando de matemática de Berkeley, em um julgamento. Bernstein tinha escrito um tutorial de criptografia que continha uma programação capaz de criar uma cifra mais poderosa que a DES-56. Milhões de vezes mais poderosa. Segundo a Agência de Segurança Nacional, isso tornava o artigo uma arma e, portanto, impublicável.

Bem, pode ser difícil encontrar um juiz que entenda de criptografia e sua importância, mas foi comprovado que um típico juiz de tribunal de apelações realmente não gosta de dizer para formandos que tipo de monografias eles podem escrever. A guerra terminou em vitória para os mocinhos quando o tribunal decidiu que programação era uma forma de expressão protegida pela Primeira Emenda Constitucional: "O Congresso não fará leis que tolham a liberdade de expressão." Quem compra qualquer coisa na internet, manda uma mensagem secreta ou verifica se o saldo bancário está usando criptografia que a Electronic Frontier Foundation legalizou. Foi uma coisa positiva, também, porque a Agência de Segurança Nacional não é assim tão esperta. Qualquer código que eles consigam decifrar, com certeza os terroristas e mafiosos também são capazes de conseguir.

Barbara foi uma da repórteres que construiu sua reputação ao cobrir o caso. Ela começou a carreira cobrindo o fim do movimento de direitos civis em São Francisco e reconheceu a semelhança entre lutar pela constituição no mundo real e no ciberespaço.

Então ela entendeu a situação. Não acho que poderia ter explicado tudo isso para os meus pais, mas foi fácil para Barbara. Ela fez perguntas inteligentes sobre protocolos de criptografia e procedimentos de segurança, e algumas questões eu não sabia como responder — e, em certos momentos, Barbara alertou para eventuais falhas em nosso procedimento.

Nós ligamos o Xbox e ficamos on-line. Havia quatro pontos de rede WiFi visíveis da sala de reunião e eu mandei que o console alterasse entre eles em intervalos aleatórios. Ela também entendeu isso — assim que a pessoa se conectava à Xnet, era a mesma coisa que estar na internet, apenas as coisas eram mais lentas e tudo era anônimo e indetectável.

— E agora? — falei ao darmos um tempo. Eu fiquei com a boca seca de tanto falar e sentia uma pontada ácida por causa do café. Além disso, Ange continuou apertando minha mão por debaixo da mesa de uma maneira que eu queria fugir e encontrar um lugar isolado para compensar pela nossa primeira briga.

— Agora eu faço jornalismo. Você vai embora e eu pesquiso tudo o que me contou e tento confirmar o máximo possível. Eu mostro para você o que irei publicar e informo quando irá para a rua. Prefiro que você não fale com mais ninguém sobre isso, porque eu quero o furo e ter a certeza de que entendi tudo antes que a situação fique confusa com especulações da imprensa e a deturpação dos fatos pelo Departamento de Segurança Nacional.

"Eu vou ter que ligar para o Departamento de Segurança Nacional antes de publicar, mas farei de um modo que proteja você ao máximo. Vou avisar antes que isso aconteça.

"Uma coisa tem que ficar clara: essa história não é mais sua. É minha. Você foi muito generoso ao me dar e eu tentarei retribuir o presente, mas você não tem o direito de editá-la, mudá-la ou me impedir. Agora o processo está em andamento e não vai parar. Você entendeu?"

Eu não havia pensado sobre a questão nesses termos, mas, assim que ela falou, ficou óbvio. Eu havia disparado o foguete e não seria capaz de chamá-lo de volta. Ele iria cair para onde foi apontado ou perderia o rumo, mas agora estava no ar e isso não poderia ser alterado. Em algum futuro próximo, eu deixaria de ser Marcus — eu me tornaria uma figura pública. Seria o cara que dedurou o Departamento de Segurança Nacional.

Eu seria um condenado à morte.

Acho que Ange estava pensando a mesma coisa, porque havia ficado de uma cor entre o branco e o verde.

— Vamos cair fora daqui — ela disse.

A mãe e irmã de Ange estavam fora de novo, o que tornou fácil decidir onde ficaríamos pelo resto da noite. Já tinha passado da hora do jantar, mas meus pais sabiam que eu estava em reunião com Barbara e não reclamariam por eu chegar tarde em casa.

Quando chegamos na casa de Ange, eu não senti a menor vontade de ligar o Xbox. Já tive o bastante de Xnet por um dia só. Só conseguia pensar em Ange, Ange, Ange. Viver sem Ange. Saber que Ange estava puta comigo. Ange jamais falaria comigo de novo. Ange jamais me beijaria outra vez.

Ela andou pensando a mesma coisa. Deu para ver em seus olhos quando fechamos a porta do quarto e nos entreolhamos. Eu estava faminto por ela, como se visse um jantar após dias sem comer. Como se quisesse um copo d'água após jogar futebol por três horas seguidas.

A sensação não era parecida com nada disso. Era mais intensa. Era algo que eu jamais tinha sentido antes. Queria comê-la inteira, devorá-la.

Até agora, ela fora a mandante em nosso relacionamento sexual. Eu permitia que Ange ditasse e controlasse o ritmo. Era tremendamente erótico deixar-me ser agarrado por ela, que Ange tirasse minha camisa e puxasse meu rosto para o dela.

Mas, na noite de hoje, eu não podia me controlar. Eu não me controlaria.

A porta se fechou, eu peguei a borda da camiseta de Ange e puxei, mal dando tempo para que ela levantasse os braços enquanto eu tirava a peça por sua cabeça. Arranquei a minha própria camiseta e ouvi o tecido de algodão ranger enquanto as costuras se soltavam.

Os olhos de Ange brilhavam, a boca estava aberta, a respiração acelerada. A minha também estava assim, a respiração, o coração e o sangue pulsavam nos ouvidos.

Tirei o resto de nossas roupas com o mesmo zelo, jogando as peças nas pilhas de roupas sujas e limpas pelo chão. Afastei os livros e a papelada que havia sobre a cama. Caímos abraçados sobre os lençóis desfeitos um segundo depois, nos apertando como se os corpos fossem se atravessar. Ela gemeu na minha boca e eu fiz o mesmo, senti sua voz reverberar nas minhas cordas vocais, uma sensação mais íntima do que qualquer uma que, já tive antes.

Ela se soltou e esticou o braço para a mesinha de cabeceira. Abriu a gaveta e jogou sobre a cama um saquinho branco de farmácia. Eu olhei dentro. Camisinhas. Marca Trojan. Uma caixa com uma dúzia com espermicida. Ainda fechada. Sorri para ela, Ange devolveu o sorriso e eu abri a caixa.

Pensei sobre como seria o sexo por anos. Imaginei uma centena de vezes ao dia. Alguns dias, eu praticamente só pensava nisso.

Não foi nada como eu esperava. Algumas partes foram melhores. Outras foram piores. Enquanto durou, pareceu uma eternidade. Depois, deu a impressão de ter acabado em um piscar de olhos.

Depois, eu me senti o mesmo. Mas também me senti diferente. Algo mudara entre nós.

Foi esquisito. Nós dois ficamos envergonhados enquanto vestíamos as roupas, andando à toa pelo quarto, sem olhar nos olhos um do outro. Embrulhei a camisinha em um lenço de papel de uma caixa ao lado da cama e levei para o banheiro, lá enrolei em papel higiênico e enfiei no fundo da lixeira.

Quando voltei, Ange estava sentada na cama, jogando no Xbox. Eu sentei com cuidado ao seu lado e peguei sua mão. Ela virou para me encarar e sorriu. Nós dois estávamos cansados e tremendo.

— Valeu — falei.

Ange não falou nada. Virou o rosto para mim e deu um sorriso imenso, mas lágrimas enormes rolavam pela rosto.

Eu dei um abraço e ela se agarrou firme em mim.

— Você é um bom homem, Marcus Yallow — sussurrou.

— Obrigada.

Eu não sabia o que dizer, mas a apertei de volta. Finalmente, a gente se soltou. Ange parou de chorar, mas continuava sorrindo.

Ela apontou para o meu Xbox, que estava no chão ao lado da cama. Eu entendi a indireta. Peguei, pluguei e me conectei. Era mais do mesmo. Um monte de e-mails. Os novos posts dos blogs que eu lia passaram pela tela. Spam. Deus, como eu recebia spam. Minha caixa postal na Suécia era sempre atacada, usada como endereço de resposta para spams mandados para centenas de milhares de contas da internet, então eu recebia todas as respostas grosseiras e as mensagens que batiam e voltavam. Não sabia quem estava por trás disso. Talvez o Departamento de Segurança Nacional estivesse tentando lotar a minha caixa postal. Talvez fosse simplesmente um trote. Contudo, o Partido Pirata tinha filtros muito bons e oferecia quinhentos gigabytes de capacidade, então era improvável que a caixa ficasse lotada em um futuro próximo.

Filtrei tudo, martelando a tecla de deletar. Eu tinha uma caixa postal separada para receber material criptografado com minha chave pública, pois era provável que fosse relacionado à Xnet e possivelmente secreto. Quem mandava spam ainda não havia descoberto que usar chaves públicas tornaria o lixo eletrônico mais plausível, então, por enquanto, a solução funcionava bem.

Havia algumas dezenas de mensagens criptografadas de pessoas da teia de confiança. Eu dei uma olhada rápida — links para vídeos e fotos de novos abusos cometidos pelo Departamento de Segurança Nacional, histórias de horror de gente que escapou por pouco, reclamações sobre coisas que eu bloguei. O de sempre.

Então vi um e-mail que estava apenas criptografado com a minha chave pública. Isso significava que ninguém mais poderia ler a mensagem, mas eu não tinha ideia de quem teria escrito. O remetente era Masha, que podia ser um nick ou um nome — não dava para dizer qual era.

> M1k3y

> Você não me conhece, mas eu conheço você.

> Eu fui presa no dia em que a ponte explodiu. Eles me interrogaram. Decidiram que eu era inocente. Me ofereceram um emprego: ajudar a caçar os terroristas que mataram meus vizinhos.

> Na ocasião, pareceu um bom negócio. Mal sabia eu que o trabalho de verdade seria espionar a molecada que odiava o fato de a cidade ter se tornado um estado policial.

> Eu infiltrei a Xnet no dia em que foi lançada. Estou na sua teia de confiança. Se eu quisesse revelar a minha identidade, eu poderia mandar um e-mail para um endereço seu que você confiasse. Três endereços, na verdade. Estou tão dentro da sua rede social como apenas outra pessoa com 17 anos poderia estar. Alguns dos e-mails que você recebeu contêm desinformação cuidadosamente selecionada por mim e meus superiores.

> Eles não sabem quem você é, mas estão chegando perto. Eles continuam corrompendo as pessoas, oferecendo acordos. Eles vasculham os sites de redes sociais e usam ameaças para transformar a garotada em informantes. Há centenas de pessoas trabalhando para o Departamento de Segurança Nacional na Xnet neste momento. Eu sei seus nomes, nicks e chaves. Privadas e públicas.

> Poucos dias depois do lançamento da Xnet, nós começamos a explorar o ParanoidLinux. Por enquanto, as descobertas foram pequenas e insignificantes, mas a quebra do sistema é inevitável. Assim que isso acontecer, você estará morto.

> Acho que posso dizer com certeza que, se meus superiores souberem que escrevi isto, vou ficar presa na Guantanamo da Baía até virar uma velha.

> Mesmo que eles não quebrem o ParanoidLinux, há vários sistemas do ParanoidXbox infectados circulando por aí. A integridade da transmissão de dados não confere, mas quantas pessoas verificam isso? Além de mim e você? Um monte de moleques estão mortos, eles apenas não sabem disso.

> Tudo o que resta aos meus superiores é descobrir o melhor momento para prender você a fim de render o maior impacto na mídia. Esse momento vai chegar em breve. Acredite.

> Você provavelmente está se perguntando por que eu estou contando isso.

> Eu também.

> Tem a ver com a minha origem. Eu me alistei para lutar contra os terroristas. Em vez disso, estou espionando americanos que acreditam em coisas que o Departamento de Segurança Nacional não gosta. Não as pessoas que planejam explodir bombas, mas manifestantes. Não posso mais fazer isso.

> Mas você também não, quer saiba ou não. Como eu digo, é apenas uma questão de tempo até que você esteja a ferros na Ilha do Tesouro. Não é "se", é "quando."

> Então, para mim acabou. Há umas pessoas em Los Angeles. Eles dizem que podem me manter em segurança se eu quiser cair fora.

> Eu quero cair fora.

> Eu te levo comigo, se quiser vir. Melhor ser um guerreiro do que um mártir. Se vier comigo, nós podemos descobrir como vencer juntos. Sou tão inteligente quanto você. Acredite.

> O que você diz?

> Aqui está a minha chave pública.

> Masha

Na dúvida ou se ferrando, saia correndo em círculos, berrando.

Já viu essa cena em desenho animado? Não é um bom conselho, mas pelo menos é fácil de seguir. Pulei da cama e andei de um lado para o outro. O coração disparou e o sangue pulsava ao ritmo de uma paródia cruel da sensação que tive quando eu e Ange chegamos em casa. Isso não era excitação sexual; era puro terror.

— O que foi? — perguntou Ange. — O que foi?

Apontei para a tela do meu lado da cama. Ange rolou, pegou o teclado e passou a ponta do dedo no touchpad. Ela leu em silêncio.

Andei de um lado para o outro.

— Isso tem que ser mentira — disse ela. — O Departamento de Segurança Nacional está brincando com a sua cabeça.

Eu olhei para ela. Ange estava mordendo o lábio. Não parecia acreditar.

— Você acha?

— Claro. Como eles não podem te vencer, estão usando a Xnet para vir atrás de você.

— É.

Eu voltei a sentar na cama. Estava com a respiração acelerada novamente.

— Calma — disse ela. — É só provocação. Aqui.

Ela jamais tirou o teclado de mim antes, mas agora havia uma nova intimidade entre nós. Ela apertou "responder" e escreveu:

> `Boa tentativa.`

Ela estava escrevendo como M1k3y agora, também. Nós estávamos juntos de uma maneira diferente de antes.

— Vá em frente e assine. Vamos ver o que ela diz.

Eu não sabia se essa era uma boa ideia, mas não tive nenhuma melhor. Assinei a mensagem e criptografei com a minha chave privada e a pública que Masha forneceu.

A resposta foi instantânea.

```
> Achei que você fosse dizer algo assim.
> Aqui está um truque no qual você não pensou.
É possível transmitir vídeos via tunelamento ano-
nimamente pelo DNS. Aqui estão alguns links para
clipes que você deveria assistir antes de decidir
que estou mentindo. Essa gente está sempre filmando
uns aos outros como segurança contra um golpe pelas
costas. É muito fácil espioná-los enquanto eles se
espionam entre si.
> Masha
```

Veio anexado o código de um pequeno programa que parecia fazer exatamente o que Marsha afirmava: transmitir vídeos pelo protocolo Domain Name Service*.

Vou voltar um pouco e explicar uma coisa. No fim das contas, todo protocolo de internet é apenas uma sequência de texto que vai e volta em uma ordem fixa. É como pegar um caminhão e enfiar um carro dentro, então colocar uma moto no porta-malas do carro, depois prender uma bicicleta na garupa da moto e, finalmente, amarrar um par de patins na traseira da bicicleta. Só que, se a pessoa quiser, ela pode amarrar o caminhão aos patins.

Por exemplo, veja o SMTP, o protocolo usado para enviar e-mail.

Aqui está o exemplo de uma conversa entre mim e meu servidor de e-mail, mandando uma mensagem para mim mesmo:

---

*DNS (sigla em inglês para serviço de nome de domínio) é o protocolo que permite que um computador encontre outro na internet e realize perguntas entre si através de um serviço hierárquico, que pesquisa por zonas. (*N. do T.*)

```
> OLÁ littlebrother.com.se
250 mail.pirateparty.org.se Olá mail.pirateparty.
org.se, prazer em conhecer você
    > E-MAIL DE:m1k3y@littlebrother.com.se
250 2.1.0 m1k3y@littlebrother.com.se... Remetente
ok
    > RCPT PARA:m1k3y@littlebrother.com.se
250 2.1.5 m1k3y@littlebrother.com.se... Destina-
tário ok
    > DADOS
354 Digite texto, termine com ".." em uma linha
separada
    > Na dúvida ou se ferrando, saia correndo em
círculos, berrando
    > 250 2.0.0 k5SMW0xQ006174 Mensagem aceita para
entrega
FIM
221 2.0.0 mail.pirateparty.org.se fechando conexão
Conexão fechada por anfitrião externo.
```

A gramática dessa conversa foi definida em 1982 por Jon Postel, um dos heroicos fundadores da internet, que literalmente gerenciava um dos mais importantes servidores da rede debaixo de sua mesa na Universidade do Sul da Califórnia, lá na era paleolítica.

Agora, imagine a conexão de um servidor de e-mail como uma conversa no MSN. Seria possível mandar uma mensagem ao servidor dizendo "OLÁ littlebrother.com.se" e ele responderia "250 mail.pirateparty.org.se Olá mail.pirateparty.org.se, prazer em conhecer você". Em outras palavras, seria possível manter a mesma conversa tanto por mensagens instantâneas quanto por SMTP. Com algumas modificações, o trabalho do servidor de e-mail poderia ocorrer dentro de um chat. Ou de uma navegação na internet. Ou dentro de qualquer coisa.

Isso é chamado de "tunelamento." O SMTP é colocado dentro de um "túnel" de chat. É possível então colocar o chat de volta dentro de um túnel de SMTP se quiser fazer algo bem esquisito, o túnel em outro túnel via um túnel.

Na verdade, todo protocolo de internet é suscetível a esse processo. É maneiro porque significa que, se pessoa está em uma rede que tem apenas acesso à web, é possível acessar o e-mail via túnel. Dá para acessar via túnel um programa de compartilhamento de arquivos P2P. Dá para acessar até mesmo a Xnet — que, afinal, é um túnel para dezenas de protocolos — via túnel.

O DNS é um protocolo de internet antigo e interessante, datado de 1983. É a maneira como um PC converte o nome de um computador — tipo pirateparty.org.se — para o número de IP que os computadores realmente usam para falar uns com os outros pela internet, tipo 204.11.50.136. Geralmente funciona como mágica, apesar de ter milhares de componentes — todo provedor de internet tem um servidor de DNS, assim como a maioria dos governos e empresas privadas. Essas caixas de DNS conversam entre si o tempo todo, fazendo e preenchendo requerimentos uns com os outros. Não importa que o nome de um dado computador seja obscuro, ele será convertido em um número.

Antes do DNS, havia o arquivo HOSTS. Acredite ou não, isso era um único documento que listava o nome e endereço de cada computador conectado à internet. Cada computador tinha uma cópia. Eventualmente, o arquivo ficou grande demais para ser transportado, então inventaram o DNS, que rodava em um servidor debaixo da mesa de Jon Postel. Se uma faxineira desligasse o plugue da tomada, toda a internet perderia a capacidade de se encontrar. É sério.

O legal sobre o DNS hoje em dia é que o serviço está em todos os lugares. Cada rede tem um servidor de DNS interno e todos esses servidores estão configurados para falar uns com os outros e com pessoas aleatórias por toda a internet. O que Masha fez foi descobrir um jeito de passar um sistema de transmissão de vídeo em tempo real via tunelamento pelo DNS. Ela dividiu o vídeo em bilhões de pedacinhos e escondeu cada um deles em uma mensagem normal para um servidor de DNS. Ao rodar o programa que Masha enviara, consegui juntar o vídeo de todos aqueles servidores de DNS, espalhados pela internet inteira, em uma velocidade incrível. Deve ter parecido bizarro nos histogramas da rede, como se eu estivesse pesquisando os endereços de cada computador no mundo.

Mas o processo tinha duas vantagens que eu gostei de cara: eu consegui ver o vídeo com uma velocidade impressionante — assim que cliquei no primeiro link, comecei a receber imagens em tela cheia, sem interrupções — e eu não tinha a menor ideia de onde ele estava hospedado. Era totalmente anônimo.

A princípio, nem percebi o conteúdo do vídeo. Eu estava completamente embasbacado pela esperteza do truque. Transmissão de vídeo em tempo real via DNS? Era uma solução tão inteligente e esquisita que era praticamente pervertida.

Aos poucos, comecei a me dar conta do que estava assistindo.

Era uma mesa de reunião em uma pequena sala com um espelho em uma parede. Eu conhecia aquela sala. Fiquei sentado ali enquanto a mulher de cabelo curto me obrigava a dizer minha senha em voz alta. Havia cinco cadeiras confortáveis ao redor da mesa, cada uma com uma pessoa confortavelmente instalada, todas com uniformes do Departamento de Segurança Nacional. Eu reconheci o general de divisão Graeme Sutherland, o comandante regional do departamento, ao lado da mulher. Os outros eram novidade para mim. Todos olhavam para um monitor no fim da mesa, que mostrava um rosto infinitamente mais familiar.

Kurt Rooney era conhecido nacionalmente como o principal estrategista do presidente, o homem que levou o partido ao seu terceiro mandato e agora o conduzia velozmente para o quarto. Eles o chamavam de "Impiedoso" e eu tinha lido uma reportagem sobre como Rooney mantinha sua equipe no cabresto, ligando para os funcionários, mandando mensagens, observando todos os seus movimentos, controlando cada passo. Ele era velho, tinha o rosto enrugado com olhos claros e lábios finos, um nariz achatado com narinas abertas como se estivesse cheirando algo ruim o tempo todo.

Era o homem no monitor. Ele estava falando e todo mundo permaneceu concentrado na tela, tomando notas o mais rápido que conseguiam digitar, tentando parecer ligados.

— ... dizem que estão irritados com as autoridades, mas precisamos mostrar ao país que são os terroristas, e não o governo, que eles precisam culpar. Entenderam? A nação não gosta daquela cidade. No que depender do país, São Francisco é uma Sodoma e Gomorra de viados e ateus que merecem apodrecer no inferno. A única razão para o país se preocupar com o que eles pensam em São Francisco é que eles tiveram a sorte de serem explodidos por alguns terroristas islâmicos.

"Essa molecada da Xnet está chegando ao ponto em que podem ser úteis para nós. Quanto mais radicais eles se tornarem, mais o restante da nação vai compreender que as ameaças estão por toda parte."

Quem estava assistindo parou de digitar.

— Creio que podemos controlar isso — falou a mulher de cabelo curto. — Nossos agentes na Xnet conquistaram muita influência. Os blogueiros infiltrados estão controlando até cinquenta blogs cada um, enchendo os canais de chat, dando links uns para os outros, na maioria dos casos apenas seguindo a linha determinada por esse tal M1k3y. Mas eles já demonstraram que podem provocar ações radicais, mesmo com M1k3y pisando no freio.

O general de divisão Sutherland concordou com a cabeça.

— Nós estamos planejando deixá-los quietos até um mês antes das semestrais. — Acho que ele quis dizer as eleições semestrais, e não as minhas provas que ocorriam a cada semestre.

— Isso é de acordo com o plano original. Mas parece que...

— Nós temos outro plano para as semestrais — disse Rooney. — Ainda é confidencial, é claro, mas todos vocês não deveriam planejar nenhuma viagem um mês antes. Soltem as rédeas da Xnet agora, assim que puderem. Enquanto eles permanecerem moderados, são um problema. Deixem que eles sejam radicais.

O vídeo acabou.

Ange e eu ficamos sentados na beirada da cama, olhando para o monitor. Ange esticou a mão e recomeçou o vídeo. Nós o vimos de novo. Ficou pior na segunda vez.

Eu joguei o teclado para o lado e fiquei de pé.

— Estou de saco cheio de ficar assustado — falei. — Vamos levar esse vídeo para a Barbara e deixar que ela publique tudo isso. Que coloque tudo na internet. Deixe que me prendam. Pelo menos eu sei o que vai acontecer a seguir. Pelo menos assim, vou ter um pouco de certeza na minha vida.

Ange me agarrou, me abraçou, me acalmou. — Eu sei, gato, eu sei. É tudo horrível. Mas você está pensando na parte ruim e ignorando a parte boa. Você criou um movimento. Você driblou os manés da Casa Branca, os bandidos de uniforme do Departamento de Segurança Nacional. Você chegou a um ponto onde pode ser o responsável por revelar toda a podridão do departamento.

"Claro que eles estão atrás de você. É óbvio que estão. Você chegou a duvidar disso em algum momento? Eu sempre soube que eles estavam atrás de você. Porém, Marcus, eles não sabem quem você é. Pensa nisso. Todas aquelas pessoas, dinheiro, armas e espiões, e você, um moleque de colégio com 17 anos, continua vencendo. Eles não sabem sobre a Barbara. Não sabem sobre o Zeb. Você interferiu no trabalho deles nas ruas de São Francisco e os humilhou perante o mundo. Então para de tristeza, certo? Você está vencendo.

— Porém, eles estão vindo atrás de mim. Você entende isso. Eles vão me colocar na prisão para sempre. Nem mesmo na prisão. Eu vou simplesmente desaparecer, como o Darryl. Talvez pior. Talvez na Síria. Por que me deixar em São Francisco? Eu sou um problema enquanto estiver nos EUA.

Ela se sentou na cama.

— É — disse Ange. — Tem isso.

— Tem isso.

— Bem, você sabe o que tem que fazer, certo?

— O quê? — perguntei. Ange olhou fixamente para o meu teclado. Vi as lágrimas descerem pelo rosto. — Não! Você ficou maluca. Acha que vou fugir com uma maluca da internet? Uma espiã?

— Você tem uma ideia melhor?

Eu chutei uma pilha de roupas sujas de Ange.

— Tanto faz. Beleza. Eu converso um pouco mais com ela.

— Faça isso — disse Ange. — Diga para ela que você e sua namorada vão fugir.

— O quê?

— Cala a boca, seu tonto. Você acha que corre perigo? Eu corro tanto quanto você, Marcus. É chamado culpa por associação. Quando você fugir, eu fujo. — Ela empinou o queixo em revolta. — Você e eu. Estamos juntos agora. Você tem que entender isso.

Ficamos sentados juntos na cama.

— A não ser que você não me queira — ela falou por fim, com uma voz baixinha.

— Você está de brincadeira, certo?

— Eu pareço estar de brincadeira?

— Eu jamais iria voluntariamente sem você, Ange. Eu nunca poderia pedir que viesse comigo, mas estou feliz demais que tenha se oferecido.

Ela sorriu e jogou meu teclado para mim.

— Manda um e-mail para essa tal de Masha. Vamos ver o que essa mulher pode fazer pela gente.

Eu mandei o e-mail, criptografei a mensagem e esperei pela resposta. Ange roçou o nariz em mim, eu a beijei e nos agarramos. Algo sobre o perigo e o pacto de fugirmos juntos me fez esquecer a vergonha de ter feito sexo e me deixou com um tesão dos diabos.

Nós estávamos seminus novamente quando o e-mail de Masha chegou.

> Vocês dois? Jesus, como se já não fosse difícil o bastante!

> Eu só saio para fazer trabalho de campo depois de um grande ataque da Xnet. Os superiores vigiam todos os meus movimentos, mas soltam o cabresto quando algo importante acontece envolvendo os Xnautas. Eles me mandam a campo então.

> Faça algo importante. Vou ser mandada para investigar. Eu armo a nossa fuga. De nós três, se você insiste.

> Ande rápido, porém. Não posso mandar muitos e-mails, entende? Eles me observam. Estão chegando até você. Não tem muito tempo. Semanas? Talvez apenas dias.

> Preciso que você me tire daqui. É por isso que estou fazendo isso, caso esteja se perguntando. Não posso fugir por conta própria. Preciso de uma grande distração causada pela Xnet. Esse é o seu departamento. Não me deixe na mão, M1k3y, ou ambos morreremos. A sua garota também.

> Masha

Meu celular tocou e deu um susto em nós dois. Era minha mãe querendo saber quando eu ia voltar para casa. Falei que estava a caminho. Ela não mencionou Barbara. A gente combinou que não iria falar sobre nada disso pelo telefone. Isso foi ideia do meu pai. Ele conseguia ser tão paranoico quanto eu.

— Eu preciso ir — falei.

— Nossos pais vão ficar...

— Eu sei — respondi. — Vi o que aconteceu com meus pais quando pensaram que eu estava morto. Saber que sou um fugitivo não vai ser muito melhor. Mas eles prefeririam que eu fosse um fugitivo do que um prisioneiro. É o que imagino. De qualquer maneira, assim que a gente desaparecer, a Barbara pode publicar a reportagem sem se preocupar em nos colocar em uma enrascada.

Nós nos beijamos na porta do quarto de Ange. Não foi um daqueles beijos quentes e molhados que a gente geralmente trocava quando ia embora. Dessa vez, foi um beijo doce. Devagar. Uma espécie de beijo de despedida.

Viagens de metrô são introspectivas. Quando o trem balança de um lado para o outro, a pessoa tenta evitar o olhar dos outros passageiros, tenta não ler os anúncios de cirurgia plástica, agências de fianças para réus e testes de Aids, tenta ignorar as pichações e não olhar com atenção a sujeira no chão. É aí que a mente começa a trabalhar sem parar.

A pessoa balança de um lado para o outro, a mente repassa tudo o que pode não ter percebido, repete os filmes da vida onde ela não é o herói, e sim o mané, o otário.

A mente cria teorias como essa:

Se o Departamento de Segurança Nacional quisesse capturar M1k3y, que solução melhor do que atraí-lo para campo aberto, assustá-lo a ponto de ele provocar um grande evento público da Xnet? Isso não valeria o risco de deixar vazar um vídeo comprometedor?

A mente cria teorias mesmo quando a viagem de metrô dura apenas duas ou três estações. Quando a pessoa desce e começa a andar, o sangue circula e a mente ajuda de novo.

Às vezes ela arruma soluções, além de problemas.

Capítulo 18

Houve uma época em que a coisa que eu mais gostava de fazer no mundo era colocar uma capa e perambular por hotéis, fingindo ser um vampiro invisível que todo mundo encarava.

É complicado e não é tão estranho quanto parece. Larp, o RPG ao vivo, combina os melhores aspectos de Dungeons & Dragons com teatrinho da escola e a visita às convenções de ficção científica.

Entendo que isso não tenha o mesmo apelo para você quanto tinha para mim aos 14 anos.

Os melhores jogos eram aqueles disputados nos acampamentos de escoteiros fora da cidade: uma centena de adolescentes, meninos e meninas, lutando contra o tráfego da sexta-feira à noite, trocando histórias, jogando videogames portáteis, se exibindo por horas. Então a chegada, parados na grama diante de um grupo de homens e mulheres mais velhos em armaduras iradas, feitas à mão, amassadas e arranhadas, como as armaduras deviam ter sido antigamente, não como eram mostradas no cinema, mas sim parecendo o uniforme de um soldado após um mês no mato.

Essas pessoas eram pagas nominalmente para organizar os jogos, mas ninguém conseguia a vaga a não ser que fosse o tipo de pessoa aos quais faria a tarefa de graça. Eles já haviam nos separado por equipes de acordo com os questionários que respondemos com antecedência, e passavam nossas tarefas como a escalação de um time de beisebol.

Então cada jogador recebia um pacote de instruções. Era parecido com aqueles pacotes que os espiões recebem nos filmes: aqui estão sua identidade, a missão e os segredos sobre o grupo.

Depois disso, era hora do jantar: fogueiras, carne estalando nos espetos, tofu fritando na frigideira (é o Norte da Califórnia, é obrigatório ter opção vegetariana), e um jeito de comer e beber que só pode ser descrito como de uma talagada só.

Nesse ponto, a molecada já estava entrando nos personagens. No meu primeiro jogo, eu fui um feiticeiro. Eu tinha um saco de feijõezinhos que representavam os feitiços. Quando atirava um feijãozinho, eu gritava o nome do feitiço — bola de fogo, míssil mágico, cone de luz — e o jogador ou "monstro" alvo ajoelharia caso fosse acertado. Ou não — às vezes tínhamos de chamar um árbitro para resolver a questão, mas, na maioria das vezes, o pessoal jogava limpo. Ninguém gostava de quem cagava regra.

Na hora de dormir, ninguém saía dos personagens. Aos 14 anos, eu não tinha muita certeza de como um feiticeiro deveria falar, mas me inspirava em filmes e livros. Eu falava devagar, em tom de voz moderado, mantendo uma expressão mística no rosto e tendo pensamentos místicos.

A missão era complicada: recuperar uma relíquia sagrada que fora roubada por um ogro que queria subjugar o povo sob sua vontade. Isso não importava muito. O que importava era que eu tinha uma missão particular — capturar uma espécie de diabrete para servir como meu familiar — e um inimigo secreto, outro jogador da equipe que fizera parte de uma invasão que matou minha família quando eu era garoto, um jogador que não sabia que eu havia retornado com desejo de vingança. Obviamente, em algum lugar havia outro jogador com contas a acertar comigo, então, embora eu estivesse curtindo a camaradagem da equipe, teria de ficar de olho para não levar uma facada nas costas ou comer algo envenenado.

Pelos dois dias seguintes, disputamos o jogo. Havia momentos parecidos com esconde-esconde, outros que eram como exercícios de sobrevivência na natureza, e alguns que pareciam com a resolução de palavras cruzadas. Os mestres do jogo fizeram um grande trabalho. E o jogador realmente tem de ficar amigo dos demais na missão. Darryl foi o alvo do meu primeiro assassinato e eu me empenhei para valer na tarefa, mesmo ele sendo meu amigo. Um cara bacana. Pena que tive que matá-lo.

Eu joguei uma bola de fogo em Darryl quando ele estava procurando tesouros após termos matado um bando de orcs, jogando pedra-papel-tesoura com cada orc para determinar quem venceria o combate. É bem mais empolgante do que parece.

Parecia uma colônia de férias para nerds de teatro. A gente conversava até altas horas nas tendas, olhava para as estrelas, pulava no rio quando esquentava, espantava os mosquitos. Virávamos melhores amigos ou inimigos eternos.

Eu não sei por que os pais de Charles o mandavam para jogar Larp. Ele não era o tipo de moleque que curtia tal coisa. Era mais do tipo que arrancava asas de mosca. Ah, talvez não. Mas ele não curtia andar fantasiado no mato. Ele passava o tempo todo andando a esmo, debochando de tudo e de todos, tentando nos convencer de que não estávamos nos divertindo como imaginávamos. Com certeza, todo mundo já conheceu alguém assim, o tipo de pessoa que se dedica a estragar a diversão alheia.

O outro problema de Charles é que ele não conseguia pegar o jeito do combate simulado. Assim que alguém começa a correr pelo mato e a participar desses jogos elaborados e quase militares, é fácil que a adrenalina suba à cabeça e a pessoa chegue ao ponto de querer esganar a outra. Não é o estado mental adequado para alguém com uma espada, bastão, lança ou outro utensílio de brinquedo na mão. Por isso ninguém pode acertar outro participante nesses jogos, não importa a circunstância. Quando dois jogadores têm que lutar, eles disputam uma série rápida de pedra-papel-tesoura, com modificadores baseados na experiência, armamentos e condição física dos personagens. Os árbitros mediam as disputas. É bem civilizado e um pouco esquisito. A pessoa sai correndo atrás de outra no mato, alcança o oponente, arreganha os dentes e senta para jogar pedra-papel-tesoura. Mas funciona — e mantém tudo seguro e divertido.

Charles realmente não pegava o jeito da coisa. Acho que ele era perfeitamente capaz de entender a regra de não haver contato, mas, ao mesmo tempo, decidia que o regulamento não importava e não seria obedecido. Os árbitros chamaram sua atenção várias vezes no fim de semana e ele continuou prometendo que seguiria a regra, e voltava a agir como sempre. Ele já era um dos maiores garotos presentes e gostava de "acidentalmente" derrubar um jogador no fim da perseguição. Nada divertido para quem era derrubado no solo pedregoso da floresta.

Eu acabara de dar um golpe poderoso em Darryl em uma pequena clareira onde ele procurava por tesouros, e a gente estava rindo um pouco da minha extrema astúcia. Ele viraria um monstro — os jogadores mortos podiam participar como monstros, o que significava que, quanto mais tempo durasse a partida, mais monstros surgiam, o que garantia que todo mundo continuasse jogando e que as batalhas se tornariam cada vez mais épicas.

Foi quando Charles surgiu correndo do mato atrás de mim e me derrubou no chão com tanta força que não consegui respirar por um momento. — Te peguei! — ele gritou. Eu só o conhecia há pouco tempo e nunca havia pensado muito nele, mas agora eu queria sangue. Fiquei de pé lentamente e olhei para Charles, que sorria, com o peito arfando. — Você morreu feio. Te peguei para valer.

Eu sorri e senti algo estranho e machucado no rosto. Toquei no lábio superior. Ensanguentado. O nariz estava sangrando e o lábio fora cortado por uma raiz onde enfiei o rosto quando Charles me derrubou.

Eu limpei o sangue na perna das calças e sorri. Fiz parecer que estava me divertindo. Eu ri um pouco. Fui na direção de Charles.

Ele não caiu nessa. Já estava se afastando, tentando desaparecer no mato. Darryl se moveu para flanqueá-lo. Eu fui para o outro flanco. De repente, ele se virou e correu. Darryl deu uma rasteira em seu tornozelo e ele caiu. Nós o atacamos bem na hora em que ouvimos o apito de um árbitro.

O árbitro não tinha visto Charles cometer falta em mim, mas observara seu jeito de jogar naquele fim de semana. Ele o mandou de volta para a entrada do acampamento e disse que estava fora do jogo. Charles fez muitas reclamações, mas, para nossa satisfação, o árbitro não aceitou nenhuma delas. Assim que ele saiu, o árbitro também deu um sermão na gente, dizendo que nossa retaliação era tão injustificável quanto o ataque de Charles.

Tudo bem. Naquela noite, assim que a partida acabou, todos nós tomamos banhos quentes nos dormitórios dos escoteiros. Darryl e eu roubamos as roupas e a toalha de Charles, demos vários nós e jogamos no mictório. Vários garotos ficaram contentes em contribuir para o esforço de encharcar suas roupas e a toalha. Charles tinha distribuído golpes com muito entusiasmo.

Eu queria ter visto quando ele saiu do banho e descobriu suas roupas. Era uma decisão difícil: correr nu pelo acampamento ou desmanchar os nós da roupa com urina e vesti-las? Ele escolheu a nudez. Eu provavelmente teria feito o mesmo. Nós fizemos uma fila pelo caminho que levava dos banheiros ao barracão onde as mochilas foram guardadas e o aplaudimos. Eu estava na frente da fila, puxando os aplausos.

Os fins de semana no acampamento dos escoteiros só aconteciam umas três ou quatro vezes ao ano, o que deixava a mim e Darryl — e um monte de outros jogadores — sofrendo com abstinência de Larp em nossa vida.

Ainda bem que rolavam jogos de Wretched Daylight nos hotéis da cidade. Wretched Daylight era outro Larp, envolvendo clãs de vampiros e caçadores de vampiros, e tinha suas próprias regras esquisitas. Os jogadores recebiam cartas que ajudavam a resolver os combates, então cada luta envolvia jogar uma mão de cardgame estratégico. Os vampiros podem ficar invisíveis ao cruzar os braços sobre o peito e todos os demais jogadores têm que fingir que não estão vendo, continuando com as conversas sobre seus planos e tudo mais. O verdadeiro teste de um bom jogador é saber se ele é honesto o bastante para continuar a revelar seus segredos diante de um rival "invisível", sem agir como se ele estivesse presente.

Havia alguns grandes jogos de Wretched Daylight todo mês. Os organizadores tinham um bom relacionamento com os hotéis da cidade e avisavam que haviam tomado dez quartos vazios na sexta-feira à noite e enchido com participantes que andariam jogando Wretched Daylight pelos corredores, piscina e por aí vai, comeriam no restaurante e pagariam pelo uso do WiFi do hotel. Os organizadores fechavam as reservas na tarde de sexta-feira e enviavam e-mails para nós, que íamos diretamente com nossas mochilas do colégio para o hotel em questão. Dormiam seis a oito pessoas por quarto no fim de semana, a gente vivia de junk food e jogava até às 3h da madrugada. Era uma diversão sadia e segura que nossos pais apoiavam.

Os organizadores faziam parte de uma famosa instituição de caridade pró-alfabetização que montava oficinas de redação, teatro e por aí vai. Eles organizavam os jogos há dez anos sem incidentes. Bebida e drogas eram estritamente proibidas, para evitar que os organizadores fossem presos sob a acusação de corrupção de menores. Os jogos atraíam de dez a cem jogadores, dependendo do fim de semana, e pelo custo de uns dois filmes, a pessoa tinha dois dias e meio de diversão garantida.

Uma vez, porém, eles descolaram uns quartos no Mônaco, um hotel em Tenderloin que atraía velhos turistas pretensiosos, o tipo de lugar em que cada suíte tinha um aquário redondo, onde o lobby era cheio de gente velha e bonita em roupas elegantes, exibindo o resultado de cirurgias plásticas.

Geralmente, os mundanos — nosso termo para quem não jogava — simplesmente nos ignoravam, imaginando que estávamos brincando. Porém, naquele fim de semana, por acaso havia o editor de uma revista italiana de turismo que se interessou pelo jogo. Ele me interpelou enquanto eu andava de mansinho pelo lobby, tentando localizar o líder do clã dos meus rivais para atacá-lo e sugar seu sangue. Eu estava contra a parede com os braços cruzados sobre o peito, invisível, quando ele veio até mim e perguntou, em inglês com sotaque, o que eu e meus amigos estávamos fazendo no hotel naquele fim de semana.

Tentei espantá-lo, mas o sujeito não arredava o pé. Então pensei em inventar alguma coisa para ele ir embora.

Não imaginei que o sujeito fosse publicar o que eu disse. Nem imaginei que o artigo seria republicado na imprensa americana.

— Estamos aqui porque nosso príncipe morreu, então tivemos que vir à procura de um novo monarca.

— Um príncipe?

— Sim — disse, encarnando o personagem. — Nós somos o Velho Povo. Viemos para os EUA no século XVI e mantemos nossa própria família real no interior da Pensilvânia desde então. Vivemos com simplicidade no mato. Não usamos tecnologia moderna. Mas o príncipe era o último de sua linhagem e morreu na semana passada. Foi consumido por uma terrível doença. Os jovens do clã saíram para encontrar descendentes de seu tio-avô, que foi embora para se juntar ao mundo moderno no tempo do meu avô. Disseram que ele se multiplicou e nós vamos encontrar o último herdeiro de sua linhagem a fim de trazê-lo de volta para o seu lar de direito.

Eu li muitos romances de fantasia. Esse tipo de coisa vinha à mente com facilidade.

— Nós encontramos uma mulher que conhece esses descendentes. Ela contou que um deles está hospedado neste hotel e viemos encontrá-lo. Mas fui seguido até aqui por um clã rival, um clã que quer impedir que levemos nosso príncipe para casa, para nos deixar fracos e fáceis de ser dominados.

Portanto, é vital que evitemos companhias. Nós não falamos com o Novo Povo, se for possível evitar. Falar com você agora me deixa muito incomodado.

Ele ficou me observando atentamente. Eu havia descruzado os braços, o que significava que agora estava "visível" para os vampiros rivais, e uma inimiga veio se aproximando de mansinho até nós. No último segundo, eu me virei e a vi de braços abertos, rosnando para nós, bancando a vampira em alto estilo.

Abri bem os braços e devolvi o rosnado, então corri pelo lobby, pulei sobre um sofá de couro e driblei um vaso de plantas, fazendo com que ela me perseguisse. Já tinha visto antes uma rota de fuga pela escadaria que levava à academia de ginástica no porão. Desci as escadas e a despistei.

Não vi mais o sujeito naquele fim de semana, mas contei a história para alguns dos meus colegas de Larp, que aumentaram o conto e o espalharam em várias oportunidades durante os dois dias.

A revista italiana tinha uma jornalista que fez mestrado sobre as comunidades antitecnologia dos Amish no interior da Pensilvânia e ficou muito interessada na gente. Baseada nas anotações e entrevistas gravadas pelo seu chefe na viagem a São Francisco, ela escreveu um artigo fascinante e emocionante sobre esses jovens e esquisitos ritualistas que atravessaram os EUA à procura de seu "príncipe." Diabos, as pessoas publicam qualquer coisa hoje em dia!

Mas o problema é que essas reportagens são notadas e republicadas. Primeiro foram os blogueiros italianos, depois alguns blogueiros americanos. Pessoas do país inteiro afirmavam ter "visto" o Velho Povo, embora eu não saiba se estavam mentindo ou jogando o mesmo jogo.

A história foi subindo os degraus da mídia até chegar ao New York Times, que, infelizmente, tem um apetite voraz por verificar os fatos. O repórter designado para cobrir a pauta eventualmente descobriu sua origem no Monaco Hotel, que o colocou em contato com os organizadores do Larp, que, por sua vez, contaram toda a verdade aos risos.

Bem, a partir daí, jogar Larp tornou-se bem menos interessante. Nós nos tornamos conhecidos como as pessoas mais falsas do país, gente esquisita, mentirosos patológicos. A imprensa, que, sem querer, havíamos enganado para cobrir a história do Velho Povo, agora estava interessada em se redimir ao contar como nós, jogadores de Larp, éramos inacreditavelmente esquisitos. Foi quando Charles contou a todo mundo no colégio que Darryl e eu éramos os maiores nerds de Larp da cidade.

Aquela temporada não foi boa. Parte da galera não se importou, mas a gente, sim. A zoação foi implacável. Charles comandava a provocação. Eu encontrava presas de vampiro de plástico na mochila, passava no corredor e ouvia a molecada fazendo "blé-blé" como vampiros de desenho animado, ou falando com sotaques falsos da Transilvânia quando eu estava por perto.

Logo depois, passamos a jogar ARG. Era mais divertido sob determinados aspectos e bem menos esquisito. De vez em quando, porém, eu sentia falta da minha capa e daqueles fins de semana no hotel.

O contrário do *esprit d'escalier* é a forma como as vergonhas da vida podem voltar para atormentar a pessoa muito tempo depois de passarem. Eu era capaz de me lembrar com clareza absoluta de todas as idiotices que fiz ou disse. Todas as vezes em que estava deprimido, eu naturalmente começava a me lembrar de outras ocasiões em que me senti assim, um desfile de humilhações que vinham à mente, uma atrás da outra.

Enquanto tentava me concentrar em Masha e no meu destino breve, o incidente do Velho Povo voltou para me atormentar. Naquela ocasião, tive a mesma sensação ruim de estar perdido, à medida que cada vez mais publicações repetiam a história, à medida que aumentava a chance de alguém descobrir que fui eu que contei aquilo para aquele editor italiano idiota, com jeans de grife com costuras expostas, camisa engomada sem gola e óculos enormes de armação de metal.

Existe uma alternativa a ficar remoendo os erros. É possível aprender com eles.

É uma boa teoria, de qualquer forma. Talvez a razão para o subconsciente desenterrar todos aqueles fantasmas é que eles precisam resolver suas pendências antes de descansarem em paz no limbo da humilhação. Meu subconsciente vivia me atormentando com fantasmas na esperança de que eu fizesse alguma coisa para que descansassem em paz.

No caminho para casa, remoí aquela memória e a ideia do que faria a respeito de "Masha", caso ela estivesse me enganando. Eu precisava de alguma garantia.

E no momento em que cheguei em casa — para ser envolvido pelos abraços melancólicos dos meus pais —, encontrei a solução.

O truque era programar o lance para acontecer tão rápido que o Departamento de Segurança Nacional não pudesse se preparar, mas com antecedência suficiente para que a Xnet tivesse tempo para comparecer em peso.

O truque era organizar de uma forma que houvesse gente demais para ser presa, mas em um lugar em que a imprensa e os adultos pudessem ver, de tal forma que o Departamento de Segurança Nacional não conseguisse nos atacar com gás novamente.

O truque era criar algo que chamasse a atenção da imprensa, como levitar o Pentágono. O truque era organizar um evento que inflamasse as pessoas, tipo três mil estudantes de Berkeley se recusando a deixar que um furgão da polícia levasse um colega embora.

O truque era levar a imprensa até lá, pronta para dizer o que a polícia fizera, tal como da maneira que os jornalistas fizeram em 1968, em Chicago.

Seria um tremendo truque.

Eu fugi do colégio uma hora mais cedo no dia seguinte, usando as técnicas costumeiras de fuga, sem me importar se disparasse um novo rastreador do Departamento de Segurança Nacional que rendesse uma notificação para os meus pais.

De uma forma ou de outra, uma possível encrenca no colégio seria o último problema dos meus pais depois de amanhã.

Eu fui até a casa de Ange para encontrá-la. Ela precisou sair da escola ainda mais cedo, porém bastou reclamar de cólica e fingir que ia se dobrar de tanta dor que eles a dispensaram.

Começamos a espalhar a notícia na Xnet. Mandamos por e-mail para os amigos confiáveis e mensagens para a lista de conhecidos no MSN. Passeamos pelos navios e cidades de Clockwork Plunder e contamos para nossos parceiros de jogo.

Foi complicado dar informações suficientes para todo mundo aparecer, mas sem revelar muita coisa a ponto de abrir o jogo para o Departamento de Segurança Nacional. Porém, eu creio que consegui o equilíbrio perfeito:

> VAMPMOB AMANHÃ

> Se você é gótico, capriche na produção. Se não é, arrume um gótico e pegue algumas roupas com ele. O tema é vampiros.

> O jogo começa às 8h em ponto. EM PONTO. Apareça lá e esteja pronto para ser dividido em times. A partida dura trinta minutos, então você vai ter tempo de sobra para ir à escola depois.

> O local vai ser revelado amanhã. Envie sua chave pública para m1k3y@littlebrother.com.se e verifique o e-mail às 7h para a atualização. Se isso for cedo demais para você, passe a noite acordado. É o que a gente vai fazer.

> Garanto que é a diversão do ano.

> Acredite.

> M1k3y

Em seguida, mandei uma mensagem curta para Masha.

> Amanhã.

> M1k3y

Um minuto depois, chegou o e-mail de resposta.

> Eu imaginei. Vampmob, hein? Você trabalha rápido. Use um boné vermelho. Leve pouca coisa.

O que uma pessoa leva ao fugir? Eu já tinha carregado mochilas pesadas o suficiente em acampamentos para saber que cada grama a mais pesa nos ombros com toda a força da gravidade a cada passo dado — não é apenas um grama, é um grama carregado por um milhão de passos. É uma tonelada.

— Beleza — disse Ange. — Inteligente. E jamais leve mais roupas além do que precisa para três dias. Você pode lavar as peças em uma pia. Melhor ter uma mancha na camiseta do que uma mala que é grande e pesada demais para enfiar debaixo de um assento de avião.

Ela puxou uma sacola de náilon balístico pendurada nas costas, na diagonal, com uma alça que atravessava o peito entre os seios — algo que me deixou suando um pouco. Tinha muito espaço interno. Ange colocou sobre a cama e começou a empilhar roupas ao lado dela.

— Acho que três camisetas, um par de calças, um par de shorts, três mudas de roupa íntima, três pares de meias e um suéter bastam.

Ela pegou a mochila de ginástica e tirou os artigos de higiene pessoal.

— Tenho que me lembrar de enfiar minha escova de dentes amanhã de manhã antes de ir para o Civic Center.

Vê-la fazer a mala foi impressionante. Ela era impiedosa. Também era perturbador — me fez dar conta de que eu iria embora no dia seguinte. Talvez por um longo tempo. Talvez para sempre.

— Será que eu levo meu Xbox? — Ange perguntou. — Eu tenho uma porrada de coisas no HD, anotações, rascunhos e e-mail. Não queria que isso caísse em mãos erradas.

— Está tudo criptografado — falei. — É o padrão com o ParanoidXbox. Mas deixe o console para trás, vai ter um montão em Los Angeles. Basta criar uma conta no Partido Pirata e mandar uma imagem do seu HD por e-mail para você mesma. Eu vou fazer a mesma coisa quando chegar em casa.

Ange fez isso e processou o e-mail. Levaria algumas horas para todos os dados passarem pela rede WiFi do vizinho a caminho da Suécia.

Então, ela fechou a boca da sacola e apertou as tiras de compressão. Ange ficou com algo do tamanho de uma bola de futebol nas costas e eu olhei admirado para aquilo. Ela poderia andar pela rua com a sacola pendurada no ombro e ninguém olharia duas vezes — Ange parecia estar a caminho da escola.

— Só mais uma coisa — disse ela, indo até a mesinha de cabeceira e pegando as camisinhas. Retirou as tiras de elástico da caixa, abriu a mochila e guardou dentro, então deu um tapa na minha bunda.

— E agora? — perguntei.

— Agora vamos para a sua casa e arrumaremos as suas coisas. Já está na hora de eu conhecer os seus pais, não?

Ela deixou a sacola entre as pilhas de roupa e a zona espalhadas pelo chão. Estava pronta para dar as costas para tudo isso, ir embora, apenas ficar comigo. Apenas para apoiar a causa. Isso também me fez sentir coragem.

Minha mãe já se encontrava em casa quando cheguei lá. Ela estava com o laptop aberto na mesa da cozinha, respondendo aos e-mails enquanto falava em um headset e ajudava um pobre inglês nascido em Yorkshire e sua família a se acostumarem a viver na Louisiana.

Entrei pela porta e Ange seguiu, sorrindo como uma louca, mas segurando minha mão com tanta força que dava para sentir os ossos rangendo. Eu não sabia com que ela se preocupava tanto. Até parece que Ange acabaria passando muito tempo com meus pais depois desse encontro, mesmo que acabasse mal. Minha mãe desligou a conversa com o sujeito de Yorkshire quando entramos.

— Olá, Marcus — disse ela e me deu um beijo no rosto.

— E quem é essa?

— Mãe, essa é a Ange. Ange, essa é a minha mãe, Lillian.

— Minha mãe ficou de pé e abraçou Ange.

— É muito bom conhecer você, minha querida — disse ela, olhando Ange de cima a baixo. Ange parecia bem apresentável, creio eu. Ela se vestia bem, de maneira discreta, e dava para ver como era inteligente apenas de olhar.

— É um prazer conhecer a senhora, Sra. Yallow — disse Ange. Ela soou muito confiante e sem medo. Muito melhor do que eu quando conheci a mãe dela.

— É Lillian, meu amor — disse minha mãe. Ela estava observando todos os detalhes. — Você vai ficar para o jantar?

— Eu adoraria — respondeu ela.

— Você come carne? — Mamãe estava muito acostumada a viver na Califórnia.

— Eu como qualquer coisa que não me coma primeiro.

— Ela é viciada em pimenta — disse. — Ela comeria pneus velhos se pudesse afogá-los em molho picante.

Ange deu um soquinho de leve no meu ombro.

— Eu ia pedir comida tailandesa — disse minha mãe. — Vou acrescentar ao pedido alguns pratos com cinco chilis.

Ange agradeceu educadamente. Minha mãe foi para a cozinha, serviu copos de suco e um pratinho de biscoitos, e perguntou três vezes se a gente queria chá. Eu fiquei um pouco sem jeito.

— Valeu, mãe. Nós vamos ficar lá em cima um pouco.

Ela franziu os olhos por um segundo e, então, sorriu de novo.

— Claro. Seu pai chega em uma hora, nós jantamos então.

Eu guardava as coisas de vampiro no fundo do armário. Deixei que Ange arrumasse isso enquanto eu separava as minhas roupas. Eu iria somente até Los Angeles. Lá havia lojas com todas as roupas que eu precisaria. Agora só eram necessários três ou quatro camisetas favoritas, um par de jeans predileto, um tubo de desodorante e um rolo de fio dental.

— Dinheiro! — falei.

— É — disse Ange. — Eu ia limpar a conta do banco em um caixa eletrônico ao voltar para casa. Acho que tenho uns quinhentos poupados.

— Sério?

— No que eu vou gastar? Desde a Xnet, eu não tenho nem que pagar pela internet.

— Acho que eu tenho uns trezentos, por aí — falei.

— Bem, é isso aí. Pega a caminho do Civic Center de manhã.

Eu tinha uma enorme sacola para livros que usava ao carregar muitos equipamentos pela cidade. Era bem mais discreta que a minha mochila de acampar. Ange remexeu a pilha de roupas sem piedade e escolheu as que mais gostou.

Assim que a sacola foi arrumada e colocada debaixo da cama, nós dois nos sentamos.

— Vamos ter que acordar bem cedo amanhã de manhã — disse Ange.

— É, será um dia cheio.

O plano era deixar mensagens com um bando de locais falsos para a VampMob amanhã e mandar as pessoas para pontos isolados a poucos minutos a pé do Civic Center. Cortamos moldes que diziam VAMPMOB CIVIC CENTER → → para grafitar nesses pontos às 5h da manhã. Isso impediria que o Departamento de Segurança Nacional cercasse o Civic Center antes de a gente chegar lá. Programei os e-mails para serem mandados às 7h — era só deixar o Xbox ligado quando eu saísse.

— Quanto tempo... — ela parou de falar.

— Foi o que eu andei pensando também. Pode levar um bom tempo, imagino. Mas, quem sabe? Com a publicação do artigo de Barbara — eu programei um e-mail para ela amanhã de manhã também — e tudo mais, talvez nós sejamos heróis em duas semanas.

— Talvez — disse Ange e suspirou.

Eu passei o braço pelos ombros dela, que tremiam.

— Eu estou apavorado — falei. — Acho que seria loucura náo estar apavorado.

— É — disse Ange. — É.

Minha mãe chamou para o jantar. Meu pai cumprimentou Ange. Ele parecia preocupado, com a barba por fazer, mas, ao conhecer Ange, voltou a ser um pouco do velho papai. Ela deu um beijo em seu rosto e ele insistiu em ser chamado de Drew.

O jantar foi muito bom, na verdade. O gelo foi quebrado quando Ange tirou o frasco de molho picante e temperou o prato, explicando sobre as unidades de Scoville. Meu pai provou uma garfada do prato de Ange e saiu cambaleando até a cozinha para beber um garrafão de leite. Acredite ou não, mamãe provou a comida depois desta cena e deu a impressão de ter gostado. Acabamos descobrindo que ela tinha um talento latente para comida apimentada.

Antes de ir, Ange colocou o frasco na mão de minha mãe.

— Eu tenho um sobrando em casa — falou. Eu a tinha visto colocar na mochila. — Você parece o tipo de mulher que deveria ter um desses.

Capítulo 19

Este é o e-mail que foi disparado às 7h do dia seguinte, enquanto eu e Ange estávamos pichando VAMPMOB CIVIC CENTER →·→ em locais estratégicos pela cidade.

> REGRAS PARA VAMPMOB

> Você faz parte de um clã de vampiros que andam durante o dia. Você descobriu o segredo para sobreviver à terrível luz do sol: o canibalismo: o sangue de outro vampiro dá força para andar entre os vivos.

> Você precisa morder o maior número de vampiros que puder para se manter no jogo. Se passar um minuto sem morder, você está fora. E assim que for eliminado, vista sua camiseta do avesso e vire um árbitro — acompanhe dois ou três vampiros para ver se estão mordendo outros.

> Para morder outro vampiro, você tem que dizer "mordi!" cinco vezes antes do outro. Então, ao esbarrar com uma vampira, olhe nos olhos dela e grite "mordi mordi mordi mordi mordi" e, se conseguir gritar antes dela, você vive e ela vira pó.

> Você e os outros vampiros do seu ponto de encontro são uma equipe. Eles fazem parte do seu clã. Você não consegue se alimentar do sangue deles.

> Você pode se tornar "invisível" ao ficar parado e cruzar os braços sobre o peito. Você não pode morder vampiros invisíveis e eles não podem morder você.

> A partida é jogada dentro do sistema de honra. O objetivo é se divertir e manter o vampiro vivo, e não vencer.

> Há uma missão final que será transmitida boca a boca quando os vencedores começarem a surgir. Os mestres do jogo começarão a sussurrar a missão quando chegar a hora. Passe a mensagem sussurrada adiante o mais rápido possível e espere pelo sinal.

> M1k3y

> mordi mordi mordi mordi mordi!

A gente esperava que uma centena de pessoas estivessem dispostas a jogar VampMob. Cada um mandou cerca de duzentos convites. Mas levei um susto ao pegar o Xbox às 4h e ver que havia quatrocentas respostas. Quatrocentas.

Eu coloquei os endereços no e-mail e saí de casa. Desci as escadas, ouvi meu pai roncar e minha mãe rolar na cama. Tranquei a porta atrás de mim.

Às 4h15, Potrero Hill estava tão silencioso quanto o campo. Havia alguns ruídos de tráfego ao longe e, uma vez, um carro passou por mim. Parei no caixa eletrônico e saquei US$ 320 em notas de vinte, enrolei todas, passei um elástico e enfiei em um bolso com zíper na perna das calças de vampiro.

Eu estava de capa outra vez, uma camisa bufante com babados e calças de smoking que modifiquei com bolsos suficientes para carregar minha pequena tralha. Calcei botas pontudas com fivelas de caveiras prateadas e deixei o cabelo desgrenhado e arrepiado. Ange estava trazendo a maquiagem branca e havia prometido que iria passar delineador nos meus olhos e pintaria as unhas de preto. Por que não, diabos? Quando eu teria uma nova oportunidade para me fantasiar assim?

Ange me 'encontrou na frente de sua casa. Ela também estava de mochila e meias arrastão, um vestido bufante de gothic lolita*, maquiagem branca no estilo japonês kabuki ao redor dos olhos e muitas joias prateadas ao redor do pescoço e nos dedos.

— Você está demais! — dissemos um para o outro em uníssono, então rimos baixinho e fomos de mansinho pelas ruas com latas de spray nos bolsos.

Enquanto observava o Civic Center, imaginei como o lugar ficaria quando quatrocentos jogadores de VampMob aparecessem ali. Eu esperava que chegassem em dez minutos, em frente à prefeitura. A enorme praça já estava cheia de gente indo para o serviço e desviando dos mendigos que pediam esmolas.

Eu sempre odiei o Civic Center. Era uma coleção de enormes prédios em estilo bolo de noiva: tribunais, museus e prédios públicos como a prefeitura. As calçadas eram largas, os edifícios, brancos. Nos guias turísticos de São Francisco, eles conseguiam fotografar o local de uma forma que se parecia com o Epcot Center, futurista e austero.

Mas, de perto, no chão, ele é sujo e nojento. Mendigos dormem em todos os bancos. O distrito fica vazio às 18h, exceto pelos bêbados e viciados, porque, como só há um tipo de prédio ali, não existe um motivo lógico para as pessoas ficarem depois que o sol se põe. Está mais para um shopping do que uma vizinhança, e os únicos estabelecimentos comerciais são agências de fiança para réus e lojas de bebidas,

---

*Termo da tribo gótica também conhecido como EGL (elegant gothic lolita, como o autor chama a seguir) que se refere a adolescentes ou jovens japonesas que se vestem com elaborados babydolls ou uniformes de empregada, ambos em estilo gótico-vitoriano. (*N. do T.*)

locais que atraem os familiares de bandidos sob julgamento e os vagabundos que fazem do Civic Center seu lar à noite.

Eu finalmente entendi tudo isso quando li a entrevista de uma velha planejadora urbana, uma mulher sensacional chamada Jane Jacobs, que foi a primeira pessoa a realmente perceber por que era errado cortar uma cidade com autoestradas, enfiar todos os pobres em conjuntos habitacionais e criar leis de zoneamento urbano para um rígido controle de quem podia fazer o que e em que lugar.

Jacobs explicou que as cidades de verdade são orgânicas e têm um monte de variedades — ricos e pobres, brancos e negros, anglo-saxões e mexicanos, ruas comerciais, residenciais e até industriais. Uma vizinhança assim recebe todo tipo de pessoa passando de dia e de noite, então gera negócios que atendem a cada necessidade, existe gente circulando o tempo todo, agindo como olhos nas ruas.

Você já viu uma vizinhança assim antes. Quem anda por algum trecho antigo da cidade descobre que ele está cheio de lojas maneiras, homens de terno e gente com roupas da moda, restaurantes finos e cafeterias transadas, um cinema alternativo talvez, casas com pinturas rebuscadas. Claro, provavelmente também há um Starbucks, mas, da mesma forma, há uma simpática loja de frutas e uma florista que parece ter trezentos anos de idade ao cortar as flores com cuidado na vitrine. É o oposto de espaço planejado, como um shopping. Parece um jardim sem cuidado ou mesmo um bosque: como um lugar que cresceu.

Isso não podia ser mais diferente do que o Civic Center. Eu li a entrevista em que Jacobs falava sobre a grande vizinhança antiga que eles derrubaram para construí-lo. Era exatamente aquele tipo de lugar que surgiu sem permissão, sem sentido.

Jacobs disse que havia previsto que, dentro de alguns anos, o Civic Center seria uma das piores vizinhanças de São Francisco, uma cidade fantasma à noite, um lugar que sustentava umas poucas lojas de bebida e motéis do tipo. Na entrevista, ela não parecia muito contente ao ter comprovado o que dissera; deu a impressão de que estava falando sobre um amigo falecido quando descrevia o que o Civic Center tinha se tornado.

Agora era hora do rush e o Civic Center estava incrivelmente cheio. O metrô dali também serve como a principal estação para pegar os bondinhos e é o ponto onde se deve saltar para fazer a baldeação de um transporte para o outro. Às 8h da manhã, havia milhares de pessoas subindo e descendo as escadas, saindo e entrando de táxis e ônibus. Elas tinham que passar pelos postos de controle do Departamento de Segurança Nacional nos diferentes prédios públicos e desviar dos mendigos agressivos. Todo mundo cheirava a xampu e colônia, todos saídos do banho e vestidos com a roupa de trabalho, sacudindo mochilas para laptop e pastas. Às 8h, o Civic Center era um centro de negócios.

E lá vieram os vampiros. Algumas dezenas descendo a Van Ness, algumas dezenas subindo a Market. Mais vampiros vindo pelo outro lado da Market. Mais subindo a Van Ness. Eles deram a volta pelas laterais dos prédios, usando maquiagem branca e delineador preto, roupas pretas, casacos de couro, enormes botas que pisavam pesado. Luvas de renda sem dedos.

Eles começaram a encher a praça. Alguns executivos olharam de relance e depois viraram o rosto, não querendo permitir que esses estranhos entrassem em seus mundos enquanto pensavam na merda que teriam de fazer por mais oito horas. Os vampiros andavam a esmo, sem saber quando o jogo começara. Eles se juntaram em grandes grupos, como um vazamento de petróleo ao contrário, toda aquela massa negra se reunindo em um lugar. Muitos usavam chapéus à moda antiga, chapéus-coco e cartolas. Muitas das garotas estavam em vestidos completos de elegant gothic lolita com enormes sapatos plataforma. Eu tentei estimar o número de pessoas. Duzentas. Então, cinco minutos depois, eram trezentas. Quatrocentas. Elas continuavam chegando. Os vampiros trouxeram amigos. Alguém agarrou a minha bunda. Eu virei e vi Ange, com as mãos nas pernas e o corpo dobrado de tanto rir.

— Olha essa gente toda, cara, olha só! — ela falou, ofegante. A praça estava duas vezes mais lotada do que há alguns minutos. Eu não tinha a mínima ideia do número de Xnautas, porém, uns mil deles acabaram de comparecer à minha festinha. Jesus.

O Departamento de Segurança Nacional e a polícia de São Francisco estavam começando a andar a esmo, falando nos rádios e se reunindo. Eu escutei uma sirene ao longe.

— Beleza — falei ao sacudir o braço de Ange. — Beleza, vamos nessa!

Nós dois entramos na multidão e, assim que encontramos nosso primeiro vampiro, ambos gritamos — Mordi mordi mordi mordi mordi! — A vítima era uma gatinha assustada com teias de aranha desenhadas nas mãos e rímel escorrendo pelo rosto. Ela falou — Droga — e foi embora, aceitando que eu a peguei.

O grito de "mordi mordi mordi mordi mordi" agitou os outros vampiros próximos. Alguns estavam se atacando entre si, outros procuravam se esconder. Eu fizera minha vítima para durar esse minuto, então fugi, usando os mundanos como cobertura. Ao meu redor, o grito de "mordi mordi mordi mordi mordi!", berros, risadas e xingamentos.

O som se espalhou como um vírus pela multidão. Todos os vampiros sabiam que o jogo estava rolando e aqueles que estavam concentrados juntos caíram como moscas. Eles riram, praguejaram e se afastaram, avisando quem ainda era vampiro que o jogo estava valendo. E mais vampiros estavam chegando a cada segundo.

8h16. Era hora de matar outro vampiro. Eu me abaixei e passei pelas pernas dos caretas enquanto iam em direção à escadaria do metrô. Surpresos, eles recuaram e se viraram para me evitar. Eu olhava fixo para um par de botas plataforma com dragões de aço sobre as pontas, então não estava esperando quando me vi cara a cara com outro vampiro, um sujeito com uns 15 ou 16 anos. Ele usava o cabelo penteado para trás com gel e uma jaqueta de PVC do Marilyn Manson cheia de colares com presas falsas e entalhadas com símbolos intrincados.

— Mordi mordi mordi... — o moleque começou, quando um dos mundanos tropeçou nele e os dois caíram no chão. Eu pulei sobre o sujeito e gritei — Mordi mordi mordi mordi mordi! — antes que ele pudesse se desvencilhar novamente.

Mais vampiros estavam chegando. Os executivos realmente estavam surtando. O jogo transbordou da calçada e se espalhou pela Van Ness, subindo em direção a Market Street. Motoristas buzinavam, os trenzinhos tocaram a sineta com raiva. Eu ouvi mais sirenes, mas agora o tráfego estava engarrafado em todos os sentidos.

Era a glória, cacete.

MORDI MORDI MORDI MORDI MORDI!

O som vinha de tudo ao redor. Havia tantos vampiros ali, jogando tão furiosamente, que parecia um rugido. Arrisquei me levantar e olhar em volta. Descobri que estava bem no meio de uma gigantesca multidão de vampiros que se espalhava até onde eu conseguia enxergar em todas as direções.

MORDI MORDI MORDI MORDI MORDI!

Isso era ainda melhor do que o show no Dolores Park. Aquilo foi furioso e agitado, mas isso era... bem, era divertido. Era como voltar aos tempos de recreio, às épicas partidas de pega-pega que a gente jogava na hora do almoço quando o sol saía, centenas de pessoas perseguindo umas às outras. Os adultos e os carros apenas tornavam o jogo mais divertido, mais engraçado.

Esse era o ponto: era engraçado. Todos nós estávamos rindo agora.

Mas os policiais estavam realmente se mobilizando neste instante. Eu ouvi helicópteros. A qualquer momento, o jogo acabaria. Era hora da missão final.

Eu agarrei um vampiro.

— Missão final: quando a polícia mandar a gente se dispersar, finja que jogaram gás em você. Passe adiante. O que foi que acabei de dizer?

A vampira era uma menina pequena, tão baixinha que achei que ela fosse realmente jovem, mas devia ter uns 17 ou 18 anos pelo rosto e sorriso.

— Ah, isso é irado.

— O que eu disse?

— Missão final: quando a polícia mandar a gente se dispersar, finja que jogaram gás em você. Passe adiante. O que foi que acabei de dizer?

— Certo — falei. — Passe adiante.

Ela sumiu na multidão. Eu agarrei outro vampiro. Passei a mensagem adiante. Ele foi embora para passar adiante.

Em algum lugar na multidão, eu sabia que Ange estava fazendo a mesma coisa. Em algum lugar na multidão, poderia haver pessoas infiltradas, falsos Xnautas, mas o que eles poderiam fazer com essa informação? Os policiais não tinham escolha. Eles mandariam que nos dispersássemos. Era garantido.

Eu tinha que chegar até Ange. O plano era nos encontrarmos na Founder's Statue na praça, mas chegar até a estátua seria difícil. A multidão não estava mais se movendo, estava estourando, como a turba na descida para a estação de metrô no dia em que as bombas explodiram. Eu sofri para avançar pela multidão bem no momento em que o alto-falante debaixo do helicóptero foi ligado.

— AQUI É O DEPARTAMENTO DE SEGURANÇA NACIONAL. VOCÊS TÊM ORDENS PARA DISPERSAR IMEDIATAMENTE.

Ao redor, centenas de vampiros caíram no chão agarrando as gargantas, esfregando os olhos, tentando respirar. Era fácil fingir que fomos atacados por gás, todos nós tivemos muito tempo para estudar os vídeos da galera no Mission Dolores Park caindo sob as nuvens de gás de pimenta.

— DISPERSEM-SE IMEDIATAMENTE.

Eu caí no chão, protegendo a mochila. Peguei o boné vermelho dobrado na cintura das calças, enfiei na cabeça e, depois, agarrei a garganta e fiz sons terríveis de quem estava vomitando.

Os únicos que ficaram de pé foram os mundanos, os assalariados que apenas estavam tentando chegar ao trabalho. Olhei para eles ao redor da melhor maneira possível, enquanto sufocava e arfava.

— AQUI É O DEPARTAMENTO DE SEGURANÇA NACIONAL. VOCÊS TÊM ORDENS PARA DISPERSAR

IMEDIATAMENTE. DISPERSEM-SE IMEDIATAMENTE.
— A voz de Deus fez minhas entranhas doerem. Senti reverberar nos molares, nos fêmures e na espinha. Os assalariados
ficaram assustados. Eles estavam se movendo o mais rápido
que conseguiam, mas para nenhuma direção específica. Os
helicópteros pareciam estar sempre bem acima de alguém,
não importa onde estivesse. Os policiais estavam avançando
com dificuldade pela multidão e haviam colocado os capacetes. Alguns tinham escudos. Alguns usavam máscaras. Eu
fiquei ainda mais sem fôlego.

Então os assalariados começaram a correr. Eu provavelmente teria que fazer o mesmo também. Eu vi um sujeito
tirar um paletó de US$ 500 e enrolar na cabeça antes de
correr para Mission, apenas para acabar tropeçando e caindo
estatelado no chão. Seus xingamentos se juntaram ao sons
de gente sufocando.

Isso não era para acontecer — o sufocamento deveria
apenas assustar as pessoas e deixá-las confusas, e não provocar pânico e um estouro da multidão.

Havia gritos agora, gritos que reconheci muito bem da
noite no parque. Era o som de pessoas que estavam assusta-
díssimas, correndo e esbarrando umas nas outras enquanto
tentavam de tudo para escapar.

E então começaram as sirenes de bombardeio aéreo.

Eu não ouvia esse som desde que as bombas explodiram,
mas jamais o esqueceria. Ele penetrou em mim e foi direto
para o saco, deixando as pernas bambas no caminho. As
sirenes me fizeram querer correr em pânico. Fiquei de pé,
com o boné vermelho na cabeça, pensando apenas em uma
coisa: Ange. Ange e a Founder's Statue.

Todo mundo estava de pé agora, correndo em todas as
direções, gritando. Eu empurrei as pessoas no caminho,

segurei firme a mochila e o boné, e fui para a Founder's Statue. Masha estava me procurando, eu estava procurando por Ange. Ela estava lá fora.

Eu empurrei e xinguei. Dei uma cotovelada em alguém. Senti um cara pisar muito forte no meu pé e o empurrei. O sujeito caiu, tentou se levantar e alguém pisou nele. Eu empurrei e forcei o caminho.

Quando estiquei o braço para empurrar outra pessoa, mãos fortes agarraram meu pulso e cotovelo em um movimento rápido e dobraram o braço atrás das costas. Senti como se o ombro fosse sair do lugar e imediatamente me dobrei, berrando, um som que mal dava para ouvir com o ruído da multidão, o rugido dos helicópteros, o barulho das sirenes.

As mãos fortes atrás de mim endireitaram meu corpo e me controlaram como uma marionete. A pegada foi tão perfeita que eu sequer podia pensar em me contorcer. Não conseguia pensar no barulho do helicóptero ou em Ange. Só era capaz de pensar em me mover do jeito que a pessoa que me pegou queria. Meu corpo foi virado para ficar cara a cara com ela.

Era uma garota com rosto fino, uma cara de fuinha meio escondida pelos óculos de sol imensos. Acima deles, havia um cabelo rosa choque espigado em todas as direções.

— Você! — falei. Eu a conhecia. Ela havia tirado uma foto minha e ameaçado me dedurar para uma patrulha antigazeteiros. Aquilo aconteceu cinco minutos antes de os alarmes tocarem. Foi ela, esperta e impiedosa. Nós dois fugimos daquele ponto em Tenderloin quando a sirene tocou atrás da gente e ambos fomos capturados pela polícia. Mostrei-me hostil e eles decidiram que eu era o inimigo.

Ela — Masha — virou aliada deles.

— Olá, M1k3y — sussurrou Masha no meu ouvido, tão de perto quanto uma amante. Um arrepio subiu pela minha espinha. Ela soltou meu braço e eu o sacudi.

— Jesus — falei. — Você!

— É, sou eu — disse ela. — O gás vai descer dentro de dois minutos. Vamos dar no pé.

— Ange, a minha namorada, está na Founder's Statue.

Masha olhou sobre a multidão.

— Sem chance. Se tentarmos chegar lá, estamos perdidos. O gás vai descer dentro de dois minutos, caso você não tenha ouvido da primeira vez.

Eu parei de andar.

— Eu não vou sem Ange.

Ela deu de ombros.

— É com você — gritou no meu ouvido. — É a sua sentença de morte.

Masha começou a avançar pela multidão, se afastando para o norte, em direção ao centro da cidade. Continuei a forçar passagem até a Founder's Statue. Um segundo depois, meu braço foi preso com força de novo, fui virado e empurrado para frente.

— Você sabe demais, babaca — disse ela. — Viu meu rosto. Você vem comigo.

Eu gritei com ela, lutei até sentir que o braço ia quebrar, mas Masha continuou me empurrando para frente. Cada passo com o pé dolorido era uma agonia, o ombro parecia que ia se soltar.

Com Masha me usando como aríete, avançamos bastante pela multidão. O barulho dos helicópteros mudou e ela me deu um empurrão mais forte.

— CORRA! — gritou. — Lá vem o gás!

O som da multidão também mudou. O barulho de gritos e gente sufocando ficou muito, muito mais alto. Eu já tinha ouvido aquele tom agudo antes. Nós voltamos ao parque. O gás estava descendo. Eu prendi a respiração e corri.

Nós saímos da multidão e ela soltou meu braço. Eu o sacudi. Fui arrastando a perna o mais rápido que pude pela calçada enquanto o volume de gente diminuía cada vez mais. Estávamos indo em direção a um grupo de policiais do Departamento de Segurança Nacional com escudos, capacetes e máscaras. Quando nos aproximamos, eles se moveram para bloquear a passagem, mas Masha mostrou um distintivo e os policiais se afastaram como se ela fosse Obi-Wan Kenobi dizendo "estes não são os droides que vocês procuram".

— Sua piranha desgraçada — falei quando aceleramos o passo para subir a Market Street. — Nós temos que voltar para pegar Ange.

Ela franziu os lábios e balançou a cabeça.

— Sinto muito por você, parceiro. Eu não vejo o meu namorado há meses. Provavelmente ele pensa que eu morri. Coisas da guerra. Se voltarmos para a sua Ange, estamos mortos. Se avançarmos, temos uma chance. Se a gente tiver uma chance, ela tem uma chance. Essa molecada toda não vai parar em Guantanamo. Provavelmente, eles vão pegar algumas centenas para interrogar e mandar o resto para casa.

A gente estava subindo a Market Street agora, passando pelas casas de striptease onde os mendigos e viciados ficavam sentados, fedendo como banheiros de porta aberta. Masha me levou para uma pequena alcova na porta trancada de uma das casas de strip. Ela tirou o casaco e virou do avesso — o forro tinha um padrão listrado suave e, com a costura do outro lado, o casaco tinha um caimento diferente. Masha puxou um gorro de lã do bolso e colocou sobre o cabelo, deixando uma ponta pendurada. Então pegou lenços removedores de maquiagem e começou a passar no rosto e unhas. Em um minuto, era uma mulher diferente.

— Mudança de vestuário — disse ela. — Agora é você. Tire as botas, o casaco e o boné. — Masha tinha razão. A polícia estaria procurando com muita atenção por qualquer um que parecesse ter participado da VampMob. Eu joguei fora o boné — nunca gostei mesmo de boné. Depois, enfiei o casaco na mochila, peguei uma camiseta de manga comprida com uma foto da Rosa Luxemburgo e coloquei por cima da camiseta preta. Deixei Masha retirar minha maquiagem e limpar minhas unhas. Um minuto depois, eu estava limpo.

— Desligue seu celular — ela falou. — Você está carregando algum transponder?

Eu tinha a carteira de estudante, o cartão de débito do banco e o bilhete mensal. Todos entraram em uma bolsinha prateada que ela segurava, que reconheci ser uma carteira blindada, capaz de bloquear sinais de rádio. Mas, assim que Masha guardou a carteira no bolso, eu me dei conta de que tinha acabado de entregar minha identidade para ela. Se Masha estivesse do lado inimigo...

Começou a cair a ficha sobre a importância do que acabara de acontecer. Na minha mente, eu havia imaginado que estaria com Ange a essa altura. Com ela, seriam dois contra um. Ange me ajudaria a perceber se havia algo de errado. Se Masha não era tudo o que dizia ser.

— Coloque essas pedrinhas nos tênis antes de calçá-los...

— Tudo bem. Eu torci o pé. Nenhum programa de reconhecimento de porte vai me detectar agora.

Ela concordou com a cabeça uma vez, de um profissional para outro, e colocou sua mochila. Eu peguei a minha e fomos andando. A mudança inteira durou menos de um minuto. A gente parecia e andava como duas pessoas diferentes.

Masha olhou para o relógio e balançou a cabeça. — Vamos. Temos que chegar ao ponto de encontro. Nem pense em correr. Você tem duas chances agora: eu ou a cadeia. Eles vão analisar imagens daquela multidão por dias, mas, assim que terminarem, todos os rostos presentes entrarão em uma base de dados. A nossa fuga será percebida. Somos ambos criminosos procurados agora.

Ela saiu da Market Street no próximo quarteirão, voltando para Tenderloin. Eu conhecia essa vizinhança. Era aqui que havíamos procurado por um sinal aberto de WiFi no dia em que jogamos Harajuku Fun Madness.

— Aonde estamos indo? — perguntei.

— Estamos prestes a pegar uma carona. Cale a boca para eu me concentrar.

Nós andamos depressa, o suor descia pelo rosto saindo do cabelo, escorria pelas costas e descia até as coxas. O pé realmente doía e eu estava vendo as ruas de São Francisco passarem correndo, talvez pela última vez na vida.

Para piorar, a gente estava subindo a ladeira, indo para o trecho onde a barra-pesada de Tenderloin dava lugar aos caros imóveis de Nob Hill. Minha respiração ficou ofegante. Masha nos levou basicamente por becos estreitos e usara as grandes ruas apenas para pular de uma viela para outra.

A gente tinha acabado de entrar em um desses becos, Sabin Place, quando alguém veio pelas costas e disse — Parados aí.

— A voz estava cheia de uma alegria maldosa. Nós paramos e nos viramos.

Na entrada do beco estava Charles, usando uma fantasia tosca de VampMob, com camiseta e calças jeans pretas e maquiagem branca.

— Oi, Marcus. Indo a algum lugar? — Ele abriu um enorme sorriso babão. — Quem é a sua namorada?

— O que você quer, Charles?

— Bem, eu ando acessando aquela rede traidora da Xnet desde que te vi distribuindo DVDs no colégio. Quando ouvi falar da sua VampMob, eu pensei em participar e ficar de longe, apenas para ver se você apareceria e o que faria. E sabe o que eu vi?

Eu não disse nada. Charles estava com o celular na mão, apontado para nós. Gravando. Talvez pronto para chamar a polícia. Ao meu lado, Masha ficou dura como uma tábua.

— Eu te vi liderando a parada. E gravei, Marcus. Agora eu vou chamar a polícia e nós vamos esperar bem aqui. E, então, vão comer sua bunda na prisão por muito, muito tempo.

Masha deu um passo à frente.

— Parada aí, menina — disse ele. — Eu te vi ajudando o Marcus a fugir. Vi tudo...

Ela deu outro passo à frente, arrancou o celular da mão de Charles, meteu a outra mão nas costas e puxou uma carteira aberta.

— Departamento de Segurança Nacional, mané — disse ela. — Eu sou uma agente. Estava levando esse idiota até seus superiores para ver aonde ele ia. Eu estava fazendo isso. Agora você estragou tudo. Nós temos um termo para isso. Chamamos de "obstrução de segurança nacional." Você está prestes a ouvir essa frase muitas vezes.

Charles deu um passo para trás, com as mãos levantadas diante de si. Ele ficou ainda mais branco debaixo da maquiagem.

— O quê? Não! Tipo... eu não sabia! Só estava tentando ajudar!

— A última coisa que a gente precisa é de um bando de detetives adolescentes nos "ajudando." Você pode contar sua história no tribunal.

Ele deu um novo passo para trás, mas Masha foi rápida. Ela pegou o pulso de Charles e o prendeu com o mesmo golpe de judô que usou contra mim lá no Civic Center. Meteu a mão no bolso e puxou a tira de uma algema de plástico, que rapidamente passou ao redor dos pulsos de Charles.

Isso foi a última coisa que vi ao fugir correndo.

Só consegui chegar à outra ponta do beco antes de Masha me alcançar, pular e me derrubar. Eu não podia andar muito rápido, não com o pé doendo e o peso da mochila. Caí com força, de cara no chão, deslizando e esfregando o rosto no asfalto sujo.

— Jesus — ela disse. — Você é um tremendo idiota. Você não acreditou naquilo, foi?

Meu coração disparou no peito. Ela estava em cima de mim e me deixou levantar devagar.

— Eu vou precisar te algemar, Marcus?

Fiquei de pé. Tudo doía. Eu queria morrer.

— Vamos — falou Masha. — O lugar não é longe agora.

Descobri que o "lugar" era um caminhão de mudanças parado em uma rua transversal de Nob Hill, um modelo de 16 rodas do tamanho daqueles onipresentes do Departamento de Segurança Nacional que ainda apareciam nas esquinas de São Francisco, cheios de antenas.

Esse caminhão, porém, tinha escrito na lateral "Mudanças Três homens e um caminhão", e realmente dava para ver os três homens saindo e entrando de um prédio residencial com um toldo verde. Eles estavam carregando caixotes com mobília, caixas bem etiquetadas, colocando uma de cada vez no caminhão e guardando com cuidado lá dentro.

Ela deu a volta pelo quarteirão uma vez, aparentemente descontente com alguma coisa e, então, na segunda volta, encarou um homem que estava vigiando o caminhão, um sujeito negro, mais velho, com uma cinta abdominal e luvas grossas. Ele tinha um rosto simpático e sorriu para nós enquanto Masha me levou rapidamente, sem provocar suspeitas, pelos três degraus até o interior do caminhão.

— Debaixo da mesa grande — falou o homem. — Separamos um lugar para vocês ali.

Mais da metade do caminhão estava cheio, mas havia um corredor estreito ao redor de uma mesa enorme, com um cobertor bordado por cima e plástico-bolha amarrado em volta das pernas.

Masha me puxou para debaixo da mesa. O ar estava abafado, viciado e cheio de poeira ali. Eu prendi um espirro enquanto a gente se enfurnava entre as caixas. O espaço era tão apertado que estávamos um em cima do outro. Eu não acho que Ange teria cabido ali dentro.

— Piranha — falei, olhando para Masha.

— Cala a boca. Você deveria estar lambendo minhas botas em agradecimento. Você teria acabado na cadeia em uma semana, duas no máximo. E não na Guantanamo da Baía. Síria, talvez. Acho que é para lá que mandam quem eles querem que desapareça pra valer.

Eu coloquei a cabeça entre os joelhos e tentei respirar fundo.

— Por que você foi fazer algo tão idiota quanto declarar guerra ao Departamento de Segurança Nacional, afinal de contas?

Eu contei para ela. Falei sobre ter sido preso, sobre Darryl.

Ela bateu nos bolsos e tirou um celular. Era o de Charles.

— Telefone errado. — Ela tirou outro aparelho, ligou e o brilho da tela encheu nosso pequeno forte. Depois de mexer nele por um segundo, Masha me mostrou o celular.

Era a foto que ela havia tirado de nós, logo antes de as bombas explodirem. Era a foto de mim, Jolu, Van e... Darryl.

Eu tinha nas mãos uma prova de que Darryl esteve conosco minutos antes de todos nós sermos levados sob custódia pelo Departamento de Segurança Nacional. Uma prova de que ele esteve em nossa companhia, vivo e bem.

— Você precisa me dar uma cópia dessa foto — falei. — Eu preciso dela.

— Quando a gente chegar a Los Angeles — disse ela ao pegar o telefone de volta. — Assim que você aprender a ser um fugitivo sem fazer a gente ser preso e mandado para a Síria. Não quero que fique pensando em resgatar esse cara. Ele está bem seguro onde se encontra... por enquanto.

Pensei em tentar pegar a foto à força, mas ela já havia demonstrado sua habilidade física. Devia ser faixa preta ou algo assim.

Nós ficamos ali no escuro, ouvindo os três homens encherem o caminhão com caixa atrás de caixa, amarrarem a mudança, gemerem com o esforço. Tentei dormir, mas não consegui. Masha não teve o mesmo problema. Ela roncou.

Ainda havia luz vindo pelo estreito corredor obstruído que levava para o ar fresco lá fora. Eu fiquei olhando através da escuridão e pensei em Ange.

Minha Ange. O cabelo roçando nos ombros ao virar a cabeça de um lado para o outro, rindo de algo que fiz. O rosto quando a vi pela última vez, sumindo na multidão da VampMob. Toda aquela gente na VampMob, como as pessoas no parque, caídas no chão, contorcendo-se, o

Departamento de Segurança Nacional avançando com cassetetes. Os desaparecidos.

Darryl. Preso na Ilha do Tesouro, com pontos na lateral do corpo, sendo retirado da cela para infinitas sessões de interrogatório sobre terroristas.

O pai de Darryl, arrasado e bêbado, com a barba por fazer. Arrumado e uniformizado "para as fotos". Chorando como um menininho.

Meu próprio pai e a forma como mudou por causa do meu desaparecimento na Ilha do Tesouro. Ele ficou tão arrasado quanto o pai de Darryl, mas à sua própria maneira. E sua expressão quando contei onde estive.

Foi quando eu soube que não poderia fugir.

Foi quando eu soube que tinha que ficar e lutar.

A respiração de Masha era profunda e regular, mas, quando estiquei a mão em câmera lenta para pegar o celular em seu bolso, ela fungou e se mexeu um pouco. Eu congelei e nem mesmo respirei por dois minutos inteiros, contando pausadamente.

Devagar, a respiração de Masha voltou a ficar profunda. Eu puxei o celular do bolso de seu casaco um milímetro por vez, com os dedos e braços tremendo pelo esforço de se mover tão devagar.

Então consegui pegar. Era uma coisa do formato de uma pequena barra de chocolate.

Eu me virei para ir em direção à luz quando me bateu uma memória: Charles segurando o celular, sacudindo o aparelho em nossa direção, provocando a gente. Tinha o formato de uma barra de chocolate, era prateado, cheio de logomarcas de uma dezena de empresas que subsidiaram o custo do aparelho através da operadora. Era o tipo de celular que o dono precisava ouvir um comercial toda vez que fazia uma ligação. Estava muito escuro para ver o aparelho claramente no caminhão, mas dava para senti-lo. Eram adesivos de empresas nas laterais? Sim? Sim. Eu tinha roubado o telefone de Charles do casaco de Masha.

Eu me virei muito, muito devagar e muito, muito, muito devagar, meti a mão de novo em seu bolso. O celular dela era maior e mais volumoso, com uma câmera melhor e sabe-se lá mais o quê.

Eu já havia passado por isso antes — o que facilitou um pouco. Novamente tirei o celular de seu bolso, milímetro por milímetro, parando duas vezes quando ela fungou e se remexeu.

Soltei o celular e estava começando a me afastar quando a mão de Masha disparou, veloz como uma cobra, e pegou firme meu pulso, esmagando os pequenos e delicados ossos debaixo da mão.

Eu arfei e vi os olhos bem abertos de Masha me encarando.

— Você é tão idiota — ela disse em tom casual ao pegar o telefone e teclar com a outra mão. — Como você planejava desbloquear o aparelho outra vez?

Engoli em seco. Senti os ossos do pulso sendo triturados uns contra os outros. Mordi o lábio para não gritar.

Masha continuou teclando com a outra mão.

— Era com isso que você pretendia fugir? — Ela mostrou a foto de todos nós, Darryl e Jolu, eu e Van. — Essa foto?

Eu não falei nada. O pulso parecia que ia quebrar.

— Talvez eu devesse simplesmente apagar a foto, acabar com a tentação. — A mão livre se mexeu novamente. O celular perguntou se ela tinha certeza e Masha olhou para o aparelho a fim de encontrar o botão correto.

Foi então que entrei em ação. Eu estava com o celular de Charles na outra mão e bati com toda a força naquela que esmagava meu pulso, acertando na mesa acima com os nós dos dedos. O golpe foi tão forte que o celular quebrou, Masha gritou e a mão ficou mole. Prossegui, fui na direção da outra mão dela, com o telefone agora desbloqueado e o polegar ainda em cima da tecla SIM. Os dedos apertaram o vazio quando arranquei o celular.

Engatinhei pelo corredor estreito, indo em direção à luz. Senti as mãos de Masha baterem duas vezes nos meus pés e tornozelos, e tive que empurrar para o lado algumas das caixas que formavam uma tumba de faraó ao nosso redor. Elas caíram atrás de mim e ouvi Masha gemer novamente.

Mergulhei na direção da fresta aberta na porta de enrolar do caminhão e passei por baixo. Os degraus foram retirados e eu fiquei pendurado sobre a rua, caí e bati de cabeça no asfalto com um baque que reverberou pelos ouvidos como um gongo. Segurei no para-choque para ficar de pé e desesperadamente puxei a alça da porta para fechá-la. Masha gritou lá dentro — devo ter acertado a ponta de seus dedos. Senti vontade de vomitar, mas me contive.

Fechei o cadeado do caminhão, em vez disso.

Capítulo 20

Nenhum dos três homens estava por perto no momento, então dei no pé. A cabeça doía tanto que pensei que estivesse sangrando, mas toquei nela e as mãos saíram secas. O tornozelo torcido havia parado de se mexer no caminhão, então corri como uma marionete quebrada e só parei uma vez, para cancelar o apagamento da foto no celular de Masha. Desliguei o rádio — tanto para poupar bateria quanto para evitar ser rastreado — e programei o modo de suspensão para duas horas, o maior tempo disponível. Tentei programar para que o celular saísse do modo de suspensão sem pedir uma senha, mas isso mesmo já exigia uma senha. Eu simplesmente teria que tocar no teclado a cada duas horas pelo menos, até descobrir como retirar a foto do aparelho. Depois, precisaria de um carregador.

Eu não tinha um plano. Eu precisava de um. Precisava sentar, ficar on-line — descobrir o que fazer a seguir. Estava cansado de seguir os planos de outras pessoas. Não queria agir por causa de Masha, do Departamento de Segurança Nacional ou do meu pai. Ou por causa de Ange? Bem, talvez eu agisse por causa de Ange. Isso não seria problema, na verdade.

Apenas continuei mancando ladeira baixo, seguindo por becos quando era possível, misturando-me ao povo de

Tenderloin. De poucos em poucos minutos, eu colocava a mão no bolso e apertava uma das teclas do celular de Masha para evitar que ficasse suspenso. Aberto, ele fazia um volume esquisito no casaco.

Parei e me encostei em um prédio. O tornozelo estava me matando. Onde eu fui parar, afinal de contas?

O'Farrell, na Hyde Street. Em frente a um "salão de massagem asiática" suspeito. Meus pés traidores me trouxeram de volta aonde tudo começou — de volta ao lugar onde Masha tirou a foto no celular, segundos antes da explosão da Bay Bridge, antes da minha vida mudar para sempre.

Eu queria sentar na calçada e lamuriar, mas isso não resolveria meus problemas. Precisava ligar para Barbara Stratford, contar o que aconteceu. Mostrar a foto de Darryl.

O que eu estava pensando? Tinha que mostrar o vídeo para Barbara, aquele que Masha me enviou, onde o chefe de gabinete do presidente falava com satisfação sobre o atentado a São Francisco e admitia saber onde e quando os próximos ataques ocorreriam, mas que não os impediria porque isso ajudaria o presidente a ser reeleito.

Esse era o plano, então: entrar em contato com Barbara, entregar os documentos e publicá-los. A VampMob deve ter assustado mesmo as pessoas, elas acharam que a gente era realmente um bando de terroristas. Claro que, quando planejei, imaginei que seria uma boa distração; não havia pensado como a VampMob ia parecer aos olhos de um tiozão fã de Nascar no interior.

Eu ia ligar para Barbara de uma forma inteligente, de um telefone público, com o capuz do casaco puxado para que as onipresentes câmeras de segurança não tirassem a minha foto. Peguei uma moeda no bolso e esfreguei na barra da camiseta, a fim de apagar as impressões digitais.

Desci a ladeira até chegar aos telefones públicos da estação de metrô. Cheguei ao ponto do trem quando vi a capa da edição daquela semana do *Bay Guardian*, em uma pilha alta ao lado de um mendigo negro que sorriu para mim. — Vai em frente e leia a capa, é de graça. Mas são 50 centavos para ler dentro. A manchete estava escrita com as maiores letras que já vi desde o 11 de Setembro.

Por dentro da Guantanamo da Baía

Embaixo, em letras um pouco menores:

"Como o Departamento de Segurança Nacional mantém nossos filhos e amigos em prisões secretas debaixo de nossos narizes."

"Por Barbara Stratford, em reportagem especial para o *Bay Guardian*".

O jornaleiro sacudiu a cabeça.

— Dá para acreditar nisso? Bem aqui em São Francisco. Cara, o governo é uma merda!

Teoricamente, o Guardian era gratuito, mas esse cara parecia ter dominado o comércio local do jornal. Eu estava com uma moeda de 25 centavos na mão. Deixei cair na caneca do mendigo e peguei outra. Não me importei em limpar as impressões digitais dessa vez.

"Contaram para nós que o mundo mudou para sempre quando a Bay Bridge foi explodida por desconhecidos. Milhares de nossos amigos e vizinhos morreram naquele dia. Quase nenhum corpo foi recuperado; imagina-se que os restos mortais estejam no porto da cidade."

"Porém, a fantástica história contada para essa repórter por um jovem que foi preso pelo Departamento de Segurança Nacional sugere que nosso próprio governo tenha aprisionado ilegalmente muitos dos supostos mortos na Ilha do Tesouro, que fora evacuada e declarada proibida para os civis pouco depois do atentado..."

Sentei em um banco — notei com um arrepio na nuca que era o mesmo banco onde deitamos Darryl após fugir da estação do metrô — e li todo o artigo. Fiz um esforço enorme para não abrir o berreiro bem ali. Barbara encontrou algumas fotos minhas e do Darryl zoando juntos e colocou ao lado do texto. As imagens eram provavelmente de um ano atrás, mas eu parecia tão mais novo, como se tivesse 10 ou 11 anos. Eu tinha amadurecido muito nos últimos meses.

O texto do artigo era lindo. A toda hora, eu ficava indignado em nome dos pobres jovens descritos por Barbara, para então me lembrar que ela escrevera sobre mim. A mensagem de Zeb estava lá, a caprichada letra ampliada em meia página do jornal. Barbara levantou mais informações sobre outros moleques desaparecidos e tidos como mortos, uma longa lista, e perguntou quantos foram presos na ilha, a apenas alguns quilômetros da casa dos pais.

Eu peguei outra moeda no bolso e, então, mudei de ideia. Qual seria a chance de o telefone de Barbara não estar grampeado? Não havia como ligar para ela agora, não diretamente. Eu precisava de um intermediário para entrar em contato com Barbara e marcar um encontro em algum lugar ao sul. Lá se foram meus planos.

O que eu realmente precisava era da Xnet.

Como diabos eu conseguiria ficar on-line? O localizador do meu celular estava piscando loucamente — havia sinais wireless por toda volta, mas eu não tinha um Xbox, uma TV e um DVD do ParanoidXbox para iniciar o console. WiFi, WiFi por todos os lugares...

Foi aí que os percebi. Dois moleques da minha idade, andando entre a multidão na escadaria que descia para a estação.

O que chamou a minha atenção foi a forma como andavam, meio atrapalhados, esbarrando em quem ia trabalhar e nos turistas. Cada um estava com uma mão no bolso e sempre que se olhavam, eles riam. Estavam obviamente criando interferência, mas a multidão não os percebia. Naquela vizinhança, todos estão acostumados a desviar de mendigos e malucos, ninguém encara ninguém, nem olha ao redor se for possível evitar.

Cheguei de mansinho em um deles. O moleque parecia realmente jovem, mas não podia ser mais novo do que eu.

— Ei — falei. — Você podem vir aqui por um segundo?

Ele fingiu não me ouvir. O olhar me ignorou, da maneira como se faz com um mendigo.

— Ora, vamos. Eu não tenho muito tempo. — Agarrei o ombro e sussurrei no ouvido. — A polícia está atrás de mim. Sou da Xnet.

O cara ficou assustado agora, como se quisesse sair correndo, e o amigo estava se aproximando de nós.

— Estou falando sério — eu disse. — Apenas me escute.

O amigo chegou. Ele era mais alto e parrudo... como Darryl.

— Ei, algum problema?

O amigo sussurrou em seu ouvido. Os dois pareciam que iam fugir.

Peguei o exemplar do *Bay Guardian* debaixo do braço e sacudi na frente deles.

— Apenas abram na página 5, OK?

Eles abriram. Olharem a manchete. A foto. Eu.

— Ah, cara — disse o primeiro. — A gente não merece isso mesmo. — Ele sorriu para mim como um louco e o parrudão me deu um tapa nas costas.

— Nem pensar — ele disse — Você é o M...

Coloquei a mão sobre a sua boca.

—Venham aqui, OK?

Eu os trouxe de volta ao banco. Notei que havia uma antiga mancha marrom na calçada debaixo do banco. Sangue de Darryl? A pele ficou arrepiada. Nós nos sentamos.

—Eu sou Marcus — falei, engolindo em seco ao dar meu nome de verdade para esses dois que já me conheciam como M1k3y. Eu estava revelando o segredo, mas o Bay Guardian já fizera isso por mim.

—Nate — falou o baixinho.

—Liam — disse o maior. — Cara, é uma tremenda honra te conhecer. Você é o nosso maior herói...

—Não diga isso. Vocês dois parecem um anúncio piscando "eu estou criando interferência, por favor, me prendam na Guantanamo da Baía." Não podiam ser mais óbvios.

Liam parecia que ia chorar.

—Não se preocupe, você não foram presos. Depois eu dou umas dicas. — Ele ficou alegre de novo. O que estava ficando claro é que esses dois realmente idolatravam M1k3y e fariam qualquer coisa que eu dissesse. Eles sorriam como idiotas. Isso me deixou incomodado e enojado.

—Escuta só: eu preciso entrar na Xnet agora, sem ir para casa ou sequer perto de lá. Vocês moram aqui perto?

—Eu moro — disse Nate. — No alto da California Street É muito chão para andar. Ladeiras inclinadas. — Eu havia acabado de descer tudo aquilo. Masha estava em algum lugar lá em cima. Mas, ainda assim, era melhor do que eu podia esperar.

—Vamos nessa — falei.

Nate me emprestou o boné e trocou de casaco comigo. Eu não precisava me preocupar com o reconhecimento de porte, não com o tornozelo doendo do jeito que estava — eu mancava como um coadjuvante de faroeste.

Nate morava em um imenso apartamento de quatro andares no alto de Nob Hill. O prédio tinha um porteiro de casaca vermelha com brocado de ouro, que tocou no quepe, chamou Nate de "Sr. Nate" e nos deu as boas-vindas. O lugar era impecável e cheirava a lustrador de móveis. Tentei não suspirar ao ver o que devia ser um apartamento de alguns milhões de dólares.

— Meu pai era um banqueiro de investimentos — explicou Nate. — Muitos seguros de vida. Ele morreu quando eu tinha 14 anos e ficamos com tudo. Meus pais eram divorciados há anos, mas ele deixou minha mãe como a única beneficiária.

Das janelas que iam do chão ao teto, era possível enxergar uma bela vista do outro lado de Nob Hill, descendo pelo Fisherman1s Wharf até o cotoco feio da Bay Bridge, a aglomeração de guindastes e caminhões. Através do nevoeiro, deu para ver a Ilha do Tesouro. Olhando até lá embaixo, deu uma vontade louca de pular.

Eu fiquei on-line através do Xbox de Nate e da enorme TV de plasma na sala de visitas. Ele me mostrou quantas redes WiFi estavam abertas desse ponto alto — vinte, trinta sinais. Aqui era um ótimo lugar para usar a Xnet.

Havia um monte de e-mails para a conta de M1k3y. Vinte mil novas mensagens desde que Ange e eu saímos da casa dela de manhã. Muitas eram da imprensa, pedindo novas entrevistas, mas a maioria era de Xnautas, pessoas que tinham visto a reportagem no Guardian e queriam dizer que fariam qualquer coisa para me ajudar, o que eu precisasse.

Foi o bastante. Lágrimas escorreram pelo rosto.

Nate e Liam se entreolharam. Eu tentei parar, mas não consegui. Estava soluçando agora. Nate foi até uma estante de livros de carvalho e puxou um bar de uma das estantes, revelando fileiras de garrafas reluzentes. Ele serviu uma dose de algo marrom dourado e trouxe para mim.

— Raro uísque irlandês — Nate disse. — O favorito da minha mãe.

Tinha gosto de fogo, de ouro. Dei um golinho, tentando não engasgar. Eu realmente não gostava de bebida forte, mas essa era diferente. Respirei fundo várias vezes.

— Valeu, Nate — falei. Ele parecia que tinha acabado de receber uma medalha de mim. Era um bom garoto. — Beleza.

— Peguei o teclado. Os dois moleques observavam fascinados enquanto eu navegava pelo e-mail na tela gigantesca.

O que eu estava procurando, antes de mais nada, era um e-mail de Ange. Havia uma chance de que ela simplesmente escapara. Sempre havia essa chance.

Fui um idiota de sequer ter esperanças. Não havia nenhum e-mail dela. Eu comecei a passar pelas mensagens o mais rápido possível, separando os pedidos da imprensa, os e-mails dos fãs, de quem me odiava, o spam...

E então encontrei uma carta de Zeb.

> Não foi legar acordar hoje de manhã e encontrar a mensagem que pensei que você destruiria nas páginas de um jornal. Não foi nada legal. Tive a sensação de ser... caçado.

> Mas passei a entender por que você fez isso. Não sei se concordo com sua tática, mas é fácil perceber que seus motivos eram bons.

> Se você está lendo este e-mail, isso quer dizer que há uma boa chance de você ter se escondido. Não é fácil. Eu estou aprendendo sobre isso. Estou aprendendo sobre muitas coisas.

> Eu posso ajudar você. Eu deveria fazer isso por você. Você está fazendo o que pode por mim. (Mesmo que esteja agindo sem a minha permissão.)

> Responda se ler esse e-mail, se estiver fugindo e sozinho. Ou responda se estiver preso, sendo coagido por nossos amigos em Guantanamo, procurando

por uma maneira de parar a dor. Se eles pegaram você, vai fazer o que lhe disserem. Eu sei disso. Vou correr esse risco.

> Por você, M1k3y.

— Uaaaau. Caaaaara! — soltou Liam. Eu queria bater nele. Virei para dizer uma grosseria horrível, mas ele estava me encarando com olhos arregalados, parecia que queria se ajoelhar e me endeusar.

— Posso só dizer que ajudar você é a maior honra da minha vida? Posso só dizer isso? — disse Nate.

Eu fiquei vermelho agora. Não havia motivo para tanto. Esses dois estavam completamente fascinados, embora eu não fosse nenhuma celebridade, não na minha própria mente, pelo menos.

— Vocês podem — engoli em seco — me dar licença aqui?

Eles saíram de mansinho como cachorrinhos que fizeram travessura e eu me senti um babaca. Digitei rápido.

"Eu escapei, Zeb. E estou fugindo. Preciso de toda a ajuda que conseguir. Quero acabar com isso agora." Eu me lembrei de tirar o celular de Masha do bolso e tocar no teclado para evitar que entrasse em modo de suspensão.

Eles me deixaram tomar um banho, entregaram-me uma muda de roupas, uma nova mochila com metade de um kit contra terremotos — barras de proteína, remédios, compressas quentes e frias, e um velho saco de dormir. Até colocaram um Xbox Universal extra já com o ParanoidXbox instalado. Foi um belo gesto. Só não aceitei a pistola sinalizadora.

Continuei verificando o e-mail para ver se Zeb tinha respondido. Eu respondi às mensagens dos fãs e da imprensa. Apaguei o e-mail de quem me xingava. Eu meio que esperava receber algo de Masha, mas ela já devia estar a meio caminho de Los Angeles agora, com os dedos machucados e sem a menor disposição de digitar. Eu mexi no celular dela novamente.

Eles deram a maior força para eu tirar uma soneca e, por um breve e vergonhoso momento, fiquei paranoico, imaginando que talvez esses caras pensassem em me entregar assim que eu dormisse. O que era uma idiotice — eles podiam ter me entregado da mesma forma quando eu estava acordado. A ficha não caía que eles achavam que eu fosse tanta coisa assim. Eu tinha noção, intelectualmente falando, de que havia pessoas que seguiriam M1k3y. Encontrei algumas pessoas de manhã, gritando MORDI MORDI MORDI e brincando de vampiros no Civic Center. Mas o caso desses dois era mais pessoal. Eram apenas dois caras normais, zoadores, podiam ser qualquer um dos meus amigos da época antes da Xnet, dois parceiros de aventuras adolescentes. Eles entraram como voluntários para um exército, o meu exército. Eu tinha uma responsabilidade em relação a eles. Eles seriam capturados se ficassem por conta própria, era apenas uma questão de tempo. Eles confiavam demais.

— Galera, me escutem por um segundo. Tenho algo sério para falar com vocês.

Eles quase ficaram em posição de sentido. Teria sido engraçado, se não fosse tão assustador.

— Esse é o lance. Agora que vocês me ajudaram, a situação ficou realmente perigosa. Se vocês forem capturados, eu serei capturado. Eles vão extrair tudo o que vocês sabem — eu ergui a mão para impedir as reclamações. — Não, parem. Você não passaram por aquilo. Todo mundo fala. Todo mundo se entrega. Se um dia vocês forem capturados, vão contar tudo imediatamente, o mais rápido que puderem, o quanto conseguirem contar. De qualquer maneira, eles vão acabar extraindo tudo. É assim que a coisa toda funciona.

"Mas vocês não serão capturados e eis o motivo: vocês vão parar de criar interferência. Estão na reserva. Vocês formam...", eu vasculhei a memória em busca de termos tirados de filmes de espionagem "... uma célula inativa. Parem. Voltem a ser moleques normais. De uma forma ou de outra, eu vou arrebentar com essa história toda, escancarar essa situação, acabar com isso. Ou ela vai me pegar, finalmente, e acabar comigo. Se vocês não ouvirem de mim dentro de 72 horas, considerem que eles me pegaram. Façam o que quiserem então. Mas, pelos próximos três dias — e para sempre, se eu conseguir fazer o que pretendo —, parem. Vocês me prometem isso?"

Eles prometeram com toda seriedade. Deixei que me convencessem a tirar uma soneca, mas fiz que jurassem que iriam me acordar uma vez a cada hora. Eu teria de mexer no celular de Masha e queria saber o quanto antes se Zeb entrara em contato de novo comigo.

O encontro foi em um trem do metrô, o que me deixou nervoso. Eles eram cheios de câmeras. Mas Zeb sabia o que estava fazendo. Ele marcou no último vagão de uma determinada linha partindo de estação da Powell Street, em uma hora em que haveria uma muvuca no trem. Zeb veio de mansinho até mim entre a multidão e os bons passageiros de São Francisco abriram espaço para ele, aquele vazio que sempre cerca os mendigos.

— Bom ver você de novo — ele murmurou, virado para a porta. Olhando pelo reflexo no vidro escuro, pude ver que não havia ninguém por perto para nos ouvir, não sem alguma espécie de microfone de alta capacidade, e, se eles soubessem o bastante para aparecer ali com um aparelho desses, estaríamos perdidos de qualquer maneira.

— Você também, mano — falei. — Eu... eu sinto muito, sabe?

— Cale a boca. Não fique assim. Você foi mais corajoso do que eu. Está pronto para se esconder agora? Pronto para desaparecer?

— Falando nisso.

— Sim?

— Esse não é o plano.

— Ah — disse Zeb.

— Escuta, OK? Eu tenho... tenho fotos, vídeo. Coisas que realmente são provas. — Meti a mão no bolso e mexi no celular de Masha. Eu havia comprado um carregador na Union Square ao descer e tinha parado para plugar o telefone em uma cafeteria por tempo suficiente para a bateria ficar com quatro das cinco barrinhas cheias. — Preciso levar isso tudo para Barbara Stratford, a mulher do Guardian. Mas eles estarão de olho nela para ver se eu apareço.

— Você não acha que eles estarão procurando por mim também? Se seu plano envolve que eu chegue a um quilômetro da casa daquela mulher ou seu trabalho...

— Eu quero que você convença a Van a vir me encontrar. O Darryl falou da Van para você? A garota...

— Ele me contou. Sim, contou. Você não acha que eles estarão vigiando a Van? Todos vocês que foram presos?

— Acho que sim, mas não creio que seja uma vigilância tão forte. E as mãos da Van estão limpas. Ela nunca cooperou com nenhum dos meus... — engoli em seco — ... dos meus projetos. Então, talvez estejam mais relaxados em relação a ela. Se a Van ligar para o Bay Guardian a fim de marcar uma reunião para contar como sou apenas um babaca, acho que eles vão permitir que ela vá.

Zeb olhou para a porta por um bom tempo.

— Você sabe o que acontece quando eles nos pegarem de novo. — Não foi uma pergunta.

Concordei com a cabeça.

— Tem certeza? Algumas pessoas que estavam conosco na Ilha do Tesouro foram levadas embora em helicópteros.

Foram levadas para o exterior. Há países que os EUA usam para praticar tortura. Países onde você apodrece eternamente. Países onde você deseja que eles acabem logo com isso, que te mandem cavar uma cova e dêem um tiro na sua nuca enquanto você fica parado diante do buraco.

Eu engoli em seco e concordei com a cabeça.

— Vale o risco? Podemos ficar escondidos por muito, muito tempo aqui. Algum dia, talvez a gente recupere o nosso país. Dá para esperar o pior passar.

Eu balancei a cabeça. — Ninguém consegue alguma coisa não fazendo nada. O país é nosso. Eles o tiraram da gente. Os terroristas que nos atacaram continuam livres, mas nós, não. Eu não vou me esconder por um ano, dez anos, a vida inteira, esperando que me deem a liberdade de mão beijada. A liberdade é algo que você tem que conquistar.

Naquela tarde, Van saiu da escola como sempre, sentou-se no fundo do ônibus e cercada pelas amigas, rindo e brincando como sempre fazia. Os outros passageiros prestaram atenção porque ela falava alto e, além disso, usava um chapelão ridículo, algo que parecia ter saído de uma peça escolar sobre esgrimistas da Renascença. Em dado momento, todas as meninas se juntaram e, então, se viraram para olhar para fora do ônibus, apontando e rindo. A garota que usava o chapéu agora era da mesma altura de Van e, por trás, podia ser ela.

Ninguém prestou atenção à pequenina oriental que desceu faltando alguns pontos para chegar ao metrô. Ela estava vestida com um velho uniforme de colégio e olhou timidamente para baixo ao sair do ônibus. Além disso, naquele momento, a menina coreana que falava alto soltou um grito e as amigas fizeram o mesmo, rindo tão alto que até mesmo o motorista diminuiu a velocidade, se virou no banco e olhou feio para elas.

Van andou rapidamente pela rua com a cabeça baixa, o cabelo preso e a gola levantada do casaco de gomos fora de moda. Ela havia colocado saltos nos sapatos que a deixaram uns cinco centímetros mais alta e desengonçada, tinha trocado as lentes de contato pelos óculos que menos gostava, com lentes enormes que tapavam metade do rosto. Embora eu estivesse esperando no ponto de ônibus e soubesse quando ela deveria chegar, eu mal a reconheci. Fiquei de pé e segui Van do outro lado da rua por meio quarteirão.

As pessoas que passavam por mim viravam o rosto o mais rápido possível. Eu parecia um menino de rua com uma placa imunda de papelão, um sobretudo sujo de deitar na calçada e uma mochila enorme, entupida e com fita isolante nos rasgos. Ninguém quer olhar para um menino de rua porque ele pode pedir trocados. Eu tinha andado por Oakland a tarde inteira e as únicas pessoas que falaram comigo foram uma testemunha de Jeová e um cientologista que tentaram me converter. Eu me senti sujo, como se tivesse sido abordado por um tarado.

Van seguiu cuidadosamente as instruções que anotei. Zeb passou para ela da mesma forma que me entregara a mensagem fora do colégio — esbarrou em Van enquanto ela esperava pelo ônibus e pediu mil desculpas. Escrevi de um jeito simples e direto, apenas explicando a situação: eu sei que você não aprova. Compreendo. Mas agora é para valer, esse é o favor mais importante que jamais pedi de você. Por favor. Por favor.

Ela veio. Eu sabia que viria. Nós tínhamos uma longa história, Van e eu. Ela também não gostou do que aconteceu com o mundo. Além disso, uma voz maligna riu na minha mente ao argumentar que Van estava sob suspeita, agora que o artigo de Barbara foi publicado.

Nós andamos daquela maneira por seis ou sete quarteirões, olhando para as pessoas próximas, vendo que carros passavam. Zeb me contou sobre a tática dos cinco perseguidores, onde cinco pessoas com diferentes disfarces se alternavam seguindo o alvo, sendo praticamente impossível notá-las. Era preciso ir para um local completamente desolado, onde qualquer pessoa se destacaria como uma luz na escuridão.

O viaduto da Rota 880 ficava a poucos quarteirões da estação Coliseum do metrô e, mesmo com todas as voltas que Van deu, não demorou muito para chegarmos lá. O barulho de cima era quase ensurdecedor. Não havia ninguém por perto, não que eu pudesse identificar. Eu havia visitado o lugar antes de sugeri-lo para Van na mensagem, tomando o cuidado de verificar os possíveis esconderijos. Não havia nenhum.

Assim que ela parou no local combinado, eu andei rapidamente para alcançá-la. Van me olhou seriamente atrás dos óculos.

— Marcus — sussurrou e os olhos se encheram d'água. Percebi que estava chorando também. Eu daria um péssimo fugitivo. Sou muito emotivo.

Ela me abraçou com tanta força que eu não conseguia respirar. Devolvi o abraço com mais intensidade ainda.

Então Van me beijou.

Não no rosto, não como uma irmã. Bem na boca, um beijo quente e molhado que parecia durar para sempre. Eu estava tão tomado pela forte emoção...

Não, é mentira. Eu sabia exatamente o que estava fazendo. Eu a beijei de volta.

Então parei e me afastei, quase a empurrei.

— Van — disse, ofegante.

— Opa — ela falou.

— Van — repeti.

— Foi mal. Eu...

Então, uma coisa me ocorreu, algo que eu deveria ter percebido há muito, muito tempo.

— Você gosta de mim, não gosta?

Ah, Deus. Darryl, tão apaixonado por ela todos esses anos, e o tempo todo ela olhava para mim, me desejando em segredo. E então eu acabei namorando Ange. Ange disse que sempre brigou com Van. E eu fiquei com outra e me meti em uma tremenda encrenca.

— Van, sinto muito.

— Esquece — ela falou e virou o rosto. — Eu sei que não vai rolar. Só queria fazer isso uma vez, caso eu nunca... — Van interrompeu as palavras.

— Van, eu preciso que você faça uma coisa por mim. Algo importante. Preciso que você se encontre com a jornalista do Bay Guardian, Barbara Stratford, aquela que escreveu o artigo. Preciso que entregue uma coisa para ela. — Expliquei sobre o celular de Masha, sobre o vídeo que ela me mandou.

— Qual é a vantagem disso, Marcus? Qual o sentido?

— Van, você tinha razão, pelo menos parcialmente. Não podemos consertar o mundo colocando outras pessoas em risco. Preciso resolver o problema contando o que sei. Devia ter feito isso desde o início. Devia ter ido direto da prisão para a casa do pai do Darryl e contado o que eu sabia. Agora, porém, eu tenho provas. Isso aqui... isso pode mudar o mundo. É a minha última esperança. A única esperança para soltar o Darryl, para viver uma vida que não seja escondido, fugindo da polícia. E você é a única pessoa em quem confio para fazer isso.

— Por que eu?

— Você está zoando, certo? Olha como se saiu bem em chegar aqui. Você é uma profissional. É melhor fazendo isso do que todos nós. É a única em quem confio. É por isso.

— Por que não sua amiga Ange? — Ela falou o nome sem nenhuma inflexão, como se fosse um bloco de cimento.

Eu baixei o olhar.

— Pensei que você soubesse. Eles prenderam a Ange. Ela está na Guantanamo... na Ilha do Tesouro. Está lá há dias agora. — Eu estava tentando não pensar nisso, não pensar no que poderia estar acontecendo com ela. Agora eu não consegui me controlar e comecei a soluçar. Senti uma dor no estômago como se tivesse sido chutado e levei as mãos à barriga para me segurar. Dobrei o corpo e, quando percebi, estava deitado de lado no entulho debaixo da autoestrada. encolhido e chorando.

Van se ajoelhou ao meu lado.

— Dá o celular — ela disse em um tom irritado. Eu tirei do bolso e entreguei.

Envergonhado, parei de chorar e me sentei. Sabia que tinha muco escorrendo pelo rosto. Van me olhou com puro nojo.

— Você tem que evitar que o aparelho entre em modo de suspensão. Eu tenho um carregador aqui. — Vasculhei a mochila. Eu não tinha dormido a noite inteira desde que peguei o telefone. Programei o alarme para me acordar a cada noventa minutos, a fim de impedir que entrasse em modo de suspensão. — E não feche o celular.

— E o vídeo?

— É mais difícil. Mandei uma cópia para mim mesmo por e-mail, mas não consigo mais entrar na Xnet. — Eu poderia ter voltado a encontrar com Nate e Liam para usar o Xbox deles, mas não queria arriscar. — Olha, vou te passar meu login e senha para o servidor de e-mail do Partido Pirata. Você vai ter que usar o TOR para acessar. O Departamento de Segurança Nacional deve estar rastreando quem se conecta a servidores privados.

— Seu login e senha — disse ela, parecendo um pouco surpresa.

— Eu confio em você, Van. Sei que posso confiar.

Ela balançou a cabeça.

— Você nunca revela suas senhas, Marcus.

— Não acho que isso importe mais. Ou o plano dá certo ou... ou é o fim de Marcus Yallow. Talvez eu consiga uma nova identidade, mas acho que não. Acho que eles vão me pegar. Creio que eu sabia desde o início que eles iam me pegar, algum dia.

Ela olhou para mim, furiosa agora.

— Que desperdício. Para que tudo isso, afinal de contas? De tudo que Van poderia ter dito, nada teria magoado mais. Foi como outro chute no estômago. Que desperdício toda essa situação, inútil. Darryl e Ange, capturados. Eu poderia jamais ver minha família novamente. E, ainda assim, o Departamento de Segurança Nacional colocou a cidade e o país em um ataque de pânico imenso e irracional, em que tudo podia ser feito em nome de deter o terrorismo.

Van parecia estar esperando que eu dissesse alguma coisa, mas eu não tinha resposta. Ela me deixou ali.

Zeb guardou um pedaço de pizza para mim quando o voltei para "casa" — para a tenda debaixo de um viaduto em Misson que ele armou para a noite. Era um modelo militar escrito COMITÊ LOCAL DE COORDENAÇÃO DOS SEM-TETO DE SÃO FRANCISCO.

A pizza era da Domino's, fria e azeda, mas, ainda assim, deliciosa.

— Você gosta de abacaxi na pizza?

Zeb deu um sorriso condescendente para mim.

— Quem é vegegratiano não pode escolher.

— Vegegratiano?

— Como os vegetarianos, só que de comida grátis.

— Comida grátis?

Ele sorriu de novo.

— Você sabe... comida de graça. Da loja de comida de graça.

— Você roubou?

— Não, tonto. É da outra loja. A pequena que fica atrás da grande, do lado de fora? Feita de aço? Meio fedida?

— Você pegou isso do lixo?

Zeb jogou a cabeça para trás e gargalhou.

— Sim, claro. Você devia ver a sua expressão. Cara, tá na boa. A pizza não estava podre. Estava fresquinha, foi só um pedido errado. Eles jogaram fora na caixa. Eles borrifam veneno de rato sobre o lixo todo ao fechar a loja, mas se a pessoa passar lá rápido, não tem problema. Você devia ver o que os mercados jogam fora! Espere até o café da manhã! Vou fazer uma salada de frutas que você não vai acreditar. Assim que um morango da caixa fica um pouco verde e esquisito, eles jogam tudo fora...

Não prestei atenção nele. A pizza estava boa. Não estragou só por ter ficado no lixo. Se eu achava nojenta, era apenas por ser da Domino's, a pior pizza da cidade. Eu jamais gostei de lá e parei de comer lá de vez quando descobri que eles bancavam um bando de políticos doidos que acreditavam que o aquecimento global e a evolução eram tramas satânicas.

Era difícil deixar de lado a sensação de nojo, porém.

Mas havia outro jeito de encarar a situação. Zeb me revelou um segredo, algo que eu não esperava: havia um mundo escondido lá fora, um jeito de sobreviver sem participar do sistema.

— Vegegratianos, hein?

— Iogurte também — disse, balançando a cabeça enfaticamente. — Para a salada de frutas. Eles jogam fora no dia seguinte ao fim do prazo de validade, mas é claro que não apodreceu à meia-noite. Tipo assim, é iogurte, é basicamente leite podre, para começo de conversa.

Eu engoli em seco. A pizza tinha um gosto esquisito. Veneno de rato. Iogurte podre. Morangos verdes. Eu ia levar tempo para me acostumar a isso.

Dei outra mordida. Na verdade, a pizza da Domino's era um pouco menos ruim quando era de graça. Após um dia longo e emocionalmente cansativo, o saco de dormir de Liam era quente e agradável. Neste momento, Van já teria entrado em contato com Barbara. Ela estaria com o vídeo e a foto. Eu ligaria para Barbara de manhã para descobrir o que ela achava que eu deveria fazer a seguir. Eu teria de aparecer assim que ela publicasse a reportagem, a fim de confirmá-la.

Pensei nisso ao fechar os olhos, pensei sobre como seria me entregar, as câmeras filmando, acompanhando o notório M1k3y ao entrar em um daqueles prédios enormes e cheios de colunas do Civic Center.

O som dos carros passando lá em cima virou uma espécie de barulho do mar enquanto eu adormecia. Havia outras tendas por perto, gente sem-teto. Eu tinha encontrado alguns deles de tarde, antes de escurecer e de todos nós nos recolhermos próximos às tendas. Eram mais velhos do que eu, mal-humorados e de aparência tosca. Porém, nenhum dos mendigos parecia louco ou violento. Eram apenas pessoas que tiveram má sorte ou tomaram decisões ruins, ou ambos.

Eu devo ter dormido, porque não lembro de mais nada até uma luz forte brilhar no meu rosto, tão intensa que fiquei cego.

— É ele — disse uma voz atrás da luz.

— Manda para o saco — falou outra voz, uma que já tinha escutado antes, que ouvia sem parar nos sonhos, dando sermão, exigindo minhas senhas. A mulher de cabelo curto.

O saco passou pela minha cabeça e foi apertado com tanta força na garganta que engasguei e vomitei a pizza vegegratiana. Enquanto me contorcia e sufocava, mãos fortes prenderam meus pulsos e depois os tornozelos. Fui derrubado em um chão acolchoado. Não houve som algum na traseira do veículo assim que fecharam as portas. O estofamento abafava tudo, exceto meu próprio sufocamento.

— Ora, olá de novo — ela disse. Senti o furgão balançar quando a mulher de cabelo curto entrou. Eu continuava sufocando, tentando respirar. A boca estava cheia de vômito que descia pela traqueia.

— Não vamos deixar você morrer. Se parar de respirar, vamos cuidar para que volte. Então não se preocupe com isso. Eu sufoquei mais ainda. Tentei sugar o ar. Um pouco conseguiu entrar. O peito e as costas tremeram com uma tosse violenta, deslocando um pouco mais de vômito. Mais fôlego.

— Viu? — ela disse. — Nada mal. Bem-vindo ao lar, M1k3y. Nós temos um lugar muito especial para levar você.

Eu fiquei deitado de costas e relaxei, sentindo o furgão balançar. De início, o cheiro da pizza foi avassalador, mas, como ocorre com todas as sensações fortes, o cérebro foi aos poucos se acostumando, filtrando o cheiro até que se tornou apenas um leve aroma. O balançar do furgão era quase relaxante.

Foi então que aconteceu. Fui tomado por uma calma profunda e incrível, como se estivesse deitado na praia e o oceano tivesse vindo e me levantado com a delicadeza de um pai, levado embora sobre um mar quente, debaixo de um sol quente. Depois de tudo o que aconteceu, eu fui capturado, mas não importava. Eu havia passado a informação para Barbara. Organizado a Xnet. Vencido. E se não havia vencido, fiz todo o possível. Mais do que eu imaginava poder ter feito. Fiz uma avaliação ao ser levado, pensei em tudo o que eu realizei, que nós realizamos. A cidade, o país, o mundo estava cheio de gente que não aceitava viver do jeito que o Departamento de Segurança Nacional queria que vivêssemos. Nós lutaríamos para sempre. Eles não conseguiriam prender todos nós.

Eu suspirei e sorri.

Percebi que a mulher de cabelo curto continuou falando o tempo todo. Estive tão absorto na minha felicidade que ela simplesmente sumiu.

— ... rapaz esperto, você. Já deveria saber que não pode mexer com a gente. Nós ficamos de olho desde o dia em que foi solto. Teríamos capturado você mesmo que não tivesse ido chorar com sua jornalista traidora, aquela lésbica. Eu simplesmente não entendo... nós tínhamos um acordo, eu e você...

O furgão passou rangendo sobre uma placa de metal, os amortecedores tremeram e, então, o balanço mudou. A gente estava sobre água. Rumo à Ilha do Tesouro. Ei, Ange estava lá. Darryl também. Talvez.

O saco só foi retirado quando entrei na cela. Eles não mexeram nas algemas dos pulsos e tornozelos, apenas me rolaram da maca para o chão. Estava escuro, mas, pelo luar que entrava através da minúscula janela no alto, deu para ver que retiraram o colchão do catre. Havia eu, uma privada, um estrado, uma pia e nada mais na cela.

Fechei os olhos e deixei o oceano me levar. Fui embora boiando. Em algum lugar bem abaixo de mim, estava o meu corpo. Eu sabia o que aconteceria em seguida. Tinha sido deixado para mijar em mim mesmo. De novo. Eu conhecia a sensação. Já tinha feito isso antes. Cheirava mal. Coçava. Era humilhante, como se eu fosse um bebê.

Mas eu havia sobrevivido a isso.

Eu ri. O som era esquisito e me trouxe de volta para o corpo, de volta ao presente. Eu não parei de rir. Passei pelo pior que eles podiam oferecer e sobrevivi, os derrotei, derrotei por meses, mostrei que eram idiotas e déspotas. Eu venci.

Soltei a bexiga. De qualquer forma, ela estava dolorida e cheia, a hora era agora.

O oceano me levou embora.

Quando amanheceu, dois guardas frios e eficientes soltaram as algemas dos pulsos e tornozelos. Eu ainda não conseguia andar — quando fiquei de pé, as pernas cederam como uma marionete sem fio. Tempo demais na mesma posição. Os guardas colocaram meus braços sobre os ombros e fui meio que arrastado/carregado por aquele corredor familiar. Os códigos de barras nas portas estavam enrolados e caídos agora, atacados pela maresia.

Eu tinha uma ideia.

— Ange! Darryl! — berrei. Os guardas me puxaram mais rápido, claramente perturbados, mas sem saber o que fazer a respeito. — Pessoal, sou eu, Marcus! Continuem livres!

Atrás de uma das portas, alguém soluçou. Outra pessoa gritou algo que parecia ser em árabe. Então virou uma cacofonia, mil vozes diferentes gritando.

Eles me trouxeram para uma sala nova. Era um velho vestiário, com duchas ainda presentes nos azulejos mofados.

— Olá, M1k3y — disse a mulher do cabelo curto. — Parece que você teve uma manhã agitada. — Ela franziu o nariz.

— Eu me mijei — disse, alegremente. — Você deveria experimentar.

— Talvez a gente devesse dar um banho em você, então. — Ela mexeu com a cabeça e os guardas me levaram para outra maca. Essa era cheia de correias. Fui colocado sobre a maca, que estava fria e molhada. Antes que eu pudesse perceber, eles passaram as correias pelos meus ombros, quadris e tornozelos. Um minuto depois, mais três foram amarradas. As mãos de um homem agarraram a armação perto da minha cabeça e soltaram algumas presilhas. No momento seguinte, eu fui virado de cabeça para baixo.

— Vamos começar com algo simples — ela falou. Eu torci a cabeça para vê-la. A mulher se virou para uma mesa com um Xbox em cima, conectado a uma TV de tela plana que parecia cara. — Gostaria que me dissesse o login e senha do seu e-mail do Partido Pirata, por favor.

Fechei os olhos e deixei o mar me levar da praia.

— Você sabe o que é afogamento simulado, M1k3y? — A voz dela me fisgou. — Você é amarrado dessa forma e nós derramamos água sobre a sua cabeça, dentro do nariz e da boca. Não dá para não sufocar. Eles chamam de execução simulada e, pelo que posso dizer deste lado da sala, é uma avaliação justa. Você não vai conseguir lutar contra a sensação de que está morrendo.

Tentei ir embora. Eu já tinha ouvido falar sobre afogamento simulado. Agora era para valer, tortura de verdade. E era apenas o começo.

Não consegui ir embora. O mar não bateu e me carregou. O peito ficou apertado, as pálpebras tremeram. Senti a umidade do mijo nas pernas e do suor no cabelo. A pele coçava por causa do vômito seco.

Ela surgiu acima de mim.

— Vamos começar pelo login.

Eu fechei os olhos, apertei bem fechados.

— Sirvam água para ele — ela falou.

Ouvi pessoas se mexendo. Respirei fundo e prendi o ar.

A água começou com um filete, uma concha cheia d'água sendo delicadamente derramada sobre meu queixo e lábios. Dentro das narinas viradas para cima. A água entrou pela garganta, começou a me sufocar, mas eu não podia tossir, não podia arfar e sugá-la para dentro dos pulmões. Eu prendi a respiração e apertei mais os olhos.

Houve uma confusão fora da sala, um som de botas em disparada desordenada, gritos de raiva e indignação. A concha foi esvaziada no meu rosto.

Eu a ouvi sussurrar algo para alguém na sala, então falou para mim:

— Apenas o login, Marcus. É um pedido simples. O que eu poderia fazer com seu login, de qualquer maneira?

Desta vez, foi um balde inteiro, de uma vez só, uma inundação que não parava, deve ter sido gigantesca. Não consegui evitar. Eu arfei e aspirei a água para o interior dos pulmões, tossi e deixei entrar mais. Eu sei que eles não me matariam, mas não consegui convencer meu corpo disso. Sabia que ia morrer com todas as forças do meu ser. Não era possível sequer chorar — a água continuava sendo derramada sobre mim.

Então a água parou. Eu fiquei tossindo, mas, no ângulo em que estava, toda a água que eu tossia voltava para o nariz e queimava as vias nasais.

A tosse era tão intensa que machucava as costelas e os quadris ao me contorcer tentando parar. Eu odiava que o corpo estivesse me traindo, que a mente não conseguisse controlá-lo, mas não havia o que fazer.

Finalmente, a tosse cedeu um pouco e foi possível perceber o que estava acontecendo ao redor. Havia pessoas gritando e parecia que alguém estava brigando. Eu abri os olhos, pisquei diante da luz forte e então virei o pescoço, ainda tossindo um pouco.

Havia muito mais gente na sala do que quando começamos. A maioria parecia estar com coletes à prova de balas, capacetes e viseiras de plástico escuro. Eles estavam gritando com os guardas da Ilha do Tesouro, que respondiam aos berros, com veias dilatadas nos pescoços.

— Rendam-se — um dos soldados de colete falou. — Rendam-se e levantem as mãos. Vocês estão presos!

A mulher de cabelo curto estava falando ao celular. Um dos soldados notou, correu até ela e jogou o aparelho longe com um tapa. Todo mundo ficou em silêncio enquanto o telefone fez um arco no ar ao cruzar a pequena sala e se espatifou no chão, lançando uma chuva de peças.

O silêncio foi quebrado e os soldados invadiram a sala. Dois pegaram cada um dos torturadores. Eu quase sorri diante da expressão da mulher de cabelo curto ao ser agarrada pelos ombros por dois homens, virada e algemada nos pulsos.

Um dos soldados de colete avançou pela porta com uma câmera de vídeo no ombro, um aparelho profissional com luz branca ofuscante. Ele captou a sala inteira, deu duas voltas por mim ao me filmar. Fiquei completamente parado, como se estivesse posando para um quadro.

Foi ridículo.

— Será que vocês podem me soltar daqui? — consegui falar tossindo apenas um pouco.

Mais dois soldados se aproximaram de mim, um deles uma mulher, e começaram a soltar as correias. Eles levantaram as viseiras e sorriram para mim. Tinham cruzes vermelhas nos ombros e capacetes.

Debaixo das cruzes vermelhas, havia outra insígnia: CHP, a patrulha rodoviária da Califórnia. Eles eram guardas estaduais.

Eu comecei a perguntar o que eles estavam fazendo ali e foi nesse momento que vi Barbara Stratford. Ela obviamente fora mantida lá atrás no corredor, mas depois entrou empurrando e abrindo caminho.

— Aqui está você. — Barbara se ajoelhou e me deu o abraço mais longo e apertado da minha vida.

Foi quando descobri que a Guantanamo da Baía estava nas mãos de seus inimigos. Eu estava salvo.

Capítulo 21

Eles me deixaram sozinho com Barbara na sala. Usei a ducha para me limpar — de repente, bateu a vergonha de estar coberto por mijo e vômito. Quando terminei, Barbara estava chorando.

— Seus pais... — começou.

Parecia que eu iria vomitar outra vez. Deus, meus pobres pais! O que eles devem ter passado?

— Eles estão aqui?

— Não. É complicado.

— O quê?

— Você ainda está preso, Marcus. Todo mundo aqui está. Eles não podem simplesmente invadir e abrir as portas. Todo mundo aqui vai ter que passar pelo sistema de justiça criminal. Isso pode levar, bem, pode levar uns meses.

— Eu vou ter que ficar aqui por meses?

Ela segurou minhas mãos.

— Não, acho que vamos conseguir que você seja formalmente acusado e solto sob fiança bem rápido. Mas "bem rápido" é um termo relativo. Eu não esperaria que algo ocorresse hoje. E não vai ser uma prisão como a dessas pessoas.

Vai ter um tratamento humano. Comida de verdade. Sem interrogatórios. Visitas da sua família.

"Só porque o Departamento de Segurança Nacional saiu de cena, isso não quer dizer que você simplesmente possa sair daqui. O que aconteceu é que nós nos livramos dessa versão bizarra do sistema de justiça que eles instituíram e substituímos pelo velho sistema. O sistema com juízes, julgamentos abertos e advogados.

"Então, a gente pode tentar te transferir para um centro de detenção de menores infratores, mas, Marcus, esses lugares podem ser muito barra-pesada. Muito, muito barra-pesada. Este aqui pode ser o melhor lugar para você até conseguirmos te soltar sob fiança."

Solto sob fiança. É claro. Eu era um criminoso — não tinha sido acusado ainda, mas deveria haver um monte de acusações que eles poderiam imaginar. Era praticamente ilegal apenas ter pensamentos impuros sobre o governo.

Ela apertou novamente as minhas mãos.

— É uma merda, mas é assim que tem que ser. A questão é que acabou. O governador expulsou o Departamento de Segurança Nacional do estado e desmantelou todos os postos de controle. O procurador-geral impetrou mandados de prisão contra quaisquer agentes da lei envolvidos em "interrogatórios forçados" e aprisionamentos secretos. Eles irão para a cadeia, Marcus, e por causa do que você fez.

Eu estava dormente. Ouvia as palavras, mas elas mal faziam sentido. De alguma forma, tudo acabou, mas não acabou.

— Olha — ela disse. — A gente tem provavelmente uma hora ou duas antes que tudo se acalme, antes que eles voltem e prendam você de novo. O que quer fazer? Andar na praia?

Comer alguma coisa? Essa gente tinha uma sala de reuniões incrível que nós invadimos ao entrar. Só alta gastronomia. Finalmente uma pergunta à qual eu podia responder.

— Quero encontrar Ange. Quero encontrar Darryl.

Eu tentei usar um computador que encontrei para procurar pelo número das celas de Ange e Darryl, mas ele pediu uma senha, então tivemos que apelar para andar pelos corredores gritando seus nomes. Atrás das portas, os prisioneiros respondiam aos gritos, choravam ou imploravam para ser soltos. Eles não entendiam o que acabara de acontecer, não viram os antigos carcereiros serem conduzidos para as docas com algemas de plástico, levados pelas equipes Swat da Califórnia.

— Ange! — gritei mais alto do que a barulheira. — Ange Carvelli! Darryl Glover! É o Marcus!

Nós andamos pelo bloco inteiro e eles não responderam. Senti vontade de chorar. Eles foram levados para o exterior — estavam na Síria ou um lugar pior ainda. Eu jamais os veria de novo.

Eu sentei no chão, me encostei contra a parede do corredor e coloquei a cara nas mãos. Vi o rosto da mulher de cabelo curto, vi o risinho falso ao me perguntar o login. Ela era a responsável por isso. Ela iria para a cadeia, mas não era o suficiente. Pensei que seria capaz de matá-la quando a visse de novo. Ela merecia.

— Vamos — disse Barbara. — Vamos, Marcus, não desista. Há mais celas por aqui, vamos.

Ela estava certa. Todas as celas que passamos no bloco tinham portas velhas e enferrujadas, da época em que a base fora construída. Porém, bem no fim do corredor, havia uma porta nova, de alta segurança e grossa como um dicionário, entreaberta. Nós a abrimos e entramos no interior do corredor escuro.

Havia mais quatro celas aqui, sem códigos de barras nas portas. Cada uma tinha um pequeno teclado numérico.

— Darryl? — disse. — Ange?

— Marcus?

Era Ange, chamando de trás da porta mais distante. Ange, minha Ange, meu anjo.

— Ange! Sou eu, sou eu!

— Ah, Deus, Marcus — engasgou e então foram só soluços. Eu bati nas outras portas. — Darryl! Darryl, você está aí?

— Estou aqui. — A voz era bem baixa e muito rouca.

— Estou aqui. Sinto muito, muito mesmo. Por favor. Sinto muito.

Ele parecia... abatido. Arrasado.

— Sou eu, D — falei ao me apoiar na porta. — É o Marcus. Acabou... eles prenderam os guardas. Expulsaram o Departamento de Segurança Nacional. Nós seremos julgados em julgamentos abertos. E vamos testemunhar contra eles.

— Sinto muito — ele disse. — Por favor, sinto muito mesmo.

Os patrulheiros rodoviários vieram então até a porta. Ainda estavam filmando com as câmeras.

— Sra. Stratford? — falou um deles, com a viseira levantada e parecendo com um policial qualquer, e não o meu salvador. Como alguém que veio me prender.

— Capitão Sanchez — disse ela. — Nós localizamos dois dos prisioneiros importantes aqui. Gostaria que fossem soltos e eu mesma os inspecionasse.

— Senhora, nós ainda não temos os códigos de acesso para essas portas — falou ele.

Barbara levantou a mão.

— Esse não foi o combinado. Eu deveria ter acesso completo a essa instalação. A ordem veio diretamente do governador. Nós não vamos sair daqui até que o senhor abra essas celas. — O rosto estava impassível, sem o mínimo sinal de que iria ceder. Ela falou a sério.

O capitão parecia que precisava dormir. Ele fez uma careta.

— Vou ver o que posso fazer.

Eles acabaram conseguindo abrir as celas depois de uma meia hora, finalmente. Foram necessárias três tentativas, mas eles usaram os códigos certos a partir dos transponders dos crachás retirados dos guardas que foram presos.

Eles entraram primeiro na cela de Ange. Ela estava vestida com uma camisola de hospital, aberta nas costas, e a cela ainda era mais vazia do que a minha — havia apenas acolchoamento por toda parte, sem pia ou cama, nenhuma luz. Ela saiu piscando para o corredor e a luz ofuscante da câmera da polícia recaiu sobre seu rosto. Barbara se colocou entre nós e a câmera. Ange saiu hesitante da cela, arrastando um pouco os pés. Havia algo de errado em seus olhos, em seu rosto. Ela estava chorando, mas não era isso.

— Eles me drogaram quando eu não parei de gritar por um advogado — disse Ange.

Foi aí que eu a abracei. Ela desabou contra mim, mas também abraçou de volta. Ange cheirava mal, a suor, e o meu próprio cheiro não estava melhor. Eu não queria soltá-la jamais.

Foi aí que abriram a cela de Darryl.

Ele tinha rasgado a camisola de hospital feita de papel. Estava encolhido e nu, no fundo da cela, se protegendo da câmera e dos nossos olhares. Eu corri até ele.

— D, sou eu, o Marcus — sussurrei em seu ouvido. — Acabou. Os guardas foram presos. Nós vamos sair sob fiança, vamos para casa.

Ele tremeu e fechou bem os olhos.

— Sinto muito — sussurrou e virou o rosto.

Então, um policial de colete e Barbara me levaram embora, conduziram-me de volta à cela e trancaram a porta, e foi lá que passei a noite.

Eu não me lembro de muita coisa sobre o trajeto até o tribunal. Eles me acorrentaram com outros cinco prisioneiros, que estavam presos há muito mais tempo do que eu. Apenas um falava árabe — ele era um velho que tremia. Os demais eram todos jovens. Eu era o único branco. Assim que fomos reunidos no convés da barca, notei que quase todo mundo na Ilha do Tesouro tinha diferentes tons de marrom na pele.

Fiquei lá apenas uma noite, mas foi tempo demais. Estava caindo uma garoa fina, o tipo de chuva que me faria encolher os ombros e olhar para baixo, mas hoje fiz como os outros prisioneiros e levantei o rosto para o infinito céu cinzento, curtindo ser molhado enquanto cruzávamos a baía até o embarcadouro.

Eles nos levaram em vários ônibus. As correntes tornaram complicada a subida nos veículos e levou um tempão para todo mundo entrar. Ninguém se importou. Quando não estávamos tentando resolver o problema de geometria envolvendo seis pessoas, uma corrente e um corredor estreito de ônibus, nós simplesmente olhamos para a cidade ao redor, para o alto das ladeiras, para os prédios.

Eu só conseguia pensar em encontrar Darryl e Ange, mas nenhum dos dois estava visível. A multidão era grande e não nos deixaram andar livremente entre ela. Os patrulheiros que nos conduziram foram gentis, mas ainda assim eram grandes, armados e protegidos por coletes. Eu não parava de pensar que tinha visto Darryl na multidão, mas era sempre alguém com o mesmo visual abatido, cabisbaixo que notei em sua cela. Ele não era o único arrasado.

No tribunal, eles nos conduziram acorrentados em grupo para as salas de depoimentos. Uma advogada da União Americana pelas Liberdades Civis anotou nossas informações e fez algumas perguntas — quando chegou a minha vez, ela sorriu e me tratou pelo nome — e então nos acompanhou dentro do tribunal até o juiz. Ele realmente vestia um toga e parecia estar de bom humor.

A situação parecia ser a seguinte: quem tivesse um familiar para pagar fiança seria libertado, e o restante iria para a prisão. A advogada falou muito com o juiz e pediu algumas horas a mais para as famílias dos prisioneiros serem reunidas e trazidas ao tribunal. O juiz foi muito cordato quanto a isso, mas, quando me dei conta de que algumas dessas pessoas estavam presas desde que a ponte explodira, consideradas mortas por suas famílias, sem julgamento, sujeitas a interrogatórios, isolamento, tortura, eu quis simplesmente romper as correntes sozinho e soltar todo mundo.

Quando fui levado perante o juiz, ele olhou para mim e tirou os óculos. Parecia cansado. A advogada da União Americana pelas Liberdades Civis parecia cansada. Os meirinhos pareciam cansados. Atrás de mim, ouvi um repentino burburinho quando meu nome foi chamado pelo meirinho. O juiz deu uma martelada, sem desviar o olhar de mim. Ele esfregou os olhos.

— Sr. Yallow — falou ele —, a acusação vê risco de fuga em seu caso. Acho que eles têm razão. O senhor tem mais, digamos, antecedentes que os demais presentes. Estou tentado a manter o senhor detido até o julgamento, não importa o quanto de fiança seus pais estejam dispostos a pagar.

Minha advogada tentou dizer alguma coisa, mas o juiz a calou com um olhar. Ele esfregou os olhos.

— O senhor tem algo a dizer?

— Eu tive a chance de fugir. Na semana passada. Uma pessoa se ofereceu para me levar embora, me tirar da cidade, me ajudar a criar uma nova identidade. Em vez disso, eu roubei o celular dela, fugi do caminhão e corri. Eu entreguei o aparelho, que continha provas sobre meu amigo, Darryl Glover, para uma jornalista e me escondi aqui, na cidade.

— O senhor roubou um celular?

— Eu decidi que não podia fugir. Que tinha que encarar a justiça. Que a minha liberdade não significava nada se eu fosse um procurado ou se a cidade ainda estivesse sobre o controle do Departamento de Segurança Nacional. Se meus amigos continuassem presos. Que a liberdade para mim não era tão importante quanto um país livre.

— Mas o senhor roubou um celular.

Eu concordei com a cabeça.

— Roubei. Eu planejo devolver, se um dia encontrar a jovem em questão.

— Bem, obrigado pelo discurso, Sr. Yallow. O senhor é um jovem muito articulado. — Ele olhou com raiva para o promotor público. — Alguns também diriam que é um jovem muito corajoso. Hoje pela manhã, os noticiários exibiram um determinado vídeo que deu a entender que o senhor teve razão legítima para fugir das autoridades. À luz disso, e de seu pequeno discurso aqui, eu vou conceder fiança, mas também pedirei ao promotor que inclua a acusação de furto ao processo, em relação ao celular. Por conta disso, eu espero outros US$ 50.000 de fiança.

O juiz bateu o martelo novamente e a advogada apertou a minha mão.

Ele olhou outra vez para mim e ajeitou os óculos. Havia caspa nos ombros da toga. Caiu um pouco mais quando os óculos tocaram o cabelo crespo.

— Pode ir agora, mocinho. Fique longe de encrenca.

Eu me virei para ir embora e alguém pulou em mim. Era o papai. Ele literalmente me tirou do chão e abraçou com tanta força que as costelas rangeram. Foi um abraço do jeito que eu lembrava quando era criança, quando ele me girava sem parar no ar, fingindo que eu era um aviãozinho, uma brincadeira hilariante que me enjoava e terminava com meu pai me jogando para o alto, agarrando e apertando dessa maneira, com tanta força que quase doía.

Um par de mãos mais delicadas me tirou com jeitinho de seus braços. Mamãe. Ela me segurou com os braços esticados, procurando algo em meu rosto, não dizendo nada, lágrimas escorrendo pela cara. Ela sorriu, começou a soluçar e, então, me abraçou também, e meu pai passou o braço por nós dois.

Quando me soltaram, eu finalmente consegui dizer alguma coisa.

— Darryl?

— Eu encontrei com o pai dele em outro lugar. Darryl está no hospital.

— Quando posso visitá-lo?

— É a nossa próxima parada — disse meu pai, sério. — Ele não está... — Parou. — Eles dizem que ele vai ficar bem. — A voz saiu embargada.

— E quanto a Ange?

— Foi levada para casa pela mãe. Ela queria esperar por você aqui, mas...

Eu compreendi. Eu me sentia muito compreensivo agora, em relação ao sentimento das famílias de todas as pessoas que foram presas. O tribunal estava cheio de lágrimas e abraços, e até mesmo os meirinhos não conseguiam se controlar.

— Vamos lá ver Darryl — falei. — E posso pegar o seu celular emprestado?

Liguei para Ange a caminho do hospital onde Darryl estava internado — o San Francisco General, bastava descer a rua — e combinei de vê-la depois do jantar. Ela falou rapidamente, sussurrando. A mãe não sabia se deveria castigá-la ou não, mas Ange não queria dar mole para o azar.

Havia patrulheiros no corredor onde Darryl estava internado. Eles continham a legião de repórteres que estavam na ponta dos pés para enxergar atrás dos guardas e bater fotos. Os flashes estouravam nos olhos como luz estroboscópica e balancei a cabeça para passar o efeito. Meus pais haviam trazido roupas limpas que eu vesti no banco de trás do carro, mas ainda assim me sentia nojento, mesmo depois de ter me limpado no banheiro do tribunal.

Alguns dos repórteres gritaram o meu nome. Ah, sim, isso mesmo, eu era famoso agora. Os patrulheiros também me olharam — ou reconheceram meu rosto ou meu nome quando os repórteres me chamaram.

O pai de Darryl nos encontrou na porta do quarto e falou em um sussurro baixo demais para os repórteres escutarem. Ele vestia trajes civis, com o suéter e jeans que normalmente eu o via usando, mas estava com as condecorações de campanha pregadas no peito.

— Ele está dormindo — falou. — Acordou há um tempinho e começou a chorar. Não conseguia parar. Eles deram algo para ajudá-lo a dormir.

Ele nos levou para dentro do quarto e lá estava Darryl, o cabelo lavado e penteado, dormindo com a boca aberta. Havia uma baba branca nos cantos da boca. O quarto era semiprivativo e, no outro leito, estava um sujeito mais velho, com seus quarenta anos, de aparência árabe. Percebi que era o mesmo cara com quem eu havia sido acorrentado ao sair da Ilha do Tesouro. Nós trocamos um tímido aceno.

Então eu me virei de volta para Darryl. Peguei sua mão. As unhas foram roídas até o sabugo. Ele tinha sido uma criança que roía as unhas, mas abandonara a mania quando entramos para o colegial. Acho que foi Van que o convenceu a parar, dizendo como era nojento que ficasse com os dedos na boca o tempo todo.

Eu ouvi meus pais e o de Darryl darem um passo para trás e puxarem as cortinas ao nosso redor. Coloquei o rosto próximo ao dele no travesseiro. Ele tinha uma barba falha que me fez lembrar de Zeb.

— Ei, D. Você conseguiu. Vai ficar bem.

Ele roncou um pouco. Quase falei "eu te amo", uma frase que eu dissera apenas uma vez na vida para alguém que não era da família, uma frase estranha para ser dita para outro cara. No fim das contas, apenas apertei sua mão outra vez. Pobre Darryl!

Epílogo

Barbara ligou para o escritório no fim de semana do 4 de Julho. Eu não era a única pessoa que tinha ido trabalhar no feriadão, mas era a única com a desculpa de que o regime semiaberto não me deixava sair da cidade. No fim das contas, fui condenado pelo roubo do celular de Masha. Dá para acreditar? A promotoria fez um acordo com minha advogada para retirar as acusações de "terrorismo eletrônico" e "provocação de tumulto", em troca de eu me declarar culpado pela acusação de furto. Peguei três meses de regime semiaberto em uma casa de reintegração social para menores infratores em Mission. Eu dormia lá e dividia um dormitório com um bando de criminosos de verdade, moleques viciados e integrantes de gangues, alguns muito loucos. Durante o dia, eu estava "livre" para sair e trabalhar no meu "emprego".

— Marcus, ela está sendo solta — disse Barbara.

— Quem?

— Johnstone, Carrie Johnstone — ela falou. — O julgamento militar fechado a inocentou de quaisquer crimes. O caso foi arquivado. Ela vai retornar à ativa. Vai ser mandada para o Iraque.

Carrie Johnstone era o nome da mulher do cabelo curto, revelado nos depoimentos preliminares no Tribunal Superior da Califórnia, mas foi apenas isso que se tornou público. Ela não disse uma palavra sobre quem ela obedecia, o que fez, quem foi aprisionado e por quê. Ficou apenas sentada em absoluto silêncio, dia após dia, no tribunal.

Enquanto isso, a polícia federal gritou e reclamou sobre o fechamento "unilateral e ilegal" da prisão da Ilha do Tesouro, por parte do governador, e sobre a expulsão dos policiais federais de São Francisco, por ordens do prefeito. Um monte desses policiais acabaram em prisões estaduais, juntamente com os guardas da Guantanamo da Baía.

Então, um belo dia, não houve nenhuma declaração da Casa Branca, nada vindo do palácio do governo estadual. E, no dia seguinte, houve uma coletiva de imprensa tensa e de poucas palavras ao pé da mansão do governador, onde o chefe do Departamento de Segurança Nacional e o governador anunciaram ter chegado a um "entendimento".

O Departamento de Segurança Nacional realizaria um tribunal militar fechado para investigar "possíveis erros de julgamento" cometidos após o atentado a Bay Bridge. O tribunal usaria de todos os dispositivos cabíveis para garantir que os atos criminosos fossem adequadamente punidos. Em troca, o controle sobre as operações do Departamento de Segurança Nacional na Califórnia passaria para o senado estadual, que teria o poder de cancelar, inspecionar e alterar a prioridade de toda a política de segurança nacional no estado.

A gritaria dos repórteres foi ensurdecedora e Barbara conseguiu fazer a primeira pergunta:

— Sr. governador, com todo o respeito: nós temos provas irrefutáveis em vídeo de que Marcus Yallow, um cidadão deste estado, nascido aqui, foi submetido a execução simulada por agentes do Departamento de Segurança Nacional, aparentemente agindo sob as ordens da Casa Branca. O governo realmente está disposto a abandonar qualquer senso de justiça para seus cidadãos diante de tortura bárbara e ilegal? — Sua voz tremeu, mas não cedeu.

O governador ergueu as mãos abertas. — Os tribunais militares vão fazer justiça. Se o sr. Yallow, ou qualquer outra pessoa que tenha motivo para culpar o Departamento de Segurança Nacional, quiser mais justiça, ele tem o direito, é claro, de processar o governo federal por tais possíveis danos.

Era o que eu estava fazendo. Mais de vinte mil ações civis haviam sido movidas contra o Departamento de Segurança Nacional depois da declaração do governador. O meu processo estava sendo cuidado pela União Americana pelas Liberdades Civis, que propôs uma moção para ter acesso aos resultados dos tribunais militares fechados. Até agora, os juízes estavam sendo muito favoráveis a isso.

Mas eu não esperava por essa.

— Ela foi solta assim, na boa?

— O comunicado à imprensa não diz muita coisa. "Depois de minuciosa investigação dos eventos ocorridos em São Francisco e no centro de detenção especial antiterrorismo na Ilha do Tesouro, é de entendimento deste tribunal que as ações da Srta. Johnstone não exigem mais punições." Tem essa palavra "mais"... como se ela já tivesse sido punida.

Eu bufei. Sonhava com Carrie Johnstone quase todas as noites desde que fui solto da Guantanamo da Baía. Via seu rosto sobre o meu, o sorrisinho irritado quando ela disse para o homem me "servir" água.

— Marcus... — começou Barbara, mas eu a interrompi.

— Tudo bem, tudo bem. Vou fazer um vídeo sobre isso e distribuir no fim de semana. Segunda-feira é um dia em que os virais bombam. Todo mundo vai chegar do feriadão procurando por algo engraçado para distribuir pelo colégio ou escritório.

Eu via um psicólogo duas vezes por semana, como parte da pena na casa de reintegração. Assim que deixei de encarar como uma espécie de punição, as consultas passaram a ser boas. O psicólogo me ajudou a concentrar em fazer coisas construtivas quando eu me aborrecia, em vez de me deixar consumir. Os vídeos ajudavam.

— Eu tenho que ir — falei, engolindo em seco para não demonstrar emoção na voz.

— Cuide-se, Marcus — disse Barbara.

Ange me deu um abraço por trás quando desliguei o telefone.

— Acabei de ler on-line. — Ela lia milhares de notícias, usava um leitor que baixava as manchetes assim que eram publicadas. Ange era a nossa blogueira oficial e mandava bem na função, pinçava reportagens interessantes e publicava como uma cozinheira de lanchonete preparando vários pedidos de café da manhã.

Eu me virei nos braços dela para abraçá-la de frente. Verdade seja dita, a gente não conseguiu trabalhar muito naquele dia. Eu não podia ficar fora da casa de reintegração depois da hora do jantar e ela não podia me visitar lá. Nós nos víamos no escritório, mas geralmente havia muitas pessoas por ali, o que melava o nosso chamego. Passar o dia sozinho no escritório era muita tentação. Estava quente e abafado também, o que significava que nós dois estávamos de camiseta regata e shorts, era muito contato de pele ao trabalharmos lado a lado.

— Vou fazer um vídeo — falei. — Quero lançar hoje.

— Boa. Vamos nessa.

Ange leu o comunicado à imprensa. Eu fiz um pequeno monólogo, sincronizado com a minha famosa cena na prancha, olhos desvairados sob a luz intensa da câmera, lágrimas escorrendo pelo rosto, cabelo grudado e sujo de vômito.

— Esse sou eu. Estou sobre uma prancha. Estou sendo torturado em uma execução simulada. A tortura é supervisionada por uma mulher chamada Carrie Johnstone. Ela trabalha para o governo. Vocês devem se lembrar dela por este vídeo.

Eu cortei para o vídeo de Johnstone e Kurt Rooney.

— Esses são Johnstone e o secretário de Estado Kurt Rooney, o chefe de estratégia do presidente.

"A nação não gosta daquela cidade. No que depender do país, São Francisco é uma Sodoma e Gomorra de viados e ateus que merecem apodrecer no inferno. A única razão para o país se preocupar com o que eles pensam em São Francisco é que eles tiveram a sorte de serem explodidos por alguns terroristas islâmicos."

— Ele está falando da cidade onde moro. Pela última estimativa, 4.215 vizinhos meus foram mortos no dia que ele citou. Mas alguns deles não foram mortos. Alguns desapareceram na mesma prisão onde eu fui torturado. Alguns pais e mães, filhos e amantes, irmãos e irmãs jamais verão seus entes queridos novamente... porque eles foram aprisionados em segredo em uma prisão ilegal bem aqui na baía de São Francisco. Foram mandados para o exterior. Os registros eram meticulosos, mas Carrie Johnstone tem as chaves de criptografia. — Cortei para a imagem dela sentada à mesa de reuniões com Rooney, rindo.

Incluí as cenas de Johnstone sendo presa.

— Quando ela foi presa, pensei que teríamos justiça. Todas as pessoas que ela destruiu e fez desaparecer. Mas o presidente — cortei para uma foto dele rindo e jogando golfe em um de seus muitos feriados — e seu chefe de estratégia — agora uma foto de Rooney cumprimentando um notório líder terrorista que esteve do "nosso lado" — intervieram. Eles mandaram Carrie Johnstone para um tribunal militar secreto, que agora a liberou. De alguma forma, eles não viram nada de errado em tudo isso.

Incluí uma fotomontagem de centenas de imagens de prisioneiros nas celas que Barbara havia publicado no site do Bay Guardian no dia em que eles foram libertados.

— Nós elegemos essa gente. Pagamos seus salários. Eles deveriam estar do nosso lado. Deveriam defender nossas liberdades. Mas essa gente — uma série de fotos de Johnstone e de outros que foram mandados para o tribunal — traiu a nossa confiança. Faltam quatro meses para a eleição. Isso é muito tempo. Tempo suficiente para você sair e encontrar cinco vizinhos... cinco pessoas que desistiram de votar porque a escolha deles era votar em branco.

"Fale com seus vizinhos. Faça com que eles prometam que irão votar. Faça com que prometam que vão tomar o país de volta dos torturadores e brutamontes. As pessoas que riram dos meus amigos enterrados nas profundezas do porto. Faça com que eles prometam que vão falar com os vizinhos.

"A maioria de nós vota em branco. Não está funcionando. Temos que votar... votar na liberdade.

"Meu nome é Marcus Yallow. Eu fui torturado pelo meu país, mas ainda amo isso aqui. Tenho 17 anos. Quero crescer em um país livre. Quero morar em um país livre."

Encerrei com a logomarca do site. Foi Ange que montou com a ajuda de Jolu, que conseguiu toda a hospedagem gratuita que precisávamos na Pigspleen.

O escritório era um lugar interessante. Tecnicamente éramos chamados de Coalizão dos Eleitores de uma América Livre, mas todo mundo nos chamava de Xnautas. A organização — de caridade e sem fins lucrativos — tinha sido cofundada por Barbara e alguns de seus amigos advogados imediatamente após a libertação da Ilha do Tesouro. O dinheiro veio de alguns milionários da área de tecnologia que não conseguiam acreditar que um bando de moleques hackers tinha comido o couro do Departamento de Segurança Nacional. Às vezes, eles nos pediam para descer a península até Sand Hill Road, onde ficavam todos os investidores de risco, e dar uma pequena demonstração da tecnologia da

Xnet. Havia mais ou menos um zilhão de novas empresas de informática tentando ganhar um trocado na Xnet.

Tanto faz — eu não precisava ter nada a ver com isso. Eu tinha uma mesa e um escritório com fachada bem na Valencia Street, onde a gente distribuía CDs com ParanoidXbox e dava oficinas sobre como montar antenas WiFi melhores. Um número surpreendente de pessoas comuns passavam para fazer doações, tanto de hardware (é possível rodar o ParanoidLinux em qualquer coisa, não apenas em Xbox Universal) quanto de dinheiro. Elas nos adoravam.

O grande plano era lançar o nosso próprio ARG em setembro, bem a tempo das eleições, e ligar o jogo ao recrutamento de eleitores a fim de levá-los às urnas. Apenas 42 por cento dos americanos apareceram para votar nas últimas eleições — a maioria não votava. Eu continuava chamando Darryl e Van para uma das reuniões de planejamento, mas eles continuavam recusando o convite. Eles estavam passando muito tempo juntos e Van insistia que romance não tinha nada a ver com isso. Darryl não falava muito comigo, embora me mandasse longos e-mails sobre tudo que não fosse Van, terrorismo ou prisão.

Ange apertou a minha mão.

— Deus, eu odeio aquela mulher.

Eu concordei com a cabeça. — É simplesmente mais uma coisa ruim que esse país fez com o Iraque. Se eles a enviassem para a minha cidade, eu provavelmente viraria um terrorista.

— Você se tornou um terrorista quando eles a enviaram para a sua cidade.

— Virei mesmo — falei.

— Você vai à audiência da Srta. Galvez na segunda-feira?

— Demorou. — Eu havia apresentado Ange para a Srta. Galvez há algumas semanas, quando minha antiga professora me convidou para jantar em sua casa. O sindicato dos professores conseguiu uma audiência diante do conselho de escolas públicas para discutir a retomada de seu antigo emprego. Disseram que Fred Benson estava saindo da aposentadoria (prematura) para testemunhar contra ela. Eu estava ansioso para vê-la outra vez.

— Você quer um burrito?

— Demorou.

— Vou pegar meu molho picante — disse ela.

Eu verifiquei meu e-mail mais uma vez — a conta do Partido Pirata, que ainda recebia algumas mensagens de velhos Xnautas que ainda não tinham descoberto minha Coalizão de Eleitores.

A última mensagem veio de um endereço provisório de um dos novos programas de anonimato do Brasil.

> **Encontrei a garota, valeu! Você não me contou que era tão gostosa.**

— De quem é isso?

Eu ri.

— Zeb. Lembra do Zeb? Eu passei o e-mail da Masha para ele. Imaginei que, se os dois estão escondidos, era bom apresentar um ao outro.

— Ele achou a Masha gata?

— Dá um tempo para o cara. A mente dele com certeza foi afetada pelas circunstâncias.

— E você?

— Eu?

— É... a sua mente foi afetada pelas circunstâncias?

Eu segurei Ange com os braços esticados e a olhei duas vezes de cima a baixo. Peguei seu rosto e encarei os olhos grandes e matreiros através dos óculos de armação grossa. Passei os dedos pelo cabelo.

— Ange, eu jamais pensei com tanta clareza na minha vida inteira.

Então ela me beijou, eu a beijei de volta, e levou algum tempo para sairmos para comer aquele burrito.

Posfácio

Por Bruce Schneier

Eu sou um tecnólogo de segurança. Meu trabalho é cuidar da segurança das pessoas. Penso em sistemas de segurança e em como rompê-los. Depois, penso em como torná-los mais seguros. Sistemas de segurança de computadores. Sistemas de vigilância. Sistema de segurança de aviões, urnas eletrônicas, chips de transponders e tudo mais.

Cory me chamou para escrever as últimas páginas de seu livro porque ele queria que eu contasse para vocês que segurança é divertido. É incrivelmente divertido. É uma diversão ao estilo jogo de gato e rato, de quem vai ser mais esperto, caçador *versus* presa. Acho que é o emprego mais divertido que alguém possa ter. Se você achou divertido ler como Marcus enganou as câmeras de reconhecimento de porte com pedras nos tênis, imagine como seria divertido ser a primeira pessoa no mundo a pensar nisso.

Trabalhar com segurança significa saber muito sobre tecnologia. Significa entender sobre computadores e redes, ou câmeras e seu funcionamento, ou a química que envolve a detecção de bombas. Mas, na verdade, a segurança é uma mentalidade. É uma maneira de pensar. Marcus é um grande exemplo dessa maneira de pensar. Ele está sempre procurando ver as falhas de um sistema de segurança. Aposto que ele não conseguiria entrar em uma loja sem descobrir o jeito de furtar uma mercadoria. Não que ele fosse fazer isso — há uma diferença entre saber derrotar um sistema de segurança e derrotá-lo de verdade —, mas ele saberia que era possível.

É como os profissionais de segurança pensam. Estamos constantemente encarando sistemas de segurança e como driblá-los; é inevitável.

Essa maneira de pensar é fundamental, não importa de que lado da segurança a pessoa esteja. Se você foi contratado para construir uma loja à prova de furtos, é melhor que saiba como furtar uma mercadoria. Se está projetando um sistema de câmeras que detecta portes individuais, é melhor se planejar para pessoas que vão colocar pedras nos sapatos. Porque, caso contrário, você não vai projetar nada de bom.

Então, quando estiver andando por aí, tire um tempo para olhar os sistemas de segurança ao redor. Olhe para as câmeras das lojas que frequenta. (Elas previnem crimes ou apenas empurram o problema para o vizinho?) Veja como um restaurante funciona. (Se você paga após comer, por que as pessoas não vão embora sem pagar?) Preste atenção à segurança de aeroporto. (Como você conseguiria embarcar com uma arma?) Observe o que o caixa do banco faz. (A segurança bancária é projetada para prevenir tanto o roubo por parte dos caixas quanto da sua parte.) Observe um formigueiro. (Insetos só pensam em segurança.) Leia a Constituição e note as maneiras como ela garante a segurança do povo contra o governo. Olhe para os sinais de trânsito, trancas nas portas e todos os sistemas de segurança na televisão e no cinema. Descubra como funcionam, contra que tipo de ameaça eles protegem ou não, como falham e como podem ser explorados.

Se você levar muito tempo fazendo isso, vai passar a encarar o mundo de maneira diferente. Vai notar que muitos dos sistemas de segurança que existem por aí na verdade não fazem o que garantem fazer, e que grande parte de nossa segurança nacional é um desperdício de dinheiro. Vai compreender que a privacidade é essencial à segurança, e não o contrário.

Você vai parar de se preocupar com o que outras pessoas se preocupam e começar a se importar com coisas que elas nem levam em consideração. Às vezes você vai perceber alguma coisa sobre segurança que ninguém jamais pensou antes. E talvez descubra uma nova maneira de romper um sistema de segurança.

Foi há apenas alguns anos que alguém inventou o phishing.*

Fico constantemente chocado como é fácil quebrar alguns sistemas de segurança de renome. Há vários motivos para isso, mas o maior é que é impossível provar que algo é seguro. Tudo o que você pode fazer é tentar invadir o sistema — se falhar, sabe que ele é seguro o bastante para manter você longe, mas e quanto a alguém mais esperto do que você? Qualquer pessoa pode criar um sistema de segurança que seja tão forte que ela mesma não consiga penetrar.

Pense nisso por um instante porque não é óbvio. Ninguém está qualificado a analisar o próprio sistema de segurança porque o projetista e o analista são a mesma pessoa, com os mesmos limites. Outra pessoa tem que analisar a segurança porque o sistema tem que ser seguro contra coisas que os projetistas não pensaram.

---

*Tática de adquirir dados confidenciais de um usuário na internet por meio de fraudes, como simular um e-mail ou site legítimos que exigem cadastro, por exemplo. (*N. do T.*)

Isso significa que todos nós temos que analisar a segurança projetada por outras pessoas. E, com uma frequência surpreendente, um de nós rompe o sistema. Os feitos de Marcus não são exagerados; aquele tipo de coisa acontece o tempo todo. Procure na internet por "bump key*" ou "Bic pen Kryptonite lock**"; você vai descobrir algumas histórias interessantes sobre sistemas de segurança aparentemente fortes que foram derrotados por tecnologia muito simples.

E, quando isso acontecer, não deixe de publicar em algum lugar na internet. Sigilo e segurança não são as mesmas coisas, embora pareçam. Apenas uma segurança ruim depende de sigilo; a boa segurança funciona mesmo que todos os seus detalhes sejam públicos.

E publicar as fraquezas obriga os projetistas a criarem uma segurança melhor e nos torna melhores consumidores de segurança. Se você compra um cadeado Kryptonite que pode ser aberto por uma caneta Bic, você não pagou por uma boa segurança. E, da mesma forma, se um bando de moleques espertos pode derrotar a tecnologia antiterrorismo do Departamento de Segurança Nacional, então ela não vai funcionar contra terroristas de verdade.

Trocar privacidade por segurança é idiotice suficiente; não conseguir segurança alguma com a troca é ainda mais idiota.

Então, feche o livro e vá em frente. O mundo está cheio de sistemas de segurança.

Quebre um deles.

Bruce Schneier
http://www.schneier.com

---

*Uma chave capaz de abrir 90 por cento das fechaduras comuns. (*N. do T.*)
**Como abrir uma tranca de bicicleta da marca Kryptonite com uma simples caneta Bic. (*N. do T.*)

Posfácio

Por Andrew "bunnie" Huang, hacker de Xbox

Hackers são exploradores, pioneiros digitais. Faz parte da natureza de um hacker questionar o que é convencional e ser atraído por problemas complicados. Qualquer sistema complexo é um desafio para um hacker; um efeito colateral disto é sua afinidade natural para problemas envolvendo segurança. A sociedade é um sistema complexo e enorme, e com certeza não está livre da invasão de um hacker. Como consequência disso, os hackers geralmente são estereotipados como iconoclastas ou desajustados, pessoas que desafiam as normas sociais simplesmente pelo prazer do desafio. Quando invadi o Xbox em 2002, na minha época no MIT, não fiz por querer bancar o rebelde ou para causar danos; apenas segui um impulso natural, o mesmo impulso que leva a consertar um iPod quebrado ou a explorar os telhados e túneis do MIT.

Infelizmente, a mistura de não seguir as normas sociais e ter um conhecimento "perigoso", como saber ler o transponder do seu cartão de crédito ou arrombar fechaduras, faz com que algumas pessoas temam os hackers. No entanto, as motivações de um hacker são tipicamente tão simples quanto "eu sou um engenheiro porque gosto de projetar coisas". As pessoas geralmente me perguntam: "Por que você invadiu o sistema de segurança do Xbox?" E minha resposta é simples: primeiro, eu sou o dono das coisas que compro. Se alguém me disser o que eu posso rodar ou não nos aparelhos, então eu não sou o dono. Segundo, porque está ali. É um sistema com um grau de complexidade suficiente para ser um bom desafio. Foi uma grande distração para as noites em claro trabalhando no meu doutorado.

Eu tive sorte. O fato de eu ser um estudante de pós-graduação no MIT quando invadi o Xbox legitimou a atividade aos olhos das pessoas certas. No entanto, o direito a invadir não deveria ser dado apenas aos acadêmicos. Eu comecei quando era apenas um menino no ensino fundamental que desmontava todos os aparelhos eletrônicos que metia as mãos, para o desgosto dos meus pais. Minha leitura era composta por livros sobre foguetes de modelismo, artilharia, armas nucleares e fabricação de explosivos — livros que peguei emprestado na biblioteca da escola (acho que a Guerra Fria influenciou o acervo de leitura das escolas públicas). Eu também brinquei muito com fogos de artifício e perambulei pelas casas em construção na minha vizinhança do Meio-oeste. Embora não fossem atitudes muito responsáveis, elas representaram experiências importantes na transição para a idade adulta, e eu cresci sendo um livre pensador por causa da tolerância social e da confiança da minha comunidade.

Os acontecimentos atuais não foram bons para os aspirantes a hackers. *Pequeno irmão* mostra como nós podemos ir do ponto onde estamos hoje até um mundo onde a tolerância social para ideias novas e diferentes acabou de uma vez. Um fato recente mostra exatamente como estamos perto de cruzar a linha para o mundo de *Pequeno irmão*. Eu tive a sorte de ler um rascunho do livro em novembro de 2006. Avance a fita dois meses para o fim de janeiro de 2007, quando a polícia de Boston suspeitou ter encontrado explosivos e paralisou a cidade por um dia. Descobriu-se que os explosivos eram nada mais do que placas de circuitos e LEDs piscando para promover um programa do Cartoon Network. Os artistas que espalharam esse grafite foram presos como suspeitos de terrorismo e acabaram sendo acusados de ter cometido um crime; os produtores da emissora tiveram que pagar um acordo de US$ 2 milhões e o presidente do Cartoon Network pediu demissão por causa da repercussão do caso. Será que os terroristas já venceram? Será que nós cedemos ao medo a ponto de artistas, praticantes de hobbies, hackers, iconoclastas e talvez um simples grupo de moleques jogando Harajuku Fun Madness serem considerados tão superficialmente como terroristas?

Existe um termo para esta disfunção — é chamada de doença autoimune, em que o sistema de defesa de um organismo trabalha tanto que não se reconhece e ataca as próprias células. No fim das contas, o organismo se autodestrói. Neste momento, os EUA estão à beira de um choque anafilático sobre as próprias liberdades, e nós precisamos nos inocular contra isso. Tecnologia não é cura para a paranoia; na verdade, pode aumentá-la: torna-nos prisioneiros do nosso próprio aparelho. Coagir milhares de pessoas a tirar casacos e andar descalças através de detectores de metal todos os dias também não é solução. Só serve para lembrar a população de que ela tem um motivo para estar com medo, enquanto, na prática, cria apenas uma frágil barreira para um adversário decidido.

A verdade é que não podemos contar com outra pessoa para nos fazer sentir seguros, e M1k3y não surgirá para salvar o dia quando a paranoia retirar nossa liberdade. É por isso que M1k3y existe dentro de mim e de você — *Pequeno irmão* nos faz lembrar que, não importa como o futuro seja imprevisível, nós não conquistaremos a liberdade através de sistemas de segurança, criptografia, interrogatórios e batidas policiais. Nós conquistaremos a liberdade ao ter a coragem e a convicção de viver livremente todos os dias e agir como uma sociedade livre, não importa o tamanho das ameaças no horizonte.

Faça como M1k3y: saia de casa e ouse ser livre.

Bibliografia

Nenhum escritor escreve do zero — todos nós praticamos aquilo que Isaac Newton chamou de "estar de pé sobre ombros de gigantes". Nós pegamos emprestado, pilhamos e remixamos a arte e a cultura criadas por aqueles ao redor e por nossos antepassados literários.

Se você gostou deste livro e quer saber mais, há várias fontes on-line, na biblioteca mais próxima ou nas livrarias. A invasão de sistemas é um grande tema. Toda a ciência depende de contar para outras pessoas o que você fez para que elas possam confirmar, aprender e melhorar, e a invasão de sistemas tem tudo a ver com esse processo, então há muito material publicado sobre o tema.

Comece com Hacking the Xbox [Invadindo o Xbox] (No Starch Press, 2003), de Andrew "bunnie" Huang, um livro maravilhoso que conta a história de como bunnie, então um aluno do MIT, usou de engenharia reversa no mecanismo de segurança do Xbox e abriu caminho para os hackers brincarem com a plataforma. Ao contar a história, bunnie também criou uma bíblia da engenharia reversa e invasão de hardware.

Segurança.com (Editora Campus, 2001) e Beyond Fear [Além do medo] (Copernicus, 2003), de Bruce Schneier, são textos cabais para os leigos entenderem segurança e desenvolverem um pensamento crítico sobre o assunto, enquanto o seu Applied Cryptography [Criptografia aplicada] (Wiley, 1995) continua sendo a fonte oficial para entender criptografia. Bruce mantém um excelente blog e uma lista de discussão em schneier.com/blog. Criptografia e segurança são campos para amadores talentosos, e o movimento cypherpunk* está cheio de jovens, donos e donas de casa, pais, advogados e todo tipo de pessoa atacando protocolos de segurança e cifras.

Existem várias ótimas revistas dedicadas ao tema, mas as duas melhores são 2600: The Hacker Quarterly, que é cheia de relatos vangloriosos de invasões assinados por pseudônimos, e a revista MAKE, da editora O'Reilly, que publica tutoriais consistentes de como criar os próprios projetos caseiros de hardware.

O mundo on-line transborda de material sobre o tema, é claro. O blog Freedom to Tinker (www.freedom-to-tinker. com), de Ed Felten e Alex J. Halderman, é mantido por dois fantásticos professores de engenharia de Princeton que escrevem de maneira lúcida sobre segurança, escutas eletrônicas, tecnologia anticópia e criptografia.

Não perca o projeto Feral Robotics de Natalie Jeremijenko na Universidade da Califórnia, San Diego (xdesign.ucsd.edu/ feralrobots/). Natalie e seus alunos reprogramam cães robôs de brinquedo comprados na Toys'R'Us para virar sensacionais detectores de lixo tóxico. Eles soltam os cachorros em parques públicos onde grandes corporações despejam os resíduos e demonstram, de uma maneira que atrai a mídia, como o solo ficou tóxico.

Como muitos dos feitos dos hackers neste livro, o lance de tunelamento pelo DNS é real. Dan Kaminsky, um perito da

---

*Termo criado pela hacker Jude Milhon, que mistura a palvara cifra com o movimento de ficção científica cyberpunk. (*N. do T.*)

melhor qualidade em tunelamento, publicou detalhes sobre o tema em 2004 (www.doxpara.com/bo2004.ppt).

O guru do "jornalismo cidadão" é Dan Gillmor, que atualmente administra o Center for Citizen Media em Harvard e na Universidade da Califórnia, Berkeley. Ele escreveu um tremendo livro sobre o assunto, We, The Media [Nós, a mídia] (O'Reilly, 2004).

Se quiser saber mais sobre como hackear transponders, comece com o artigo de Annalee Newitz na revista Wired chamado "The RFID Hacking Underground" [O submundo dos hackers de transponders] (www.wirednews.com/wired/archive/14.05/rfid.html). O livro Everyware [Hardware onipresente] (New Riders Press, 2006), de Adam Greenfield, pinta um quadro assustador sobre os perigos de um mundo cheio de transponders.

O programa Fab Lab de Neal Gershenfeld no MIT (fab.cba. mit.edu) está hackeando o primeiro modelo barato de "impressora 3D" do mundo, que consegue imprimir qualquer objeto que você sonhe. Isso é documentado no excelente livro sobre o tema, Fab [Fabricação pessoal] (Basic Books, 2005), de Gershenfeld.

Shaping Things [Moldando as coisas] (MIT Press, 2005), de Bruce Sterling, mostra como transponders e a fabricação pessoal podem ser usados para forçar as empresas a construir produtos que não envenenem o planeta.

Falando em Bruce Sterling, ele escreveu o primeiro grande livro sobre hackers e a lei, The Hacker Crackdown [O ataque aos hackers] (Bantam, 1993), que também foi o primeiro livro de uma grande editora a ser lançado simultaneamente na internet (a rede está cheia de cópias, pegue uma em stuff. mit.edu/hacker/hacker.html). Ao ler esse livro, me interessei pela Electronic Frontier Foundation, onde tive o privilégio de trabalhar por quatro anos.

A Electronic Frontier Foundation (www.eff.org) é uma organização filantrópica. Eles gastam o dinheiro doado por pessoas físicas para manter a internet um lugar seguro para a liberdade pessoal e de expressão, para o devido processo penal e o resto da Declaração de Direitos. São os mais ativos defensores da liberdade na internet, e você pode se juntar à luta simplesmente assinando a lista de discussão e escrevendo para os seus representantes políticos quando eles estiverem considerando traí-lo em nome do combate ao terrorismo, à pirataria, à máfia ou ao bicho-papão da vez. A EFF também ajuda a manter o TOR — The Onion Router, o roteador cebola, que é uma tecnologia de verdade que você pode usar imediatamente para evitar o firewall de censura do governo, escola ou biblioteca (tor.eff.org).

A EFF tem um site enorme e completo com informações fantásticas para o público em geral, assim como a União Americana pelas Liberdades Civis (aclu.org), Public Knowledge (publicknowledge.org), FreeCulture (freeculture.org), Creative Commons (creativecommons.org) — todas essas também merecem o seu apoio. FreeCulture é um movimento estudantil internacional que convoca os jovens a fundarem divisões locais em seus colégios e universidades. É uma grande maneira de participar e fazer a diferença.

Muitos sites acompanham a luta pelas liberdades no ciberespaço, mas poucos fazem isso com o entusiasmo do Slashdot, "notícias para nerds, coisas que importam" (slashdot.org).

E, é claro, você tem de visitar a Wikipedia, a enciclopédia colaborativa, escrita na internet e que todo mundo pode editar, com mais de um milhão de verbetes, isso apenas em inglês. A Wikipedia cobre hackers e contracultura a fundo, de maneira surpreendente, e tem uma atualização fantástica, nanossegundo a nanossegundo. Um aviso: você não deve apenas olhar os verbetes da Wikipedia. É realmente importante clicar nos links "ver histórico" e "discussão" no topo de cada página para ver como se chegou àquela atual versão da verdade, para avaliar os diferentes pontos de vista e decidir por si mesmo em quem confiar.

Se você quiser obter um conhecimento proibido de verdade, dê uma olhada no Cryptome (cryptome.org), o arquivo mais fascinante do mundo de informações secretas, abafadas e liberadas. Os bravos editores do Cryptome recolhem e publicam material que foi arrancado do governo através de pedidos feitos tendo como base o Ato de Liberdade da Informação, ou que vazou pela ação de delatores.

O melhor relato ficcional da história da criptografia é, sem sombra de dúvida, Cryptonomicon (Avon, 2002), de Neal Stephenson. Ele conta a história de Alan Turing e da máquina Enigma dos nazistas, na forma de um romance de guerra envolvente que você não vai conseguir largar.

O Partido Pirata mencionado em *Pequeno irmão* existe e vai bem na Suécia, Dinamarca, EUA e França no momento em que escrevi este texto (julho de 2006). Eles são um pouco malucos, mas um movimento tem que estar aberto a todo tipo de gente.

Falando de malucos, Abbie Hoffman e os yippies realmente tentaram levitar o Pentágono, jogaram dinheiro na bolsa de valores e trabalharam com um grupo chamado Up Against the Wall, Motherfucker. O clássico livro de Abby sobre lutar contra o sistema, *Steal This Book* [Roube este livro] (Four Walls Eight Windows, 2002), voltou a ser publicado e também está on-line em forma de uma enciclopédia colaborativa para quem quiser atualizá-lo (stealthiswiki.nine9pages.com).

A autobiografia de Hoffman, *Soon to Be a Major Motion Picture* [Em breve como um grande lançamento de cinema] (Four Walls Eight Windows, 2002), é um dos meus livros de memórias favoritos de todos os tempos, mesmo sendo altamente ficcional. Hoffman era um incrível contador de histórias e possuía ótimos instintos como ativista. Porém, se você quiser saber como ele realmente viveu, experimente *Steal This Dream* [Roube este sonho] (Doubleday, 1998), de Larry Sloman.

Mais diversão sobre a contracultura: *Pé na Estrada* (L&PM, 2004), de Jack Kerouac, pode ser encontrado em praticamente qualquer sebo por um dólar ou dois. *O Uivo*, de Allan Ginsberg, está disponível on-line em vários lugares e você pode baixar uma versão lida por ele em MP3 no archive.org. Para ganhar pontos extras, corra atrás do álbum *Tenderness Junction*, dos Fugs, que inclui o áudio de Allan Ginsberg e a cerimônia de levitação do Pentágono de Abbie Hoffman.

Esse livro não poderia ter sido escrito se não fosse pelo magnífico 1984, de George Orwell, uma obra que mudou o mundo, o melhor romance jamais publicado sobre como uma sociedade pode dar errado. Eu li quando tinha 12 anos e devo ter lido umas trinta ou quarenta vezes desde então. Eu sempre tiro algo de novo dele. Orwell era um mestre da narrativa e obviamente estava enojado com o sistema totalitário que surgiu na União Soviética. 1984 ainda funciona nos dias de hoje como uma obra assustadora de ficção científica e é um daqueles livros que literalmente mudaram o mundo. Hoje, o termo "orwelliano" é sinônimo de um estado de vigilância onipresente, duplipensar e tortura.

Muitos romancistas abordaram partes da trama de *Pequeno irmão*. A obra-prima do humor *Alan Mendelsohn: The Boy From Mars* [Alan Mendelsohn: o garoto de Marte] (atualmente publicado como parte da coleção 5 Novels, Farrar, Straus and Giroux, 1997) é um livro que todo nerd fã de tecnologia precisa ler. Se você alguma vez se sentiu um excluído por ser esperto ou estranho demais, LEIA ESSE LIVRO. Ele mudou a minha vida.

Em um campo mais contemporâneo, existe o *Tão Ontem* (Galera Record, 2007), de Scott Westerfeld, que segue as aventuras de caçadores de tendências e rebeldes da contracultura. Scott e sua esposa Justine Larbalestier foram minha inspiração parcial para escrever um livro para jovens adultos — assim como Kathe Koja. Valeu, pessoal.

Agradecimentos

Esse livro tem uma enorme dívida com vários escritores, amigos, mentores e heróis que o tornaram possível.

Para os hackers e cypherpunks: Andrew "bunnie" Huang, Seth Schoen, Ed Felten, Alex Halderman, Gweeds, Natalie Jeremijenko, Emmanuel Goldstein, Aaron Swartz

Para os heróis: Mitch Kapor, John Gilmore, John Perry Barlow, Larry Lessig, Shari Steele, Cindy Cohn, Fred von Lohmann, Jamie Boyle, George Orwell, Abbie Hoffman, Joe Trippi, Bruce Schneier, Ross Dowson, Harry Kopyto, Tim O'Reilly

Para os escritores: Bruce Sterling, Kathe Koja, Scott Westerfeld, Justine Larbalestier, Pat York, Annalee Newitz, Dan Gillmor, Daniel Pinkwater, Kevin Pouslen, Wendy Grossman, Jay Lake, Ben Rosenbaum

Para os amigos: Fiona Romeo, Quinn Norton, Danny O'Brien, Jon Gilbert, danah boyd, Zak Hanna, Emily Hurson, Grad Conn, John Henson, Amanda Foubister, Xeni Jardin, Mark Frauenfelder, David Pescovitz, John Battelle, Karl Levesque, Kate Miles, Neil e Tara-Lee Doctorow, Rael Dornfest, Ken Snider

Para os mentores: Judy Merril, Roz e Gord Doctorow, Harriet Wolff, Jim Kelly, Damon Knight, Scott Edelman

Obrigado a todos por me darem as ferramentas para pensar e escrever sobre essas ideias.

Este livro foi composto na tipologia Sabon
LT Std, em corpo 11/15, e impresso em papel
off-white 80g/m² no Sistema Cameron da
Divisão Gráfica da Distribuidora Record.